Prolog

Sie erwachte mit einem lang gezogenen Seufzer. Benommen blinzelte sie in die Dunkelheit. Es dauerte eine Weile, bis sie realisierte, dass irgendwas nicht stimmte.

Wo bin ich?, durchzuckte es sie.

Wie bin ich hierhergekommen?

»Hallo?« Dumpf hallte ihr Ruf von den Wänden wider. Panik ließ ihre Brust zusammenkrampfen. »Hallo, hört mich jemand?«

Für einen Moment hielt sie den Atem an und lauschte. Nichts. Die Stille drückte wie ein Stein auf ihre Brust. Sie schnappte nach Luft. Tränen schossen in ihre Augen.

Das kann doch alles nicht wahr sein!

Sie versuchte, sich die vergangenen Stunden ins Gedächtnis zu rufen, doch sie hatte einen gewaltigen Filmriss. Dass sie sich mit ihrer Freundin am Kreidefelsen hatte treffen wollen, war das Einzige, woran sie sich erinnerte.

Bis dahin war sie aber offenbar nicht gekommen. War sie vom Rad gestürzt? Von der Klippe konnte sie jedenfalls nicht gefallen sein. Schon seit einer Weile durfte man das Hochufer nicht mehr befahren.

Als sie versuchte, sich zu bewegen, schnürte sich etwas schmerzhaft in ihre Handgelenke und hielt ihre Beine zusammen. Sie war gefesselt. Kein Unfall. Sie hatte keinen Unfall gehabt. Etwas Hartes scheuerte an ihren Knien und Ellenbogen. Der Raum war viel zu eng, sie konnte kaum ihre Arme vom Körper abspreizen.

Schlagartig wurde ihr Mund trocken. Sie wollte um Hilfe rufen, doch außer einem Krächzen brachte sie keinen Ton heraus.

Jemand hatte sie eingesperrt. Ihr Magen zog sich zusammen und sie schmeckte Galle. Sie zerrte an ihren Fesseln, ließ es aber schnell wieder bleiben, als der Schmerz an ihren Handgelenken schärfer wurde. Etwas Warmes rann an ihrer Haut herab. Blut. Das ist verrückt, dachte sie und lachte panisch auf.

»Hilfeeeee!« Wieder dieses dumpfe Echo.

Ihre Angst wurde größer. Die Galle in ihrem Mund bitterer.

Ein Geräusch über ihr ließ sie zusammenzucken. Stein schabte über Stein, ein paar Erdbrocken fielen auf ihr Haar, ihre Stirn und ihre Schultern. Die feineren blieben an dem Schweiß, der ihre Haut überzog, kleben. Dann das Licht. Wie ein Messer traf es sie. Alles, was vorher schwarz gewesen war, verschwamm in Weiß. Sie kniff die Augen zusammen, bis sich ein Schatten in das schmerzhafte Licht drängte. Langsam öffnete sie die Lider wieder, voller Angst vor dem, was sie zu sehen bekommen würde.

Aber vielleicht war es auch jemand, der sie retten wollte. Jemand, der ihr Fehlen bemerkt hatte.

»Hilfe! Helfen Sie mir!«, flehte sie erneut.

Sie sah die Gestalt nur als Umriss über sich. Wollte erneut um Hilfe rufen, doch die Stimme versagte ihr abermals. Noch immer schmeckte sie die Galle in ihrem Mund und plötzlich traf sie die Erkenntnis wie ein Schlag: Es gab für sie kein Entrinnen. Das hier war ihr Ende.

»Na, kleines Vögelchen, bist du wach?«, ertönte eine raue Stimme.

Und sie sah nun die enge Röhre, einen Abwasserschacht, der schon vor langer Zeit stillgelegt worden war. Der Zement war rissig und von der Zeit geschwärzt. Aber zwischen dem Schwarz war noch etwas anderes. Rot. Verschiedene Töne Rot. Abstufungen zwischen leuchtend hell und rotbraun. Blut, schoss es ihr durch den Kopf. Sie wollte schreien, aber sie brachte keinen Ton hervor. Hinter der schwarzen Gestalt, an den Rändern des Lochs, erkannte sie Baumkronen. Wald. Niemand würde sie hier hören.

»Gut«, sagte der Mann von oben. »Dann wird es Zeit, dass du fliegen lernst.«

Was redete er da? Fliegen? Wollte er sie von der Klippe stürzen? Sie schluchzte panisch auf.

Im nächsten Augenblick verschwand der Mann aus ihrem Blickfeld und etwas schnürte sich um ihre Körpermitte. Ein Seil schabte über den Beton. Stück für Stück wurde sie emporgehoben. Ihr Hals schmerzte, als würde sich dort das Seil einschnüren.

Wie viele Augenblicke blieben ihr noch?

Nein, das kann nicht das Ende sein, sagte sie sich. Es muss doch eine Möglichkeit geben abzuhauen. Vielleicht kann ich ihn dazu bringen, die Fesseln zu lösen. Vielleicht kommt irgendwer zufällig vorbei und erwischt ihn.

Als sie aus dem Loch heraus war, sah sie neben dem Zementdeckel, der ihr Gefängnis verschlossen hatte, ein langes Messer, auf dem sich der graue Himmel spiegelte, daneben etwas Schwarzes, das ihr noch mehr Grauen bereitete. Sie erkannte es sofort. Eine Krähe. Eine Krähe mit umgedrehtem Hals.

Schlagartig blockierte die Angst ihr Denken. Ihre letzte Hoffnung schwand.

Nichts war plötzlich mehr von Bedeutung.

Der Mann zog sie zu sich heran über das sonnenverbrannte Gras. Machte sie los von dem Seil. Sie konnte nicht schreien, so gern sie das auch gewollt hätte. Sie konnte nur auf die Krähe schauen, die tote Krähe mit den stumpfen Augen.

Bald werden deine Augen genauso stumpf sein. Wie abgeriebene Knöpfe.

Hatte das jemand zu ihr gesagt? Nein, die Stimme war nur in ihrem Kopf. Der Mann, der sie herumdrehte, sagte nichts. Sie konnte sein Gesicht sehen. Keine Maske.

Da wusste sie, dass er sie nicht am Leben lassen wollte. Sie hatte ihn gesehen, würde ihn jederzeit identifizieren können.

Und da war noch was anderes. Das Gesicht. Sie kannte es!

Der Mann war nicht irgendein Irrer, den es in die Gegend verschlagen hatte. Er war schon immer da gewesen. Ein Schatten aus vergangenen Jahren, den sie glaubte, hinter sich gelassen zu haben.

Jetzt war sie bereit zu schreien, doch dazu kam sie nicht mehr, denn seine Hände drückten ihr einen zusammengeknüllten Lappen auf den Mund, schoben ihn tief zwischen ihre Zähne. Ihr Körper bäumte sich auf, wollte sich gegen das Ersticken wehren, da traf sie aber auch schon ein Stich ins Herz, der ihre Angst schlagartig verstummen ließ.

Der Körper unter seinen Händen erschlaffte augenblicklich. Ein paar Mal zuckte er noch, aber dann hörte es auf. Die Augen des Mädchens starrten ins Leere wie die einer Puppe.

Er hätte nicht gedacht, dass es so leicht war zu töten. In den letzten Wochen hatte er sich häufig ausgemalt, wie es sein würde. Aber in seiner Vorstellung war es wesentlich grausamer gewesen. Er hatte gehofft, dass sie mehr Schmerzen ertragen müsste. Dass sie sich wehren und schlimmste Qualen durchleiden würde. Aber dann hätte er sie mit den Händen würgen oder strangulieren müssen. Das hätte eine Weile gedauert und sein Kunstwerk verdorben. Ob die Leute erkannten, was er hier nachstellte? Seit er das Bild gesehen hatte, war es ihm nicht mehr aus dem Sinn gegangen. Lange Zeit hatte er sich gefragt, auf welche Weise er Rache nehmen sollte, und kein Plan war ihm gut genug erschienen. Bis er das Foto gesehen hatte.

Er blickte auf den leblosen Körper vor sich. Vielleicht hätte er sich mehr Zeit lassen sollen. Vielleicht hätte er das Töten bewusster erleben sollen. Aber es ging hier nicht darum, irgendeine perverse Lust zu befriedigen. Es ging um weitaus mehr. Und es war noch nicht zu Ende. Der größte Teil der Arbeit lag noch vor ihm.

Langsam zog er die scharf geschliffene Feile aus ihrer Brust. Ein gnädiger Tod, dachte er mit einem leichten Lächeln. Sie hätte es verdient gehabt, wesentlich qualvoller zu sterben. Aber so oder so, er würde seine Rache bekommen. Vielleicht nicht gleich, aber irgendwann würden sie wissen, was es zu bedeuten hatte.

Er rollte ihren Körper auf den Bauch, bevor er nach dem Messer griff. Schöne Schulterblätter, dachte er. Schön genug, dass Flügel aus ihnen wachsen konnten. Und dann machte er sich daran, sein Werk zu vollenden.

DONNERSTAG

1.

Manchmal malte ich mir die Dinge so aus, wie sie hätten sein können, wäre das Schicksal nicht dazwischengegrätscht.

Heute war wieder einer von diesen Momenten. An diesem sonnigen Septembertag hätten mich meine Eltern hergefahren. Papa hätte mir mit dem Gepäck geholfen und mir mit auf den Weg gegeben, dass ich mich anständig benehmen sollte. Mama hätte mich fest an sich gedrückt, mich geküsst, obwohl ich schon 16 war, und gesagt, wie sehr sie mich vermissen würde.

Aber das würde nicht passieren, konnte nicht passieren.

Ich stand allein vor dem großen Tor des Rotensand-Gymnasiums, ein Taxi hatte mich aus Saßnitz rübergefahren. Den größten Teil meiner Sachen hatte ich bereits per Post vorgeschickt. Besonders viel besaß ich ohnehin nicht.

Als ich damals in das Heim gezogen war, hatte ich kaum etwas mitgenommen. Nicht, weil ich mich nicht an mein altes Leben erinnern wollte. Nein, die Erinnerungen waren immer da, genauso wie die Bilder aus vergangenen Tagen. Sie waren die Nahrung für meine Was-wäre-wenn-Spiele. Diese waren eigentlich nutzlos, ineffektiv. Dennoch spielte ich sie immer wieder. Es war meine Art, jene, die nicht mehr da waren, am Leben zu halten.

Der Trolley schaukelte hin und her, als ich ihn über den Gehweg zog. Die roten Wände des Internats leuchteten im Schein der Nachmittagssonne.

Früher war es mal ein Gutshaus gewesen, dann war Rotensand als Waisenhaus genutzt worden. Der letzte Gutsherr hatte weder Frau noch Kinder gehabt, und weil es damals »in« gewesen war, wohltätig zu sein, hatte er es gestiftet, um armen Waisen ein Zuhause zu geben. Noch in der DDR-Zeit waren hier Kinder untergebracht gewesen, aber nach der Wende wurde aus Rotensand ein Eliteinternat, das sich nur gut betuchte Familien leisten konnten.

Ich war weder gut betucht noch hatte ich eine Familie. Mein Reichtum hieß Begabtenstipendium. Ich hatte hierher gewollt, weil ich wusste, dass mir mit einem Abschluss in Rotensand die Welt offenstand. Dass das Internat einstmals ein Waisenhaus gewesen war, machte mir den Ort nur noch sympathischer. Ich fand es irgendwie passend, nachdem ich acht Jahre in einem Heim gelebt hatte.

Ich sollte mich im Hauptgebäude beim Rektor melden. Die ersten Schüler waren bereits aus den Sommerferien zurück. Einige standen auf dem Hof zusammen und rauchten. Das war eigentlich nicht erlaubt, sollte ich den Schulbroschüren Glauben schenken. Aber wo kein Kläger, da kein Richter.

Die Tür des mittleren Traktes stand leicht auf. Ein Mann fegte gerade die Treppe, die vom Foyer nach oben führte.

»Entschuldigung?« Ich hob den Koffer über die Schwelle. Der breite Stein war leicht ausgetreten. Tausende Füße mussten im Laufe der Zeit darüber gelaufen sein.

»Hmm?«, murrte der Mann, ohne von seiner Arbeit aufzusehen.

»Wo finde ich denn das Büro des Rektors?« Ich hatte vergeblich nach einem Lageplan des Gebäudes im Internet gesucht.

»Durchs Foyer und dann rechts in den Gang.«

Zu mehr Auskunft war der Mann nicht bereit.

Ich bedankte mich trotzdem und zog den Trolley durch die Eingangshalle. Ein paar Bilder zierten hier die Wände, alte Schinken, die wohl noch aus Gutsherrenzeiten stammten und den damaligen Hausherrn und seine Angehörigen zeigten.

Wenig später klopfte ich an eine schwere Flügeltür, auf der in goldenen Lettern das Wort Rektorat stand. Die Stimme, die mir antwortete, war dunkel und warm. Ich trat ein.

Mochte das Haus von außen antiquiert wirken, das Büro des Rektors war hochmodern eingerichtet. Der Schreibtisch, an dem er saß, war aus Chrom und Glas.

»Mein Name ist Clara Hansen, ich sollte mich bei Ihnen melden.«

Der Mann, etwa Mitte fünfzig mit grau melierten Haaren und dunklem Anzug, sprang von seinem Stuhl auf.

»Clara, wie schön, dass Sie da sind! Wir haben Sie erst heute Abend erwartet, aber so ist es natürlich auch gut.«

Heute Abend? Haben die wirklich geglaubt, ich komme auf den letzten Drücker an?

»Ich bin Claudius Sontheim, der Rektor dieser schönen

Schule.« Der Mann drückte meine Hand und bedeutete mir, auf dem Stuhl vor dem Schreibtisch Platz zu nehmen. Prüfend betrachtete er mich, dann zog er einen Hefter hervor. Mein Name stand in dicken Buchstaben auf dem Pappdeckel. Eine Akte? Ich hatte hier tatsächlich so etwas wie eine Akte! Das kannte ich bisher nur aus amerikanischen Fernsehserien. In meiner alten Schule hat der Klassenlehrer lediglich ein Heft über die Verfehlungen seiner Schüler geführt. Alles Weitere stand im Klassenbuch.

»Gut«, sagte Sontheim und öffnete den Ordner. Viel war noch nicht darin. Eine Kopie meiner Zeugnisse lag oben. »Sie kommen aus Potsdam, richtig?«

»Ja.« Die Zugfahrt in dem stickigen Regio war eine Katastrophe gewesen. Ein mitreisender Student hatte gemeint, sich seine Turnschuhe ausziehen zu müssen, und hatte mir seine stinkigen Füße quasi ins Gesicht gehalten.

»Das muss ein ziemlicher Umbruch für Sie sein. Von der Stadt aufs Land.«

Die Schweißfüße verschwanden in den Tiefen meines Gedächtnisses.

»Das macht mir nichts aus«, antwortete ich schnell. »Ich bin auf dem Land groß geworden, habe dort gelebt bis … zu dem Unfall.«

Sontheim guckte betroffen. Ich hätte ihm am liebsten gesagt, dass er das lassen sollte. Ich erwartete kein Mitleid von anderen. Der Unfall lag zu lange zurück und der Rektor hatte meine Eltern nicht gekannt.

»Ihre Eltern wären sicher stolz auf Sie, dass Sie in diesem Sommer an unserer Schule anfangen.«

Ich nickte. Ich wollte nicht über meine Eltern reden. Nicht mit einem Fremden.

»Ich habe mir Ihre Zeugnisse angesehen und bin damit sehr zufrieden. Ich glaube, Sie werden mit unserem hohen Niveau gut zurechtkommen.«

Warum nur hatte ich das Gefühl, dass es da ein Aber gab? Und dann kam es auch schon …

»Aber Ihr außerschulisches Engagement könnte optimiert werden. Wir fördern hier sehr das Networking zwischen den Schülern. Wie Sie vielleicht in unseren Infobroschüren gelesen haben, bieten wir verschiedene Freizeitaktivitäten an. Sport, Schach, Segeln, Golf, Literatur, Kunst … Ich würde es sehr begrüßen, wenn Sie sich einer dieser Arbeitsgemeinschaften anschließen würden. Von den Verbindungen, die Sie hier knüpfen, werden Sie ein Leben lang profitieren.«

Ja, auch das hatte in den Broschüren gestanden, die zusammengenommen einen stattlichen Katalog ergeben hätten. Aber für mich war dieser Fakt zweitrangig gewesen. Ich wollte die beste Ausbildung haben. Ich wollte eines Tages studieren. Diese Schule würde mir helfen, mein Ziel zu erreichen. Punkt.

»Literatur, Schach und Kunst hören sich gut an«, sagte ich, denn Sport, Golf und Segeln waren überhaupt nicht mein Ding. Außerdem bot Rotensand noch Schauspielerei und Mode an. Ich könnte wetten, dass dort der Großteil der Mädchen war. Aber ich konnte mich weder gut verstellen noch hatte ich Lust auf Klamotten. Ich trug ohnehin meist Schwarz und Jeans.

Mit meiner AG-Wahl schien ich jedenfalls den Geschmack des Rektors getroffen zu haben.

»Sehr gut! Ich glaube wirklich, dass Sie sich in Rotensand

rasch einleben werden. Und dass wir großes Glück haben, Sie bei uns zu haben.«

Das klang, als müsste er es sagen. Okay, ich wusste schon, dass ich nicht wie die anderen war. Zahlende Mitglieder wurden wahrscheinlich höher geachtet. Doch wenn sie nicht vorhätten, auch ärmeren Schülern die Möglichkeit zu geben, hier zu lernen, würden sie wohl kaum ein Stipendium ausschreiben, oder?

»Melden Sie sich doch bitte im Sekretariat, dort wird man Ihnen alle nötigen Unterlagen und auch Ihren Zimmerschlüssel aushändigen. Sie werden sich das Zimmer mit einer anderen Schülerin teilen. Einzelzimmer gibt es bei uns nicht, die meisten Wohnräume werden zu zweit oder zu dritt bewohnt, um das Sozialverhalten zu fördern.«

Das klang ganz danach, als seien Kinder reicher Eltern von vornherein unsozial. Ich hoffte, dass das nicht zutraf. Ich rang mir ein Lächeln ab, verabschiedete mich von Rektor Sontheim und verließ das Büro.

Die Sekretärin saß am anderen Ende des Ganges. Sie war Mitte dreißig, sah aus wie das Model einer Parfüm- oder Haarfarbenwerbung und lächelte mich so breit an, dass Dr. Best seine helle Freude an ihr gehabt hätte.

»Was kann ich für Sie tun?«

Es kam mir seltsam vor, an allen Ecken gesiezt zu werden. In meiner alten Schule duzten die Lehrer selbst die in der Zwölften.

»Ich bin Clara Hansen. Der Rektor sagte mir, dass ich von Ihnen meine Zimmerschlüssel bekomme.«

»Und nicht nur das!« Die Frau drehte sich schwungvoll auf

ihrem Stuhl herum, öffnete eine der Schubladen an ihrem Schreibtisch und begann, sich durch einen scheinbar völlig unsortierten Berg von Schlüsseln zu wühlen. Offenbar war selbst hier in Rotensand nicht alles perfekt organisiert und ordentlich, Eliteschule hin oder her. Doch innerhalb weniger Sekunden hatte sie meinen Schlüssel samt Anhänger gefunden und drückte ihn mir in die Hand. Dann fingerte sie in einer ihrer Ablagen herum und überreichte mir eine Klarsichthülle, die haufenweise Papiere enthielt.

»Das sind Ihre Anmeldeunterlagen, außerdem die Karte für die Bibliothek und den Copyshop. Hier ist ein Fragebogen zu Ihrer Gesundheit, und dieses Formular füllen Sie bitte aus, damit wir im Krankheitsfall jemanden aus der Familie benachrichtigen können.« Sie reichte mir einen Kugelschreiber und wandte sich dann wieder ihrer Computertastatur zu.

Offenbar hatte sie meine Schulakte nicht gelesen, sonst hätte sie gewusst, dass es keine Angehörigen gab, die im Krankheitsfall zu benachrichtigen waren. Onkel und Tanten hatte ich nicht, meine Großeltern waren gestorben, bevor ich richtig hatte laufen können. Es gab nur mich. Mich, um die niemand weinen würde, wenn mir etwas zustieß.

Aber warum sollte ich ihr das umständlich erklären?

»Sie brauchen die Formulare nicht hier auszufüllen«, bemerkte die Sekretärin, als ich die Sache gleich auf ihrem Tresen erledigen wollte. »Nehmen Sie sie ruhig mit auf Ihr Zimmer. Es ist die Nummer sieben im linken Korridor, Erdgeschoss. Den Kugelschreiber können Sie behalten.« Geschenk des Hauses, sagte ihr Blick und damit entließ sie mich aus ihrem Büro.

»Na, Mädchen, hast du alles gefunden?«, fragte der Mann, der immer noch im Flur zugange war.

»Ja, hab ich, vielen Dank.«

Sein kurzes Auflachen konnte ich nicht so richtig deuten.

»Ähm, hab ich was Falsches gesagt?«, fragte ich.

Der Hausmeister legte den Kopf schief. »Nein, eigentlich nicht. Aber mir fällt immer wieder auf, wie höflich hier alle sind. Als wären sie keine sechzehn, sondern schon dreißig.«

Darauf konnte ich nichts erwidern. Was war falsch daran, wenn man höflich war? Die Erwachsenen standen doch drauf. Unser alter Hausmeister hatte sich immer darüber beschwert, was für freche Rotzlöffel wir wären.

»Na ja, es tut mir leid, dass ich weder kiffe noch besoffen in einer Bushaltestelle rumhänge, wie es Gleichaltrige tun. Ich bin halt ein Alien.«

Jetzt lachte der Mann. »Scheinst echt in Ordnung zu sein, Mädchen.«

Damit wandte er sich wieder seiner Arbeit zu.

2.

Das Wohngebäude, das wie der Rest der Anlage aus dem 18. Jahrhundert stammte, war ähnlich dem Büro des Rektors modern eingerichtet. Auch hier war alles ruhig.

Zimmer Nummer sieben lag genau in der Mitte des linken Korridors. Sechs Türen gingen nach links ab, sechs nach rechts. Dreizehn Zimmer in einem Gang.

Der Schlüssel glitt ins Schloss und die Tür schnappte auf. Der frische Geruch nach Lavendelputzmittel strömte mir entgegen. Seit Beginn der Ferien war anscheinend niemand hier gewesen.

Ferien. Bisher hatte ich mir keine Gedanken darüber gemacht, aber jetzt sprang mich der Gedanke förmlich an. Was würde ich in den Ferien machen? Würde ich zurück ins Heim gehen?

Oder bestand die Möglichkeit hierzubleiben? Rügen war wunderschön, es war keine Strafe, den Urlaub im Wohnheim zu verbringen – doch deckte mein Stipendium das auch ab?

Ich würde genügend Zeit haben, dies herauszufinden.

In der Ecke neben dem Bett fand ich die Kiste mit meinen Sachen. Sie war vom Transport ein wenig zerknautscht, aber da sich darin nichts Zerbrechliches befand, war ich sicher, dass alles in Ordnung war.

Ich leerte meine Reisetasche und verteilte meine Kleidung auf dem Bett. Schwarz, schwärzer, am schwärzesten. Hier und da der Aufdruck einer Band oder ein witziger Spruch. Dazu ein Haufen Jeans.

Im Heim wurde ich hin und wieder gefragt, ob ich Schwarz trug, weil ich noch immer nicht über den Tod meiner Eltern hinweg sei.

Die richtige Antwort lautete: Ich trug Schwarz, weil ich mich daran gewöhnt hatte. Mit Schwarz lag man nie falsch, es betonte nicht unpassend, es machte keinen grünen Teint. Es wurde nicht so schnell schmutzig und außerdem lenkte es nicht von der Persönlichkeit ab. Das war es, was die Leute sehen sollten. Mich, wie ich war, und nicht mich in einem Versteck von Klamotten.

Ich war sicher, dass es eine Weile brauchen würde, bis meine Mitschüler in Rotensand meinen Geschmack akzeptierten. Aber das war sicher nur eine Frage der Zeit.

Da ich noch die Formulare auszufüllen hatte, setzte ich mich aufs Bett. Doch anstatt mich auf die Papiere zu konzentrieren, ließ ich meinen Blick über das Gelände schweifen. Von hier aus konnte ich gut die drei Flügel sehen. Da waren das Hauptgebäude, der Schultrakt und der ungenutzte westliche Gebäudekomplex. Äußerlich unterschieden sie sich kaum, doch an den Fenstern erkannte ich, welcher der Flügel war, der nicht zu Schulzwecken genutzt wurde.

Die Fenster des Westtraktes, in dem, wie in einer der Broschüren stand, immer noch deutliche Spuren des früheren Waisenheimes zu finden waren, zogen meinen Blick magisch an. Wenn die Sonne in einem bestimmten Winkel stand, schienen die Scheiben zu leuchten. Ich betrachtete sie eine Weile und fragte mich, was sich wohl dahinter verbarg.

Es hätte mich nicht gewundert, wenn Gerüchte über einen Hausgeist kursierten.

Nicht dass ich an Geister glaubte. Aber ich hatte schon von Orten gelesen, die so vollgesogen waren von den Geschichten und Schicksalen der Menschen, dass auch das schönste Wetter keine fröhliche Stimmung in die Räume zaubern konnte.

In diesem Moment wurde die Zimmertür schwungvoll aufgestoßen. Das Mädchen, das lachend in den Raum gestürmt kam, erstarrte augenblicklich, als sie mich sah. Sie hatte langes Haar, dunkelbraun wie Schokokuchen, das ihr etwas wirr über die Schultern floss, sie trug eine knallenge Jeans und ein T-Shirt mit dem Aufdruck »Rolling Stones forever«. Solche Shirts waren bei uns in Potsdam schon lange out, hier auf Rügen tickten die Uhren anscheinend anders.

»Hi!«, grüßte ich. Brownie erwiderte nichts. War sie überrascht, eine Zimmergenossin zu haben?

»Ich … ich bin Clara«, startete ich einen weiteren Versuch. »Clara Hansen. Ich bin heute angekommen.«

Diese Worte brachen nicht das Eis, aber sie brachten meine zukünftige Mitbewohnerin dazu, sich wieder zu bewegen. Mit einer lässigen Handbewegung warf sie ihre Tasche auf das freie Bett.

»Wo ist Camilla?«

»Keine Ahnung.«

Das Zusammenleben mit Miss Unbekannt würde interessant werden. Musste man so arrogant und abschätzig gucken, wenn man in einem Eliteinternat lebte?

»Ich bin Susanne. Susanne Bruns.«

Na endlich! »Freut mich!« Ich streckte ihr meine Hand entgegen.

»Dann bist du die Neue, ja?«

Die Unbekannte scannte mich. Was sie sah? Keine Markenklamotten, kaum Make-up. Ich kam aus Potsdam, ja, aber das bedeutete nicht, dass wir dort rumliefen wie Clowns. Blondes Haar, offen, halblang. Brille. Keine von den hippen Nerdbrillen, die trugen nur welche, die eben hip sein wollten. Meine Brille war kaum sichtbar. Ich habe sie von dem Augenblick an gehasst, als der Augenarzt sie mir verschrieben hatte.

»Ja, ich bin die Neue.«

Meine Mitbewohnerin starrte mich an, als hieße »Neue« so viel wie »ansteckende Krankheit« oder »Ausschlag«.

»Na ja, dann werd ich mal wieder«, sagte sie. Damit war das Gespräch beendet, bevor es richtig angefangen hatte.

Ich nickte und sah Susanne nach, als sie energisch die Tür hinter sich zuzog.

3.

Bis zum Abend füllte sich das Internat. Die älteren Schüler, die bereits Auto fahren durften, stellten ihre Fahrzeuge auf dem Parkplatz außerhalb des Hofes ab. Ziemlich dicke Karren waren dabei.

Aber man hatte mich ja gewarnt. Auf das Rotensand-Gymnasium ging die Elite. Und die fuhr mit 18 bereits BMW, oder besser noch Porsche, und trug nicht einfach nur Markenklamotten, sondern Sachen vom Designer.

Als mich das Betrachten des Parkplatzes langweilte, schlenderte ich, die Hände vergraben in die Taschen meiner No-Name-Jeans, über das Gelände.

Meiner Zimmergenossin war ich bisher noch nicht wieder über den Weg gelaufen, dafür aber einigen anderen Mädchen. Auf mein »Hallo« hatten sie mich nur blöd angestarrt. Mir war immer geraten worden, kommunikativ zu sein, aber bei denen hatte ich das Gefühl, dass meine Bemühungen fehl am Platz waren. Das Label »Neu« schien dick auf meiner Stirn zu stehen, und an Neues konnte man sich hier, wo einen Wasserspeier in Drachenform von den Dächern anstarrten, wohl nur schlecht gewöhnen.

Als ich in mein Zimmer zurückkehrte, fiel mir sofort auf, dass mein Bett unordentlicher aussah, als ich es verlassen hatte. Hatte sich jemand darauf geflätzt? Misstrauisch trat ich näher. Ein ungutes Gefühl machte sich in mir breit. Natürlich hätte ich es auch ignorieren können, doch wie von selbst wanderte meine Hand zu der Bettdecke und zog sie zurück.

Verdammt, das konnte doch nicht wahr sein! Erschrocken schlug ich mir die Hand vor den Mund. Mein Magen krampfte sich zusammen. Wer zum Teufel dachte sich so was Krankes aus? Reflexartig schossen Tränen in meine Augen.

Ich war aus dem Heim einiges gewohnt, aber auf die Idee, jemandem einen toten Vogel aufs Kissen zu legen, war dort niemand gekommen.

Ich kannte mich nicht sonderlich mit Vogelarten aus, war mir jedoch sicher, dass es sich um einen Spatz handelte. Seine Augen waren halb geschlossen, sein Kopf hing schlaff zur Seite, die Beinchen hatte er angezogen. Sein Gefieder war struppig. Etwas, das verdächtig nach Blut aussah, war in den Stoff gesickert und dort eingetrocknet.

Ich musste würgen. Schnell schloss ich die Augen, denn ich spürte, wie sich bereits Spucke in meinem Mund sammelte. Tief atmete ich ein und aus und versuchte, mich zu konzentrieren. Jetzt bloß nicht kotzen! Krieg dich wieder ein, du schaffst das!

Allmählich zog sich die Übelkeit zurück. Die praktische Seite meines Verstandes meldete sich.

Der Vogel. Du musst ihn rausbringen. Er kann nicht in deinem Bett bleiben. Und wenn du das Schwein findest, das ihn reingelegt hat, trittst du ihm in den Arsch.

Die letzten Reste Übelkeit wurden vom Zorn vertrieben, der in mir aufstieg. Wie konnte jemand so grausam sein, ein Tier zu töten und dann auf mein Kopfkissen zu legen?

Meine Augen brannten, als ich sie wieder öffnete. Aber nicht mehr von den Tränen. Der Anblick des Vogels traf mich immer noch hart, aber jetzt konnte ich endlich handeln.

Natürlich hätte ich zum Rektor laufen können, aber ich wusste, dass das ein Test war. Da ich keine Schachtel hatte, die ich als Sarg für das Tier hätte benutzen können, holte ich Taschentücher und hob es darin vom Kissen. Die Federn waren bereits an dem Kopfkissen angeklebt. Ich schüttelte mich vor Ekel.

Wenig später trug ich den Vogel nach draußen, um ihn in den Rosenrabatten zu vergraben.

»Was machst du da?«

Ich zuckte zusammen, als der Hausmeister plötzlich neben mich trat. Ertappt sah ich ihn an. Ich konnte den toten Spatz nicht mehr verstecken, ich hatte ihn bereits auf das Beet gelegt.

»Ich … habe ihn gefunden«, entgegnete ich. »Ich wollte ihn begraben.«

Der Hausmeister sah mich verwundert an, dann schüttelte er den Kopf. »Diese Gören! Das sieht ihnen ähnlich.«

»Ich weiß … nicht«, stammelte ich.

»Und du willst ihn wirklich begraben?«, fragte er zweifelnd. Ich ahnte, was hinter seiner gefurchten Stirn vor sich ging. Wahrscheinlich hielt er mich für ein Sensibelchen. Er würde den Vogel vielleicht auf den Kompost werfen.

Ich nickte nur. Der Spatz hatte es nicht verdient, zu Dünger zu werden.

»Dann warte mal, ich hol 'ne Schaufel.« Der Hausmeister seufzte und stapfte davon.

Ich blickte auf den toten Vogel. Und mit einem Mal waren all die Bilder wieder da.

Es war ein ganz normaler Nachmittag gewesen, an dem wir in die Stadt fahren wollten, Mama, Papa und ich. Ich hatte mein blaues Lieblingskleid angezogen, und Papa hatte versprochen, dass wir Eis essen gehen würden.

Ich hörte Mamas Lachen und Papas Schimpfen, als die Katze der Nachbarin wieder mal in unser Haus gehuscht kam. »Wir sollten uns tatsächlich einen Hund zulegen«, meinte Papa, »dann sind wir das Katzenproblem los.« Und dann fragte er mich: »Was meinst du dazu, Clärchen?«

Das war sein Spitzname für mich. Clärchen. Damals war ich auch noch ein Clärchen mit Zöpfen und Sommersprossen auf der Nase.

Natürlich wollte ich einen Hund haben, aber ich wusste, dass ich keinen kriegen würde. Mama und Papa waren beruflich immer sehr viel unterwegs gewesen und ich im Wechsel bei einem von ihnen.

An diesem Nachmittag aber redeten wir von Hunderassen und über die Möglichkeit, als Familie wieder mehr zusammen zu sein, mit einem Hund, der die Katze vom Haus fernhielt.

Tja, vielleicht waren wir an diesem Tag einfach zu fröhlich und mein Vater zu sehr bei seiner Vorstellung von einer glücklichen Familie.

Der Crash kam unvermittelt. Ich erinnerte mich nur noch an das übermächtig große Cockpit eines Lastwagens. Es gab einen gewaltigen Knall – und dann war da nichts mehr.

Geweckt wurde ich erst von dem leisen Piepen der Monitore, die meine Lebensfunktionen überwachten. Ich realisierte im ersten Moment gar nicht, dass ich im Krankenhaus war. Ich glaubte tatsächlich, zu Hause zu sein, dass wir in die Stadt fahren wollten, um Eis zu essen.

Vom Arzt erfuhr ich, dass dieser Morgen bereits zwei Wochen zurücklag. Dass es einen Unfall gegeben hatte und ich schwer verletzt worden war.

»Wo sind Mama und Papa?«, fragte ich, denn wenn wir einen Unfall gehabt hatten, waren sie vielleicht auch verletzt. Vielleicht lagen sie jetzt auch im Krankenhaus! Vor Sorge fing mein Magen an zu kneifen.

Der Arzt strich mir lächelnd übers Haar. »Alles wird gut«, sagte er und drehte am Rädchen des Tropfs, der über einen langen Schlauch mit einer Nadel in meiner Hand verbunden war. »Schlaf noch ein wenig, damit du bald wieder gesund wirst.«

Wenig später versank die Welt im Nebel und meine Sorgen verblassten.

Als ich wieder zu mir kam, tauchte ein Mann im schwarzen Anzug bei mir auf, begleitet von einer Frau in einem schlecht sitzenden Kostüm, die eine Perlenkette trug.

»Nur ein paar Minuten«, wisperte eine Männerstimme, dann traten sie an mein Bett.

»Ich bin Pastor Thalheim«, stellte er sich vor. »Und das ist Frau Lüden vom Jugendamt.«

Jugendamt? Davon hatte ich damals noch nie gehört.

»Was ist los?«, fragte ich, während mich eine ungute Ahnung überkam. »Wo sind meine Eltern?«

Es wird alles gut, hallte die Stimme des Arztes in mir nach. Ich entdeckte ihn ein wenig abseits, er stand neben dem Fenster, hatte die Arme vor der Brust verschränkt und eine nachdenkliche Miene aufgesetzt.

Der Pastor sah mich ernst an, und dieser Blick sagte mir, dass mein Leben von nun an nicht mehr dasselbe sein würde.

»Es tut mir leid«, begann er mit brüchiger Stimme. »Aber deine Eltern …«

In diesem Augenblick kam es mir vor, als wäre ich nicht ich. Das Mädchen, das in diesem Krankenhausbett saß und erfuhr, dass an dem Tag, als es mit seinen Eltern bummeln und Eis essen gehen wollte, an dem Tag, als es davon träumte, wieder mehr Zeit mit seinen Eltern zu verbringen, sein Vater und seine Mutter in den Trümmern ihres Wagens gestorben waren, konnte unmöglich ich sein. So was passierte nur in irgendwelchen Filmen.

»Sie lügen!«, schrie ich so laut, dass mein Trommelfell vibrierte. »Meine Eltern leben, sie sind nicht tot!«

Sofort schrillten die Instrumente über mir auf. Ich riss mir die Kabel von der Brust und wollte mir auch die Kanüle aus der Hand ziehen, um loszulaufen und meine Eltern zu suchen. Damit ich ihnen beweisen konnte, dass sie unrecht hatten.

Dann war auch schon der Arzt bei mir. »Ruhig, Kleine«, redete er auf mich ein und ich fokussierte meinen Zorn auf ihn. Ich boxte ihn gegen die Brust und versuchte, ihn zu treten.

Aus dem Augenwinkel sah ich, dass jemand zur Tür hereinkam, eine Schwester, der der Arzt irgendwas zurief, das ich nicht verstand. Wenig später spürte ich einen Stich in meinem Arm. Eine Weile noch hielt mich der Arzt, dann schwand die Kraft aus meinen Gliedmaßen.

Benommen blickte ich zur Seite. Mein Gesicht war nass von Tränen. Der Pastor presste die Lippen zusammen. Die Frau starrte mich erschrocken an.

Plötzlich wurde ich wieder müde und alles um mich herum verschwand hinter einer dichten Nebelwand: der Arzt, der mich angelogen hatte, der Pastor, die Frau vom Jugendamt und die Schwester. Ja, sogar das Piepen der Monitore über mir entfernte sich, bis alles still wurde.

Als ich aus dem Nebel wieder heraustrat, hatte sich nichts verändert. Noch einmal teilte mir der Arzt mit, dass meine Eltern gestorben seien und dass sich ab sofort das Jugendamt um mich kümmern würde. Dass ich überlebt hatte, sei ein Wunder, fügte er hinzu. Ein Wunder, für das wir dankbar sein sollten. Doch wen meinte er mit »wir«? Es war niemand anders übrig als ich.

In diesem Augenblick empfand ich keine Dankbarkeit, sondern tiefe Verzweiflung darüber, dass mir die beiden wichtigsten Menschen genommen worden waren, die ich je besessen hatte. Es wäre besser gewesen, wenn ich bei dem Unfall selbst ums Leben gekommen wäre.

Mama hatte immer gemeint, dass gute Menschen in den Himmel kämen. Da für mich kein Zweifel daran bestand, dass meine Eltern gut gewesen waren, war ich sicher, dass sie im

Himmel auf mich warten würden. Ich könnte bei ihnen sein. Nein, ich müsste bei ihnen sein.

Aber ich war noch immer hier. Und während ich mein Gesicht weinend ins Kissen drückte, überkam mich große Hoffnungslosigkeit.

4.

»Wo soll das Loch hin?«, fragte der Hausmeister und stach den Spaten in den Boden.

Ich schreckte aus meinen Gedanken.

»Hier«, sagte ich und deutete auf die Stelle vor mir. Zwischen den Rosen und unter einer dicken Schicht Rindenmulch war der Spatz sicher. Und wer weiß, vielleicht war im Himmel auch Platz für ihn.

»Es gibt da so eine Geschichte«, sagte der Hausmeister, als er die Schaufel Erde beiseitehob. »Vom Spatzenmädchen.«

»Spatzenmädchen?« Wahrscheinlich war das eine regionale Sage oder so was.

»Na ja, in der Zeit, als das Internat noch ein Waisenhaus war, Ende des 18. Jahrhunderts, soll es hier mal ein Mädchen gegeben haben, das glaubte, mit Spatzen reden zu können. Jeder hat sie für verrückt gehalten. Doch sie kümmerte das nicht. Sie redete weiter mit den Spatzen und komischerweise scharten sich die Vögel auch immer um sie. Ansonsten war sie sehr still, was die anderen Kinder dazu verleitete, ihr Streiche zu spielen. Und ein bisschen beneideten sie sie wohl auch um den kleinen Vogel, den sie in einem Käfig hielt.«

»Sie hatte einen …« Vogel, den hatte sie wohl wirklich, wenn sie glaubte, mit Spatzen sprechen zu können.

»Einen zahmen Spatzen. Sie hatte ihn in einem kleinen Drahtkäfig bei sich, obwohl das unnötig war, denn das Tier war so zahm, dass es auf ihrer Schulter saß. Na ja, und eines Tages war der Vogel dann weg. Sie suchte ihn überall, rief ihn, pfiff nach ihm, aber er blieb verschwunden. Bis er eines Tages wieder auftauchte – mit umgedrehtem Hals in ihrem Bett.«

Ich schüttelte mich unwillkürlich. Daher hatten meine Mitschüler also diese kranke Idee! Derjenige, der mir das Tier untergeschoben hatte, sollte sich besser vorsehen.

»Sie weinte sehr um ihn, und als wäre das nicht schon schlimm genug, begannen ihre Mitschüler, sie bis aufs Blut zu quälen. Schließlich wusste sie keinen anderen Ausweg, als ihrem kleinen Vogel in den Tod zu folgen. Sie kletterte auf den Turm«, er zeigte auf die Spitze des Uhrenturms, der zwischen den Bäumen emporragte, »schloss die Augen und stürzte sich runter.«

»Und die Leute, die sie gequält haben?«

»Waren natürlich schockiert. Sie beteuerten, dass alles nur Spaß gewesen wäre. So, wie es immer ist, nicht wahr?«

»Sehr aufschlussreich.« Ich blickte auf das Vogelgrab, das unter dem Rindenmulch verschwunden war. »Und was für Geschichten kursieren hier noch in Rotensand?« Ich blickte dem Mann direkt ins Gesicht. Ein leichtes Lächeln umspielte seinen Mund.

»Du bist kein Spatzenmädchen, wie ich sehe«, sagte er dann.

»Woher wollen Sie das wissen?«

»Du bist kein stilles Mädchen. Wenn das die anderen von dir denken, schneiden die sich aber gewaltig, nicht wahr?«

Ich sagte darauf nichts, war aber fest entschlossen, den Elitegören zu zeigen, dass der Hausmeister mit seiner Einschätzung richtig lag.

»Den kleinen Drahtkäfig bewahren sie übrigens im Westflügel auf. Der steht leer. Dort haben sich viele Sachen aus der früheren Zeit angesammelt, der Rektor hat es sich in den Kopf gesetzt, dort ein Museum einzurichten. Aber bisher ist nichts aus diesem Plan geworden. Zum Glück, sonst müsste ich die Gören auch noch davon abhalten, dort was kaputt zu machen.«

Seine Abneigung den Internatsschülern gegenüber schien tief zu sitzen. Da konnte ich ja von Glück reden, dass er mich anscheinend nicht zu den »Gören« dazuzählte.

»Vielleicht schau ich ihn mir mal an, den Käfig.«

Der Mann nickte, nahm dann seine Schaufel und drehte sich um.

»Vielen Dank!«, rief ich ihm hinterher. Ich blickte noch mal zu den Rosen. Ich hatte welche auf das Grab meiner Eltern gelegt, kurz bevor ich nach Rotensand gefahren war. Das nächste Mal würde ich ihnen wohl erst wieder in den Herbstferien Blumen bringen können.

Als ich in mein Zimmer zurückkehrte, saß Susanne an ihrem Schreibtisch. Vor ihr lag ein Buch, und da sie nicht reagierte, nahm ich an, dass sie nicht gestört werden wollte.

Hatte sie mir den Spatz ins Bett geschmuggelt?

Ich war mir nicht sicher, ob ich sie darauf ansprechen sollte.

Natürlich würde sie alles abstreiten. Beweise für ihre Täterschaft hatte ich ja nicht. Also beschloss ich, cool zu bleiben. Ich ging zum Bett, zog kurzerhand den Bezug vom Kissen und warf ihn in die Wäschetonne. Ich hatte eigenes Bettzeug mit, das mir ohnehin viel besser gefiel.

Susanne schien mein Tun gar nicht zu bemerken. Als ich fertig war, strich ich Kissen und Bettdecke glatt und setzte mich darauf.

»Und, hast du Camilla gefunden?«, durchbrach ich die Stille.

»Nein«, murmelte meine Zimmergenossin. Mehr nicht.

Verzweifelt suchte ich nach einem Thema, über das ich mit ihr reden konnte. Aber mir wollte nichts einfallen. Ich war furchtbar schlecht in Small Talk. Außerdem zerrte die Wut noch an mir. Ich konnte sie unmöglich fragen: »He, hast du mir die Spatzenleiche ins Bett gesteckt?« Vielleicht wartete sie ja darauf.

Ich wollte ihr diesen Gefallen nicht tun. Stattdessen sortierte ich meine Schulbücher.

Dabei fiel mir auf, dass ich gar nicht wusste, welche Stunden morgen anstanden. In den Unterlagen, die ich mir im Sekretariat abgeholt hatte, fand ich keinen Stundenplan.

Ich blickte zu Susanne.

»Ähm …«, begann ich, in der Hoffnung, dass sie sich umdrehen würde, aber sie rührte sich nicht. »Ich will dich überhaupt nicht stören, aber kannst du mir sagen, wo ich den Stundenplan finde?«

»Im Schulgebäude«, antwortete sie einsilbig.

Ja, natürlich, wo sonst!

»Ich … ähm, sag mal, kann es sein, dass Camilla vorher mit dir zusammengewohnt hat?«

Susanne hielt kurz in ihrem Schreiben inne. Treffer!

»Tut mir leid, dass sie mich hier reingesteckt haben«, sagte ich schnell. »Ich hatte keinen Einfluss darauf.«

»Weiß ich«, maulte Susanne, dann machte sie weiter.

Okay, mir war schon klar, dass sie sich lieber mit ihrer Freundin ein Zimmer teilen wollte. Doch was konnte ich dafür?

Da es keinen Sinn hatte, weiter Small Talk mit Susanne zu führen, beschloss ich, zum Hauptgebäude zu gehen. Ein paar Jungs lungerten in den Ecken rum und nahmen keine Notiz von mir. Auf dem Gehweg zum Hauptgebäude kamen mir ein paar jüngere Schüler mit ihren Trolleys entgegen. Sie waren zwar auch die Neuen hier, aber Neue, die eine eigene Klasse bildeten.

Ein bisschen beneidete ich sie darum – und ich bereute es, mich nicht schon früher für Rotensand beworben zu haben.

Im Hauptgebäude fand ich tatsächlich die Stundenpläne – und bekam einen Schock, als ich sah, dass an einer Tafel sogenannte »Leistungsgruppen« aufgeführt waren. Unabhängig von der Klassenstufe wurden die Notendurchschnitte der Schüler bekannt gegeben. Bedeutete das etwa, dass es hier einen Aushang gab, wer wie stand?

Offenbar ja, und die Leistungsgruppe eins – die mit einem Durchschnitt von 1,0 – war ganz oben. Und das Schlimmste war, dass die Namen mit veröffentlicht wurden … Schlechter als 2,5 war keine der Leistungsgruppen, wahrscheinlich waren das in Rotensand schon die Obernullen. Wenn das meine früheren Mitschüler sehen könnten, wären sie entsetzt.

Vielleicht sollte ich mich noch ein wenig mehr mit den Leistungsgruppen auseinandersetzen. Immerhin war es möglich, dass danach die Tische in der Mensa aufgeteilt waren …

Doch auch ohne solche Klassifizierungen war es bestimmt hart, sich in eine gute Leistungsgruppe hochzuarbeiten. Man hatte mich bereits gewarnt, dass ich in der ersten Zeit vielleicht um eine Zensur abrutschen würde.

Mit dem Stundenplan in der Tasche kehrte ich in mein Zimmer zurück. Susanne lag auf dem Bett, mit dicken Kopfhörern auf den Ohren. Was sie wohl für Musik mochte? Rap, R'n'B oder Rock? Ich lauschte, konnte aber nichts hören.

Als sie anfing, französische Wörter aufzusagen, wusste ich, dass sie sich irgendeine Sprach-CD reinzog. Sie lernte, obwohl sie noch nicht einmal wusste, welches Thema morgen drankam.

Ich ließ mich auf mein Bett sinken, wo mich diesmal keine unangenehme Überraschung erwartete, schnappte meine Tasche und stöpselte mir Musik in die Ohren. Die Texte von Snow Patrol kannte ich auswendig, beschloss aber, nicht mitzusingen, sondern ließ mich von den Bässen mitreißen.

5.

Er liebte den Abend, die Zeit, in der alles ruhig wurde und Dunkelheit die Welt einhüllte, das Hässliche in ihr tilgte. Dann setzte er sich auf den breiten Stein, holte seine Zigarettenschachtel heraus und rauchte eine. Das tat er auch heute. Nur wollte sich diesmal nicht die gewohnte Ruhe in ihm einstellen. Unaufhörlich musste er daran denken, ob sie sein Zeichen wohl verstanden hatten.

Dunkel erhoben sich die alten Mauern vor ihm. Das Internat war ziemlich gut gesichert, aber er kannte viele Schleichwege. Wie alles, was damals geschehen war, waren auch sie ihm gut im Gedächtnis geblieben. Manchmal schlich er sich auf das Gelände, einfach so, um zu sehen, ob er es noch konnte. Inzwischen sah er dies als Übung für den Ernstfall an. Der Gedanke, jederzeit auf das Grundstück gelangen zu können, um dort ein Mädchen zu töten, gefiel ihm immer besser. Natürlich war das gefährlich. Nicht zu vergleichen mit dem, was er im Wald getan hatte. Dort war es ein glücklicher Zufall gewesen, der ihm in die Hand gespielt hatte.

Schon bald würden sie wissen, was geschehen war. Wahrscheinlich hatten sie die Nachricht bereits erhalten. Und alles andere würde folgen.

Aber das war ja Sinn der Sache. Er wollte, dass sie es wussten. Und er wollte, dass die Schuldigen von diesem Augenblick an in Angst lebten. Natürlich würden sie wachsamer sein, aber trotzdem zu spät erkennen, in welch aussichtsloser Lage sie sich befanden.

Er drückte seine Zigarette unter dem Schuh aus, dann näherte er sich der Hecke. Durch diese schlüpfte er ohne große Anstrengung und umrundete das große, leere Gebäude, das wahrscheinlich nie einen richtigen Zweck bekommen würde. Schließlich war er am Ziel. Es herrschte tiefste Dunkelheit. Er blieb stehen, wurde eins mit der Finsternis und blickte hoch zu einem der hell erleuchteten Fenster.

Sie glaubten, dass sie sicher waren. Heute waren sie es auch noch. Bevor sein erstes Kunstwerk nicht entdeckt worden war, würde er kein zweites beginnen. Aber er wusste schon, wen er sich dafür aussuchen würde. Bald.

FREITAG

6.

Nach der Nummer mit dem toten Spatz im Bett freute ich mich natürlich ganz besonders auf den ersten Schultag. In meinem Magen schien eine beißende Flüssigkeit zu wabern und meine Hände waren eiskalt. Im Heim hatte ich gelernt, cool zu bleiben, wenn es brenzlig wurde. Doch trotz des Pokerface, das ich aufgesetzt hatte, war ich ziemlich angespannt.

Gleichzeitig war ich mir sicher, dass ich den Schuldigen erkennen würde, wenn ich ihn sah. Wer etwas angestellt hatte und glaubte, nicht entdeckt werden zu können, fühlte sich sicher. Aber Sicherheit gab es in diesem Fall nicht.

Ich betrat den Klassenraum mit hoch erhobenem Kopf und warf meine Tasche auf einen freien Platz in der Mitte. Die Coolen saßen hinten, die Loser vorn – wahrscheinlich war das auch in Rotensand so, Segelunterricht hin und Schauspielgruppe her.

Natürlich richteten sich alle Augen sofort auf mich.

Ich legte meinen Block und ein paar Stifte auf den Tisch und stellte meine Tasche neben den Stuhl.

Fast kam ich mir vor wie bei meinem ersten Tag im Heim. Dort war ich auch die Neue gewesen, alle anderen hatten sich schon länger gekannt. Und das ließen sie mich in der ersten Zeit auch spüren. Darauf, dass ich meine Eltern verloren hatte, hatte niemand Rücksicht genommen – sie alle hatten ihre Eltern verloren. Ob bei einem Unfall, durch Krankheit, Alkohol oder die Fürsorge.

In Rotensand war ich sogar auf zweierlei Arten ein Freak. Ich war neu *und* hatte keine Eltern mehr. Ging es noch schrecklicher? Zumal ich wusste, dass viele glaubten, Waisen seien von vornherein asozial.

Jemand kicherte unterdrückt. Ich wandte mich nicht um, aber aus den Augenwinkeln sah ich, dass eines der Mädchen auf mich zeigte und die Arme zu Flügeln formte.

Okay, also sie wusste schon mal von dem Spatz. Hatte sie ihn gefunden und in mein Bett gesteckt? Hatte sich meine Zimmergenossin darüber beschwert, dass ich den Platz ihrer Freundin eingenommen hatte?

»He, Melanie, hast du heute Abend Zeit?«, rief ihr da ein Junge zu und strich ihr kurz durch die rote Wuschelmähne. Jetzt schaute ich mir meine neue Klassenkameradin genauer an. Sie war schlank und ihre graugrünen Augen waren ziemlich stark geschminkt. Sie trug goldene Kreolen in den Ohren, als wollte sie in die Disco, ein grünes Wasserfalltop und Skinny-Jeans.

»Ach, verzieh dich, Joseph!« Melanie rollte genervt mit den Augen und die anderen Mädchen kicherten. Der Junge lachte darauf nur und warf seinen Rucksack auf den Tisch.

In dem Moment betrat ein anderer Junge den Klassenraum. Sein Haar war dunkelbraun, fast schwarz, dasselbe galt für seine Augen. Wäre seine Haut etwas brauner gewesen, hätte er leicht für einen Italiener durchgehen können, doch mit seinem hellen Teint wirkte er eher wie dieser Vampirdarsteller aus einer der Serien, die sich die Mädchen im Heim immer angesehen hatten. Er war ziemlich groß, trug eine etwas ausgeleierte Jeans und ein enges olivgrünes T-Shirt. Er hatte keine Tasche dabei und steuerte auf ein Mädchen zu, das etwas abseits von den anderen saß, und sprach mit ihr. Es entging mir nicht, dass sich die Clique um Melanie ihm sofort zuwandte.

Kein Wunder, so wie er aussah!

Aber er konzentrierte sich nur auf das Mädchen und machte dann wieder kehrt. Kurz bevor er den Raum verließ, blieb er noch einmal stehen und schaute mich direkt an. Ich war so überrascht, dass ich gar nicht schnell genug wegschauen konnte. Er lächelte mich breit an und zwinkerte mir zu, dann verschwand er aus dem Raum. Erst jetzt merkte ich, dass ich zurückgelächelt hatte. Gleichzeitig spürte ich die Blicke meiner Klassenkameraden wie Nadelstiche im Rücken und drehte mich um. Melanie musterte mich. Sie sah aus, als hätte sie Zahnschmerzen.

War sie scharf auf den Unbekannten? Irgendetwas sagte mir, dass sie für ihn heute Abend Zeit gehabt hätte.

Ich ignorierte sie und setzte mich auf meinen Platz.

In dem Moment rief eine Frauenstimme: »Guten Morgen, Herrschaften!« Eine Wolke aus Parfüm und Seife wehte an mir vorbei.

Unsere Lehrerin, laut Stundenplan Frau Mertens, war

schätzungsweise Ende dreißig und ziemlich attraktiv. Sie hatte dickes braunes Haar, trug eine fließende, blau gemusterte Carmenbluse und Jeans. An ihrem Finger glänzte ein schmaler goldener Ehering. Eine nette Person, dachte ich im ersten Moment. Ein paar Augenblicke später änderte ich meine Meinung.

Sie teilte den anderen mit, dass ich eine neue Schülerin wäre. Sie ließ mich aufstehen und ich musste mich vorstellen. Ich hasste solche Runden, hasste es, blöd angeglotzt zu werden. Hatte das schon gefühlte tausend Mal erlebt in meiner alten Schule. Obwohl ich dort alles andere als gern hingegangen war, sehnte ich mich auf einmal an das städtische Gymnasium zurück. Dort war ich keine »Neue« gewesen, sondern eine, die man in Ruhe gelassen, ignoriert hatte.

Ich stellte mich also vor, erzählte, dass ich aus Potsdam kam und mich für Bücher interessierte. Dass ich mir wünschte, irgendwann mal Rechtsmedizinerin zu werden, um mitzuhelfen, Verbrechen aufzuklären, ließ ich außen vor. Ohnehin kam ich mir schon wie ein Freak vor. Mein Notendurchschnitt von 1,2 beeindruckte hier niemanden, aber angesichts der Leistungsgruppen erwähnte ich es mal. Tja, und das war dann schon alles.

Frau Mertens bedeutete mir mit einem Nicken, mich wieder zu setzen, und ich war ihr dankbar, dass sie nicht darauf zu sprechen kam, dass ich Rotensand aufgrund eines Stipendiums besuchte. Obwohl man mir das bestimmt ansah und sich wahrscheinlich alle darüber wunderten, dass ich meine Eltern nicht erwähnt hatte.

In der Mittagspause lief ich den anderen hinterher in die Mensa, wo es wohl das größte Angebot an Hauptgerichten und Nachtischen gab, das ich je gesehen hatte. Die Schlangen waren enorm, und ich landete ganz hinten, weil ich mir erst einmal eine von diesen Plastik-Essenskarten besorgen musste, mit denen man hier die Mahlzeiten bezahlte.

Schließlich fand ich im Speisesaal, der zum Glück nicht nach Leistungsgruppen geordnet war, einen freien Tisch am Fenster, von dem aus ich über den ganzen Hof blicken konnte. Ein paar der Kastanienbäume, die wohl schon mehr als hundert Jahre auf dem Buckel hatten, bekamen erste gelbe Flecken. Die Ahornbäume hielten sich noch ganz gut, doch wenn es erst einmal Oktober war, würde es goldene Blätter regnen. Ich liebte den Herbst einfach, er passte zu meinem Innern, der Schwermut, die mich irgendwie ständig begleitete, obwohl ich glaubte, ein positiver Mensch zu sein.

»He, Heimkind!«, tönte es, als ich gerade beim Nachtisch angekommen war. »Ich wusste ja gar nicht, dass unsere Schule solche wie dich aufnimmt.«

Ich legte meine Gabel beiseite und drehte mich um. Melanie stand im Kreise ihrer Freundinnen hinter mir. Ihre rote Lockenmähne wirkte ein wenig zerzaust, ihre Augen waren zu schmalen Schlitzen verengt und ihr Mund war herablassend verzogen. Sie und ihre Freundinnen wirkten auf mich ein bisschen wie Häftlinge im Knast, die mit dem Neuankömmling Streit anfangen wollten.

Woher zum Teufel wusste sie, dass ich ein Heimkind war? Gab es irgendwo auch einen Aushang mit den Lebensgeschichten der Schüler?

»Wie nett, freut mich auch, dich kennenzulernen, Melanie!«, entgegnete ich.

Damit rang ich ihr für einen Moment Bewunderung ab. Wahrscheinlich fragte sie sich, woher ich ihren Namen kannte. Auf die Idee, dass ich meine Ohren zum Hören benutzte, kam sie wohl nicht.

»Wer bezahlt denn eigentlich die Schule für dich?«, ätzte sie. »Hast du einen Brief bekommen, in dem stand, dass du eine Hexe und auserwählt bist?«

Auch wenn Melanie etwas anderes beabsichtigt hatte, ich musste lachen. Schon allein wegen ihrer roten Haare sah sie eher aus wie eine Hexe als ich.

»Sag bloß, du liest noch Harry Potter! Bei welchem Band bist du denn? Und wahrscheinlich stehst du total auf Hermione Granger.«

Eines der anderen Mädchen kicherte unfreiwillig los. Die Ähnlichkeit ihrer Freundin mit der Romanfigur musste auch ihr aufgefallen sein. Melanies Augen blitzten.

»Hier haben wir das Sagen, kapiert?«, schnarrte sie. »Du passt dich uns besser an, sonst machen wir dir das Leben so richtig zur Hölle.«

»Du guckst wohl zu viel fern, oder?« Ich verschränkte die Arme vor der Brust. »Warum führst du dich eigentlich so auf? Du kennst mich überhaupt nicht, und ich wüsste auch nicht, dass ich dir irgendwas getan hätte. Also, was ist los?«

»Uns passt dein Gesicht nicht.«

»Dann schau weg.«

»Du gehörst einfach nicht zu uns!«

»Sagt wer?« Allmählich wurde ich wirklich sauer.

Melanies Augen wurden wieder schmal. »Geh uns einfach aus dem Weg«, zischte sie und stapfte davon.

»Dann kommt doch einfach nicht zu mir!«, rief ich ihr hinterher und schüttelte den Kopf. Offenbar hatte der Hausmeister mit seiner Meinung über sie recht.

7.

Nach dem Unterricht setzte ich mich mit Jane Austen auf eine Parkbank und ließ mich von ihr nach Kloster Northanger Abbey entführen. Die anderen mochten ihren außerschulischen Aktivitäten nachgehen, ich hatte als Neue Schonfrist und konnte mir heute noch einen freien Nachmittag gönnen, bevor es nächste Woche richtig losging und ich mich für eine der Arbeitsgruppen entscheiden musste.

Sollte ich vielleicht dem Leseclub beitreten, wie ich es dem Rektor gesagt hatte? Das war wohl die beste Idee, auch wenn ich meine Bücher lieber allein las und sie mir nicht von anderen zerreden ließ. Und Sport? Nee, das war das Fach, das mir den Notendurchschnitt verdarb. Vielleicht konnte ich es mit Segeln versuchen. Manchmal träumte ich davon, weit draußen auf dem Meer zu sein. Zum Glück musste ich nicht gleich eine Entscheidung treffen. Ich hatte noch das ganze Wochenende Zeit, mir darüber Gedanken zu machen. Und das Wochenende versprach, interessant zu werden. Ein sogenanntes Internatswochenende stand an – mit einer Begrüßungsfeier für die neuen Schüler und Abendessen im großen Saal des Hauptgebäudes. Dem Saal, in dem wir irgendwann auch mal unsere Abschlusszeugnisse erhalten würden.

Ein lauter Schrei ließ mich hochschrecken. Im nächsten Augenblick hörte ich ein verzweifeltes Weinen. Was war passiert? Ich klappte mein Buch zu und folgte dem Geräusch. Lange brauchte ich nicht zu suchen.

Susanne, meine Zimmergenossin, hockte auf einer Bank im vorderen Bereich des Parks. Andere Mädchen umringten sie, unter anderem meine neue Busenfreundin Melanie. Ihre Begleiterinnen standen etwas abseits. Auf dem Boden lag Susannes Handy.

»Was ist passiert?«, fragte ich meine Mitbewohnerin und kam nicht umhin, die Reaktionen der anderen zu prüfen. Die meisten schienen sich zu fragen, wer ich war.

Melanie warf mir einen giftigen Blick zu, der nur zu deutlich »Verpiss dich!« sagte. Ihr dicker Kajal war verwischt, sie sah jetzt ein wenig aus wie dieser Typ aus »The Crow«. Auch sie konnte also weinen.

Ich blieb stehen. Sollte sie doch etwas zu mir sagen, wenn ihr meine Anwesenheit nicht passte.

»Das geht dich nichts an«, meinte ich irgendwen brummen zu hören, doch das Mädchen, das Susanne tröstete, schaute mich an. Sie hatte hellgrüne Augen, schwarze Haare und ein Gesicht wie ein Topmodel.

»Ich teile mir mit Susanne ein Zimmer«, erklärte ich. Nicht dass ich glaubte, dass das für irgendjemanden von Bedeutung wäre. Aber immerhin war ich Susannes Zimmergenossin. Und ich wollte wissen, was passiert war.

»Camilla ist tot«, erklärte das Mädchen mit den grünen Augen. »Sie war Susannes Freundin.«

»Und auch unsere«, fügte Melanie trotzig hinzu, als käme es in diesem Augenblick darauf an, mich daran zu erinnern, dass ich keine von ihnen war. »Du kennst sie nicht.«

»Aber … wie ist das passiert? Hatte sie einen Unfall?«

»Sie ist umgebracht worden!«, fauchte Melanie. »Du solltest lieber schnell deinen Koffer packen und zusehen, dass du Land gewinnst. Vielleicht bist du ja die Nächste.«

Susanne heulte erneut auf.

»Melanie!«, wies die Grünäugige sie zurecht. Offenbar war sie aus einer höheren Klassenstufe. In unserer Klasse hatte ich sie jedenfalls nicht gesehen und sie war auch nicht bei dem Empfangskomitee in der Mensa dabei gewesen. Dann wandte sich die Schwarzhaarige mir zu. »Komm mit, wir bringen sie in ihr Zimmer.« Wir halfen Susanne von der Bank hoch und stützten sie auf dem Weg ins Wohngebäude.

»Wie hat sie es erfahren?«, fragte ich, als wir durch den Flur des Wohngebäudes gingen.

»Camillas Mutter hat angerufen. Die hatte es wohl gerade erst erfahren. Mehr weiß ich auch nicht. Wir müssen warten, bis Susanne sich wieder beruhigt hat.«

Das konnte dauern, denn meine Zimmergenossin schien nicht mal mitzubekommen, dass wir über sie sprachen.

Wir bugsierten Susanne in unser Zimmer. Sofort ließ sie sich auf ihr Bett sinken. Sie umschlang ihre Schultern fest und weinte leise vor sich hin.

Das Topmodel zog mich nach draußen. »Pass auf sie auf, ja?«

Ich nickte. »Mach ich.«

Das Grünauge musterte mich, als wollte sie überprüfen, ob ich auch vertrauenswürdig war. Dann reichte sie mir die Hand. »Ich bin Marina.«

»Clara.«

Marina nickte. »Du scheinst in Ordnung zu sein.«

»Überrascht dich das?« Ich fragte mich, was für Geschichten schon über mich kursierten.

»Melanie scheint dich ja ziemlich gefressen zu haben.«

»Wirklich? Also ich dachte, wir wären die besten Freundinnen«, spottete ich.

»Hast du irgendwas zu ihr gesagt?«

Ich schüttelte den Kopf. »Nein, nicht dass ich wüsste. Sie kam heute Mittag zu mir und wir haben ein nettes Gespräch geführt.«

»Das scheint *ihr* nicht gefallen zu haben.«

»Wie es in den Wald hineinruft, so schallt es heraus, sagte mein Vater immer.«

»Sieh dich ein bisschen vor und geh Ärger aus dem Weg«, warnte mich Marina. »Auch wenn sie dich provoziert, ignorier sie einfach, ja?«

Ich runzelte die Stirn. »Warum ist sie so?«

Marina zuckte mit den Schultern, und ich sah ihr an, dass ich nichts aus ihr herausbekommen würde.

Ich beließ es dabei und lächelte sie an.

»Geh ihr einfach aus dem Weg, dann wird das schon«, sagte Marina und drehte sich um. »Irgendwann hat sie sich an dich gewöhnt und lässt dich in Ruhe.«

Ja, falls sie den Spaß daran verlieren sollte, aus völlig irrationalen Gründen auf mich böse zu sein. Oder falls noch jemand Neues in Rotensand auftauchte, dem sie ihre volle Aufmerksamkeit schenken konnte.

Ich blickte Marina hinterher. Sie schien nett zu sein, wirklich. Dennoch war ich froh, mit ihr nicht über den Spatz gesprochen zu haben.

Als ich zu Susanne zurückkehrte, wimmerte diese leise vor sich hin. Ich setzte mich neben sie und strich ihr über den Arm, aber das schien sie nicht mitzubekommen. Sollte ich vielleicht der Krankenschwester Bescheid sagen? Vielleicht hatte Susanne ja einen Nervenzusammenbruch …

Jetzt erst merkte ich, dass ich selbst innerlich zitterte. In Notsituationen funktionierte ich ziemlich gut, aber wenn die erste Anspannung nachließ, machte sich bei mir schnell Panik breit.

Ich versuchte, mich zusammenzureißen, zu konzentrieren.

Ein Mord an unserer Schule! Das ging ja gut los! Wie betäubt saß ich auf Susannes Bettkante und starrte aus dem Fenster. Dunkle Wolken zogen auf, und mir war, als wäre der Wald ein bisschen näher an das Schulgebäude herangerückt und würde es jeden Augenblick zerquetschen. Ein Schwarm Krähen stieg in den Himmel auf, flog eine Runde über die Dächer und verschwand dann, als würden die Vögel vor dem bedrohlichen Wald flüchten.

Und da bildete sich plötzlich ein harter Kloß in meinem Hals. Ich schnappte nach Luft, sprang auf und begann, unruhig im Zimmer auf und ab zu gehen.

Camilla war das Mädchen gewesen, dessen Zimmer ich bekommen hatte. Es steckte sicher keine Absicht dahinter, aber es wirkte so, als hätte man gar nicht mehr mit ihrem Auftauchen gerechnet.

Wenn Susanne wieder zu sich kam, würde sie genau das glauben – so unlogisch es auch war – und mir das Leben noch schwerer machen. Wer weiß, was dann in meinem Bett landete … Der Gedanke bereitete mir Übelkeit.

Das Wimmern wurde leiser und hörte schließlich ganz auf. Susanne war eingeschlafen. Sie brauchte niemanden mehr, der auf sie aufpasste. Sie würde bis zum Abend schlafen, da war ich sicher. Weinen aus Trauer strengte besonders an, das wusste ich nur zu gut.

Da ich darauf verzichten konnte, Melanie und den anderen draußen zu begegnen, ging ich in die Bibliothek. Ich wollte mehr über diesen Mord herausfinden. Ein Mord an unserer Schule, ging es mir wieder durch den Kopf. Zudem an einem Mädchen, das zuvor in meinem Zimmer gewohnt hatte. Da streifte mich ein anderer Gedanke flüchtig, aber er war noch zu fern, als dass ich ihn greifen konnte.

Ich setzte mich auf einen freien Platz vor einen der Rechner und öffnete den Browser, der sogleich den Zugangscode meiner Schülerkarte verlangte.

Ich kramte meine Karte hervor, und während ich die Nummer eintippte, versuchte ich, sie auswendig zu lernen.

Nachdem ich einen Moment ratlos vor dem Browserfenster gesessen hatte, gab ich ein paar Suchbegriffe ein. Spatz und Rotensand führten zu der Geschichte von dem Waisenmädchen. Jemand hatte sie auf einer Seite namens »Märchen und Sagen aus der Region« eingestellt. Ob das die Leute von der Schule wussten? Sie bewahrten vielleicht den kleinen Drahtkäfig auf, aber ein wirklich schmeichelhaftes Kapitel aus Rotensands Geschichte war das nun nicht.

Als Fahrzeuge über den Schotter ratterten, blickte ich auf. Ein Polizeiwagen und ein schwarzer Volvo. Das Blaulicht flackerte durch die Bibliotheksfenster. Es war klar, dass sie hier auftauchen würden. Die Nachricht von Camillas Tod war offenbar wirklich noch ganz neu.

»He, wir sollen alle in die Aula kommen«, tönte es da auch schon durch die Tür. »Die Polizei will uns befragen.« Neben mir saßen noch etwa zehn andere an den Bildschirmen. Sie murrten genervt, weil sie ihre Arbeit unterbrechen mussten.

Ich schloss enttäuscht den Browser. Was hatte ich auch erwartet? Dass er mir Fakten zum Tod von dieser Camilla lieferte? Wenn die Nachricht noch so frisch war, hatten die Medien bisher sicher nichts mitbekommen.

8.

In der Aula schnappte ich einige Gesprächsfetzen auf, in denen es um Camilla ging. Einige vermuteten, dass der Mörder bereits gefasst sei. Das war meiner Meinung nach totaler Unsinn. Die Polizei wäre sonst nicht hier.

Erst ein paar Augenblicke später realisierte ich, dass ich ganz in der Nähe des Jungen stand, der mir heute vor der ersten Stunde zugezwinkert hatte. Ich beobachtete ihn, bis er zu mir hinsah.

Als er mich anlächelte, wurde ich rot. Schnell blickte ich wieder nach vorn. Aber sein Gesicht hatte ich weiterhin vor Augen.

Ein lautes Quietschen ertönte. Rückkopplung aus der Hölle. Alle blickten nach vorn. Dort stand Rektor Sontheim zusammen mit zwei anderen Männern. Einer von ihnen trug einen schwarzen Lederblouson, der andere einen kurzen Mantel. Und ich dachte immer, die Klamotten der Ermittler im Tatort seien zu klischeehaft.

Der Rektor hatte einen hochroten Kopf und hielt das Mikro

in der Hand, aber zu hören war nichts von dem, was er mit den beiden Beamten besprach. Wahrscheinlich würde in der Schulleitung das Chaos ausbrechen. Ein Mord an einem Internat wie diesem! Ich sah bereits die Reporter vor dem Zaun lauern, ein Verbrechen bei den Reichen und Schönen interessierte die Leute sicher. Vielleicht schafften wir es ja sogar in die »In Touch« …

Weitere Schüler strömten in die Aula, drängten aneinander, steckten die Köpfe zusammen. Dann schienen endlich alle da zu sein.

Eine weitere Rückkopplung ertönte, bevor die Stimme des Rektors erklang.

»Liebe Schülerinnen und Schüler, Sie wundern sich wahrscheinlich über diese unplanmäßige Zusammenkunft. Leider hat mich ein trauriges Ereignis dazu veranlasst, Sie von Ihren Aufgaben fortzureißen.«

Dem Kichern einiger Jungs aus der Klassenstufe sieben – im normalen Leben 6. Klasse – nach zu urteilen, waren sie nicht allzu enttäuscht darüber, bei ihrer Arbeit unterbrochen worden zu sein.

»Heute Vormittag wurde eine Ihrer Mitschülerinnen, Camilla Nicklaus, tot in der Nähe des Königsstuhls aufgefunden. Wie mir die Herren von der Polizei mitgeteilt haben, geht man von einem Verbrechen aus.« Den Worten des Rektors folgte ein lautes Raunen.

»Ruhe bitte!«, rief er und das Geflüster ebbte ab wie eine Welle, die sich vom Strand zurückzog.

»Ich übergebe jetzt an Kriminaloberkommissar Dräger von der Kripo Stralsund.«

Unruhig wanderte mein Blick durch den Saal, bis er wieder bei dem Jungen mit den dunklen Haaren hängen blieb. Zu gerne hätte ich seinen Namen gewusst.

Er schaute sehr ernst drein. Jemand flüsterte ihm etwas zu, aber er blieb unbewegt, konzentriert. Ob er Camilla wohl gut gekannt hatte?

»Meine Herrschaften«, begann der Mann von der Kripo, worauf sich alle Köpfe wieder nach vorn wandten. »Der Verlust Ihrer Mitschülerin tut uns sehr leid, und wir werden alles erdenklich Mögliche tun, um das Verbrechen aufzuklären. Mein Kollege Hinrichs und ich sind heute hier, um mehr über Camilla Nicklaus zu erfahren. Vielleicht weiß einer von Ihnen etwas, egal was. Jede noch so kleine Information kann für uns von Bedeutung sein. Vielleicht hat einer von Ihnen Camilla vor ihrem Verschwinden gesehen. Vielleicht hat sie mit jemandem geredet oder ist mit jemandem mitgegangen. Gleichzeitig möchte ich eine Warnung für jeden von Ihnen aussprechen. Da zum jetzigen Zeitpunkt nicht feststeht, ob es sich um einen Einzelfall handelt, bitte ich Sie, sich vorsichtig zu verhalten. Verlassen Sie, wenn möglich, abends nicht allein das Schulgelände. Melden Sie sich ab, wenn Sie länger unterwegs sind. Es ist zu Ihrem eigenen Schutz.«

Das Raunen brandete wieder auf. Ich sah mich um. Einige Mitschüler hatten entsetzt die Hand vor den Mund geschlagen, blickten besorgt oder betroffen. Die Mienen mancher Jungs wirkten wie versteinert, vereinzelt schmiegten sich Mädchen aneinander oder an ihre Freunde und tupften sich mit Taschentüchern die Augen ab. Niemand schien glauben zu können, was er hier hörte.

»Alle, die uns etwas über Camilla sagen möchten, können in Herrn Sontheims Büro kommen«, fuhr der Polizist fort. »Wir werden den ganzen Nachmittag über da sein, und wenn es sein muss, auch länger. Ich bitte Sie, helfen Sie uns.«

Damit war die Versammlung beendet. Einige Schüler winkten ab, entweder kannten sie Camilla nicht oder es war ihnen egal.

Rasch leerte sich die Aula, aber ich ließ mir Zeit und schaute mich immer wieder um auf der Suche nach dem Jungen aus der ersten Stunde. Aber ich konnte ihn nirgends entdecken. Schade.

»Hallo«, sagte da plötzlich jemand hinter mir.

Als ich mich umwandte, blickte ich direkt in sein Gesicht und konnte es zunächst nicht fassen, dass er zu mir gekommen war. Der Junge aus der ersten Stunde. Der mit den schwarzen Haaren und den tollen braunen Augen.

»Hi«, entgegnete ich verwundert. Sofort begann mein Kopf zu glühen.

»Ich bin Alex«, stellte er sich vor. »Alex Norden. Eigentlich Alexander, aber meine Freunde nennen mich nur Alex.«

War das ein verstecktes Freundschaftsangebot?

»Du bist neu, nicht wahr?«, fuhr er fort.

»Das sieht man wohl, was?«, entgegnete ich und sofort schoss in mir eine Barriere hoch. Obwohl er nett zu mir war, erwartete ich innerlich, dass er irgendwas tun würde, was mich verletzte.

»Stimmt, bisher habe ich dein Gesicht hier noch nicht gesehen. Aber du bist mir heute Morgen aufgefallen. Und jetzt wieder.« Auf einmal wirkte er ein wenig verlegen. Er blickte auf seine Schuhspitzen, dann sagte er: »Schlimme Sache, das mit Camilla.«

»Ja, schlimm«, entgegnete ich und wünschte mir, dass wir über ein anderes Thema reden könnten. Aber in diesem Augenblick wäre es wohl doof gewesen, mit dem Wetter anzufangen. »Hast du sie gekannt?«, fragte ich deshalb.

»Kaum«, entgegnete er. »Sie gehörte zu Melanies Clique. War eigentlich ganz nett.«

»Melanies Clique?« Es machte mich misstrauisch, dass er meine neue »Busenfreundin« erwähnte.

»Ja, die haben immer zusammengehangen. Du kennst Melanie sicher mittlerweile.«

»Ja, flüchtig«, entgegnete ich. Konnte es sein, dass sie ihn zu mir geschickt hatte, um mich abzuchecken?

Aber vielleicht könnte ich den Spieß umdrehen.

»Wer gehört denn noch alles zu Melanies Clique?«

Alex musterte mich, dann meinte ich, ein hintergründiges Lächeln über sein Gesicht huschen zu sehen.

»Oh, eigentlich möchte jeder in Melanies Clique sein, aber die meisten sind nur Mitläufer, die ihr hinterherrennen. Ihre Freundinnen sind Christina und Marina. Camilla war auch eine von ihnen.«

»Marina scheint ganz nett zu sein.«

»Ja, ich komme gut mit ihr aus.«

»Und du?«

»Ich?«

»Ja, du. Gehörst du auch zu ihren Freunden?«

»Nein!« Seine Stirn kräuselte sich plötzlich. »Ich … ich … nein.«

»Aha.« Ich verschränkte die Arme vor der Brust und fragte mich, warum ich seinetwegen heute Morgen nervös geworden war. Ja, er war süß und wusste das anscheinend auch. Aber jetzt, wo die Sprache auf Melanie gekommen war, fand ich ihn auf einmal nicht mehr so sympathisch.

»Okay …« Er lächelte unsicher. »Ich muss wieder los. Habe Arbeitsgruppe.«

»Dann will ich dich nicht aufhalten.«

»Man sieht sich!«

Ich nickte, worauf er kurz die Hand zum Abschied hob.

Ich blieb verdattert zurück. Was war das denn gewesen? Schnell versuchte ich, meine Gedanken in andere Bahnen zu lenken. Susanne, rief ich mir in den Sinn. Sie kannte Camilla gut. Seltsam, dass Alex sie nicht zu dem inneren Kreis von Melanies Clique gezählt hatte. Aber vielleicht gehörte sie zu den Mitläufern. Und vielleicht war sie das auch mit dem Vogel gewesen. Wer weiß. Was war schon ein blöder Scherz gegen eine ermordete Freundin? Sie würden jetzt andere Sorgen haben, als sich irgendwelche neuen Gemeinheiten auszudenken.

9.

Auf dem Weg zum Wohngebäude blieb ich neben der mächtigen Eiche stehen, die das Zentrum des Geländes bildete. Alles war auf einmal still. Sogar die Schüler der siebten Klassenstufe, die draußen herumtobten, schienen leiser zu sein. Als hätte jemand den Knopf für die Lautstärke an einer Fernbedienung gedrückt.

Ich blickte über den Platz zum Hauswart, der gerade die Hecken zurückschnitt. Er war derjenige, der hier alles mitbekam. Bei der Versammlung hatte ich ihn allerdings nicht gesehen, aber ich war sicher, dass die Polizei auch ihn befragen würde. Ob er Camilla gekannt hatte? Gehörte sie seiner Meinung nach auch zu den verwöhnten Gören?

Plötzlich traf mich ein harter Stoß an der Schulter.

»He, was soll das?«, platzte es unwillkürlich aus mir heraus, aber da war Melanie schon an mir vorbei. Ihre Begleiterinnen taten so, als wäre nichts gewesen. Was sollte das? Der Wunsch, sie an den Haaren zurückzuzerren und ihr zu zeigen, wie man im Heim solche Sachen regelte, erwachte in mir. Aber da fiel mir Marina wieder ein. Wenn ich mich mit Melanie prügelte, wenn ich damit anfing, war ich draußen. Den Gefallen würde ich ihr nicht tun.

Und anscheinend hatte ich mich verschätzt – auch die Trauer um Camilla konnte sie nicht davon abhalten, mich zu triezen. Ich schüttelte den Kopf und verschwand im Wohngebäude.

Susanne hatte von all dem Rummel offenbar nichts mitbekommen. Als ich unser Zimmer betrat, schreckte sie aus dem Schlaf hoch.

»Camilla?«

Sie schien vergessen zu haben, was passiert war. Und dass sie auch schon gestern nicht mehr mit Camilla zusammengewohnt hatte. Das passierte manchmal, wenn man trauerte. Der Verstand weigerte sich, das Geschehene anzunehmen, und gaukelte einem vor, dass alles in Ordnung war. Wenn ich im Krankenhaus aus dem Schlaf geschreckt war, weil jemand ins Zimmer getreten war, hatte ich manchmal Mama oder Papa erwartet. Und dann hatte ich einen weißen Kittel gesehen und war mir wieder der ganzen Situation bewusst geworden.

Genauso schien es Susanne zu gehen. Ihr Mund bewegte sich, aber kein Laut kam heraus.

»Ich bin's, Clara«, half ich ihr auf die Sprünge. »Wie geht es dir?«, fragte ich und trat vor Susannes Bett. Ihre Augen waren geschwollen und schon wieder nass. Ihre Wangen glühten, aber Fieber hatte sie nicht. Das war nur das Salz, das sich in ihre Haut gebrannt hatte.

»Beschissen«, antwortete sie ehrlich und richtete sich auf.

Das Kissen, an das sie sich vorhin gekrallt hatte, hielt sie nun im Arm.

»Kann ich gut verstehen.« Ich setzte mich neben sie. »Weißt du, genauso ist es mir damals gegangen, als das mit meinen Eltern passiert ist.« Ich war sicher, dass Melanie ihr von der Heimkindsache erzählt hatte. »Einfach beschissen. Und es wird eine ganze Weile nicht besser. Aber dann, irgendwann, hört es auf, richtig schlimm wehzutun, weißt du.«

Susanne sagte nichts. Sie starrte auf mein Bett, als könnte sie dort Camillas Geist sehen.

»Die Polizei ist hier«, sagte ich dann. »Sie bitten alle Schüler, ihnen was über Camilla zu erzählen. Solltest du nicht auch hingehen?«

Susanne schaute mich fast schon erschrocken an.

»Ich mein ja nur«, sagte ich. »Du kanntest sie gut, hast mit ihr zusammengewohnt. Vielleicht kannst du denen sagen, was los war. Mit wem sie rumgehangen hat oder so.«

»Glauben sie, es war jemand von der Schule?«, krächzte Susanne und zog die Nase hoch.

»Sie haben noch keinen blassen Schimmer«, entgegnete ich. »Aber vielleicht ist dir was aufgefallen. Irgendwas. Vielleicht hat sie sich komisch benommen oder so?«

Wieder dieser entgeisterte Blick. Ja, ich hörte mich an wie einer dieser Kommissare aus den Krimis. Aber ganz so falsch war das, was sie da zeigen, doch wohl nicht, oder?

»Wenn du willst, komme ich mit«, bot ich mich an.

»Warum?«, fragte Susanne verständnislos.

»Weil ich finde, dass du mit ihnen reden solltest. Du willst doch, dass sie den Kerl fassen, der sie umgebracht hat, oder?«

Jetzt nickte Susanne, die Informationen schienen langsam zu ihr durchzusickern.

»Okay«, sagte sie und erhob sich. »Ich gehe.«

»Ist gut.« Ich blieb auf dem Sofa sitzen. So gern ich mir anhören würde, was sie zu erzählen hatte, ich wollte mich nicht aufdrängen.

Susanne schlurfte zur Tür, dann blieb sie stehen und drehte sich um.

»Ich dachte … du willst mitkommen?«, sagte sie unsicher.

»Wenn du möchtest.«

Susanne nickte und ich stand auf.

Das Büro des Rektors war leer. Es hatten wohl nicht viele Leute etwas über Camilla zu sagen oder ihnen waren die Hausarbeiten wichtiger. Einige Lehrer unterhielten sich betreten in einer Nische neben der Tür. Ich erkannte unsere Klassenlehrerin darunter. Sie warf uns einen kurzen Blick zu, schaute dann aber gleich wieder weg.

Ich drückte Susannes Arm. »Bist du bereit?«

Sie zögerte ein wenig, bevor sie nickte. »Ja, denke schon.«

»Kommen Sie rein, meine Damen!«, empfing uns Kriminaloberkommissar Dräger mit einem freundlichen Lächeln. In der Aula hatte ich ihn nicht genau sehen können, doch nun, aus der Nähe betrachtet, schätzte ich ihn auf Ende vierzig. Ein wenig erinnerte er mich vom Typ her an meinen Vater. Wenn ich mir manchmal die Fotos ansah, die mir geblieben waren, wusste ich, warum Mama auf ihn gestanden hatte.

»Setzen Sie sich doch! Sie wollen uns etwas über Camilla erzählen?«

Susanne nickte.

»Gut, wie wäre es, wenn wir mit Ihrem Namen anfangen?«

Susanne blickte verwundert zu mir, dann antwortete sie: »Susanne Bruns. Camilla war meine Freundin.«

Der Kommissar nickte und sah mich an. »Und Sie sind?«

»Eigentlich nur mitgekommen«, entgegnete ich, denn ich hatte ja nichts zu sagen. »Ich bin neu hier, wissen Sie, ich kannte Camilla nicht.«

Noch immer starrte mich der Polizist an. Was war denn los?

»Sie könnten mir trotzdem Ihren Namen verraten«, sagte der Kommissar.

War das denn so wichtig?

»Clara Hansen«, entgegnete ich. »Und wie gesagt, ich bin erst seit gestern Mittag hier.« Der Taxifahrer kann's bezeugen, wäre mir beinahe rausgerutscht, glücklicherweise reagierte mein Mund nicht so schnell wie mein Kopf.

Der Polizist nickte, dann wandte er sich Susanne zu.

Ich betrachtete ihn und fragte mich, was er dachte. Hielten sie es für möglich, dass der Mörder einer von uns war?

»Erzählen Sie doch bitte einmal alles, was Sie von Camilla wissen«, forderte Dräger Susanne auf.

»Sie … sie stammte eigentlich aus Saßnitz«, begann Susanne zaghaft. »Ihre Eltern sind Rechtsanwälte. Ich … ich war mit ihr seit der siebten Klassenstufe am Rotensand-Gymnasium.« Sie zog die Stirn kraus und überlegte. Offenbar fragte sie sich, was für die Polizisten wichtig sein könnte. »Wir waren in einer Clique, Camilla und ich.«

Die Namen Melanie, Christina und Marina fielen und

noch ein paar andere. Camilla schien sehr beliebt gewesen zu sein.

Ich konnte Dräger ansehen, dass er sich langweilte, als er die genannten Fakten niederschrieb. Etwas Brauchbares war wirklich nicht dabei.

»Wann haben Sie Camilla zuletzt gesehen?«, fragte Dräger schließlich.

»Vor etwa zwei Wochen, als sie aus dem Urlaub zurück war. Wir wollten uns irgendwann mal treffen, haben aber nichts Festes ausgemacht.« Susanne stockte. »Sie … sie wollte mit Christina shoppen gehen vor ein paar Tagen. Ich hatte ihr eine Nachricht geschickt und da hat sie das geschrieben.«

Danach war anscheinend nichts mehr gekommen. Hatte der Mörder Camilla zu diesem Zeitpunkt schon in seiner Gewalt gehabt? Warum hatte Susanne nicht weiter nachgefragt? War der Kontakt zwischen den beiden doch nicht so eng gewesen? Also ich hätte nachgefragt, wenn sich meine Freundin ein paar Tage lang nicht gemeldet hätte.

»Aber darüber habe ich mir keinen Kopf gemacht«, schloss Susanne schluchzend. »Wir haben uns nicht jeden Tag geschrieben, ich dachte, ich kann ja mit ihr reden, wenn sie wieder da ist.«

Tja, und an dem Tag war dann ich aufgetaucht …

Eine Pause entstand. Dräger brauchte eine Weile, bis ihm klar wurde, dass Susanne nichts mehr zu berichten hatte. Ich fragte mich mittlerweile, warum ich sie überredet hatte, mit ihm zu sprechen. Vielleicht hätte ich sie auf ihrem Bett lassen sollen. Aber ich dachte wirklich, sie hätte etwas Brauchbares für die Polizei.

»Und Sie, Clara? Haben Sie wirklich nichts zu sagen?«, wandte sich Dräger an mich und sah mich an, als würde er in meinem Gesicht etwas suchen.

»Nein«, entgegnete ich. Ich hätte ihm von dem blöden Vogel erzählen können, aber das tat nichts zur Sache.

»Gut, ich danke Ihnen beiden für Ihre Mitarbeit.«

Er reichte uns die Hand, dann zog ich Susanne aus dem Büro.

Als wir zurückgingen, überlegte ich, welches Mädchen aus Melanies Gefolge Christina war.

Die Brünette mit den gezupften Brauen? Oder die Blonde mit den vielen Ohrringen?

Außer Melanie und Susanne hatte bei der Todesnachricht keine geweint. Dabei waren Camilla und Christina, als Mitglieder des Inner Circle, doch so richtig dicke Freundinnen …

Ich hätte Susanne fragen können, aber die war schon wieder den Tränen nahe. Und kaum hatten wir unser Zimmer betreten, lag sie auch schon auf dem Sofa.

Diese ganze Geschichte ging mich zwar nichts an, aber da die Tote zuvor in meinem Zimmer gewohnt hatte, fühlte ich mich irgendwie verantwortlich.

Ich musste noch mal in die Bibliothek. Da Susanne eingeschlafen zu sein schien, ging ich runter in die Mensa und deckte mich mit allem ein, was man für einen langen Abend in der Bibliothek brauchte.

Wasser, denn laut Hausordnung waren dort »farbige Getränke«, die die Bücher ruinieren konnten, verboten, ein paar Schokoriegel und einen Apfel.

Dann klemmte ich mich hinter den Bildschirm.

Um diese Zeit war die Bibliothek fast leer, was mir nur recht war. So konnte mir niemand über die Schulter blicken und Gerüchte über mein Interesse an dem Mord streuen.

Nachdem ich eine Weile ergebnislos herumgesucht hatte, stieß ich auf die Online-Ausgabe einer großen Tageszeitung. Die Meldung war ganz frisch, 18.10 Uhr stand unter dem Artikel. »Der Todessturz des Engels« titelte das Blatt reißerisch.

Dem Reporter war es tatsächlich gelungen, aus der Ferne ein Foto vom Tatort zu machen. Obwohl das Bild recht pixelig war, konnte ich deutlich einen Körper auf weißem Sand erkennen. Zwei breite Blutströme flossen von den Schultern hinab. Und da war noch etwas. Das Foto war wirklich sehr unscharf, auch Vergrößern brachte nicht viel. Aber da waren zwei schwarze Dinger am Rücken. Sie sahen aus wie – Flügel!

Meine Güte, war das krank! Mein Magen rebellierte, aber dennoch konnte ich den Blick nicht von dem Bild abwenden. Wer machte denn so etwas?

Wie schon beim Vogel zwei Tagen lief mir die Spucke im Mund zusammen. Das Grauen fuhr mir tief in die Knochen, doch so sehr ich es auch wollte, ich konnte den Blick nicht von dem Bild abwenden.

Oder war das alles am Ende nur ein Fake? Bei bestimmten Zeitungen konnte man nie wissen …

Ich fragte mich, was morgen in den Nachrichten stehen würde, wenn der Reporter herausfand, dass Camilla an dieser Schule war. Wer weiß, vielleicht waren die Fotografen schon in Stellung gegangen und beobachteten Rotensand durch ihre

Teleobjektive. Und dann hieß die Schlagzeile: Wer wird das nächste Opfer des Killers?

Angst überfiel mich. Was mochten wohl die Auswahlkriterien des Mörders sein? Brachte er nur blonde Mädchen um? Dann passte ich definitiv in sein Beuteschema.

Oder ging er nach einem anderen Muster vor? Kannte er die Opfer vielleicht?

Oh Gott, was würde ich in solch einer Situation tun? Ich schloss die Augen und schüttelte den Kopf, bevor ich mit meinem Was-wäre-wenn-Spiel anfangen konnte. Allein schon der Gedanke, dass jemand scharf drauf war, mich abzustechen, war unerträglich.

Ich blickte über meine Schulter durch das Fenster. Mittlerweile war es dunkel geworden.

Ich schickte mir den Link und das Bild auf meine eigene Mailadresse und suchte dann weiter. Doch außer der Lokalredaktion des Klatschblattes schien sich niemand für den Mord zu interessieren. Und genau genommen war es auch noch zu früh, danach zu suchen. Immerhin war die Leiche erst heute gefunden worden. Nur wer einen guten Draht zur Polizei hatte, konnte schon an Informationen über den Mord gekommen sein.

Ich schaltete den Computer ab. Neben mir saßen nur noch zwei andere Leute an den Rechnern. Offenbar mussten sie Hausaufgaben erledigen oder wollten was dafür tun, in eine bessere Leistungsgruppe aufzusteigen. Ich hatte schon im Unterricht deutlich mitbekommen, dass hier alle eifriger waren als an anderen Schulen …

Der Schulhof war verlassen, die gelb-orangen Lampen, die

ihn säumten, schafften es nicht, die Schwärze zu vertreiben. Es war deutlich zu spüren, dass der Herbst nahte. Die warmen Sommertage waren vorüber. Die Luft roch modrig. Irgendwo in der Ferne hörte ich Krähenrufe. Ansonsten war es still.

Mehr noch als bei anderen Gelegenheiten wünschte ich mir jetzt, mit jemandem reden zu können. Mit meiner Mutter oder meinem Vater vielleicht. Ja, Papa wäre die bessere Wahl. Wenn Mama von einem Mord an meiner Schule gehört hätte, wäre sie ziemlich panisch geworden. Papa hätte jedoch einen kühlen Kopf behalten. Er hätte mich alle Fakten nennen lassen und zusammen hätten wir begonnen, Detektiv zu spielen. Was das anging, hatte mein Vater echt was drauf. Nur schade, dass ich so wenig Zeit mit ihm gehabt hatte …

Ich vertrieb den Gedanken mit einem Kopfschütteln. Noch eine Weile blickte ich in den Himmel, an dem hier und da ein Stern auftauchte, dann lief ich zum Wohngebäude, hinter dessen Wänden Musik zu hören war.

Bei meiner Rückkehr ins Zimmer fand ich Susanne tief und fest schlafend vor. Ich setzte mich auf mein Bett. Wieder musste ich an den toten Spatz denken und mich vor Ekel schütteln. Und dann kamen mir die Flügel auf Camillas Rücken in den Sinn. Abermals fragte ich mich, wer so was machte. Hatte der Reporter recht und ein Psychopath trieb sich hier rum?

Ich zog die Decke um meine Schultern fester und starrte ins Leere. Vielleicht war es keine gute Idee gewesen nach Rotensand zu kommen?

Jetzt verselbstständigten sich meine Gedanken. Ohne dass ich etwas dagegen tun konnte, spielte ich durch, was ich tun würde, wenn der Killer hinter mir her wäre. Wenn er es wirklich nur auf blonde Mädchen abgesehen hatte und irgendwann vor meinem Zimmer auftauchte. Damit war es um meinen Schlaf gänzlich geschehen, und ich konnte nur auf das Fenster starren, gegen das sich die Finsternis wie ein großes Ungeheuer drückte.

SAMSTAG

10.

Eigentlich sollte heute das Internatswochenende beginnen, aber ich bezweifelte, dass die geplante Party steigen würde. Viele Schüler waren nach Hause gefahren, nachdem an diesem Wochenende die Anwesenheitspflicht aufgehoben worden war. Mit Bekanntwerden des Mordfalls hatten viele Eltern darauf gedrängt, ihre Kinder zu sich zu holen.

Ich war froh, dass an diesem Morgen die Mensa nicht so voll war. So brauchte ich nicht lange anzustehen, bis ich mein Brötchen und Knuspermüsli bekam, von dem unsere Heimleiterin immer behauptet hatte, es sei von Zahnärzten erfunden worden, damit sie an unserer Karies verdienten. Was mich anging, ich hatte recht gute Zähne und neigte auch nicht zum Dickwerden, also konnte ich mir Zucker, Fett und Chemie ruhig gönnen.

Als ich losgegangen war, hatte Susanne noch geschlafen. Ich hatte sie nicht wecken wollen, obwohl ich es schon schöner gefunden hätte, Gesellschaft beim Frühstück zu haben. Ein wenig hoffte ich, dass Alex vielleicht auftauchen würde. Klar, unser Gespräch war nicht supertoll gelaufen, aber immerhin hatte er mir ein paar wertvolle Informationen gegeben.

Jetzt wusste ich, wer zum Inner Circle von Melanies Clique gehörte – und wem ich somit aus dem Weg gehen musste.

Ich blickte raus auf den Hof. Einige Sonnenstrahlen schoben sich durch die Wolken und malten helle Lichtflecke in die Bäume. Ein paar Schüler aus der siebten Klassenstufe huschten in Trainingsanzügen vorbei. Frühsport wurde hier zwar angeboten, aber ich konnte mir nicht vorstellen, dass sich welche aus den höheren Klassen daran beteiligten – es sei denn, sie hatten später vor, Sport zu studieren, oder sie spielten im Fußballteam von Rotensand mit.

Ein friedlicher Tag. Dennoch fühlte ich mich bleischwer. Als es mir gegen Morgen endlich gelungen war einzuschlafen, hatten mich im Traum Bilder meiner Eltern verfolgt.

Ein Kichern riss mich aus meinen Gedanken. Ich blickte zur Seite und sah Melanie zusammen mit ihren Freundinnen. Marina war nicht dabei, dafür aber alle anderen. Sie schienen mich an meinem Tisch nicht zu bemerken, worüber ich sehr froh war. Auf ihre Gesellschaft konnte ich gut verzichten.

»Liebe Schüler«, quakte es plötzlich aus einem Lautsprecher durch die Mensa. »Aufgrund der aktuellen Ereignisse werden die meisten unserer geplanten Aktivitäten zum Internatswochenende ausfallen. Bestehen bleibt die morgige Begrüßungsfeier für die Neuankömmlinge. Außerdem könnt ihr heute an einem Ausflug rund um den Kreidefelsen teilnehmen. Alle, die daran Interesse haben, melden sich bitte bis zehn Uhr im Sekretariat. Die Fahrt beginnt um dreizehn Uhr.«

Die Durchsage brach ab.

Ich hatte eigentlich keine Lust, den ganzen Tag mit den anderen aus der Schule zu verbringen – auch wenn in den Internatsbroschüren und auf der Homepage immer wieder betont wurde, wie wichtig das Miteinander war. Aber das Wort Kreidefelsen löste etwas in mir aus. Hatte der Polizist nicht irgendwas vom Königsstuhl gesagt? Da gab es doch Kreidefelsen, oder?

Schon makaber, dorthin einen Ausflug zu machen, nach allem, was geschehen war.

Ich schaute auf die Uhr. Halb zehn. Wenn ich mich schnell entschied, konnte ich noch mit.

Ich schnappte mein Tablett und brachte es zur Geschirrannahme, dann lief ich rüber zum Hauptgebäude. Wahrscheinlich würde die Fahrt nicht gerade an den Tatort führen, doch vielleicht konnte ich irgendwas in Erfahrung bringen.

Nachdem ich der Sekretärin Bescheid gegeben hatte, dass ich mitfahren wollte, ging ich zurück zum Wohnhaus.

»He!«, hörte ich plötzlich eine Stimme hinter mir. Ich drehte mich um. Marina kam auf mich zugelaufen. »Wie geht es Susanne?«

»Nicht so gut«, antwortete ich lächelnd, setzte aber sofort wieder eine teilnahmslose Miene auf. Ich wollte nicht zu freundlich zu ihr sein. Immerhin gehörte auch sie zum Inner Circle von Melanies Clique. »Sie schläft viel. Mehr kann man von ihr wohl auch nicht verlangen.«

Marina nickte, und ich hatte das Gefühl, dass sie noch was auf dem Herzen hatte.

»Sag mal«, begann sie, »läuft da was zwischen dir und Alex?«

Verdattert zog ich die Augenbrauen hoch. Hatte ich richtig gehört? Drehten hier jetzt irgendwie alle am Zeiger?

»Was?«, fragte ich sie und schüttelte den Kopf.

»Na ja, es ist so … Ich glaube, Melanie denkt, dass da was zwischen euch läuft …«

Auf einmal wurde mir alles klar.

»Spielt sie sich deshalb so auf?«, fragte ich und stemmte die Hände in die Seiten.

»Was meinst du?«

»Melanie, kann sie mich nicht leiden, weil sie meint, ich schnapp ihr einen Typen weg?«

Ich brauchte nicht Cal Lightman aus »Lie to me« zu sein, um zu sehen, dass es genau darum ging. Melanie war scharf auf Alex, Alex bemerkte sie nicht, hatte mir aber gleich am ersten Tag zugelächelt.

»Sie denkt, dass …«

»Da läuft nichts!«, fuhr ich Marina ins Wort, denn allein der Gedanke war lächerlich. Klar, ich fand nach wie vor, dass Alex zum Anbeißen war, aber das bedeutete ja noch lange nicht, dass da was zwischen uns war. »Das kannst du ihr sagen. Und auch, dass ich nicht scharf auf diesen blöden Zoff bin, klar? Ich will einfach nur meine Ruhe, das ist alles!«

Ich wollte sie schon stehen lassen, doch bevor ich mich umdrehen konnte, fragte sie: »Ach übrigens, kommst du heute mit zum Ausflug?«

»Hatte ich vor.«

Marina lächelte mich auf einmal an, nicht falsch oder hinterhältig, sondern ganz freundlich. Und das, obwohl ich das Gefühl hatte, meine Augen würden vor Zorn rot glühen. »Gut, ich wollte auch mit. Mir fällt hier die Decke auf den Kopf, weißt du.«

»Was ist mit Melanie und den anderen?«

Wenn die mitkamen, würde ich schneller wieder aus dem Bus heraus sein, als der Fahrer den Motor anschmeißen konnte.

»Die bleiben hier.«

Natürlich! Der nächste tote Spatz fand seinen Weg ja schließlich nicht allein in mein Bett.

»Okay, dann sehen wir uns.«

»Klar.« Ich ging weiter und war sicher, dass Marinas Blick mir folgte. Ich fragte mich, warum sie so nett zu mir war, wo doch der Rest des Kreises um Melanie mich nicht abkonnte.

II.

»Ich mache bei dem Ausflug mit, kommst du auch?«, fragte ich Susanne, die furchtbar krank aussah. Da sie nicht in die Mensa gehen wollte, hatte ich ihr kurzerhand ein belegtes Brötchen mit Käse besorgt.

Susanne öffnete die Augen und rümpfte die Nase.

»Ich habe keinen Hunger.«

»Das war nicht meine Frage«, sagte ich. »Ich wollte wissen, ob du mitkommst.«

»Nein. Und Hunger habe ich auch nicht.«

»Du solltest aber besser was essen«, hielt ich dagegen.

»Wer bist du, meine Mutter?«, brummte Susanne wütend und drehte sich zur Wand.

Ich hätte charmant sein und ihr damit drohen können, ihre Mutter anzurufen.

Aber ich entschied, es lieber zu lassen.

»Gut, wie du willst!« Ich nahm ein langärmeliges Shirt aus dem Schrank.

An der Küste konnte es schnell mal windig werden.

»Falls du es dir anders überlegst, das Brötchen lass ich hier«, sagte ich im Hinausgehen. Susanne brabbelte irgendwas, aber ich machte mir nicht die Mühe, es zu verstehen.

Tatsächlich schienen Melanie und ihre Freundinnen etwas Besseres zu tun zu haben, als an einem Ausflug zum Kreidefelsen teilzunehmen. Außer Marina entdeckte ich niemanden aus Melanies Dunstkreis im Bus. Ich blickte mich auf der Suche nach einem freien Platz um. Doch wie es der Zufall wollte, gab es nur noch einen neben Marina. Ich zögerte. Immerhin war sie Melanies Freundin, und es bestand eine Fifty-fifty-Chance, dass sie meine Nähe suchte, um Dinge über mich in Erfahrung zu bringen, die sie später Melanie auf die Nase binden konnte.

Na ja, aber was blieb mir anderes übrig? Vielleicht bekam ich ja so ein bisschen was über Camilla heraus.

»Hi«, sagte ich und ließ mich auf den Sitz plumpsen.

»Hast du deine Wanderschuhe dabei?«, fragte Marina. »Der Behrens leitet den Ausflug heute. Der steht aufs Wandern und wird uns wahrscheinlich einmal um die Insel jagen.«

»Wirklich?«

Marina nickte.

»Dann bin ich ja gut gerüstet.« Ich deutete auf meine ausgetretenen Docs. Monatelang hatte ich dafür gespart – und dann hatte ich mir am ersten Tag furchtbare Blasen gelaufen. Ich hatte meinen Kauf schon bereut, als ein Freund aus dem Heim mir geraten hatte, nicht so schnell aufzugeben. »Wenn du sie ständig trägst, werden sie irgendwann weich, und dann willst du sie gar nicht mehr ausziehen«, hatte er gesagt.

Er hatte recht gehabt. Viele Blasen und furchtbare Fußschmerzen später waren die Stiefel und ich dicke Freunde geworden.

»Sag mal, bist du ein Punk oder so?«, fragte mich Marina. Ich hätte beinahe aufgelacht. In ihrer Welt, der Welt der Reichen, gab es wahrscheinlich keine Springerstiefel, sondern nur Designer-Sneaker.

»Nee, bin ich nicht. Und auch kein Goth. Ich ziehe mir nur gern bequeme Sachen an, hab es nicht so mit dem ganzen Mädchenkram. Und ich finde, Schwarz steht mir.«

»Das tut es. Lässt dich aber auch finster aussehen.«

»Tja, im Leben gibt's nun mal nicht nur Sonnenschein.«

Marina biss sich auf die Lippe. »Es ist wegen deiner Eltern, nicht wahr?«, fragte sie dann. »Tut mir leid, dass …«

Ich schüttelte den Kopf. Sie hatte meine Eltern nicht gekannt, also brauchte ihr auch nichts leidzutun.

»Es ist nicht wegen meiner Eltern. Okay, vielleicht habe ich mich an Schwarz gewöhnt, aber mittlerweile trage ich es, weil es mir gefällt. Es lenkt nicht so sehr von der Person ab, finde ich.«

»Aber du fällst auf damit.«

»Kann sein. Aber das ist mir egal. Ich hab nicht alles darangesetzt, nach Rotensand zu kommen, um aufzufallen, sondern um einen guten Abschluss zu machen.«

»Du möchtest, dass deine Eltern stolz auf dich sind?«

»Ja, das stimmt. Auch wenn sie nicht auf mich stolz sein können. Und falls du jetzt mit dem Himmel anfängst oder so, verpass ich dir eine.«

Marina lachte breit. Für einen Moment vergaß ich fast unsere Unterhaltung vom Vormittag. Aber mein Warnsystem meldete sich rechtzeitig.

»Hast du Melanie eigentlich erzählt, dass ich nichts von Alex will?«, fragte ich.

Marina sah im ersten Moment verwirrt aus, dann nickte sie.

»Ich … ich wollte einfach nur schlichten, weißt du? Es ist nicht gut, wenn wir uns alle in die Haare kriegen. Besonders jetzt.«

»Camilla und du … wart ihr eng befreundet?«

Marina schüttelte den Kopf. »Nein, Camilla hatte mehr mit Christina zu tun. Und mit Susanne, mit der sie in ein Zimmer gezogen war. Ich glaub …«

»Was?«

»Ich weiß nicht, aber … es wäre möglich, dass Susanne in Camilla verknallt war.« Sie hob abwehrend die Hände. »Nur so ein Verdacht, nichts weiter.«

Ich fühlte mich, als hätte mir jemand vor den Kopf gestoßen. Wie kam sie dazu, gerade mir das zu erzählen?

Aber ich machte ein Pokerface. Im Grunde war es mir egal, wer wen liebte.

»Na ja, auf jeden Fall hat es mich natürlich auch geschockt, dass Camilla tot ist. Aber Christina und Susanne trifft es wohl am schlimmsten.«

»Sag mal …«, begann ich, nachdem ich kurz nachgedacht hatte. »Gestern, als Susanne auf der Bank saß … War Christina auch dabei?«

»Ja, warum?«

»Weißt du, ich kenne noch nicht alle mit Namen.«

»Es ist die mit den blonden Haaren.«

»Aha. Aber sie sah gar nicht so erschüttert aus.«

»Das ist Christina nie. Jedenfalls nicht äußerlich. Es ist nicht möglich zu sagen, was in ihr vorgeht, sie frisst alles in sich hinein. Melanie dagegen …« Sie stockte, als ob sie genau überlegen musste, was sie sagen konnte. »Melanie hat nah am Wasser gebaut, würde mein Opa sagen.«

»Den Eindruck macht sie aber nicht.«

»Sie gibt sich tough, in Wirklichkeit ist sie jedoch sehr sensibel.«

»Nur wenn es um einen Jungen geht, wird sie sauer, oder?«

War jetzt der Punkt gekommen, an dem ich den toten Spatz ins Spiel bringen sollte? Nein, noch nicht.

»Ja, das wird sie«, stimmte mir Marina zu.

»Und das sagt eine ihrer Freundinnen?«

Meine Sitznachbarin senkte den Kopf. »Weißt du, mit der Freundschaft zwischen Melanie und mir ist es nicht mehr so dicke, wie es noch vor zwei oder drei Jahren war«, erklärte sie mir.

»Was ist passiert?«

»Man könnte sagen, unsere Interessen gehen mittlerweile ziemlich weit auseinander.«

»Da habe ich aber anderes gehört.«

Marina schüttelte den Kopf. »Wer so was sagt, irrt sich. Wir kommen gut miteinander aus, ja, aber Freundinnen sind wir nicht mehr. Nicht mehr richtig.«

Auseinandergehende Interessen konnten wohl kaum der Grund dafür sein, dass eine Freundschaft zerbrach. Wenn Melanie schon so ätzend reagierte, wenn sie vermutete, dass man auf einen Jungen stand, den sie haben wollte, was würde dann erst losbrechen, wenn der Junge kein Interesse an ihr zeigte, dafür aber an einer anderen?

»Du hast doch nicht etwa ein Auge auf Alex geworfen?«

»Nein, das ist es nicht. Es ist was anderes. Eigentlich ist das auch schon länger als zwei Jahre her, aber mir ist erst jetzt klar geworden, dass es nicht richtig war …« Sie schüttelte den Kopf, als würde sie sich selbst verbieten weiterzusprechen. »Ich erzähle es dir vielleicht irgendwann mal. Aber nicht jetzt.«

Ich nickte und richtete meinen Blick nach vorn. Draußen unterhielt sich Herr Behrens mit dem Busfahrer und zwei weiteren Erwachsenen, die wohl die Mentoren der unteren Klassenstufen waren. Schließlich stiegen sie ein und die Fahrt ging los.

12.

Der Bus hielt in Sellin, einer kleinen Stadt an der Küste, die auf den ersten Blick hauptsächlich aus Hotels zu bestehen schien. Herr Behrens erklärte uns, dass der Architekturstil mit den vielen Holzschnitzereien und Vorbauten Bäderarchitektur genannt wurde. Allerdings waren wir nicht hier, um Häuser anzuschauen. Wie Marina befürchtet hatte, ging es nun ans Wandern.

»Wir hätten ja auch ein Schiff nehmen können«, zischte sie mir zu. »Jeder andere hätte das gemacht, aber nun laufen wir eben zum Kreidefelsen.«

Ich fand das gar nicht so schlimm, denn es war lange her, seit ich das letzte Mal am Meer gewesen war. Damals hatten wir mit unserer Klasse einen Ausflug an die Ostsee gemacht.

Obwohl das Wetter recht gut aussah, war die See unruhig. Die Wellen schwappten weit auf den Strand, an dem nur ein paar Leute in Windbreakern unterwegs waren, um ihre Hunde Gassi zu führen. Sie warfen Stöckchen und freuten sich, wenn die Hunde in die Brandung gerieten und sich schüttelten.

Über uns kreischte ein Schwarm Möwen.

»Ey, wenn die jetzt kacken!«, rief einer der Jungs und schielte nach oben. Dabei hielt er die Hand schützend an sein Baseballcap.

Aber die Möwen hatten anderes zu tun. Sie ließen sich mit ausgestreckten Flügeln vom Wind treiben. Das fand ich sehr beeindruckend. Ein paar von ihnen schwebten zu Boden, stocherten in den angespülten Muschelschalen herum und erhoben sich dann wieder in die Lüfte.

Nachdem wir eine Weile am Strand entlanggewandert waren – ich hatte ehrlich gedacht, dass wir jeden Augenblick irgendwelche Wanderlieder anstimmen müssten –, erreichten wir den Ausläufer eines benachbarten Badeortes. Da der Kreidefelsen noch ein Stück entfernt war, erlaubte uns Herr Behrens, einen Abstecher auf die Strandpromenade zu machen und die Geschäfte zu plündern.

Ich hatte kein Interesse daran, irgendwelche Souvenirs zu kaufen, aber Schüler, die von weiter herkamen, nutzten die Gelegenheit, sich mit Postkarten einzudecken, die sie nach Hause schicken konnten. Auch Marina verschwand in einem der Geschäfte, in dem es neben Badesachen auch kleine Plastikflaschen gab, die man als Flaschenpost versenden konnte. Ich ging auf der Suche nach einer Buchhandlung ein Stück die Promenade herunter.

Als ich an einem Zeitungsstand vorbeikam, erstarrte ich. Hatte ich richtig gesehen? Hatte man das Foto, das ich gestern im Internet gefunden hatte, wirklich in einer Zeitung veröffentlicht?

Wie paralysiert steuerte ich auf den Zeitungsstand zu. Camillas Foto sprang mir von der ersten Seite entgegen. Ich zog die Zeitung aus dem Ständer. Das Gesicht war geschwärzt worden, alles andere präsentierte das Blatt in Großaufnahme und titelte dazu: »Perverser Killer am Ostseestrand – Müssen wir Angst um unsere Kinder haben?« Meine Güte, woher nahmen sie diesen Käse nur?

Das Foto war zwar ein bisschen unscharf, aber dennoch viel besser als die Aufnahme aus der Online-Ausgabe. Es war nun deutlich zu sehen, dass es sich bei den Dingern auf Camillas Schulterblättern tatsächlich um Flügel handelte. Raben- oder Krähenflügel, irgendwas in der Art.

Welcher Irre kam auf so was? Wieder begann mein Herz zu rasen. Es war schon schlimm genug, dass eine Mitschülerin ermordet worden war, aber die Leiche dann noch zu verstümmeln? Was sollte das?

Während mein Puls in meinen Ohren dröhnte, las ich weiter.

In dem Artikel stand, dass das Opfer laut Rechtsmedizin an einem Stich in die Herzgegend gestorben war, ausgeführt mit einem langen, scharfen Gegenstand.

Eigentlich gab es doch so was nur in Filmen: ein Mörder, der sein Opfer inszenierte. Aber das hier war kein Film. Es war Rotensand und das Opfer war nicht irgendein hübsches Model, es war meine Mitschülerin gewesen. Sollte in diesem Kaff wirklich jemand rumlaufen, der sich an Mädchen vergriff und sie dann zu »gefallenen Engeln« machte, wie es der Reporter vermutete?

Dieser Gedanke lähmte mich. Noch immer rauschte es in meinen Ohren. Gefallene Engel. Er machte sie zu gefallenen

Engeln. Ich konnte förmlich vor mir sehen, wie Camilla mit ausgestreckten Armen und im Wind flatternden Krähenflügeln auf dem weißen scheinbar endlosen Sandstrand lag. Ein gefallener Engel, der nie wieder würde fliegen können …

Ein harter Stoß vertrieb das Bild schlagartig. Ich schreckte hoch. Ein Mann drängte sich an mir vorbei. Ich hatte völlig vergessen, dass der Zeitungsverkäufer noch da war.

»He, lesen und nicht kaufen ist nicht!«, schnarrte er mich an, als ich den Kiosk gerade verlassen wollte. Erschrocken kramte ich etwas Geld aus meiner Tasche und legte es dem Mann auf den Tresen. Dann zog ich mit der Zeitung ab.

Während wir uns dem Kreidefelsen näherten, fragte ich mich, ob wir vielleicht auch an der Stelle vorbeikommen würden, an der Camilla gefunden worden war. Ich bezweifelte allerdings, dass der Lehrer wusste, wo der Tatort war. Und inzwischen hatten sie bestimmt das Flatterband entfernt.

Während Herr Behrens über die Sagen sprach, die sich um den Kreidefelsen und den angeblich dort lebenden weißen Hirsch spannten, sonderte ich mich ein wenig von den anderen ab. Marina war von zwei Mädchen aus der Klasse über ihr angesprochen worden und achtete nicht auf mich.

Als ich mich weit genug hatte zurückfallen lassen, blickte ich nach oben. Der Fels ragte steil vor mir auf, die Bäume schienen sich regelrecht an der Kante festzukrallen. Einen Sturz von da oben würde man sicher nicht überleben, oder? Aber das war ja auch nicht die Frage. Sondern: Was hatte den Mörder dazu getrieben, Flügel an sein Opfer zu nähen? Was wollte er damit sagen?

Ein merkwürdiges Gefühl beschlich mich plötzlich. Als würde mich jemand beobachten. Hastig schaute ich wieder nach oben, aber da war niemand. Dass sich jemand so nah an die Steilkante heranwagen würde, war auch nicht sehr wahrscheinlich, schließlich konnte dort jederzeit etwas abbröckeln …

Ein Vogelruf ließ mich zusammenzucken. Ich drehte mich im Kreis und entdeckte etwas im Sand. Eine schwarze Feder.

Mich überlief es eiskalt. Ob es eine Krähen- oder eine Rabenfeder war, konnte ich aus der Entfernung nicht sagen. Ich ging darauf zu, hockte mich hin und hob sie auf. Es war eine ziemlich lange Feder, wahrscheinlich stammte sie von einem Flügel.

Was hatte das alles zu bedeuten?

»He, du solltest nicht so dicht an die Felsen herangehen.«

Alex? Vor Schreck ließ ich die Feder fallen und wirbelte herum.

»Was machst du denn hier?«, fragte ich.

»Sehr witzig«, entgegnete er.

»Nein, im Ernst, ich habe dich nicht im Bus gesehen.«

»Bin auch nicht im Bus gewesen. Ich wohne in Sellin und bin gerade erst dazugestoßen.«

»Du gehst freiwillig mit?«

Alex lächelte breit. »Ist das so ungewöhnlich?«

»Na ja, ein bisschen schon.« An meiner früheren Schule hätte sich garantiert niemand bereit erklärt, aus freien Stücken an einer Wanderung teilzunehmen, die am Wochenende von der Schule ausgerichtet wurde.

»Ich bin nach Hause gefahren, um nach meiner Mutter zu

sehen, ihr geht es nicht so besonders, und Papa ist wieder mal auf Dienstreise. Aber bei der Wanderung wollte ich dabei sein, ist lustig zu sehen, wie sich die Jüngeren bei Behrens' Geschichten gruseln.«

»Dann wohnst du also nicht im Internat?«

»Doch, natürlich! Für gewöhnlich ist auch meine Mutter geschäftlich unterwegs, aber wie gesagt, jetzt gerade ist sie krank. Wenn niemand zu Hause ist, bin auch ich nur da, wenn ich mal eine Party gebe.«

Ein Haus tagelang für sich zu haben, um Party zu machen – das wäre der Wunschtraum all meiner früheren Mitschüler gewesen.

»Auf jeden Fall solltest du wirklich nicht so dicht an das Steilufer herangehen.« Er deutete auf das Schild mit der Aufschrift »Sperrzone«. »Letztes Jahr ist hier ein Mädchen verunglückt. Es hat am Strand gespielt, als es von oben einen Klippenabbruch gab. Es wurde verschüttet und konnte erst nach Tagen geborgen werden.«

»Gruselig«, sagte ich und kam mir furchtbar blöd vor. Wenn ein Kind verschüttet wurde, war das gruselig, ja, aber vor allem war es schlimm. Sehr schlimm. »Die … die Eltern tun mir leid.«

Alex nickte. »Ja und deswegen kommst du besser wieder mit zu Behrens. Er müsste gleich mit Störtebeker beginnen. Angeblich haben sich die Piraten auf Rügen vor den Jägern der Hanse versteckt.«

Ich zog die Augenbrauen hoch. »Wie oft hast du die Geschichte schon gehört?«

»Seit ich an diese Schule gekommen bin, etwa fünf Mal.

Aber ich höre sie mir an jedem Internatswochenende von Neuem an.«

»Du bist in Stufe drei, nicht wahr?« Ich fand es immer noch gewöhnungsbedürftig, dass hier die Klassen höher waren, die die kleinere Ziffer hatten. Prima, Sekunda und so weiter. Wie zu Zeiten unserer Urgroßeltern.

»In Stufe zwei«, korrigierte er mich, was mir aus irgendeinem Grund peinlich war. Ich hatte ihn für einen Zehntklässler gehalten, dabei ging er bereits in die Elfte. »Ich bin erst in Stufe sechs hier eingestiegen, vorher war ich in einem Internat im Süden. Mein Vater hat den Auftrag bekommen, eine marode Werft zu sanieren, deshalb sind wir hier.«

»Und wenn dein Vater fertig ist mit der Sanierung?« Warum fürchtete ich auf einmal, dass Alex wieder aus meinem Leben verschwinden könnte?

»Das wird noch eine Weile dauern, außerdem glaube ich, dass ihm der Job gefällt. Aber selbst für den Fall, meine Eltern würden umziehen, würde ich darauf bestehen zu bleiben. Nirgendwo ist es schöner als am Meer.«

Die Art, wie er das sagte, jagte mir einen Schauer über den Rücken. »Und was ist mit dir?«

»Was soll mit mir sein?«, fragte ich zurück. Wieder richtig blöd, denn wahrscheinlich wollte er wissen, was mit meinen Eltern war.

»Na ja, kommst du aus Mecklenburg oder bist du auch eine Zugereiste?«

»Ich bin aus Potsdam«, entgegnete ich. »Ich war dort im Kinderheim, weil meine Eltern bei einem Unfall ums Leben gekommen sind.«

»Oh.« Er senkte den Blick. Sicher hatte er das schon gewusst. Wenn Melanie so sehr auf ihn stand und mich als Konkurrenz betrachtete, würde sie dafür gesorgt haben, dass es die ganze Schule erfahren hatte.

Auf einmal fühlte ich mich unbehaglich. Ich wollte nicht, dass er weitere Fragen stellte. Fragen, die ich nicht beantworten wollte.

Wäre alles anders gekommen, wenn es damals nicht diesen Unfall gegeben hätte, wäre ich sicher mit ihm hier stehen geblieben. Dann wäre ich normal gewesen, und Melanie hätte meine Eltern nicht dazu missbrauchen können, schlecht über mich zu reden. Aber jetzt befürchtete ich genau das. Dass sie sagen könnte: »Schau mal, das Waisenkind hat niemanden und macht sich an einen Typen ran, der nichts für sie ist.«

Ja, ich verkroch mich vielleicht hinter einem Panzer, aber er war verdammt gut, und er würde mich schützen, bis ich volljährig war, bis es niemanden mehr interessierte, aus was für einem Elternhaus ich stammte.

»Alles in Ordnung?«, riss er mich aus meinen Gedanken.

»Ja.«

Ich blickte über seine Schulter. Die anderen waren weit weg. Ich musste daran denken, dass ich Marina erklärt hatte, dass mich Alex nicht interessierte. Und daran, was für ein Chaos es geben würde, wenn noch zwei Schüler plötzlich unauffindbar waren. Herr Behrens würde einen Großeinsatz starten, die Polizei wild machen, und alle würden darüber reden, wer mit wem einfach verschwunden war. Und ich würde vielleicht eines Morgens mit kahl rasiertem Schädel aufwachen, weil Melanie glaubte, dass ich doch auf Alex stand oder er auf mich.

»Wir sollten gehen«, sagte ich zu Alex, der mich die ganze Zeit über anschaute, als wollte er sich jede Linie in meinem Gesicht einprägen. Dabei gab es da doch nicht viel zu sehen. Ich hatte mir bisher wenig Gedanken über mein Äußeres gemacht, mein Verstand und mein Wissen waren mir wichtiger. Aber in diesem Augenblick begann irgendwas, in mir verrückt zu spielen. Ich fragte mich, ob Schwarz wirklich eine gute Farbe für mich war und ob ich mein Haar nicht vielleicht anders tragen sollte.

Schluss jetzt! Ich schüttelte die Gedanken ab, schob die Hände in meine Jackentasche und fühlte dort die zusammengefaltete Zeitung. Mit langen Schritten versuchte ich, die Gruppe einzuholen. Alex folgte mir in einigen Metern Entfernung, als wäre es ihm peinlich, mit mir gesehen zu werden.

»He, ist wirklich alles in Ordnung?« Auf einmal war er neben mir und ich hätte ihm am liebsten einen Schubs versetzt.

»Klar«, antwortete ich. »Ich rede nicht gern über das, was damals passiert ist, okay?«

Er nickte. Und in seinem Blick sah ich die Hoffnung, dass ich es irgendwann doch tun würde.

»Und jetzt sollten wir nacheinander wieder zur Gruppe zurückgehen«, fügte ich hinzu.

»Wieso?«

»Weil ich nicht noch mehr Ärger mit Melanie will.«

»Mit Melanie?« Er schüttelte verdattert den Kopf.

»Sie steht auf dich! Und macht mir die Hölle heiß, weil sie glaubt, ich …«

Alex lachte auf. »Das gibt es doch nicht! Melanie steht auf mich?«

Ich wurde rot. Das hätte ich nicht sagen sollen.

»Mach dir keinen Kopf, Melanie kriegt sich wieder ein«, winkte er ab. »Mal steht sie auf den einen Typen, mal auf den anderen. Ehrlich, ich habe bis jetzt noch nichts von meinem Glück gewusst, aber …«

»Bitte sag niemandem was, ja?« Es war mir peinlich, dass ich mich so flehend anhörte. Ich wollte doch nur meine Ruhe und mich nicht mit Idioten herumschlagen, die versuchten, mir das Leben schwer zu machen.

»Versprochen. Und ich hoffe sehr, dass Melanie wieder runterkommt. Sie ist nicht mein Typ, ehrlich nicht. Auch wenn sie meint, dass sie die Königin von Rotensand ist.«

Irgendwie fühlte ich mich erleichtert. Und ich hätte zu gern gewusst, wie sein Typ denn aussah. Aber wir hatten die anderen fast erreicht und Alex ließ sich mit einem spöttischen Lächeln zurückfallen.

»Wenn du willst, kann ich mich auch so lange hinter einem Stein verstecken.«

»Nein, das wäre blöd«, sagte ich und musste grinsen. Blöd war es auch, dass ich vorgeschlagen hatte, dass er hinter mir bleiben sollte, das sah ich nun ein. Aber es war besser so.

Allerdings hätte neben den anderen Mitgliedern der Gruppe ein Posaune spielender Clown auf einem Einrad vorbeifahren und sich ins Meer stürzen können – gebannt hörten sie Herrn Behrens zu, der mit wilden Gesten nachzustellen versuchte, wie Störtebeker um die Insel gesegelt war und sich vor den Hanseschiffen verborgen hatte.

Nicht mal Marina schien meine Abwesenheit bemerkt zu haben. Glücklicherweise war das Ende der Geschichte bereits nahe, das spürte ich, denn Herrn Behrens' Stimme klang auf einmal triumphierend, als wäre er selbst ein tollkühner Pirat.

Ich grinste breit, als ich mir vorzustellen versuchte, wie er mit Kopftuch, Augenklappe und Hakenhand aussehen würde. In diesem Augenblick drehte sich Marina zu mir um und lächelte mich an, und ich erwiderte ihr Lächeln und war heilfroh, dass sie mich nicht zusammen mit Alex gesehen hatte.

Während wir weiter um den Kreidefelsen herumliefen, wanderte mein Blick immer wieder zu den Bäumen am Rand des Steilufers und der Sperrzone. Hier und da war etwas Kreide abgebrochen, große und kleine Brocken lagen über den Strand verstreut.

Am Königsstuhl angekommen, stiegen wir nach oben – der Bus sollte dort auf uns warten und wieder nach Hause bringen. Die steile, an den Fels angebrachte Leiter wackelte bedrohlich. Ein paar Leute waren in der Gegenrichtung unterwegs, sodass es immer wieder zu kurzen Staus kam. Ich blickte nach unten, augenblicklich begannen meine Beine zu zittern und mir wurde schwarz vor Augen.

Wieder dachte ich an gefallene Engel und hoffte, dass Camilla bereits tot gewesen war, als der Mörder ihr die Flügel angenäht und sie in die Tiefe gestoßen hatte …

Ein harter Ruck ging durch das Geländer, riss es aus meinen Händen. Der Boden unter mir begann zu schwanken, ich wurde zur Seite geschleudert. Die nackte Angst packte mich. Ich schrie auf, hörte auch andere hinter mir kreischen. Schweiß brach mir aus.

Ich griff neben mich, bekam den Handlauf zu fassen und

klammerte mich daran fest. Als ich mich keuchend umsah, erblickte ich ein paar Jungen, die dreckig lachend am Geländer rüttelten.

»Hört ihr wohl auf damit!«, donnerte Herr Behrens über unsere Köpfe hinweg.

Alle verharrten einen Moment lang schweigend. Nur der Wind pfiff uns um die Ohren. Das Lachen war zu einem unterdrückten Kichern geworden. Was für Idioten, ging es mir durch den Kopf, als sich mein rasendes Herz langsam wieder beruhigte. Meine Augen wanderten zum Abgrund. Wie mochte es sein, schutzlos in die Tiefe zu fallen?

»Kommt weiter!« Behrens' Stimme vertrieb den Gedanken. In meinem Magen rumorte es, als müsste ich mich übergeben. Doch dann waren da nur noch der Wind und die trampelnden Schritte, denen ich mich mechanisch anschloss.

13.

Obwohl ich todmüde war, setzte ich mich am Abend wieder in die Bibliothek. Vor mir hatte ich die Zeitung; das Bild von Camilla mit den Flügeln würde mich sicher in meine Träume begleiten. Aber ich musste es einfach immer wieder anschauen. Fast so, als würde sich darin ein Detail verbergen, das ich bisher übersehen hatte.

Schließlich begann ich, das Internet nach Geschichten über Krähen und Vogelmädchen abzusuchen. Vor langer Zeit hatte ich mal ein Buch gelesen, in dem es um ein Mädchen ging, das mit Flügeln zur Welt gekommen war. Irgendwelche Agenten waren hinter ihr her, weil sie zu einem geheimen Forschungsprojekt der CIA gehörte und abgehauen war. Das war bei Camilla nicht der Fall, aber vielleicht hatte sich der Mörder von irgendeiner Geschichte inspirieren lassen.

Während ich ein paar Ausdrucke machte, wanderten meine Gedanken wieder zu Alex. Warum war er mir nachgelaufen? Hatte er wirklich geglaubt, dass mir etwas passieren könnte? Wohl kaum.

Verwirrt schüttelte ich den Kopf. Seit meinem neunten Lebensjahr suchte niemand mehr nach mir. Nicht mal die Leute aus dem Heim hatten sich Sorgen um mich gemacht, wenn ich länger weggeblieben war als gewöhnlich. Meine Heimbetreuerin hatte mal zu ihrer Chefin gesagt, dass sie sich keine Gedanken um mich machen müssten, weil ich mit allen Wassern gewaschen sei. Außerdem war ich die beste Schülerin im gesamten Heim, das hatte mir seltsamerweise den Respekt der Erwachsenen eingebracht. Oder vielleicht hatten sie mir auch nicht zugetraut, dass ich irgendwelchen Unsinn anstellen würde. Aber Alex war schon zum zweiten Mal überraschend in meiner Nähe aufgetaucht – und das innerhalb von zwei Tagen. Vielleicht war Melanie ja zu Recht eifersüchtig …

Ein Blatt aus dem Drucker segelte zu Boden. Darauf befand sich ein Märchen, in dem es um einen Soldaten ging, der von zwei seiner Kameraden betrogen wurde. Sie stachen ihm die Augen aus, nahmen ihm sein Geld und ließen ihn halbtot unter einem Galgen zurück. Dort wollte es der Zufall, dass er zwei Krähen belauschte, die von einer Quelle erzählten, mit deren Wasser man sein Augenlicht wiedererlangen und die Krankheit der Königstochter heilen konnte. Der Soldat sammelte seine Kräfte und fand zu der Quelle des Lebens, woraufhin er sein Augenlicht zurückgewann und die Prinzessin heilte.

Die beiden ehemaligen Kameraden erfuhren von seinem Glück und auch, dass die Krähen dazu beigetragen hatten. Sie begaben sich ebenfalls zum Galgen, um die Vögel zu belauschen. Doch wütend darüber, dass man sie wieder ausspionieren wollte, fielen die Krähen über die Soldaten her und hackten ihnen die Augen aus.

Mir gefiel die Geschichte, allerdings bezweifelte ich, dass sie die Inspiration des Mörders war. Doch eins wusste ich genau: Irgendwas hatte sich der Mörder mit den Flügeln gedacht. Es war ganz sicher keine spontane Idee gewesen. Der Mord war von langer Hand geplant und hatte bestimmt einen Sinn. Kam man dahinter, würde einen das sicher auf die Spur des Mörders bringen.

Mit Kopfschmerzen ging ich schließlich in mein Zimmer. Die Zeitung hatte ich zwischen die Ausdrucke geschoben. Kurz hatte ich überlegt, Susanne den Artikel zu zeigen. Doch sie hatte sich gerade wieder etwas erholt, wie die Tatsache bewies, dass sie vor dem Fernseher saß und sich »Shopping-Girl« ansah. Ich wollte nicht riskieren, dass sie einen Heulkrampf bekam, der Hinz und Kunz in unser Zimmer lockte und Melanie dazu brachte, das Gerücht zu streuen, ich würde Susanne terrorisieren.

»Was hast du da?«, fragte Susanne kauend, eine rot-grüne Weingummischlange in der Hand, die gerade ihren Kopf eingebüßt hatte.

»Nur ein paar Ausdrucke für die Schule«, schwindelte ich und verstaute alles in einem Papphefter, den ich in der Schublade verschwinden ließ.

Susanne nahm das mit einem Nicken hin.

»Geht es dir wieder besser?«, fragte ich vorsichtig, denn ich spürte irgendwie, dass ihre Stimmung jederzeit umschlagen konnte.

Susanne zuckte mit den Schultern. »Keine Ahnung. Aber ich kann ja nicht für immer im Bett bleiben. Oder?«

»Nein.« Ich setzte mich zu ihr. Es war einer der Vorteile eines Eliteinternats, dass wir eine gemütliche Sitzecke mit eigenem Fernseher besaßen.

»Camillas Mum hat angerufen wegen der Beerdigung«, fuhr Susanne fort, als das Mädchen auf dem Bildschirm in einen knallpinken Van stieg, um zu ihrem Shoppingerlebnis gekarrt zu werden. Ein paar Mädchen aus dem Heim hatten sich das immer im Gemeinschaftsraum angesehen, bis die Jungs »Alarm für Cobra 11« hatten gucken wollen.

»Kommst du auch hin?«, fragte Susanne.

Da Susanne und ich nicht in dieselbe Klasse gingen, war das nicht selbstverständlich. Aber aus ihrem Tonfall hörte ich ihre Hoffnung heraus, dass ich mitkommen würde. Also nickte ich.

»Ich denke drüber nach, okay?«

Susanne nickte und kaute dann weiter an der Gummischlange herum. Ich hätte am liebsten etwas anderes angeschaut als die Shoppingabenteuer einer überdrehten 16-Jährigen, aber auf den Nachrichtenkanal konnte ich umschalten, wenn Susanne eingeschlafen war.

SONNTAG

14.

Ich öffnete die Augen, als jemand die Tür unseres Zimmers aufriss und rief: »He, wacht auf! Wacht auf!«

Was zum Teufel sollte das? Ich fuhr hoch und rieb mir übers Gesicht. In der Tür stand ein blondes Mädchen, das ich noch nie zuvor gesehen hatte.

»Susanne?«, fragte ich meine Zimmergenossin, die sich die Bettdecke über den Kopf gezogen hatte. Sie regte sich, machte aber keine Anstalten, unter der Decke hervorzukommen.

»Was ist denn?«, fragte ich den Störenfried in dem rosa T-Shirt.

»Marina ist weg!«, keuchte sie panisch. »Verdammt, sie ist weg!«

Marina! Für einen Moment konnte ich keinen klaren Gedanken fassen. Gestern nach dem Ausflug hatte sie sich von mir mit einem einfach so dahingeworfenen »Bis morgen« verabschiedet. Und jetzt war sie weg.

»Sie wird eine rauchen gegangen sein«, kam es leise unter der Bettdecke hervor.

»Nein, ist sie nicht!« Die Stimme der Blonden überschlug sich. »Hat einer von euch sie vielleicht gesehen?«

»Sie war gestern mit mir beim Ausflug zum Kreidefelsen«, entgegnete ich. In meiner Brust krampfte sich etwas zusammen. »Ich habe sie zuletzt gesehen, als wir aus dem Bus gestiegen sind.«

»Heute Morgen war sie jedenfalls nicht da! Jetzt starten wir eine Suchaktion«, sagte die Blonde. Hektische Flecken brannten auf ihren Wangen. »Und wenn sie nun auch …«

Ich schüttelte den Kopf und stand auf. »Sie wird schon wieder auftauchen«, sagte ich, doch meine Worte klangen selbst in meinen Ohren hohl. »Vielleicht hat sie einen Freund hier und ist bei ihm. Oder sie dreht eine Runde durch den Park?«

Ich sah ein, dass es nichts brachte, sie davon zu überzeugen, dass Marina in Sicherheit war. Und ein Teil von mir glaubte auch nicht daran.

»Okay, wir helfen suchen«, sagte ich, womit unsere Klassenkameradin sich umdrehte und verschwand.

Ich trat an Susannes Bett. »Los, komm, wir müssen Marina finden.« Immerhin hatte sie sich um Susanne gekümmert, als uns die Nachricht von Camillas Tod erreicht hatte. Und sie war die Erste hier gewesen, die freundlich zu mir gewesen war.

Als Susanne murrte, stupste ich sie in die Seite.

»He, was soll das!?«

Ich riss ihr die Decke weg. Mit ihren Augenringen hätte sie in jedem Zombie-Film die Hauptrolle spielen können. Dabei war es für sie gestern Abend nicht mal besonders spät geworden. Aber wahrscheinlich war mit der Stille und der Dunkelheit die Trauer um Camilla zurückgekehrt.

»Wir müssen mithelfen, Marina zu suchen«, rechtfertigte ich mich und warf die Bettdecke auf den Sessel. Um sich wieder darunter verkriechen zu können, würde Susanne aufstehen müssen. »Vielleicht ist ja wirklich was passiert, sie ist gestürzt und nun völlig hilflos.« Oder jemand hatte sie geschnappt und …

Nein, daran durfte ich nicht denken! Wahrscheinlich würde sich alles in Wohlgefallen auflösen.

»Marina stürzt nicht und sie ist auch nicht hilflos«, murrte Susanne, erhob sich dann aber.

Ich hoffte inständig, dass sie recht hatte.

Eine Viertelstunde später waren wir draußen und machten uns auf die Suche nach Marina. Wir durchkämmten den Garten, die Wohnhäuser, das Wirtschaftsgebäude, sämtliche Klos und die kleine Schwimmhalle, die zum Sportplatz gehörte. Doch Marina blieb verschwunden. Susanne und ich nahmen uns daraufhin mit ein paar anderen den hinteren Park vor.

Und wenn sie nun auch am Strand lag?

Nein, sagte ich mir, sie ist nicht tot. Entweder erlaubt sie sich einen schlechten Scherz oder sie will aus einem bestimmten Grund nicht gefunden werden.

»Marina!«, hallte es in verschiedenen Tonlagen übers Gelände. »Maaaariiiiiinaaaaa!«

Innerlich hoffte ich die ganze Zeit, dass jemand die Suchaktion abblies, weil Marina wieder aufgetaucht war. Aber vergeblich.

Plötzlich war es mir, als hörte ich einen Schrei. Ich zuckte zusammen und drehte mich um. Hatten sie sie gefunden?

Ich rechnete damit, dass es einen großen Auflauf geben würde, aber nichts geschah. Wahrscheinlich falscher Alarm.

Da fiel mein Blick auf den alten Trakt. Der Schrei konnte aus dieser Richtung gekommen sein.

War es möglich, dass Marina dort eingesperrt war?

»Susanne!«, rief ich meine Zimmergenossin, die scheinbar ziellos umherirrte.

»Was?«, fragte sie.

Ich deutete nach vorn.

»Ob sie schon im alten Flügel nachgesehen haben? Vielleicht ist Marina da.«

»Im alten Flügel?« Susanne schüttelte den Kopf. »Nee, bestimmt nicht. Sie hat nichts übrig für alten Krempel. Außerdem kommt man da nur mit einem Schlüssel rein.«

»Und durchs Fenster vielleicht.«

Susanne schaute mich entgeistert an.

Ich stemmte die Hände in die Seiten. »Fakt ist, dass ich einen Schrei gehört habe, der aus der Richtung kam. Wenn wir nicht nachsehen, können wir nicht wissen, ob sie da ist. Und sie ist doch deine Freundin, oder?«

»Okay, okay.« Susanne hob abwehrend die Hände. »Und wie willst du an den Schlüssel kommen?«, fragte sie, als wir vor der Tür standen.

»Gibt's denn keinen Geheimweg?«

Ich konnte nicht glauben, dass es nicht schon mal irgendwer versucht hatte, sich reinzuschleichen.

»Doch, sicher …« Susanne biss sich auf die Lippe. »Aber ohne Erlaubnis ist es nicht gestattet.«

»Wieso? Liegt da irgendwas Wertvolles?« Ich konnte Susanne ansehen, dass sie nicht gerade scharf darauf war, dem alten Waisenheim einen Besuch abzustatten. Hatte sie Angst? Es war doch sicher nicht so, dass dort ein mordlustiger Verrückter sein Labor hatte – oder doch?

»Nein, nur Sachen von früher. Ist jedenfalls ziemlich gruselig da drin.«

»Aber ich habe einen Schrei gehört. Und vielleicht ist Marina aus irgendwelchen Gründen dort gefangen.« Ich fasste sie beim Arm. »Also los, gehen wir zum Hausmeister, damit er uns aufschließt.«

Wir hatten das Hauptgebäude fast erreicht, als ich den Mann in dicken Gummistiefeln seelenruhig eine Schubkarre voller Blätter vor sich herschieben sah.

»Ähm, entschuldigen Sie bitte!«, rief ich und lief zu ihm.

Der Hausmeister blieb stehen und sah mich verwundert an. »Was gibt's denn, Deern?«

»Wir würden gern in den alten Flügel, könnten Sie uns bitte den Schlüssel geben?«

»Ihr wollt in den alten Trakt?«

»Eine unserer Mitschülerinnen ist verschwunden. Wir wollen nachsehen, ob sie dort ist. Ich habe einen Schrei gehört, der wohl aus dem Gebäude kam.«

Der Hausmeister schüttelte den Kopf. »Wie soll sie denn da reingekommen sein? Die Schlüssel habe ich!«

Unruhig trat ich von einem Bein aufs andere. »Das ist doch jetzt egal! Hauptsache, wir finden sie.«

Der Hausmeister zögerte noch einen Moment, dann sagte er: »Also gut ...« Er nahm einen Schlüssel von seinem Bund und reichte ihn mir. »Ich kann jetzt nicht mit euch gehen, aber ich habe Frau Heiden eben noch auf der Bank unter der alten Eiche gesehen. Bitte lauft erst zu ihr und sagt ihr Bescheid.«

Ich nickte und schob Susanne schnell vor mir her, die sich die Arme um den Oberkörper geschlungen hatte. Ich hatte nicht vor, noch einen Umweg zu machen und unsere Mentorin in meinen Plan einzuweihen.

Wir mussten jetzt handeln.

Ich legte Susanne eine Hand auf die Schulter. »Bevor wir aufgeben, sollten wir überall nachgeschaut haben, nicht wahr?«

Sie folgte mir beklommen zum Westflügel des Gutshauses. Dieser hatte einen separaten Eingang, eine schwere Holztür, die mit einem neumodischen Schloss gesichert war.

»Hör mal«, begann Susanne, als wir vor dem Gebäude standen. Mit seinen leeren, teilweise mit hölzernen Laden verschlossenen Fenstern wirkte es schon ein wenig gruselig. Ich dachte wieder an den Käfig des Spatzenmädchens. Neugier und ein wenig Grusel kribbelten in meinem Magen.

»Clara!«, hörte ich da eine Stimme hinter mir. Ich drehte mich um.

Alex kam mit langen Schritten angerannt und winkte. War Marina wieder aufgetaucht?

»Habt ihr sie gefunden?«, platzte es aus mir heraus.

Alex schüttelte den Kopf. »Nein, aber ich hatte gehofft, ihr …«

»Wir wollen in den alten Trakt.« Ich sah zu Susanne, die etwas grün um die Nase war, und deutete mit den Daumen auf die Tür hinter mir. »Der Hausmeister hat uns den Schlüssel gegeben. Ich hab einen Schrei gehört, der vielleicht von dort kam.«

»Aber was sollte sie da drinnen zu suchen gehabt haben?«

»Das weiß ich nicht, aber falls der Schrei von ihr war, sollten wir keine Zeit verlieren und nachschauen.«

»Okay.« Alex nickte.

15.

Das Aufschnappen des Schlosses hallte laut durch den Raum. Ich hätte erwartet, dass die Scharniere wie in alten Gruselfilmen knarren würden. Aber sie waren wie das Schloss selbst sehr gut instand gehalten. Auch baumelten keine Spinnweben und schiefe Kronleuchter von der Decke. Es roch jedoch alt und muffig und es lag überall Staub.

Anstelle von Möbeln gab es Unmengen von Kisten. Modernere Umzugskartons standen etwas weiter vorn, ältere Holzkisten weiter hinten. Wie auch alle anderen Gebäude hatte dieser Flügel drei Etagen voller Gänge und Räume. Viele, viele Türen. Hinter jeder von ihnen konnte Marina sein.

»Am besten, wir teilen uns auf«, schlug ich vor. Alex war noch immer bei uns. Irgendwie schien er sich vorgenommen zu haben, mir nicht mehr von der Pelle zu rücken. »Susanne, du bleibst hier unten, ich gehe in den ersten Stock und Alex, du in den zweiten.«

Als Drillinstructor bei der US-Army würde ich mich bestimmt hervorragend machen.

Die beiden sahen mich verdattert an.

»Wer Marina findet oder sonst was entdeckt, ruft!«

»Ich … ich weiß nicht, ob ich allein …«, begann Susanne ängstlich.

»Da sind bestimmt keine Geister. Nur ein paar alte Möbel.«

Ich verdrängte den Gedanken, dass Marina vielleicht genauso wie Camilla hier irgendwo herumliegen könnte, halb nackt mit Krähenflügeln an den Schultern.

»Oder willst du lieber in den ersten oder zweiten Stock?«

Susanne schüttelte den Kopf. Wie sie aussah, wollte sie wahrscheinlich in ihr Zimmer zurück.

»Okay, dann los. Je eher wir durch sind, desto eher können wir auch wieder raus.«

Die Treppenstufen knarzten leise unter unseren Schritten. Ich blickte zu Alex und bemerkte, wie konzentriert er war. Das gefiel mir – doch jetzt war wirklich keine Zeit für romantische Gefühle.

Glücklicherweise war er nicht an Small Talk interessiert. Als ich auf meiner Etage angekommen war, sahen wir uns kurz an und nickten uns zu, dann lief er weiter.

Vor mir lag nun der Korridor. Hier zeigte sich, dass das Gebäude doch mal eine gründliche Renovierung brauchte. Die Tapeten waren vergilbt und mit Wasserflecken übersät. Die Türen wirkten altmodisch mit ihrem dicken eierschalenfarbenen Anstrich. Unter meinen Füßen breitete sich ein fleckiger, platt getretener Teppich aus. Die ideale Kulisse für einen Gruselfilm. Man erwartete jeden Moment einen Schatten, der sich mit vorgereckten Krallen und spitzen Ohren dem Zimmer des unschuldigen Mädchens näherte.

Warum war die Internatsleitung noch nicht darauf gekommen? So eine Filmproduktion zahlte sicher gut für einen tollen Schauplatz. Das hier war besser als Babelsberg. Warum ließen sie diesen Teil des großen Gutshauses vor sich hin gammeln, während alle anderen Teile und Nebengebäude bestens in Schuss waren?

Hinter den ersten Türen fand ich leere Räume, die noch schlimmer aussahen als der Flur. Durch die Fenster zog es merklich. Ich war sicher, dass man in Windeseile dadurch ins Haus kommen konnte, wenn man wollte. Aber wahrscheinlich glaubte die Internatsleitung, dass sich niemand die Mühe machen würde.

Als ich die ersten Jahre im Kinderheim gewesen war, hatte ich mir manchmal ausgemalt, dass ich auf dem Dachboden irgendwelche Geheimnisse finden würde. Doch ich hatte ernüchtert feststellen müssen, dass dort oben nicht einmal Sachen von Kindern aufbewahrt wurden, die früher im Heim untergebracht waren, sondern Dekozeug und Möbel, die man irgendwann wieder brauchen würde. Sonst nichts.

Die Räume schienen die Geschichte des Hauses auszuatmen. Sicher waren das nicht mehr die Tapeten und Böden aus der Zeit des »Spatzenmädchens«, aber ich konnte mir vorstellen, wie es damals hier ausgesehen hatte.

In jedem Zimmer standen Kisten und alte Möbel herum. In meiner Faszination vergaß ich beinahe, dass wir auf der Suche nach Marina waren. Geschichten schossen mir in den Kopf, das Spatzenmädchen tauchte darin auf und geisterte durch die Gänge.

Als ich eine altmodische Flügeltür öffnete, schnappte ich

nach Luft. Ein großer Saal breitete sich vor mir aus. Auch hier standen Kisten – und Bettgestelle. Anstatt von Lattenrosten hatten sie Metallgitter mit runden Federn. Die Gestelle selbst waren ebenfalls aus Metall, wie in einem uralten Krankenhaus. Von den Stangen blätterten Farbe und Rost.

War das einer der Schlafsäle des Heims gewesen?

Aber auch hier fehlte von Marina jede Spur, dennoch konnte ich mich nicht von dem Anblick des Raumes lösen. Ich ging hinein und sah mich um. Alles machte so einen furchtbar traurigen Eindruck. Ich war froh, dass ich in einem Heim aufgewachsen war, das eher wie ein moderner Wohnblock ausgesehen hatte. Hier konnte man schwermütig werden. Und vielleicht hatte nicht nur die Grausamkeit der anderen Kinder zum Selbstmord des Spatzenmädchens geführt, sondern auch dieser trübe Schlafsaal …

Da hörte ich Schritte und von jetzt auf gleich war ich wieder in der Gegenwart. Alex kam zu mir runter.

Ich verließ schnell den Schlafsaal und lief ihm entgegen.

»Hier ist sie auch nicht, was?«, sagte er.

Ich schüttelte den Kopf.

Plötzlich schrie Susanne auf. Alex und ich sahen uns an, dann rannten wir beinahe gleichzeitig zur Treppe.

»Susanne?« Im Erdgeschoss angekommen, blickte ich mich hektisch um, konnte meine Mitbewohnerin aber nirgends entdecken. »Was ist passiert? Wo bist du?«

Keine Antwort. Hatte sie Marina gefunden? Ich weigerte mich, mir auszumalen, in welchem Zustand sie vielleicht war.

»Susanne, nun sag doch was!«, rief ich. Mein Herz schlug hart gegen meinen Brustkorb.

Alex überholte mich nun und stürmte dem Licht entgegen, das auf den Gang fiel.

Ich versuchte, dicht hinter ihm zu bleiben.

»Susanne, wo bist du?«, rief er.

»Hier!«, kam es mit einem Mal zaghaft zurück.

Wenige Augenblicke später entdeckten wir Susanne. Doch vor ihr lag nicht, wie ich befürchtet hatte, eine halb nackte Marina mit Flügeln auf dem Rücken. Genau genommen war außer Kisten gar nichts zu sehen.

»Was ist passiert?«, fragte ich. Susanne deutete auf einen der Behälter.

»Eine Ratte. Sie ist dahinter verschwunden.«

Ich pustete erleichtert die Luft aus. Immerhin keine Leiche. »Dann besser raus hier, ehe sie wieder auftaucht.« Ich fasste sie beim Arm und zog sie hinter mir her auf den Flur, wo sie langsam zu sich kam.

»In welchen Räumen warst du schon?«, fragte ich. Wahrscheinlich war für Susanne die Suche gelaufen.

»Das war der letzte!« Sie blickte über die Schulter zurück, als lauerte hinter uns ein Monster.

»Gut, dann verschwinden wir wieder, oben ist sie auch nicht. Ich bring nur schnell den Schlüssel beim Hausmeister vorbei und sag ihm, wir hätten Frau Heiden nicht gefunden. Und dann lasst uns noch mal den Park absuchen. Und wenn Marina da nicht ist, ist sie vielleicht im Wald.« Im Wald, in dem vielleicht ein verrückter Killer sein Unwesen trieb.

Am Nachmittag wurde die Suche fürs Erste abgebrochen. Herr Sontheim ließ über die Lautsprecheranlage verkünden, dass der Suchtrupp der Polizei anrücken würde. Diese kurze Pause nutzten wir, um uns in der Mensa ein wenig zu stärken. Oder zumindest ich tat das, denn Alex war in sein Zimmer gegangen, genauso wie Susanne, die Kopfschmerzen hatte.

Ich setzte mich mit einem Salat ans Fenster und schaute zum alten Trakt.

Marina, wo bist du bloß? Beunruhigende Szenarien spielten sich vor meinem geistigen Auge ab. Vielleicht war sie entführt worden. Ich wehrte mich innerlich noch immer dagegen, einen Zusammenhang zwischen Camillas Tod und Marinas Verschwinden zu sehen. Oh Gott, bitte mach, dass Marina nichts passiert ist …

»Ist doch komisch, dass hier Leute verschwinden, seit du da bist«, sagte Melanie und lehnte sich gegen meinen Tisch.

Du meine Güte, war sie ein Kastenteufel, oder was? Ich blickte auf und versuchte, mir meine Überraschung nicht anmerken zu lassen. »Was willst du damit sagen?«

»Nichts.« Melanie zuckte mit den Schultern und warf ihren Begleiterinnen einen vielsagenden Blick zu. »Aber kaum tauchst du in Rotensand auf, verschwindet eine Schülerin nach der anderen. Das ist schon merkwürdig, nicht wahr?«

Ich legte meinen Löffel beiseite. »An deiner Stelle wäre ich vorsichtig mit solchen Behauptungen.«

»Wieso? Hast du es auch auf mich abgesehen?«

Warum beschlich mich nur das Gefühl, dass der Grund für ihre Feindseligkeit nicht allein Alex war?

»Denkst du etwa, dass Menschen, die nicht aus deiner Welt kommen, von vornherein Kriminelle sind, die es nur darauf abgesehen haben, reiche Kinder umzubringen?«

Melanie schien nicht mit einer Gegenreaktion gerechnet zu haben und wusste offensichtlich nicht, was sie darauf erwidern sollte.

»Mein Vater und meine Mutter hatten beide sehr gute Jobs«, fuhr ich fort. Eigentlich ging Melanie das nichts an, aber angesichts ihrer beiden betreten dreinschauenden Freundinnen wollte ich ihr das unter die Nase reiben. »Wir hatten ein schönes, großes Haus mit riesigem Garten. Sie sind bei einem Autounfall ums Leben gekommen, und weil ich keine Großeltern mehr hatte, kam ich ins Heim. Das konnte ich mir nicht aussuchen. Aber es ist nun mal so. Und deshalb bin ich nicht schlechter als du oder jemand anders hier. Das nur als Information.«

Ich erhob mich, nahm mein Tablett und trug es zur Geschirrabgabe. Melanie und ihre Freundinnen standen auch Minuten später noch an meinem Tisch. Mochten sie irgendwelche Schlachtpläne aushecken, mir war es egal – ich musste meine Hausaufgaben erledigen. Und darüber nachdenken, wohin Marina verschwunden sein könnte.

16.

Sie wachte auf und hatte einen üblen Geschmack im Mund. Als hätte sie am Abend zuvor zu viel Bier getrunken. Sie wälzte sich zur Seite, hörte es unter sich rascheln, dann bohrte sich etwas Hartes in ihre Seite.

Marina öffnete die Augen. Sie war der festen Überzeugung, in ihrem Zimmer zu sein, vielleicht war sie aus dem Bett gefallen und lag auf dem Boden. Wäre nicht das erste Mal, dass sie bei einem Traum zu heftig um sich getreten hatte.

Aber sie war nicht in ihrem Zimmer. Es war dunkel und doch wieder nicht. Durch unzählige Spalten in den Wänden fiel Licht, das helle Streifen auf den Boden malte.

Marina erhob sich und spürte, dass sie an Händen und Füßen gefesselt war – mit Kabelbindern, wie sie ihr Vater verwendete, um die Kabel seines PCs zusammenzuhalten.

Die Panik flatterte in ihr auf wie ein verschreckter Vogel. Auf einmal war die Erinnerung wieder da – auch wenn sich ihr Verstand wie in Watte gepackt anfühlte. Oder so, als würde sie durch Nebel laufen. Vielleicht träumte sie das hier alles nur?

Bilder tauchten vor ihr auf.

Sie waren unterwegs gewesen. Ja, die gesamte Schule war auf dem Weg zum Kreidefelsen gewesen. Und sie hatte sich mit der Neuen unterhalten. Eigentlich war sie ganz nett, nicht so freakig, wie Melanie sie darstellte.

Und dann hatte wer am Geländer gerüttelt.

Marina schluckte. Ihr Mund und ihre Kehle fühlten sich auf einmal trocken an, als hätte sie mit offenem Mund geschlafen. Für einen Moment verschwamm die Welt vor ihren Augen, dann schärfte sie sich wieder.

Und damit auch die Erinnerung.

Völlig kaputt waren sie am Abend zurückgekehrt, und da sie irgendwie nervös gewesen war, hatte sie sich in eine Ecke des Gartens zurückgezogen und eine geraucht. Oder besser gesagt, sie hatte es vorgehabt. Dazu gekommen war sie nicht mehr, denn jemand hatte sie von hinten angesprungen und ihr etwas auf die Nase gedrückt. Wie lange sie ohnmächtig gewesen war, wusste sie nicht. Aber nun war sie hier und es war wer weiß wie spät.

Sicher werden sie mich suchen und haben die Polizei alarmiert, schoss es ihr durch den Kopf.

Sie wollte schon um Hilfe rufen, da fiel ihr ein, dass sie ihren Entführer, sollte er in der Nähe sein, nicht auf sich aufmerksam machen wollte. Auch wenn sie vor Panik und Angst fast platzte.

Vorsichtig schaute sie sich um. In ihrem Magen rumorte es. Als wäre sie hundert Runden Kettenkarussell gefahren.

Sie stützte sich ab, bis es wieder ging. Dann schaute sie sich um. Ihre Augen bereiteten ihr immer noch ein wenig

Probleme, aber allmählich wurde es besser. Irgendwo gab es vielleicht etwas, mit dem sie ihre Fesseln lösen konnte. Einen Cutter, eine Schere oder ein Messer. Irgendwas.

Allerdings musste sie es schaffen, auf die Füße zu kommen, was mit gefesselten Beinen und Händen nicht ganz einfach war.

Doch als sie sich aufrichten wollte, drehte sich plötzlich alles um sie. Als würde sie auf einem Drehstuhl sitzen.

Stöhnend sackte sie wieder auf dem Boden zusammen. Verdammt, dachte sie panisch und kniff die Augen zusammen. Was hat er mir für ein Zeug gegeben?

Tief durchatmend wartete sie darauf, dass der Schwindel wieder nachließ. Dann versuchte sie es erneut. Aber auch diesmal gelang es ihr nicht – auch wenn sich das Schwindelgefühl in Grenzen hielt, aber ihr Körper erschien ihr auf einmal unheimlich schwer.

Die Wand, schoss es ihr in den Kopf. Vielleicht klappt es besser, wenn ich mich irgendwo abstützen kann. Kurz orientierte sie sich, dann wälzte sie sich auf die am wenigsten entfernte Wand zu.

Erneut rebellierte ihr Magen. Sie würgte, doch es kam nichts.

Kranker Mistkerl, dachte sie und spürte, wie ihr Zorn die Angst ein wenig linderte. Du kriegst mich nicht. Im Gegenteil, ich werde sie alle hierherführen und dann bist du dran.

Bei dem Versuch, sich aufzurichten, riss sich Marina einen Splitter in den Finger, aber auch das konnte sie nicht stoppen. Froh darüber, allmählich wieder Herrin ihres eigenen Körpers zu sein, arbeitete sie sich Stück für Stück nach oben. Als sie schließlich stand, waren ihre Kleider schweißdurchnässt. Ihr Herz raste. Aber ihr Körper fühlte sich wieder richtig an. Offenbar schwitze ich das Zeug aus, mit dem er mich betäubt hat. Das ist gut, sagte sie sich.

Als Nächstes blickte sie sich um, entdeckte einen Tisch, auf dem allerhand Sachen lagen. Vielleicht gab es auch etwas für ihre Fesseln. In Filmen sah man doch immer, wie der Held seine Hände über ein Sägeblatt legte und die Fesseln damit durchschnitt.

Sie löste sich von der Wand und begann zu hüpfen. Auf den Tisch zu, denn dort hatte sie die besten Chancen, fündig zu werden. Glücklicherweise hatte der Entführer ihre Hände vor dem Körper gefesselt. So konnte sie notfalls eine Schere halten.

Ein plötzliches Geräusch ließ sie aufschreien. Sie wirbelte herum, in Erwartung des Killers, der zur Tür hereingekommen war und sie nun bei der Flucht ertappte. Dann bemerkte sie den Käfig in der gegenüberliegenden Raumecke. Drei Krähen hockten darin. Es war viel zu eng für sie, weshalb eine von ihnen verzweifelt die Flügel gereckt hatte. Was sollte das? Wer war so verrückt, sich Krähen zu halten?

Dann wurde Marina klar, dass das, was man auf dem Schulhof gemunkelt hatte, vielleicht doch der Wahrheit entsprach. Jemand hatte gemeint, dass Camilla Flügel angenäht worden waren. Das hatte so krank geklungen, dass sie es einfach nicht hatte glauben wollen. Aber jetzt, wo sie die Vögel sah …

Sie musste erneut würgen, und als sie die Übelkeit zurückgekämpft hatte, begann sie fieberhaft, den Tisch nach etwas abzusuchen, womit sie ihre Fesseln durchschneiden konnte.

Tatsächlich wurde sie nach einer Weile fündig. Ein altes

Obstmesser lag unter einer Zeitung. Mit zitternden Händen holte sie es hervor, klemmte es zwischen die Knie und rieb einen Teil des Kabelbinders darüber. Bitte, flehte sie leise, bitte gib nach … Von ihrem Vater wusste sie, dass das Plastik verdammt fest war und man einen Seitenschneider brauchte, um die Bänder durchzuknipsen.

Zwischendurch, wenn die Benommenheit wieder kurz nach ihr griff, stach sie sich mit dem Messer in den Arm, doch sie ignorierte das Blut, das aus den Wunden sickerte, und machte weiter. Nur nicht die Pulsadern aufschneiden, dachte sie. Sonst war alles umsonst.

Schließlich gab der Kabelbinder nach und riss auseinander.

Marina seufzte zitternd auf und machte sich daran, die Fußfesseln zu lösen. Ein paar Mal glitt ihr das Messer aus der Hand und fiel zu Boden. Wenn sie dann neu ansetzte, blickte sie sich um. Nur die Krähen flatterten und scharrten in ihrem Käfig. Als spürten sie ihre Angst.

Schließlich hatte sie es geschafft. Sie warf das Messer auf den Tisch und stürmte zum Ausgang. Sie spähte kurz durch ein Astloch nach draußen, aber niemand war zu sehen. Also warf sie sich mit aller Kraft gegen die Tür. Diese sprang mit einem Krachen auf, dann war sie frei.

So schnell sie konnte, rannte sie durchs Unterholz. Ihr eigener Atem tönte schrill in ihrem Kopf und ihre Lungen schmerzten. Auch ihre Beine gehorchten ihr noch immer nicht so, wie sie es gewohnt war. Und da war immer nur ein Gedanke: Warum ich? Warum war er hinter mir her? Es musste der Kerl sein, der Camilla geschnappt hatte. Und nun will er mich töten. Aber sie hatte doch niemandem etwas getan!

Sie musste hier weg, irgendwie.

Zweige streiften ihre Arme und peitschten über ihre Stirn. Ihre Knie zitterten unkontrolliert, sodass sie glaubte, jeden Moment stolpern zu müssen.

Aber sie schaffte es, sich auf den Beinen zu halten, und lief weiter.

Nach einer Weile hatte sie das Gefühl, außer Reichweite des Killers zu sein. Stehen blieb sie trotzdem nicht. Vielleicht trieb er sich hier irgendwo im Wald herum, schoss es ihr durch den Kopf. Sie blickte über die Schulter zurück – die Hütte war nicht mehr zu sehen. Würde sie den Weg wiederfinden, wenn sie mit der Polizei zurückkam? Wenn nicht, würde ihr das Internet sicher weiterhelfen. Wozu gab es Google Earth? Die Hütte sah jedenfalls nicht so aus, als wäre sie erst vor Kurzem hier hingestellt worden …

Plötzlich verlor sie den Boden unter den Füßen. Mit einem Aufschrei stolperte sie und fiel nach vorn.

Der Schmerz schnappte zu wie die Zähne eines wilden Tiers. Heulend ging sie zu Boden. Über ihr flatterten ein paar Vögel auf, für einen Moment rauschte es in den Ästen, dann wurde es still. Nur ihr Herzschlag pochte in ihren Ohren, genauso wie ihr eigener Schrei.

Etwas krallte sich in ihren Knöchel, so fest, dass der Schmerz kaum auszuhalten war. Eine klebrige Flüssigkeit rann ihren Knöchel herunter. Blut. Es war Blut. Wimmernd blickte sie an sich hinunter. Um ihr Bein lag etwas, das wie eine Bärenfalle aussah. Die Metallzähne bohrten sich tief in ihr Fleisch.

Der Schmerz schoss ihr den Rücken hinauf. Komischerweise war er aber nicht so schlimm, wie sie erwartet hätte. Die Angst war schlimmer. Und ihr Wille stärker. Ich will nicht sterben. Ich will nicht sterben.

Verzweifelt griff sie nach dem Maul der Falle und versuchte, es auseinanderzudrücken. Vergeblich, die Feder gab nicht nach. Sie atmete tief durch. Ein dumpfes Pochen zog durch ihr Bein. Dann kam der Schmerz erneut und diesmal mit voller Wucht. Sie versuchte, dagegen anzukämpfen, doch als sie die Falle berührte, raubte er ihr den Atem.

»Na, kleines Vögelchen, du hast doch nicht geglaubt, dass du mir entkommen könntest, oder?«

Der schwarze Mann beugte sich zu ihr herunter, sodass sie sein Gesicht sehen konnte. Im ersten Moment wusste sie es nicht einzuordnen, doch dann dämmerte es ihr. Dies war der Mann, der Camilla getötet hatte. Und jetzt war sie an der Reihe.

17.

Das Blaulicht verschwand in der Ferne und hinterließ nichts als Dunkelheit. In den Fensterscheiben spiegelte sich mein Gesicht. Das blaue Flackern hatte ich immer noch vor Augen, rote Punkte verschleierten meinen Blick.

Marina war nicht wieder aufgetaucht und auch der Suchtrupp der Polizei hatte keinen Erfolg gehabt. Es schien, als sei sie vom Erdboden verschluckt worden.

So musste es auch bei Camilla gewesen sein. Obwohl ich Marina nicht wirklich lange kannte, hatte ich Angst.

Ein Teil von mir hoffte immer noch, dass sie wieder auftauchen würde. Aber mit jeder Stunde, die verging, wurde die Stimme in meinem Kopf lauter, die mir sagte, dass sie vielleicht genau dasselbe Schicksal erlitten hatte wie Camilla.

Doch warum? Die beiden waren Freundinnen, ja. Aber es war unwahrscheinlich, dass das der Grund dafür war, dass sich der Killer auch Marina geschnappt hatte. Oder war Marina auf irgendwas gestoßen, das auf den Mörder hindeutete?

Plötzlich summte mein Handy.

Als ich auf das Display sah, entdeckte ich eine Nachricht im Mailfach. Höchstwahrscheinlich kam sie vom Schulnetzwerk. Meine Adresse hatte ich gestern Abend noch auf dem Handy eingerichtet, damit ich meine Mails auch dort lesen konnte.

Der Absender war allerdings keine Rotensand-Adresse, sondern ein Buchstabensalat, dem die Endung @trash.com folgte.

Als ich an meinem Gymnasium in Potsdam mit Informatik begonnen hatte, hatten wir als Erstes gelernt, unsere Mailadresse zu anonymisieren. Anbieter wie Trash.com ermöglichten es Nutzern, Mails ohne genannten Absender zu verschicken und zu empfangen – und das ohne Registrierung. Solche Mailadressen löschten sich nach ein paar Stunden oder Tagen von selbst, wenn man sie nicht mehr benutzte.

Verdammt, woher kam diese Mail? Wer hatte meine Adresse? Gab es da auch einen Aushang beziehungsweise konnte man die Adressen öffentlich einsehen?

Eigentlich sollte man solche Mails nicht öffnen, wenn einem etwas an seinem Handy lag, aber die Betreffzeile »Krähenflügel« machte mich neugierig.

He, kluges Mädchen, schau doch mal nach anderen Toten der letzten Jahre, vielleicht wirst du fündig. Der Ratgeber

Der Ratgeber? Was war das denn für krankes Zeug? Und nach welchen Toten sollte ich suchen? Mich überlief es eiskalt. Meine innere Stimme schrie mir zu, es zu lassen, aber ehe ich mich's versah, tippten meine Finger auch schon: *Verscheißern lasse ich mich nicht, alles klar?*

Falls Melanie hinter diesem geschmacklosen Scherz steckte, würde sie wissen, was ich davon hielt.

Ich wollte gerade mein Handy beiseitelegen, als es wieder schnurrte. Hatte der »Ratgeber« auf meine Antwort gewartet? Dann war es sicher Melanie, die mit ihren Freundinnen am Rechner saß und sich vor Lachen gar nicht mehr einkriegte.

Ich weiß, es fällt schwer zu glauben, was man nicht sehen kann. Aber vertrau mir, ich habe nicht vor, dich auf den Arm zu nehmen. Wir spielen ein Spiel, das Fang-den-Mörder heißt. Ich nehme an, du bist interessiert? Man sucht nicht einfach so um diese Zeit nach etwas Bestimmtem ...
Der Ratgeber

Mir wurde noch kälter. Unwillkürlich schlugen meine Zähne aufeinander und ich begann zu zittern. Hatte mich dieser Ratgeber in der Bibliothek gesehen?

Vielleicht hätte ich mich nicht an den Computer am Fenster setzen sollen. M hätte James Bond die Ohren abgerissen, wenn er das getan hätte.

Aber darum ging es nicht – sondern um jemanden, der mich beobachtete, ohne dass ich es mitbekommen hatte.

Woher weißt du, dass ich suche? Das Internet ist groß. Jeder könnte suchen.

Wieder ließ die Antwort nicht lange auf sich warten. Wer auch immer mir schrieb, verlor keine Zeit.

Gut möglich. Bei dir bin ich mir aber sicher, dass du nicht suchst, weil dir solche Bilder gefallen. Du willst etwas herausfinden, habe ich recht? Deshalb habe ich beschlossen, dass wir zusammen spielen. Ich gebe dir Hinweise, du gehst ihnen nach. Wenn du dich bewährst, kannst du vielleicht das eine oder andere Leben retten. Wenn du mich enttäuschst, bist du vielleicht die Nächste. Halte also deine Augen offen, von dieser Adresse hier wirst du keine Post mehr bekommen. Der Ratgeber

Jemand wollte ein Spiel mit mir spielen? Übelkeit stieg in mir auf. Warum gerade mit mir?

Ich tippte noch eine Nachricht, in der ich fragte, warum die Wahl auf mich gefallen war. Doch nur Sekunden später meldete sich der *Mailer Daemon* und teilte mir mit, dass es diese Adresse nicht gab. Der Ratgeber hatte sie tatsächlich gleich wieder gelöscht!

Plötzlich wurde es laut draußen im Gang. Ich steckte mein Handy ein, rannte zur Tür und sah hinaus. Irgendwer schrie. Was war passiert? Gab es Nachrichten von Marina?

Ich stürmte aus unserem Zimmer, ohne mich um Susanne zu kümmern, die mit Stöpseln in den Ohren auf ihrem Bett lag.

Das Geschrei führte in die Etage über mir. An der Treppe sammelten sich ein paar Mädchen, die ratlos nach oben sahen, sich aber nicht trauten hochzugehen. Ich drängte mich an ihnen vorbei. Im Gang staute es sich ein wenig, sodass ich nicht gleich erkennen konnte, aus welchem Raum der Lärm kam. Sich durchzudrängeln, war beinahe unmöglich, also fragte ich eines der Mädchen, das ich auf dem Ausflug zum Kreidefelsen gesehen hatte.

»Was ist los?«

Das Mädchen blickte mich ein wenig verwirrt an. Wahrscheinlich fragte sie sich, wer ich war.

»Irgendwas ist bei Elisa los. Wir wissen aber nicht genau was. Sie hat plötzlich ganz hysterisch angefangen zu schreien.«

Mein Gefühl sagte mir sofort, dass etwas nicht stimmte. Ich drängte mich vorbei und schaffte es, mich bis zur Tür vorzuarbeiten. Auf einem der Betten saßen zwei Mädchen, eines davon war völlig mit den Nerven runter. Das andere Bett war aufgedeckt. Irgendwas schien damit faul zu sein.

Ich reckte den Hals, konnte aber nichts erkennen. Doch dann wisperte eine Stimme: »Sie hatte einen Vogel im Bett, einen toten Vogel!«

Diese Antwort war nicht für mich bestimmt, jemand anderes hatte gefragt.

Ein Vogel im Bett? Die Worte trafen mich wie ein Fausthieb.

Und vor allem: Wo war Marina? Trampte sie vielleicht nach Hause, weil sie den Scheiß hier nicht mehr ertrug?

»Wer hat einen Vogel im Bett?«, mischte ich mich in das Gespräch ein, nachdem ich den ersten Schrecken überwunden hatte. Ich glaubte, die Antwort zu kennen, aber dennoch fragte ich: »Elisa?«

Die beiden sahen mich an, als hätte ich einen China-Böller gezündet.

»Nein, Marina«, antwortete schließlich jemand. »Marina hat einen Vogel im Bett. Elisa wollte für sie das Bett machen, da hat sie ihn gefunden.«

Mich traf der Schlag. Ein Vogel in Marinas Bett? War das der Grund, weshalb Marina abgehauen war? Welches kranke Arschloch trieb mit den Leuten solche blöden Scherze?

Eine Vermutung stieg in mir auf. Hatte sich Melanie gegen sie gewandt? Hatte sie mitbekommen, dass Marina mit mir gesprochen hatte? Man konnte ja nie wissen …

Ehe ich mich's versah, betrat ich das Zimmer und ging zu dem Bett. Auf dem Kissen lag ein Spatz, dem jemand den Hals umgedreht hatte. Blutflecke waren auf dem Kissenbezug eingetrocknet. Der Vogel sah haargenau aus wie der, den ich gefunden hatte. Mir wurde schlecht und ich konnte mich nicht rühren.

Was, wenn Melanie etwas mit dem Verschwinden von Marina zu tun hatte? Oder war das eine Botschaft gewesen, die bereits seit gestern unter der Bettdecke geschlummert hatte? Hatte Melanie Marina den Vogel während des Ausflugs untergeschoben?

Ich hätte erleichtert sein können, dass es mich nicht allein getroffen hatte – doch ich war zutiefst beunruhigt.

»Was geht hier vor?«, polterte Frau Heiden los, unsere Hausmentorin. Sie war meine Deutschlehrerin, das hatte ich auf dem Stundenplan gesehen. Am Montag würde ich das Vergnügen mit ihr haben.

»Elisa hat einen toten Vogel im Bett von Marina gefunden«, ergriff ich das Wort.

»Und wer sind Sie?« Frau Heiden musterte mich wie einen Eindringling.

»Clara Hansen. Ich … bin eine Freundin von Marina.« Alle Augen waren auf mich gerichtet.

Die Lehrerin nickte und wandte sich dem Bett zu. Zwischen ihren Augenbrauen erschien eine tiefe Falte. Dann wirbelte sie herum.

»Wer ist dafür verantwortlich!?«

Schweigen. Eine fallende Stecknadel hätte man deutlich hören können. Glaubte Frau Heiden wirklich, dass sich der Schuldige melden würde? Und wenn ich recht hatte und Melanie die Schuldige war, würde unsere Hausmentorin vergeblich auf eine Antwort warten. Denn von meiner so freundlichen Mitschülerin war weit und breit nichts zu sehen. Vielleicht legte sie gerade eine neue Trash-Mail-Adresse an, um mich zu verarschen.

Frau Heiden schnaufte, dann wandte sie sich Elisa zu.

»Wann haben Sie den Vogel entdeckt?«

»Gerade eben«, schluchzte sie. »Ich wollte das Bett machen, es sah so unordentlich aus. Und da habe ich ihn gefunden.«

Ich sah Besorgnis in Frau Heidens Gesicht. Vielleicht sollte ich ihr von »meinem« Vogel erzählen. Aber etwas hielt mich zurück. Ich war die Neue hier, und Melanie verbreitete sowieso schon überall, wie merkwürdig es doch sei, dass gerade jetzt, mit meinem Auftauchen, andere Mädchen verschwanden. Dass auch andere Schüler neu waren, spielte keine Rolle. Hauptsache, sie hatte etwas zu tratschen.

»Geht alle wieder auf eure Zimmer«, sagte Frau Heiden schließlich und klatschte in die Hände, als müsse sie ein paar Hühner verscheuchen. »Wir reden später noch mal über die Sache. Aber ich würde demjenigen, der hierfür verantwortlich ist, raten, sich zu melden. Anderenfalls droht ihm ein Schulverweis!«

Plötzlich hatte ich das Gefühl, dass wieder alle Augen auf mich gerichtet waren. Ja, natürlich traute man nur der Neuen so was zu, dem Heimkind! Ich wandte mich um und ging wieder nach draußen. Neben mir tuschelte jemand, Elisa schluchzte. An der Treppe sah ich, dass Susanne ebenfalls aus ihrem Zimmer gekommen war.

»Gibt's was Neues?«, fragte sie.

»Jemand hat Marina einen toten Vogel ins Bett gesteckt«, sagte ich. »Eklig, nicht?«

»Total!«

Ja und den Schuldigen würde ich finden!

MONTAG

18.

Ich lief durch den Wald. Nicht auf zwei Füßen, sondern komischerweise auf allen vieren, als wäre ich ein Wolf. Die Baumstämme erhoben sich schemenhaft aus dem Nebel und der Boden erschien mir furchtbar nah. Ich preschte durchs Unterholz, sprang über einen umgekippten Baum, dann über einen kleinen Fluss. Ich musste etwas finden. Vielleicht das verschwundene Mädchen. Vielleicht den Mörder. Irgendwas musste ich einfach finden.

Als ich aus dem Traum aufschreckte, war es noch immer dunkel. Ich wandte den Kopf zur Seite, wo mir mein Wecker mit wütend roten Augen entgegenleuchtete. 1.21 Uhr. Ich hatte gerade mal eine halbe Stunde geschlafen. Verdammt!

Ich drehte mich um und blickte zum Fenster. Der Wind heulte, schwankende Äste malten unheimliche Schatten auf die Vorhänge. Meine Müdigkeit war plötzlich wie weggeblasen. Dafür ging mir ein Gedanke nicht aus dem Sinn.

Vögel. Spatzen und Krähen. Ich dachte an die Geschichte mit dem Mädchen, das sich in den Tod gestürzt hatte. Und daran, dass Camilla Flügel angenäht worden waren. Und an die toten Spatzen.

Marina war verschwunden und ein Vogel hatte auf ihrem Kopfkissen gelegen.

Camilla war ermordet worden – und plötzlich fiel es mir wie Schuppen von den Augen. Auch bei ihr hatte ein Vogel auf dem Kopfkissen gelegen, mein Bett war schließlich bis vor Kurzem noch ihres gewesen.

Ich war mir sicher, dass sich Camillas Mörder darüber im Klaren gewesen war, wo sein Opfer gewohnt hatte. Der Tausch des Zimmers musste plötzlich beschlossen worden sein, nicht einmal Susanne hatte gewusst, dass ihr eine neue Mitbewohnerin zugeteilt worden war. Vielleicht hatte der Killer davon ebenfalls nichts mitbekommen.

Je mehr ich darüber nachdachte, desto logischer erschien mir, dass eigentlich nicht ich das Opfer der Spatzenattacke gewesen war, sondern Camilla. Und jetzt war Marina weg und auf ihrem Kissen war ein toter Spatz gefunden worden.

Befand sie sich in den Händen des Killers, der auch Camilla umgebracht hatte? Ich spürte, dass Tränen in meine Augen schossen. Das hatte sie nicht verdient! Ich musste ihr helfen.

Ich nahm mein Handy vom Nachttisch und rief noch einmal die Mails des Ratgebers auf. Er sprach von einem Spiel. Verbarg sich hinter dem Ratgeber womöglich der Mörder? Und was hatte ich mit der ganzen Sache zu tun?

Schau nach den Toten der letzten Jahre …

Meinte er damit diese Spatzenmädchen-Geschichte?

Nein, dabei konnte man wohl kaum von den »letzten Jahren« sprechen, sondern eher von den letzten Jahrhunderten.

Hatte es in Rotensand schon einmal irgendwelche Verbrechen gegeben? Am liebsten wäre ich aufgestanden und in die Bibliothek gelaufen, doch um diese Zeit war sie abgeschlossen. Außerdem würde es sicher auffallen, wenn ich nachts durchs Internat geistern würde, also blieb ich liegen.

Doch ruhiger wurde ich nicht. Im Gegenteil. Ich hatte das Gefühl, etwas tun zu müssen, irgendwas. Seit ich damals ins Heim gekommen war, hatte ich mir angewöhnt, in Krisensituationen praktisch zu handeln und meine Emotionen außen vor zu lassen. Wenn ich etwas tat, dann brauchte ich mich nicht mit meinen Gefühlen auseinanderzusetzen.

Doch jetzt fühlte ich mich hilflos – und ich hatte Angst. Was, wenn wirklich ein Mörder in der Schule war? Wer kam darauf, einer Toten Flügel anzunähen? Vielleicht die Biologielehrer? Sie hatten mit toten Tieren zu tun, vielleicht war bei einem von beiden eine Sicherung durchgebrannt, und sie versuchten nun, Vogelmädchen zu erschaffen?

Lehrer hatten Zutritt zu den Internatswohnungen, natürlich nur, wenn die Bewohner nicht da waren, aber sie würden ohne Schwierigkeiten an die Schlüssel kommen. Und da am Sonntag alle auf der Suche nach Marina gewesen waren …

Genauso gut konnte es aber auch ein Schüler gewesen sein. Tagsüber schloss niemand sein Zimmer ab. Vielleicht hatte irgendwer gewartet, bis Elisa aus dem Zimmer heraus gewesen war, dann hatte er sein »Geschenk« abgelegt. Ähnlich konnte es bei mir abgelaufen sein. Nachdem ich auf Susanne getroffen war, hatte ich eine Runde über den Hof gemacht – und nicht abgeschlossen. Die Zeit hätte gereicht, um mir einen toten Spatz ins Bett zu schieben.

Andererseits hätte der Spatz schon da gewesen sein können – ich hatte bei meiner Ankunft nicht auf das Bett geachtet. Warum hätte ich das tun sollen? Auch bei meinem Eintreffen war die Tür nicht abgeschlossen gewesen – es hatte also eine Vielzahl von Möglichkeiten gegeben.

Nun ja, was den Vogel anging, war ich mir inzwischen sicher, dass es sich nicht um einen blöden Streich handelte. Doch woher kamen die Vögel? Hatten sie was mit den Morden zu tun? Und wenn der Mörder doch nicht im Internat lebte, wie schaffte er es, durch das Tor zu kommen? Wo versteckte er sich? Oder war es vielleicht doch der Hausmeister? Immerhin hegte er nicht gerade große Sympathien für »die reichen Gören«. Und er kannte die Geschichte vom Spatzenmädchen …

Als ich mit meinen Überlegungen nicht weiterkam und sich die Möglichkeiten verzweigten wie die Äste eines Baumes, öffnete ich die Suchmaschine meines Handys und gab die Stichworte »Mord« und »Rotensand« ein. Natürlich erhielt ich viele Treffer, die zu Camilla führten, doch je weiter ich scrollte, desto verwischter wurden die Angaben. Am Ende musste ich feststellen, dass es keinen Hinweis auf einen früheren Mord in Rotensand gab. Jedenfalls nicht im Internet. Hatte mich der Ratgeber auf den Arm genommen? Oder war das, was vor einigen Jahren geschehen war, unter den Teppich gekehrt worden?

Am Morgen fühlte ich mich wie gerädert. Mein Spiegelbild sah mich mit fahler Haut und dicken blauen Schatten unter den Augen an. Keine Make-up-Schicht der Welt konnte verbergen, dass ich bestenfalls zwei Stunden Schlaf in dieser

Nacht bekommen hatte. Das war ja genau passend für eine Stunde mit unserer Hausmentorin! Ich war sicher, dass Frau Heiden auf den Vogel zu sprechen kommen würde.

Ich schleppte mich auf meinen Platz und ignorierte die Blicke meiner Mitschüler. Wahrscheinlich hatte sich herumgesprochen, dass ich in Elisas Zimmer gerauscht war, um den toten Vogel zu sehen. Mir war es egal, was sie über mich dachten, jedenfalls im Moment.

Nachdem Frau Heiden zur Tür hereingekommen war, setzte sie sich halb auf den Lehrertisch. Sie warf einen strengen Blick in die Runde, bevor sie anfing zu sprechen: »Wie die meisten von Ihnen mitbekommen haben, wird eine ihrer Mitschülerinnen, Marina Poschmann, seit Sonntag vermisst. Bisher hat die Polizei noch keine Anhaltspunkte für ihren jetzigen Aufenthaltsort, aber die Suche wird fortgesetzt.« Sie machte eine dramatische Pause, blickte in die Runde und fuhr fort: »Leider ist es gestern zu einem sehr geschmacklosen Zwischenfall gekommen. Im Bett der verschwundenen Schülerin wurde ein toter Vogel gefunden. Wer dafür verantwortlich ist, konnte noch nicht ermittelt werden, doch ich bin sicher, dass wir den Schuldigen finden werden. Sollte es einer von Ihnen sein, kann ich nur sagen, dass ich sehr enttäuscht darüber bin. Sie alle gehören zu den besten Schülern des Landes, und es wäre mir als Lehrerin unerträglich, wenn das, was wir Ihnen hier beibringen, nicht dazu führt, Sie zu klugen, mitfühlenden und moralisch einwandfreien Menschen zu machen.«

Einige senkten betreten die Köpfe. Melanie wirkte merkwürdig unbeteiligt. Ihr Blick ging irgendwo ins Leere. Berührte sie das Verschwinden ihrer Freundin überhaupt nicht?

Stimmte es, was Marina behauptet hatte? Dass ihre Freundschaft gar nicht mehr so dicke war?

»Ich appelliere also an Sie«, durchschnitt Frau Heidens Stimme wieder die Stille. »Sollten Sie in Erfahrung bringen, wer für diesen feigen Anschlag verantwortlich ist, melden Sie sich umgehend bei Ihrem Hausmentor. Dasselbe gilt für den Fall, dass Sie Informationen haben, wo sich Marina aufhält.«

Schweigen folgte ihren Worten, und es herrschte eine bedrückende Beklommenheit, die sich erst nach der Stunde auflöste, als es zur Pause klingelte.

Während ich meine Bücher zusammenpackte, überlegte ich, ob ich Frau Heiden ins Vertrauen ziehen sollte wegen des Vogels in meinem Bett. Würde sie mir glauben? Oder denken, dass ich mir nur meine Hände reinwaschen wollte? Was, wenn bekannt wurde, dass es schon der zweite tote Vogel in unserem Wohngebäude war? Würde dann Panik ausbrechen?

Ehe ich mich entschließen konnte, etwas zu sagen, rauschte Frau Heiden aus dem Raum. Kurz darauf kamen schon die Schüler herein, die gleich in diesem Klassenzimmer Unterricht hatten, und stellten ihre Taschen ab.

Okay, dann konnte ich es mir in der nächsten Stunde also überlegen, ob ich etwas zu meiner Hausmentorin sagte.

Als ich den Raum verließ, wartete Alex im Türrahmen gegenüber. Er hatte seinen Rucksack lässig über der Schulter hängen und lächelte mich an. Hatte er dort schon die ganze Zeit gestanden? Die Schüler, die in den Raum gekommen waren, gehörten zur sechsten Klassenstufe, er hatte hier eigentlich nichts zu suchen. Es sei denn, er wollte zu mir. Nur gut, dass Melanie schon außer Sichtweite war.

»Hi«, sagte er.

»Hallo«, entgegnete ich und fühlte mich ein wenig flau, denn er sah nicht nur verflixt gut aus, er roch auch so fantastisch, dass mir ganz schwindelig wurde. Und ich? Ich musste einen völlig fertigen Eindruck machen und fühlte mich auch so. Nicht gerade der beste Zeitpunkt, Alex zu begegnen.

»Hast du schon von der Sache mit dem Vogel gehört?«, fragte er dann.

Aha, er war also nicht hier, um mit mir Small Talk zu führen. »Ja, Frau Heiden hat an uns appelliert, den Schuldigen preiszugeben.«

»Als ob hier einer den anderen verraten würde!«, platzte Alex heraus. »Wahrscheinlich war das bloß ein blöder Streich, manche Leute sind halt so drauf.«

»Manche Leute?« Ich zog fragend die Augenbrauen hoch.

Alex kratzte sich am Kopf. »Na ja, es gibt schon ein paar, die etwas seltsam sind. In meiner Klasse ist ein Typ, der heißt Thomas und präpariert in seiner Freizeit Tiere. Das nenne ich abgefahren!«

Jemand präparierte Tiere? Mal davon abgesehen, dass ich ausgestopfte Füchse und Vögel gruselig fand, weil sie einen mit ihren Glasaugen anstarrten – wer konnte so ein Hobby haben?

»Meinst du, dass er …«

Alex zuckte die Schultern. »Keine Ahnung. Aber vielleicht dreht er jetzt ganz durch?«

»Das ist eine ziemlich schwere Anschuldigung«, entgegnete ich. »Und es wäre auch zu offensichtlich, meinst du nicht?«

»Na ja, nach der Ansprache unseres Klassenlehrers denken das sicher viele.«

Ich schüttelte den Kopf. »Vielleicht hat sich ja jemand anders bei ihm bedient.«

Allein der Gedanke, jemand hortete tote Vögel in seinem Zimmer, um sie später auszustopfen, drehte mir den Magen um.

»Ja, gut möglich«, sagte Alex, und auf einmal war ich mir nicht sicher, ob er mich vielleicht auf den Arm nahm. Ich konnte mir nicht vorstellen, dass jemand in Rotensand toleriert wurde, der tote Tiere in seinem Zimmer ausstopfte …

Ich rang mit mir, ob ich ihm von dem Vogel in meinem Bett erzählen sollte, als das erste Klingeln ertönte, das die Schüler aus der Pause holen sollte.

»Okay, ich muss dann wieder«, sagte Alex mit einem Lächeln.

»Ja, ich auch.«

»Wir sehen uns, nicht wahr?«

»Klar.« Ich blickte ihm nach. Was für ein Gang – und was für ein Hintern!

19.

Jemanden zu beschatten, war ziemlich schwer, auch wenn man die Neue an der Schule war und quasi das Recht hatte, verwirrt auf dem Hof herumzustehen. Doch ich riss mich zusammen. Für Marina. Vielleicht gab es ja doch noch Hoffnung für sie. Vielleicht konnte ich sie retten, bevor es zu spät war …

Zuerst hatte ich ziemliche Schwierigkeiten, den richtigen Thomas ausfindig zu machen. Es gab in Rotensand haufenweise Jungs mit diesem Namen, aber nur zwei in Alex' Klasse, wie mir die Liste verriet. Ich forschte ein wenig in den Jahrbüchern, und als ich die Fotos sah, war mir sehr schnell klar, wer der Hobby-Präparator war.

Auch wenn dieser Thomas nur selten den Blick hob, wollte ich nicht, dass er auf mich aufmerksam wurde.

Ich musste zugeben, dass er doch ziemlich seltsam wirkte. Er war mittelgroß und knochig, trug einen altmodisch wirkenden Pullunder über einem blau-karierten Hemd und eine Anzughose. Die anderen schienen ihn irgendwie zu meiden. Alles passte in das Fernseh-Klischee eines Serienkillers.

Und gerade deshalb wollte ich nicht daran glauben, dass er etwas mit Camillas Tod und Marinas Verschwinden zu tun hatte. Und mit den Vögeln. Wahrscheinlich tat er sich schwer, Freunde zu finden, oder ging voll in seinem Hobby auf, was ihn für andere noch abschreckender machte.

Dennoch schlich ich ihm hinterher, so unauffällig ich nur konnte. Bei dem Gedanken, in das Zimmer von jemandem zu spähen, war mir überhaupt nicht wohl, aber was, wenn er nun doch …

Beim Wohngebäude der Jungs angekommen, machte ich halt. Ohne sich umzudrehen, war Thomas darin verschwunden. Konnte ich ihm einfach so hinterhergehen? Die Tür stand offen, und das hier war ja auch keine mittelalterliche Klosterschule, in der es den Geschlechtern verboten war, miteinander zu sprechen.

Ich fasste mir ein Herz und trat ein. Wenn jemand fragte, konnte ich ja behaupten, einen Klassenkameraden zu suchen, weil ich etwas mit ihm besprechen wollte.

Vor dem Aushang blieb ich stehen. Thomas wohnte in der Nummer drei, also ziemlich weit vorn. Ich blickte den Gang hinunter. Die betreffende Tür stand offen. Ließ jemand, der etwas zu verbergen hatte, seine Tür offen stehen? Wohl kaum. Ich schlich näher. Vielleicht konnte ich sehen, was Thomas so machte.

Bevor ich durch den Spalt spähen konnte, kamen ein paar Jungs den Gang hinauf. Sie unterhielten sich so lebhaft, dass sie von mir keine Notiz nahmen. Trotzdem hielt ich den Atem an. Als sie weg waren, blies ich die Luft wieder aus und wandte mich der Tür zu.

Inzwischen hatte Thomas sein Radio angestellt. Snow Patrol sangen »Chasing Cars«. Hörte ein Killer solche Musik? Durch den Türspalt sah ich nichts weiter als ein Bücherregal. Vorsichtig drückte ich mit dem Finger gegen die Tür. Wenn ich doch nur ein bisschen mehr sehen könnte!

Als die Tür leichter aufschwang, als ich erwartet hatte, sprang ich erschrocken zurück.

Kurz erhaschte ich einen Blick auf den Jungen, der am Schreibtisch saß, neben sich einen ausgestopften Papagei. Mein Herz fing an zu rasen.

»Suchen Sie etwas?«, fragte mich eine Männerstimme. Ich wirbelte herum und lief knallrot an. »Ich … ähm … nein, ich …« Ich hatte nicht mitbekommen, dass jemand hinter mich getreten war. Den Mann kannte ich nicht, aber wahrscheinlich war es einer der Lehrer. Oder der Hausmentor.

»Ich habe mich verlaufen«, sagte ich schnell, was ziemlich lahm war, aber der Lehrer nickte nur.

»Ich … ich geh dann mal wieder«, fügte ich schnell hinzu und war froh darüber, dass mich der Mann nicht aufhielt. Mit klopfendem Herzen stürmte ich aus dem Wohngebäude und hoffte inständig, dass mich niemand bemerkt hatte.

Auf dem Schulhof wurde ich wieder etwas ruhiger.

Nach allem, was ich von Thomas gesehen hatte, beschloss ich, ihn erst mal von der Liste meiner Verdächtigen zu streichen.

Enttäuscht kehrte ich in mein Zimmer zurück. Susanne war nicht da, offenbar hatte sie noch einen Kurs.

Heute hatte ich zu spüren bekommen, dass es an einer Eliteschule auch Elite-Hausaufgaben gab. Als wollten sie uns alle gemeinschaftlich für den toten Vogel bestrafen, hatte uns jeder Lehrer bergeweise Aufgaben aufgebrummt. Oder war das hier immer so? Davon hatte jedenfalls nichts in den Prospekten gestanden.

Etwa zwanzig Minuten später – Susanne war gerade ins Zimmer gerauscht und hatte sich gleich an ihren Schreibtisch gesetzt – blitzte Blaulicht in unsere Fenster. Ich legte meinen Stift weg und reckte den Hals. Ein Streifenwagen und der dunkle Volvo, diesmal mit einer blauen Rundumleuchte auf dem Dach, fuhren auf den Hof.

»Was gibt's?«, fragte Susanne.

»Polizei.« Ich deutete zum Fenster. »Vielleicht haben sie Marina gefunden.«

Sofort sprang Susanne von ihrem Schreibtisch auf und kam zu mir.

»Ich hoffe so sehr, dass ihr nichts passiert ist«, sagte sie.

Schweigend starrten wir aus dem Fenster. Erst stieg niemand aus den Autos aus. Dann öffneten sich die Türen. Ich biss mir auf die Unterlippe. Brachten die Beamten Marina zurück?

Doch kein Zeichen von ihr. Zwei Polizisten kamen zum Vorschein, gefolgt von zwei zivil gekleideten Beamten. Dräger und dieser andere, Hinrichs hieß er.

Die Türen schlugen zu und die Männer verschwanden im Hauptgebäude. Es wäre auch verwunderlich gewesen, wenn die Beamten von der Kripo mitgekommen wären, um eine Ausreißerin zurückzubringen.

»Was hat das zu bedeuten?«, fragte mich Susanne.

»Wenn ich das wüsste.« Natürlich hatte ich schon so eine

Ahnung, aber ich wollte sie nicht laut aussprechen. Ich wollte mir nicht mal selbst eingestehen, dass Marina vielleicht gefunden worden war – tot.

Es verging eine halbe Stunde, in der ich versuchte, mich auf meine Matheaufgaben zu konzentrieren. Doch die Integrale konnten den Gedanken an die Polizisten und Marina nicht vertreiben.

Dann klopfte es an unsere Zimmertür.

»Ja?«, rief ich und legte meinen Stift weg.

Die Tür öffnete sich und herein trat Frau Heiden. Sie war kalkweiß im Gesicht.

»Würden Sie bitte mitkommen?«, sagte sie und wartete, bis wir uns erhoben hatten. Ich blickte zu Susanne, der die Angst ins Gesicht geschrieben stand.

Draußen auf dem Flur warteten schon die anderen Mädchen aus unserem Haus. Schweigend folgten wir ihnen in den Aufenthaltsraum.

Angespannte Stille herrschte, als Frau Heiden vor uns trat. Ich blickte in die Runde. Auch Elisa, die den Vogel gefunden hatte, war hier. Sie kaute auf ihrem Daumennagel herum. Eines der anderen Mädchen flocht sich geistesabwesend einen Zopf ins Haar.

Ich hätte Frau Heiden am liebsten geschüttelt, damit sie endlich mit der Sprache rausrückte. Aber es schien ihr schwerzufallen, die richtigen Worte zu finden.

»Ich … ich habe leider eine traurige Mitteilung für euch.«

Das reichte, dass Elisa in Tränen ausbrach. Das Mädchen neben ihr nahm sie tröstend in den Arm. Ich selbst hatte auf einmal das Gefühl, einen lebenden Hummer geschluckt zu haben, so sehr kniff es in meinem Bauch.

»Marina wurde heute Morgen im Wald nahe dem Königsstuhl gefunden. Sie …« Ihre Worte brachen ab. Frau Heiden rang mit den Tränen. Eigentlich hätte sie auch nichts mehr sagen müssen, wir wussten alle, dass Marina tot war.

»Die Polizei ist gerade da«, erklärte Frau Heiden dann. »Wenn Sie also etwas wissen, reden Sie mit den Herren, in Ordnung?«

Einige Mädchen nickten beklommen. Andere schluchzten leise vor sich hin. Und auch mir schossen Tränen in die Augen, denn Marina war als Erste hier freundlich zu mir gewesen.

»Und wenn Sie mit jemandem über Ihre Gefühle sprechen wollen, kommen Sie bitte zu mir.« Damit wandte sich Frau Heiden der Tür zu und ließ uns zurück.

Ich blickte zu Susanne, der die Tränen über die Wangen liefen. Da Marina nicht hier war, um sie zu trösten, schlang ich meinen Arm um ihre Schultern. Ich wusste, wie wenig der Trost eines anderen in solch einer Situation brachte, aber ich wollte es trotzdem versuchen und führte Susanne aus dem Raum.

In unserem Zimmer ließ sie sich aufs Sofa sinken.

»Er bringt bestimmt noch mehr von uns um!«, schluchzte sie. »Warum tut denn keiner was, um diesen Kerl zu stoppen!?«

Ich zog sie in meine Arme und streichelte ihr übers Haar. »Sie werden ihn finden, da bin ich sicher. Aber die Polizei steht ja noch ganz am Anfang ihrer Ermittlungen.«

Noch während ich das sagte, kam mir eine Idee.

Nachdem sich Susanne ein wenig beruhigt hatte, ging ich unter dem Vorwand, zur Toilette zu müssen, zu Frau Heiden.

Es dauerte eine Weile, bis unsere Vertrauenslehrerin auf mein Klopfen reagierte. Als ich eintrat, hatte sie rot verquollene Augen. Kein Wunder, Marina war schon das zweite Mädchen aus ihrem Haus, das ermordet worden war.

»Frau Heiden«, begann ich zögernd.

Sie blickte auf. »Clara.« Sie klang überrascht. Und ich war es auch, denn ich hatte nicht erwartet, dass sie sich an meinen Namen erinnerte.

»Ich … ich habe Ihnen was mitzuteilen.«

Das hätte ich vielleicht anders formulieren sollen, denn nun wurde ihr Blick wachsam. Ich wusste, dass ich sehr vorsichtig sein musste mit dem, was ich sagte.

»Was denn, Clara?«

Ich atmete tief durch. »Als ich hier ankam, am ersten Tag bevor die Schule wieder losging, hatte ich auch einen Vogel im Bett, genauso wie Marina.«

Das hatte Frau Heiden wohl nicht erwartet, jedenfalls sah sie mich an, als hätte der Blitz eingeschlagen.

»Wie bitte?«

Ich wusste, dass sie verstanden hatte, also sparte ich es mir, den Satz zu wiederholen. Stattdessen sagte ich: »Ich habe es für einen blöden Scherz gehalten. Sie wissen schon, ein Streich, den man der Neuen spielt. Aber mittlerweile weiß ich, dass Camilla früher in meinem Zimmer gewohnt hat. Ich glaube, dieser Vogel ist … war so was wie eine Drohung.«

Frau Heiden schaute mich lange an. Ich konnte förmlich sehen, wie es hinter ihrer Stirn arbeitete.

»Das sollten Sie am besten der Polizei erzählen«, sagte sie schließlich. »Kommissar Dräger ist noch da.«

Ich nickte. Genau das hatte ich gewollt.

»Möchten Sie, dass ich mitkomme?«

Ich wollte schon Nein sagen, aber dann entschied ich, dass es einen besseren Eindruck machte, wenn sie mich begleitete.

»Das wäre sehr nett von Ihnen«, entgegnete ich also höflich.

Kommissar Dräger und sein Kollege waren gerade im Begriff zusammenzupacken, als ich das Büro des Rektors betrat. Der Polizei-Laptop lag noch aufgeklappt auf dem Schreibtisch. Von dort sprang mir die Digitalaufnahme eines bleichen Rückens ins Auge. Blutstreifen malten ein bizarres Muster auf die Haut. An den Schulterblättern klebten zwei schwarze Flügel, der Mörder hatte sie offenbar in Löcher am Rücken gesteckt und dann mit groben Stichen befestigt …

Mir kam die Galle hoch. Schnell wandte ich den Blick ab. Obwohl ich kein Gesicht gesehen hatte, war ich sicher, dass es sich bei der Toten um Marina handelte. Marina, mit der ich noch vor zwei Tagen im Bus gesessen hatte. Mein Mund wurde trocken, und ich musste hart gegen die Tränen anschlucken, die in mir aufstiegen. Zitternd ballte ich die Fäuste. Verdammt. Warum?

»Was gibt es denn?«, fragte Dräger und schloss rasch den Laptop.

Frau Heiden ergriff das Wort. »Das ist Clara Hansen, eines der Mädchen aus meinem Haus. Sie hat mir eben etwas erzählt, das für Sie vielleicht interessant sein könnte.«

Ich räusperte mich und Dräger sah mich neugierig an.

»Ich glaube, ich kenne Sie«, begann er. »Sie waren mit dem Mädchen hier, das mit mir über seine Freundin reden wollte.«

Ich nickte und musste erneut schlucken.

»Nun, was führt Sie zu uns?«

Der Kommissar sah mich prüfend an, als glaubte er, ich wollte ein Geständnis ablegen.

Ich begann damit, dass ich neu hier war, und erzählte ihm noch einmal die Vogelgeschichte. Von dem Fund bis zu dem Augenblick, als ich den Spatz zwischen den Rosen vergraben hatte. Die Geschichte von dem Spatzenmädchen ließ ich aber aus, vermutlich kannte sie der Kommissar bereits – das schloss ich jedenfalls aus seinem nachdenklichen Gesichtsausdruck.

Eine ganze Weile sagte niemand ein Wort.

Ich platzte beinahe vor Anspannung. Lag ich mit den Vögeln richtig? Waren sie wirklich eine Drohung des Killers? Eine Spur?

»Was ist mit den Vögeln geschehen?«, fragte Dräger schließlich Frau Heiden.

Ich horchte auf. Offenbar war meine Information nicht bloß ein sinnloses Detail. Ich wünschte, ich hätte eher was gesagt. Vielleicht hätte Marina gerettet werden können …

Nein, sagte mir eine kleine Stimme im Hinterkopf. Sie hätte nur gerettet werden können, wenn du zur Stelle gewesen wärst, als es passierte. Und selbst dann hättest du vielleicht nichts für sie tun können, weil der Killer auch schon Flügel für dich parat gehalten hätte …

»Der Vogel aus Marinas Bett wurde natürlich entsorgt«, entgegnete die Mentorin und blickte zu mir. Wahrscheinlich war ich kreidebleich und sah wie ausgekotzt aus.

»Ich kann Ihnen zeigen, wo ich den aus meinem Bett vergraben habe«, bot ich an, obwohl ich genug von Biologie verstand, um zu wissen, dass er jetzt wahrscheinlich ganz schön eklig aussah.

»Ja, ich würde mir das Tier gern anschauen.« Dräger erhob sich. Sein Kollege warf ihm einen fragenden Blick zu.

»Peter, hältst du hier bitte die Stellung?«

Der andere Kriminalbeamte nickte.

»Gut, Frau Hansen, dann mal los.«

»Warum wollen Sie sich den Spatzen eigentlich anschauen?«, fragte ich, als wir auf dem Weg zu den Rosenrabatten waren.

Mir fiel auf, dass mich die Leute, denen wir unterwegs begegneten, ansahen, als wäre ich eine Schwerverbrecherin, die gerade abgeführt wurde. Wer weiß, welche Geschichtchen sich Melanie dazu ausdachte. Vielleicht steckte sie ja doch hinter dem Ratgeber. Es war mir egal. Marina war tot. Ich kam mir vor, als hätte ich versagt …

»Ich will mir ansehen, in welchem Zustand er ist und wie er umgebracht wurde«, antwortete der Beamte, den ich mit meiner Frage offenbar aus seinen Gedanken gerissen hatte.

»Würde Ihnen das bei den Ermittlungen helfen? Ich meine, Fingerabdrücke können Sie an dem Vogel wohl nicht nehmen, oder?«

Ein Lächeln huschte über Drägers Gesicht. Dann sah er mich wieder so merkwürdig an.

»Nein, Fingerabdrücke sind nicht mehr nachzuweisen, aber vielleicht andere Spuren des Täters. Er hat vielleicht irgendwelches genetische Material auf dem Vogel hinterlassen.«

Ich hatte mal eine Dokumentation gesehen, in der der Verwesungsprozess eines Wildtiers gezeigt worden war. Es war ein Hase gewesen, von dem schließlich nur noch Fellreste übrig geblieben waren.

»Aber der Spatz ist sicher schon vergammelt.«

Er schüttelte den Kopf. »Nicht ganz. Außerdem halten sich Federn sehr lange. Es kann sein, dass sich der Täter beim Töten des Vogels verletzt hat. Wenn Menschenblut auf den Vogelfedern eingetrocknet ist – und das kann sein, denn wer weiß, wie lange er schon unter Ihrer Bettdecke gesteckt hat … Wenn derjenige, dem Sie diesen bösen Streich zu verdanken haben, irgendwelche Spuren auf den Federn hinterlassen hat, werden wir sie finden.«

Am Rosenbeet angekommen, machten wir halt. Der Hauswart schnitt unweit von uns die Hecken, machte aber nicht den Eindruck, als hätte er uns bemerkt.

»Gut, dann wollen wir ihn mal zutage fördern. Wo genau ist die Stelle?«

Ich deutete auf den Rindenmulch, den ich über dem Grab zusammengeschoben hatte.

Der Kommissar begann daraufhin, mit den Händen zu graben. Während ich ihn dabei beobachtete, war ich froh, das nicht selbst tun zu müssen. Wer weiß, vielleicht war der Spatz jetzt schon matschig oder …

»Ah, da haben wir ihn ja«, sagte Dräger, als er auf Federn stieß. Er zog ein paar Handschuhe aus der Hosentasche sowie eine kleine Tüte. Geschickt befreite er den Spatz von der Erde und verpackte ihn luftdicht. Der kleine Vogel sah gar nicht so schlimm aus, nur ein wenig zerzaust.

Dann richtete sich der Kommissar auf und schaute mich an. »Jetzt müssen Sie uns Glück wünschen. Auch der kleinste Anhaltspunkt könnte uns weiterbringen.«

Ich nickte. Und gleichzeitig platzte ich vor Fragen.

»Können Sie mir irgendwie Bescheid geben, ob Sie etwas gefunden haben? Ich meine, auf dem Vogel.«

Der Kommissar überlegte eine Weile. »Das darf ich eigentlich nicht tun, unsere Ermittlungen sind im Moment noch nicht für die Öffentlichkeit bestimmt.«

»Aber das gilt doch sicher nur für die Ergebnisse selbst. Ich möchte bloß wissen, ob der Vogel hilfreich war.«

Dräger lächelte breit. »Das stimmt natürlich. In Ordnung, für den Fall, dass wir verwertbare Spuren auf dem Vogel finden, melde ich mich bei Ihnen.«

»Danke.«

Zurück im Büro tauschte sich der Kommissar kurz mit seinem Kollegen aus und reichte mir dann eine Karte mit seiner Telefonnummer und Mailadresse. Ich gab ihm im Gegenzug meine Kontaktdaten, um ihn daran zu erinnern, dass er mir versprochen hatte, mich, was den Vogel betraf, auf dem Laufenden zu halten. Dann verabschiedete ich mich und trat auf den Hof. Die Sonne stand bereits tief über dem Wald. Bald schon würde sie untergehen. Würde dann der Killer wieder auf den Plan treten und nach seinem nächsten Opfer Ausschau halten? Ich war mir sicher, dass es nicht bei zwei Toten bleiben würde. Jeder von uns – oder besser gesagt, jede von uns konnte das nächste Opfer des Krähenmanns sein. Ja, der Name gefiel mir gut für den Mörder. Krähenmann. Ein Typ, der Krähen die Flügel ausriss und sie an seine Opfer nähte, nachdem er ihnen mit einem toten Vogel zu verstehen gegeben hatte, dass sie als Nächstes an der Reihe waren.

Ich wusste, dass ich nicht auf die Polizei warten konnte. Möglicherweise tauchte noch ein Vogel in meinem Bett auf – diesmal wirklich für mich bestimmt. Ein Spiel mit einer kranken Logik, die nur der Killer verstand. Meine Gedanken überschlugen sich. Die Angst bohrte sich in meinen Magen, weckte damit aber auch etwas anderes in mir: den Willen zu handeln. Der Killer würde mich nicht kriegen. Er würde mir keine Flügel verpassen.

Ich musste etwas tun – und ich brauchte Unterstützung. Da Susanne nicht den Eindruck erweckte, als wäre sie sehr belastbar, fiel mir nur einer ein, der mir helfen konnte: Alex. Vielleicht schaffte ich es, ihn dazu zu überreden, zu meinem Dr. Watson zu werden … Bevor mich der Krähenmann zu einem gefallenen Engel machte …

20.

Doch um Alex zu fragen, brauchte ich einen geeigneten Moment. Ich konnte ihn weder in der Klasse ansprechen noch auf dem Hof, wenn er mit seinen Freunden rumstand.

Während des Abendessens, zu dem ich allein gegangen war, um nachdenken zu können, entdeckte ich Alex an einem Tisch. Er hatte seine Nase in ein Buch gesteckt, während er sich abwesend Pommes mit Majo in den Mund schob. Es erschien mir fast wie ein Wunder, dass er was essen konnte. Mein Magen fühlte sich wie zugeschnürt an, nicht mal meinen geliebten Grießpudding mit Zimt und Zucker bekam ich runter.

Allerdings war der Tisch neben Alex voll besetzt und von sechs Ohrenpaaren hörte bestimmt immer eines zu. Fremde sollten auf keinen Fall mitbekommen, worum ich Alex bitten wollte.

Während ich lustlos in meinem Pudding herumstocherte, flehte ich, dass die Truppe bald abziehen würde. Aber diesen Gefallen tat sie mir nicht. Und bevor ich Gelegenheit erhielt, mit Alex zu reden, hatte er seine Pommes verdrückt und war aufgestanden.

Vielleicht erwischte ich ihn jetzt! Ich wartete einen Moment, schnappte mir dann meine Schüssel Grießpampe und ging zur Geschirrabgabe.

Die Frau, die dort stand und darauf achtete, dass ja keine Serviette auf den Tabletts liegen blieb, warf mir einen mürrischen Blick zu, als ich ihr die fast noch volle Schale reichte. Aber ich war verschwunden, ehe sie mir einen Vortrag über reiche Kinder und Verschwendung halten konnte.

Ich verließ die Mensa, aber Alex schien wie vom Erdboden verschluckt. Dann entdeckte ich ihn jedoch neben einem Busch, er kramte in seinem Rucksack herum und suchte offenbar etwas.

Ich trat auf ihn zu.

»Alex, wir müssen reden.«

Jetzt war er derjenige, der sich verwundert umdrehte.

»Hey, hallo, was gibt es denn?«, fragte er und schob sein Handy in die Tasche. Sein Blick ließ mich beinahe davon absehen, mein ursprüngliches Vorhaben durchzuziehen. Doch dann atmete ich tief durch und sagte: »Ich will den Mörder fangen.«

Er starrte mich verwirrt an. »Du willst was?«

»Den Mörder von Marina und Camilla fangen. Bevor er weitermacht.« Bevor er mich oder eine andere erledigt.

»Aber …«

»Ich weiß, ich bin nur eine Schülerin, aber trotzdem … Ich will ihn fangen. Wegen des Vogels.«

Jetzt schien er gar nichts mehr zu raffen. Ich zog ihn zu einer der Bänke und vergewisserte mich, dass niemand in der Nähe war, um uns zu belauschen. Dann flüsterte ich ihm zu: »An meinem ersten Schultag habe ich einen toten Vogel in meinem Bett gefunden.«

»Ehrlich?«, fragte er. Offenbar stand er wegen meines überfallartigen Bekenntnisses unter Schock.

»Sonst würde ich es dir doch nicht sagen, oder?«

»Und meinst du, dass du …«

»Dass ich die Nächste bin, dass der Killer mich im Visier hat?« Ich schob die Unterlippe vor. Würde er eher bereit sein, mir zu helfen, wenn ich behauptete, dass ich mich bedroht fühlte? Nein, ich wollte bei der Wahrheit bleiben.

»Ich bin nicht sicher, wahrscheinlich könnte es jeden hier treffen. Aber mittlerweile glaube ich, dass der Vogel in meinem Bett eigentlich für Camilla bestimmt gewesen war. Immerhin hat sie vorher in meinem Zimmer gewohnt.«

»Gruselig«, raunte er.

»Das kannst du laut sagen.«

»Hast du es nicht sofort der Mentorin gemeldet?«

Ich schüttelte den Kopf. »Erst später, als der Vogel in Marinas Bett aufgetaucht war, habe ich es ihr und der Polizei gesagt. Anfangs hatte ich es für einen blöden Scherz von Melanie gehalten.«

»Warum sollte sie so was tun?«

»Weiß nicht, weil sie was gegen mich hat? Jedenfalls hat sie nicht gerade dafür gesorgt, dass wir beste Freundinnen werden, wenn du weißt, was ich meine.«

»Melanie hat ziemlich viele Probleme mit ihren Eltern. Sie leben in Scheidung und interessieren sich nicht wirklich für sie. Sie haben sie vor ein paar Jahren regelrecht hierhin abgeschoben.«

»Okay … Auf jeden Fall glaube ich, dass die Vögel Botschaften des Killers sind. Oder Drohungen. Ich bin mir noch nicht sicher, was von beidem.«

Jetzt sah Alex echt besorgt aus. »Das würde aber heißen, dass er einen Komplizen hier im Internat hat.«

»Oder dass der Mörder jemand aus dem Internat ist.«

»Oh Mann …« Alex faltete die Hände über die Knie und starrte einen Moment lang ins blätterverzierte Gras.

»Deshalb ist es wichtig, dass ich den Mörder fange. Oder die Mörderin.«

»Meinst du wirklich …?«

»Ja, ich will es. Ich kannte Camilla nicht, aber Susanne mochte sie sehr. Und ich mag Susanne. Und ich konnte Marina gut leiden. Ich will nicht, dass so was wieder passiert.«
»Aber das könnte gefährlich werden!«

»Ich will nur ein paar Sachen herausfinden. Und dann spreche ich brav mit der Polizei.« Ich schaute Alex an, dann rang ich mich dazu durch zu fragen: »Würdest du mir vielleicht helfen? Immerhin wohnst du schon viel länger in Rotensand und kennst dich ein wenig aus.«

Und wenn er der Killer ist?, schoss es mir plötzlich durch den Kopf, aber das konnte ich mir beim besten Willen nicht vorstellen.

Und falls Alex doch etwas mit den Morden zu tun hatte, stünde er ja unter meiner Beobachtung, sollte er mir helfen. Es sei denn, er lehnte ab …

»Okay«, sagte er.

»Wirklich?«, fragte ich. »Ich meine, du weißt, dass es gefährlich werden könnte.«

»Ja, aber du hast doch eben gesagt, dass wir nur ein bisschen recherchieren wollen.« Jetzt blickte er mir tief in die Augen. Was für Augen! Und diese Ernsthaftigkeit in seinem Blick …

»Außerdem will ich dich nicht allein suchen lassen.« Er machte eine kurze Pause und fügte dann hinzu: »Danke, dass du es mir erzählt hast.«

»Ich wüsste sonst keinen anderen«, entgegnete ich ein wenig unbeholfen und ärgerte mich kurz darauf über meine Worte.

Doch Alex lächelte mich an. »Also, wie sieht dein Schlachtplan aus?«

DIENSTAG

21.

Radfahren gehörte noch nie zu meinen Lieblingsbeschäftigungen. Ich mochte die Strampelei überhaupt nicht – besonders wenn es bergauf ging. Ich hatte nicht gedacht, dass es auf dieser Insel irgendwelche nennenswerten Steigungen geben würde – aber jetzt mühte ich mich auf genau so einer nach oben. Und wäre am liebsten vor Scham im Boden versunken, denn hinter mir radelte Alex und er schien überhaupt keine Probleme zu haben.

Der Weg in den Ort führte ein Stück weit am Hochufer entlang. Er war schmal und ausgefahren, und immer wieder musste man aufpassen, dass einem nicht irgendwelche rasenden Touristen entgegenkamen. Diese hatten nämlich das Glück, bergab zu fahren – und einen Affenzahn drauf.

Nachdem mich beinahe eine ziemlich dicke Frau gerammt hatte, reichte es mir, und ich stieg stöhnend ab.

»Alles okay?«, fragte Mr Fit hinter mir.

»Ja, aber hast du die Frau gesehen? Die war voll auf Kollisionskurs!«

»Du solltest eben weiter rechts fahren«, sagte er.

Ich zeigte anklagend auf den Weg, der höchstens fünfzig Zentimeter breit war.

»Wie soll ich denn weiter rechts fahren? Es wäre viel besser, wenn diese Raser ein Warnsignal von sich geben müssten, eine Dauersirene oder so!«

Alex lachte auf. »Das würde sie aber freuen! Okay, wenn du willst, laufen wir eben im Gras, bis wir oben sind.«

Wir schoben unsere Fahrräder weiter, was gut war, denn wenig später stürmte eine Großfamilie um die Ecke und raste an uns vorbei. Ich war froh, als wir endlich die Anhöhe erreicht hatten. Von hier aus ging es durch einen etwas geisterhaft anmutenden Wald aus gräulichen Bäumen, deren Namen ich nicht kannte. Auch hier hatten die Radfahrer ihre Spuren hinterlassen. Der Weg war ausgefahren und tückisch, denn mittendrin gab es immer wieder unerwartete Stolperkanten.

Als wir das Dorf erreichten, kam es mir vor, als wäre ich in die Vergangenheit zurückversetzt worden. Die gepflasterte Straße zog sich wie ein bunter Läufer zwischen den Häusern entlang, von denen einige richtig alt wirkten mit ihren Fachwerkwänden und Reetdächern. Viele von ihnen hatten sogar noch Fensterläden mit Herzen, wie man sie aus manchen Märchenfilmen kennt. In mit verzierten Eisengittern abgezäunten Vorgärten blühten riesige Rosenbüsche in unterschiedlichen Farben. Und als wäre das noch nicht genug, kam uns eine Kutsche entgegen mit den beiden größten Pferden, die ich je gesehen hatte. An ihren Hufen hatten sie langes Fell, in ihre sauber gekämmten Mähnen und Schweife waren Kornähren und Blumen eingeflochten.

Die Touristen, die in dem Planwagen Schutz vor der doch noch recht warmen Septembersonne suchten, fühlten sich sichtlich wohl.

»Das ist also Rotensand«, sagte ich, während ich stehen blieb und mich umschaute.

»Jedenfalls das alte Dorf«, entgegnete Alex. »Weiter oben gibt es einen neuen Teil, der sieht ein wenig moderner aus.«

»Ehrlich?«

»Die Leute, die hier wohnen, wollen das Altertümliche erhalten, um Touristen anzulocken. Mit den Pferdekutschen kann man eine Dorftour machen und raus zum Kap Arkona fahren. Kennst du den Leuchtturm dort?

»Hab ihn auf dem Schulprospekt gesehen.«

»Du musst ihn dir unbedingt mal live anschauen, der Ausblick aufs Meer ist toll! Und es gibt dort noch alte Marinebunker.«

So wie seine Augen leuchteten, stand er wohl mächtig darauf. Und ich musste zugeben, dass so ein Bunker vielleicht auch ein ganz netter Ort war, um zu knutschen …

»Ja, mache ich vielleicht«, entgegnete ich und spürte, dass ich feuerrot wurde. »Aber erst mal sollten wir uns um die Heimatstube kümmern.«

Als ich Alex mein Vorhaben dargelegt hatte, war er auf die Idee gekommen, dass uns die Heimatstube des Ortes helfen könnte. Das war so eine Art Museum, das eingerichtet worden war, um die Touristen anzulocken. Dort wurden neben Alltagsgegenständen aus früheren Zeiten auch alte Zeitungen aufbewahrt. Vielleicht fanden wir darin irgendeinen Hinweis …

Nach einer Weile erreichten wir ein Haus, dessen Reetdach so dick und schwer wirkte, dass man glaubte, die Mauern könnten es nicht mehr lange tragen. An den Fenstern waren blaue Läden angebracht, die Tür wirkte ziemlich niedrig. Dass sich Alex ducken musste, wunderte mich nicht bei seiner Größe, aber sogar ich musste den Kopf einziehen.

Im Innern des Hauses roch es muffig und es war auch recht finster. Ein wenig erinnerte es mich an die Mühle im Park Sanssouci, die wir mal bei einem Heimausflug besucht hatten. Nur ohne alte Mühlenutensilien.

»Das ist also die Heimatstube«, raunte ich Alex zu, während ich mich umsah. Im Vorraum gab es eine kleine Vitrine, in der unter anderem eine Nickelbrille, ein gehäkelter Kragen, ein Haarkamm mit fehlenden Zinken sowie ein Bügeleisen ausgestellt wurden. Weiter hinten stand ein alter Kinderwagen, in dem eine Puppe im weißen Kleid saß. Sie hatte filzige rote Zöpfe und starre Klimperaugen, in ihrem halb offenen Mund war eines der kleinen Zähnchen abgebrochen. Die Puppe war einfach nur gruselig. Und damit sollten kleine Mädchen gespielt haben?

»Ja, das ist die Heimatstube. Und für gewöhnlich ist auch jemand da, der die Besucher in Empfang nimmt.«

Doch niemand ließ sich blicken. Und plötzlich wurde ich mir Alex' Nähe so richtig bewusst. Würde ich mich umdrehen, stünden wir direkt voreinander, unsere Münder nur Zentimeter voneinander entfernt …

In diesem Moment öffnete sich zum Glück quietschend eine Tür.

»Ah, dann habe ich doch richtig gehört.« Die Stimme gehörte einem alten Mann mit Cordhose, Polohemd und Brille. Mit seinem etwas zerzausten Haarschopf sah er wie der liebenswerte Opa aus einer Fernsehserie aus. »Na, *Kinnings*, was kann ich für euch tun?«

»Wir … wir suchen etwas für ein Schulprojekt«, antwortete ich. In meiner Vorstellung war es ganz leicht gewesen, jemanden nach dem Mord vor ein paar Jahren zu fragen. Doch vermutlich würde sich der Museumswärter wundern, wenn ich mit der Tür ins Haus fiel.

»Ah, dann kommt ihr sicher aus diesem piekfeinen Internat.«

Woran hatte er das gesehen? Weder Alex noch ich trugen Klamotten, die das verraten hätten.

»Ja, wir sind aus dem Rotensand-Gymnasium«, antwortete Alex.

»Und was wollt ihr wissen?«

Ich blickte Alex an.

»Wir … sollen ein paar Dinge für den Geschichtsunterricht suchen. Spannende Ereignisse oder so.«

Der Mann beäugte uns misstrauisch über den Rand seiner Brille. »Spannende Ereignisse? Was meint ihr damit?«

»Na ja, irgendwas Interessantes oder Erschütterndes. Wir kennen uns da leider nicht so gut aus, aber vielleicht wissen Sie etwas? Wir sollen ein aufsehenerregendes Ereignis der Insel beschreiben.«

Irgendwie hatte ich das Gefühl, dass er uns das nicht abnahm. Wahrscheinlich wussten die Leute auch hier längst von dem Mord.

Der alte Mann sah uns prüfend an.

»Viel passiert in der Gegend nicht, es wird höchstens mal eingebrochen. Aber Moment, da war was …« Er überlegte eine Weile, sah uns dann wieder an. »Vor ein paar Jahren ist mal ein Mädchen umgebracht worden. Nicht in Rotensand, aber auf der Insel … Das hat schon für ziemlich Aufregung gesorgt.«

War das der Mord, von dem der Ratgeber gesprochen hatte?

»Wenn ihr wollt, kann ich euch das raussuchen. Vorausgesetzt, das ist euren Lehrern nicht zu blutrünstig.«

Der Mann lachte in sich hinein.

»Nein, das wird schon in Ordnung sein«, entgegnete ich und zwang mich, nicht zu begeistert zu klingen.

»Gut, dann kommt mit.«

Er führte uns in ein spärlich eingerichtetes Hinterzimmer. Es gab dort hohe Regalwände mit Ordnern und großen Schachteln, außerdem einen wackligen Tisch mit Metallbeinen und zwei alte Stühle mit einem hässlichen grünen Kunstlederbezug.

Der Museumswärter holte eine kleine Trittleiter aus der Ecke und suchte dann nach der passenden Stelle im Regal. Als er diese gefunden hatte, stellte er die Leiter ab und kletterte hinauf.

Wenig später zog er eine Pappschachtel aus dem Regal, die mit der Jahreszahl 1998 beschriftet war. Mein Geburtsjahr. Das fand ich schon etwas spooky.

»Das Mädchen wurde am Strand gefunden. Sie war vergewaltigt und erwürgt worden und jemand hatte ihr Möwenflügel an die Schultern genäht.«

Ich blickte zu Alex und bemerkte, dass er gequält seinen Mund verzogen hatte. Mir wurde ganz flau im Magen. Das

Mädchen auf dem Bild wurde plötzlich zu Marina. Ich sah wieder das Blut auf ihrem Rücken. Was hatte sie bloß durchmachen müssen?

»Haben sie den Mörder von damals gefasst?« Die Frage fühlte sich wie ein großer Klumpen in meiner Kehle an. Ich schluckte dagegen an.

Der Museumswärter stellte die Schachtel auf den Tisch und wischte mit der Hand die dünne Staubschicht darauf weg.

»Nein, nicht wirklich.«

»Nicht wirklich?«, hakte Alex nach.

»Es hat natürlich Verdächtige gegeben, es wurde auch jemand verhaftet. Aber letztlich stellte sich heraus, dass er es nicht war.«

»Glauben Sie, es war jemand aus dem Ort?«, fragte ich, woraufhin der Mann die Lippen zusammenpresste. Wollte er uns irgendwas verheimlichen?

»Es tut für euer Schulprojekt doch nichts zur Sache, oder?«

»Ähm … na ja, es wäre schon gut zu wissen, wer beschuldigt wurde.« Ich räusperte mich. »Aber das steht sicher in den Zeitungen, oder?«

Der alte Mann schüttelte den Kopf. Wieder musterte er uns prüfend. »Es hat damals eine Pressesperre gegeben und die Reporter waren auch noch nicht so dreist. Nur die Leute im Dorf wissen, wer unter Verdacht stand, und so soll es auch bleiben.«

»Aus Angst?«, fragte Alex. »Weil sie glauben, dass er es doch war?«

Der Museumswärter schnaufte. Ihm war deutlich anzumerken, dass wir ihm auf den Geist gingen.

»Weil dies hier eine sehr kleine Gemeinschaft ist, die nicht funktionieren würde ohne den Zusammenhalt der Einzelnen. Hier mag es zwar viele Gerüchte über alles Mögliche geben und auch über den Verdächtigen von damals, aber seine Unschuld wurde bewiesen, und deshalb reden wir nicht mehr drüber. Und es wäre auch gut, wenn ihr es in eurer Schule genau so handhaben würdet.«

Das klang fast ein wenig wie eine Drohung. Oder war der Museumswärter selbst verdächtigt worden?

Ich beschloss, es fürs Erste dabei zu belassen, denn er würde uns doch keine Antwort geben.

»Das sind die Zeitungen aus dem Jahr«, sagte er und deutete auf die Schachtel. »Der Mord geschah im Frühling, also braucht ihr nicht lange zu suchen. Alles Wichtige über den Fall wurde im März geschrieben, danach wurden die Berichte weniger und schließlich haben sich die Zeitungen gar nicht mehr dafür interessiert.«

Damit wandte er sich um und verschwand aus dem Raum.

Ich stieß die Luft durch meine Zähne aus und lehnte mich zurück.

»Die Dorfleute werden glauben, dass wir im Internat verrückt sind«, sagte ich zu Alex, der jetzt sehr nachdenklich wirkte.

»Das ist in der Gegend so, Fremde irritieren sie wohl ein wenig, jedenfalls dann, wenn sie neu und neugierig sind und keine Touristen.«

»Und was meinst du? Wer könnte der Verdächtige gewesen sein?«

Alex zuckte mit den Schultern. »Keine Ahnung, so gut

kenne ich mich im Dorf nicht aus. Ich kann aber verstehen, dass die Leute nicht darüber reden wollen. Vielleicht war es ein ganz normaler Mann, der von irgendwem angezeigt wurde oder so.«

Ich dachte an meinen Vater. Wäre er wegen irgendwas verhaftet worden, hätte er sicher nicht gewollt, dass die Leute nach Beweis seiner Unschuld noch darüber tratschten.

Ich hob den Deckel von der Kiste. Als Erstes sah ich das Deckblatt des *Ostseeanzeigers*, darunter lagen noch andere Zeitungen. Sie waren nach Tagen sortiert, sodass wir schnell fündig wurden.

»Leichnam am Strand entdeckt«, titelte das Blatt. Damals hatte man es wohl noch nicht so mit den reißerischen Überschriften.

Ein Bild gab es auch nicht, dafür aber eine Beschreibung. Tatsächlich hatte jemand der Toten, die als Laura H. bezeichnet wurde, Möwenflügel angenäht. Die Polizei konnte sich nicht erklären, warum der Mörder das getan hatte, aber es wurde eine landesweite Suche eingeleitet und eine Sonderkommission namens »SOKO Laura« gebildet.

»Ey, das gibt's doch nicht!«, rief ich, als ich die Namen der ermittelnden Beamten fand. »Schau mal.«

Ich drehte die Zeitung so herum, dass Alex sie auch lesen konnte.

»Dräger?«, fragte er.

»Genau!«, entgegnete ich. »Das ist der Kommissar, der in der Aula gesprochen hat, erinnerst du dich?«

Alex nickte.

»Und ich habe mit ihm wegen des Vogels geredet.«

War es wirklich möglich, dass der Killer von damals wieder zuschlug, nachdem er fünfzehn Jahre lang Ruhe gegeben hatte?

Alex schien den gleichen Gedanken zu haben. »Vielleicht hat der Killer wieder Lust aufs Töten. Könnte auch sein, dass er die letzten Jahre woanders unterwegs war und jetzt zurückgekommen ist.«

»Hast du denn schon mal von einem anderen Mord gehört, bei dem einem Mädchen Flügel angenäht wurden?«

Alex schüttelte den Kopf. »Nein, aber das muss nichts heißen. Es wäre auch möglich, dass der Mörder untergetaucht ist, weil ihm die Polizei zu nahe kam. Jetzt glaubt er vielleicht, dass Gras über die Sache gewachsen ist. Oder er will den Ermittler von damals herausfordern.«

Meine Gedanken ratterten. Gab es so was wie ein Duell zwischen Ermittlern und einem Mörder, der nie festgenommen worden war? Wollte der Killer vielleicht gefasst werden, und hoffte darauf, dass es bei Dräger endlich Klick machte?

Und was war mit dem Ratgeber? Wer war er?

»Soll ich den Artikel kopieren?«, fragte Alex nun und deutete auf den kleinen Kopierer in der Ecke.

»Ja bitte.« Ich gab ihm die Zeitung und suchte weiter.

22.

Drei Stunden später verließen wir die Heimatstube wieder. Inzwischen war Rotensand zum Leben erwacht. Autos standen in den Einfahrten, Musik tönte aus einem der Gärten, irgendwo wurde ein Grill angeheizt. Die Touristenkutschen waren nicht mehr zu sehen. Ein hübsches, nettes Dorf, in dem es sich offenbar schön lebte – wenn man mal davon absah, dass durch die Wälder ringsherum ein Killer streifte, der es auf Internatsschülerinnen abgesehen hatte.

In meinem Rucksack steckten Kopien aller Zeitungsausschnitte, die wir zu dem Mordfall gefunden hatten.

Wie es der Museumswärter vorhergesagt hatte, fanden wir keinen Anhaltspunkt, wer damals verdächtigt worden war, die Morde begangen zu haben. Die Zeitungen hatten dem Mann das Kürzel H.G. verpasst und mit einem Sternchen darauf hingewiesen, dass der Name verfälscht worden war. Vielleicht hieß er in Wirklichkeit ganz anders. In dieser Gegend war ein Kürzel vielleicht schon zu verräterisch.

»Wie bist du eigentlich darauf gekommen, nach einem früheren Mordfall zu suchen?«, fragte Alex, als wir die Fahrräder übers Kopfsteinpflaster schoben.

Ich hatte ihn zwar in meinen Plan eingeweiht, aber ihm nichts von dem Ratgeber erzählt. Sollte ich das tun? Ich war mir nicht sicher.

»Na ja, in Fernsehserien sieht man ja manchmal, dass Mörder einen anderen imitieren. Auf die kranke Idee, einer Toten Flügel anzunähen, muss man erst einmal kommen.«

»Ja, das stimmt. Du meinst also, dass es ein Nachahmer ist?«

»Weiß nicht«, entgegnete ich. »Möglich wäre es. Schade, dass uns der Museumsmensch nicht sagen wollte, wer damals der Verdächtige war.«

»Wir müssen einen anderen Weg finden, um das herauszubekommen.«

»Und hast du schon eine Idee?«

»Hm, das wird nicht einfach. Hast ja gesehen, dass nicht mal der Museums-Heini damit rausrücken wollte. Aber der hat ja sowieso ein Problem mit uns.«

»Tja, wir sind eben die reichen, verwöhnten Gören!«

Als wir das Dorf hinter uns gelassen hatten, stiegen wir wieder auf die Räder und steuerten auf den Wald zu. Nachdem wir die ersten Baumreihen hinter uns gelassen hatten, ergriff mich plötzlich das Gefühl, das dichte Grün wollte uns in seine dunklen Tiefen hineinziehen und verschlingen. Ich atmete tief durch und schüttelte dieses irrationale Gefühl ab. Der Wald, die Bäume, sie würden uns nichts tun. Gefährlich war nur, was sich zwischen ihnen vor aller Blicke verbarg.

»Ich habe eine Idee«, sagte Alex.

»Und wie sieht die aus?«

»Lass dich überraschen. Auf jeden Fall geht es noch nicht ins Internat zurück.«

Ich fragte mich, ob er eine Eingebung hatte, und stimmte zu. Als wir den Wald hinter uns gelassen hatten, ließen wir an einem Abgang vom Hochufer unsere Fahrräder stehen.

»Werden die nicht geklaut?«, fragte ich skeptisch, denn wir hatten keine Schlösser dabei.

»Sicher nicht. Hier kommt kaum jemand hin. Und selbst wenn, fahren sie auf Fahrrädern vorbei, da lohnt sich der Diebstahl nicht.«

Wir stiegen über eine Treppe nach unten und betraten schließlich einen schmalen Kiesstrand, aus dem große Felsen herausragten, die vom Wasser umspült wurden.

»Und was nun?«, fragte ich.

»Schau nach vorn!« Er deutete auf das Wasser.

Erst jetzt fiel mir auf, wie hübsch es hier war. Am Horizont schien das Blau des Himmels mit dem Blau des Wassers zu verschmelzen. Ein Segelboot fuhr langsam an der Küste vorbei.

»Und was soll das?«, fragte ich.

»Schau einfach aufs Meer und hör ihm zu.«

Als ob ich dort Antworten auf all die Fragen, die mir unaufhörlich durch den Kopf gingen, finden würde!

»Du kannst nicht ständig an diesen Mord denken«, sagte Alex dann und nahm meine Hand. Mein Herz begann schlagartig zu pochen.

»Aber …«

»Ein paar Minuten Ruhe, um das Meer anzuschauen, müssen drin sein, oder?«

Er hatte recht. Seit ich in Rotensand angekommen war, hatte ich an nichts anderes gedacht als tote Vögel und tote Mädchen. Und an Melanie, die sich in den vergangenen zwei Tagen jedoch recht unauffällig benommen hatte. Aber nun stand ich neben Alex, er hielt meine Hand fest und gemeinsam blickten wir aufs Meer. Ich spürte, wie dieser Moment alles andere nach hinten drängte.

»Weißt du, du bist schon komisch«, sagte er. »Ganz anders als die anderen.«

»Das liegt wohl an meinen schwarzen Klamotten«, entgegnete ich ein bisschen verlegen. Natürlich hatte ich gerafft, dass das ein Kompliment war, aber ich hatte keine Ahnung, wie ich darauf reagieren sollte. Ich hatte es nicht so mit Augenaufschlägen und dem sexy Gang und mit Jungs hatte ich bisher nur immer kumpelhaft geredet. Wenn sich wirklich einer für mich interessiert hatte, habe ich es wohl nicht mitbekommen. Aber jetzt bekam ich es mit, und das verwirrte mich, denn eigentlich gab es doch wichtigere Dinge, um die ich mich kümmern musste.

Aber es fühlte sich … gut an, hier zu stehen und Alex' Hand zu spüren.

»Es liegt nicht nur an den Klamotten«, sagte er nach einer Weile. »Es ist auch deine Art. Du bist stark und wirkst, als könnte dir nichts und niemand etwas anhaben. Viele Mädchen spielen die Hilflose, um an einen Typen ranzukommen. Aber du machst das nicht.«

Ich konnte mir kaum vorstellen, dass Melanie die Hilflose spielte. Aber vielleicht taten das andere Mädchen. Auch im Heim hatte es welche gegeben, die immer gleich zu heulen anfingen, wenn sie eins auf den Deckel gekriegt hatten – selbst dann, wenn sie den Streit vom Zaun gebrochen hatten.

»Warum sollte ich?«, fragte ich zurück, aber ich verstand, was er sagen wollte. »Ich meine, ich will einen Mörder fangen. Da darf man doch nicht schwach sein, oder?«

»Und wenn es anders gelaufen wäre?«, fragte er dann. »Wenn Camilla und Marina nicht ermordet worden wären? Ich kann mir nicht vorstellen, dass du dann die Schwache gemimt hättest. Und mit Melanie wärst du so oder so aneinandergeraten.«

Das stimmte wohl, ich hätte gewiss nicht klein beigegeben.

»Aus Erfahrung weiß ich, dass es nichts bringt, sich mit der Was-wäre-wenn-Frage zu beschäftigen.« Dass ich diesem Vorsatz nicht immer treu blieb, erwähnte ich lieber nicht. »Außerdem, was meinst du damit, dass ich trotzdem mit Melanie aneinandergeraten wäre?«

Alex biss sich kurz auf die Unterlippe, als hätte er etwas Falsches gesagt. Dann antwortete er: »Wäre Camilla noch am Leben, wäre es vielleicht viel schlimmer für dich gekommen.«

»Viel schlimmer?«

Alex nickte. »Ja, Camilla, Melanie, Christina und Marina waren eine Clique. Ihre Spezialität war es, Neuankömmlingen das Leben schwer zu machen.«

»Und warum?«

Alex zuckte mit den Schultern. »Keine Ahnung. Vielleicht, weil sie sich so selbst stark fühlten. Oder weil sie über alles die Kontrolle haben wollten – zumindest in ihrer Klasse. In letzter Zeit waren sie etwas ruhiger, vielleicht weil Marina angefangen hatte, sich aus der Gruppe zu lösen. Jetzt ist sie nicht mehr da und Camilla auch nicht – du hast also gute Chancen, dich recht bald in der Schule einzugewöhnen. Durch den Mord sollten sie eigentlich Besseres zu tun haben, als auf andere loszugehen.«

Während er sprach, suchte ich in seinem Gesicht nach einem Anhaltspunkt dafür, dass er auch irgendwann mal mit der Clique zusammengestoßen war, aber da war nichts.

Ich richtete meinen Blick schließlich wieder auf die Wellen, die sich an den Steinen brachen. Schon bald würde es dämmern. Und wer weiß, was in dieser Nacht geschah.

»Wir sollten zurückfahren«, sagte Alex schließlich und berührte mich sanft am Arm. »Wir brauchen eine Weile für den Heimweg.«

Einen Moment lang sahen wir uns an, und ein Teil von mir hoffte darauf, dass etwas passieren würde. Irgendwas Schönes. Das Meer, die Wellen, die Möwen – ging es noch romantischer?

Unsinn, rief ich mich wieder zur Ordnung. Welchen Grund sollte Alex haben, mich zu küssen? Wir sind Kumpel, nichts weiter. Und Kumpel küssen sich nicht.

23.

Fast die ganze Nacht starrte ich auf mein Handy, für den Fall, dass sich der Ratgeber bei mir meldete. Ich war seinem Hinweis nachgegangen – aber was sollte ich nun mit dieser Information anfangen? Klar, es hatte schon einmal jemanden gegeben, der einem toten Mädchen Flügel angenäht hatte. Sollte das heißen, dass der Killer von damals wieder in Aktion war? Aber was war sein Motiv? Und erneut fragte ich mich, wer der Ratgeber war. Er musste von dem Mord gewusst haben. Damit schied Melanie aus. War es vielleicht der Mörder selbst, der mich kontaktiert hatte? Dann kam mir ein anderer Gedanke. Was, wenn es der frühere Verdächtige war? Möglicherweise arbeitete er für die Schule, war entweder ein Lehrer oder jemand aus der Mensa oder vielleicht unser Hauswart.

Und wer sagte denn, dass es sich bei dem Ratgeber um einen Mann handelte? Es könnte genauso gut eine Frau sein.

Meine Gedanken wanderten zu meinem Ausflug ins Heimatmuseum. Am liebsten hätte ich die Kopien hervorgezogen, aber das hätte Susanne unweigerlich geweckt. Ich hatte mich ja schon mit meinem Handy unter die Bettdecke verkrochen, damit der Lichtschein sie nicht störte, wenn ich meine Mails abrief.

Dann musste ich an Alex denken. Es war sehr schön gewesen, mit ihm am Wasser zu stehen und aufs Meer hinauszublicken. Eines stand plötzlich für mich fest. Wenn Camilla und Marina nicht verschwunden und ermordet worden wären, hätte ich sie vielleicht alle gegen mich – und wahrscheinlich hätte ich dann nicht die Gelegenheit gehabt, mit Alex am Steinstrand zu stehen.

Das war schon komisch. Irgendwie schien es, als hätte ich durch das, was geschehen war, das bessere Los bekommen – bisher war es immer umgekehrt gewesen. Das verwirrte mich und verursachte mir ein ziemlich schlechtes Gewissen. Denn was Alex anging, wollte ich gar nicht, dass irgendwas anders lief …

MITTWOCH

24.

Am nächsten Morgen wachte ich davon auf, dass mich jemand rüttelte.

»He, steh auf!«

Ich schreckte hoch. Susanne stand bereits voll angezogen neben meinem Bett.

Ich hatte meinen Wecker überhört!

»Verdammt«, fluchte ich. »Wie spät ist es?«

»Halb acht!«

»Scheiße!«

Ich sprang auf. Um acht sollte der Deutschkurs losgehen. In einer halben Stunde schaffte ich es unmöglich in die Mensa!

»Scheiße, Scheiße, Scheiße!«, schimpfte ich, während ich nach meiner Waschtasche griff.

»Ich wusste nicht, ob du heute Morgen einen Kurs hast.«

Ich erwiderte nichts und rannte ins Gemeinschaftsbad. Dort war natürlich niemand mehr, alle saßen bei Kaffee und Frühstück in der Mensa – bis auf die Langschläfer, deren Unterricht später begann.

Immerhin gelang es mir, mich zu duschen, vernünftig anzuziehen und noch pünktlich zur Stunde zu erscheinen. Ein paar Blicke trafen mich, doch Melanie und ihre Clique ließen mich links liegen.

In dieser Stunde ging es in Deutsch um Shakespeare, und Frau Heiden drohte uns an, dass wir ein Stück von ihm aufführen würden. Darüber waren nur die Teilnehmer der Theater-AG begeistert, alle anderen nahmen die Ankündigung ziemlich finster auf. Auch Melanie schien Schauspiel nicht belegt zu haben, denn sie starrte brütend auf ihren Schreibblock und kritzelte irgendwas darauf.

Ich war jedenfalls sehr froh, dass man mich mit Ramona, Kerstin und einem Mädchen, dessen Namen ich nicht kannte, zusammensteckte, um eine Szene aus Macbeth zu spielen. Unsere Rollenverteilung war sehr interessant. Wir sollten die Hexen sowie Hecate, die Göttin der Magie, spielen. Das reduzierte unsere Auftritte auf ein erträgliches Maß – allerdings würden wir uns sicher Spötteleien darüber anhören müssen.

»Tja, dann können wir uns ja schon darauf einstellen, dass man uns ab sofort die Hexen von Eastwick nennt«, sagte ich zu Kerstin, um ein wenig die Stimmung zu lockern. Viel Erfolg hatte ich damit nicht.

»Warum müssen wir die Hexen spielen?«, maulte Kerstin.

»Warum müssen wir überhaupt mitspielen?«, murrte Ramona, die öffentliche Auftritte offenbar hasste wie Fußpilz.

»Warum kann ich nicht in der Gruppe mit Joseph sein?«, beschwerte sich die Namenlose, die sich offenbar Hoffnungen auf die Rolle der Lady Macbeth gemacht hatte – Joseph hatte als Mitglied der Theater-AG natürlich die Hauptrolle bekommen.

»Studieren Sie Ihre Szenen gründlich ein. In zwei Wochen werden wir das Stück beim Elterntag aufführen.«

Allgemeines Stöhnen. Nur nicht von den Theater-AGlern. Frau Heiden ignorierte es geflissentlich, während sie die Charakterblätter austeilte.

»Na gut, wer will welche Rolle?«, fragte ich in die Runde meiner Hexen. »So wie es aussieht, hat Hecate die kleinere Rolle, das wäre doch was für dich, Ramona, oder?«

Ramona zuckte sichtlich zusammen und wurde blass. Dann fiel ihr Blick auf Melanie, die wie einige andere Mädchen eine Männerrolle gekriegt hatte, weil das weibliche Geschlecht in unserer Klasse in der Überzahl war. Soweit ich es mitbekommen hatte, sollte sie Fleance spielen, Lord Banquos Sohn.

Das erfüllte mich fast schon ein bisschen mit Schadenfreude, denn wie ein Mann sah Melanie nun wirklich nicht aus – abgesehen von ihrem flachen Busen, der für die Lehrerin wohl ausschlaggebend für die Besetzung gewesen war. Eine von ihren Freundinnen sah da schon wesentlich glücklicher aus, immerhin war sie Lady Macduff geworden.

»Vielleicht solltest du Melanie fragen, ob sie nicht die Hexe spielen will«, raunte Ramona mir ohne jeglichen Humor in der Stimme zu. »Das würde passen.«

Kerstin kicherte daraufhin.

Ich sah mir Ramona ein wenig genauer an. Sie wirkte scheu und still und offenbar hatte sie etwas gegen Melanie. War sie auch schon mal mit ihr aneinandergeraten?

»Ich glaube, dass sie Fleance spielen muss, ist schon Strafe genug, denn das scheint ihr überhaupt nicht zu gefallen«, entgegnete ich grinsend. »Ich frage mich, ob sie sich einen Bart aufmalt oder sich lieber gleich einen wachsen lässt.«

Damit schaffte ich es, auch Ramona ein kleines Lächeln abzuringen. »Also, nimmst du Hecate und wir drei sind die Hexen? Ich bin sicher, dass du das hinbekommst. Außerdem hast du nur einen Auftritt – in dem du uns Mut machen sollst.«

Ramona zögerte, doch dann nickte sie knapp. »Gut, ich bin Hecate.«

»Hat irgendwer was dagegen?«, fragte ich die anderen, die den Kopf schüttelten.

»Okay, wir sind die Hexen und Ramona Hecate.«

Ich teilte die entsprechenden Rollenblätter aus und merkte dabei erst, dass ich wohl die Führung unserer Truppe übernommen hatte.

»Ähm, sag mal, wie heißt du eigentlich?«, fragte ich die Unbekannte.

»Liz«, entgegnete sie. »Hast du das noch nicht mitbekommen?«

»Nein, bisher nicht. Aber ich verspreche dir, ich werde deinen Namen jetzt nicht mehr vergessen.«

Nach Physik, Mathe und Englisch war endlich die Mittagspause gekommen. Während mein Teller mit Spaghetti vor sich hin dampfte, checkte ich mein Handy und fragte mich, ob es vielleicht gut wäre, Alex meine Nummer zu geben. Natürlich erreichte er mich, wenn er wollte, über die für Schüler und Lehrer zugänglichen E-Mail-Adressen – aber wäre es nicht schneller und persönlicher, SMS auszutauschen?

Als ich den Kopf hob, um nach Alex Ausschau zu halten,

schob sich Melanie in mein Sichtfeld. Noch immer wirkte sie ziemlich abwesend und finster.

Unsere Blicke trafen sich kurz, und ich fürchtete schon, dass sie den Mund aufmachen und irgendeine Beleidigung vom Stapel lassen würde, doch sie wandte sich ab und führte ihre drei Begleiterinnen zu einem Tisch weit von mir entfernt.

»Hi, was dagegen, wenn ich mich hier hinsetze?«

Seine Stimme jagte mir eine Gänsehaut über den Rücken.

»Nur wenn du bei der Aufführung unseres Theaters in frenetischen Jubel ausbrichst …«, sagte ich lächelnd, während Alex sein Tablett auf den Tisch stellte.

»Ah, das Theaterstück!« Da er eine Klassenstufe höher war als ich, hatte er das sicher schon hinter sich. »Das machen sie jedes Jahr zum Elterntag.«

»Ist es immer Shakespeare? Und muss immer die vierte Stufe dran glauben?«

»Nee, ist ganz unterschiedlich. Letztes Jahr war die erste Stufe dran, vorletztes Jahr die sechste. Jetzt seid ihr an der Reihe.«

»Wird das etwa ausgelost?«

Alex ließ sich auf den freien Stuhl mir gegenüber plumpsen. Ein Teil von mir wollte protestieren, denn Melanie sah sicher, dass sich ihr Schwarm zu mir gesetzt hatte. Aber ich brachte es nicht übers Herz, ihn wegzuschicken. Außerdem war es vielleicht eine gute Möglichkeit, an seine Handynummer zu kommen. Oder ihm meine zu geben.

»Ich habe keine Ahnung. Vielleicht ziehen die Lehrer Streichhölzer.«

»Oder der Rektor hat ein Glücksrad in seinem Schrank.«

Wir lachten beide auf.

»Hast du denn auch schon mal Theater gespielt?«

»Ja, als ich in der fünften Klassenstufe war.«

»Und, was gab es?«

»Schillers Räuber.«

»Und welcher davon warst du? Oder hast du die Mädchenrolle abbekommen?«

Ich versuchte, mir ihn als Amalia von Edelreich vorzustellen, die einzige weibliche Rolle in den Räubern. Es ging nicht.

»Nein, das Casting für Amalia war einfach viel zu hart und meine künstlichen Brüste dafür zu schlecht.« Er sah mich erwartungsvoll an und ich setzte mein breitestes Grinsen auf. »Ich war Karl.«

»Oh!« Er hatte also eine der Hauptrollen gespielt und irgendwie traute ich ihm das ohne Weiteres zu. Er sah ja auch nicht gerade schlecht aus.

»Jemand aus der Theater-AG hat den Franz gespielt.«

»Also für Franz bist du nicht hässlich genug«, platzte es aus mir heraus.

Alex schaute mich auf einmal ganz ernst an, beinahe forschend.

Ich wusste nicht, was ich tun sollte. Lächeln oder seinen Blick erwidern.

Wenn dich jemand mehrere Minuten anstarrt, will er dich entweder umbringen, oder mit dir ins Bett.

Keine Ahnung, warum mir dieser Satz gerade jetzt einfiel. Das hatte ich irgendwann mal in einer dieser Frauen-Zeitschriften gelesen.

Ich spürte, wie ich rot wurde. Ich war mir sicher, dass Alex mich nicht umbringen wollte – aber dass er womöglich mit mir ins Bett wollte, fand ich genauso beunruhigend.

»Die Nudeln«, sagte ich und deutete auf seinen Teller.

»Ja, klar.« Ein feines Lächeln umspielte seine Lippen, als er die Gabel in den Spaghettiberg stach.

Wir aßen schweigend. Ich versuchte zu ergründen, was der Moment zwischen uns bedeuten konnte.

Als ich fertig war, blickte ich auf die Uhr und stellte erschrocken fest, dass es nur noch zehn Minuten bis zum nächsten Kurs waren. Biologie bei Herrn Behrens, dem heimlichen Piraten.

Ich hätte ewig hier sitzen bleiben können, gegenüber von Alex.

»Ach, ähm, hör mal …«, stammelte ich, als er Anstalten machte aufzustehen.

»Ja?« Jetzt war sein Blick wieder normal.

»Ich hab da eine Idee …«, begann ich, denn einen Jungen nach seiner Telefonnummer zu fragen, war so eine Sache. »Ich meine, wäre es nicht besser, wir könnten uns im Zuge unserer Ermittlungen schnell erreichen? Wenn einem etwas auffällt oder so?«

Alex schien nicht zu wissen, worauf ich hinauswollte. Und die Uhr tickte dem Kursanfang entgegen.

»Ich meine, was hältst du davon, wir würden unsere Telefonnummern austauschen?«

Jetzt lächelte Alex wieder. »Okay.«

»Na ja, du bist doch noch dabei, oder?«

»Klar. Oder glaubst du, irgendwas könnte mich jetzt noch davon abhalten, einen …« Er stockte, sah sich um und entschied sich, den Satz nicht zu beenden. Stattdessen sagte er: »Ich bin auf jeden Fall dabei.«

Dann zog er sein Handy aus der Tasche und gab mir seine Nummer. Ich rief ihn kurz an, damit er auch meine hatte.

»Also dann, Holmes, man sieht sich!« Alex stand auf.

»Bye, Watson!«, rief ich ihm hinterher und ertappte mich dabei, dass ich breit grinste.

Doch lange hielt mein Glücksgefühl nicht an.

An der Tellerrückgabe traf ich auf Melanie. Es schien, als hätte sie dort auf mich gewartet. Ihre Miene war nicht freundlicher geworden. Im Gegenteil, jetzt blitzten ihre Augen förmlich. Sie sagte nichts, fürs Erste jedenfalls, aber sie verschwand auch nicht, nachdem ich meinen Teller abgegeben hatte.

»Willst du was von Alex?«, fragte sie, als ich an ihr vorbeilief.

»Was geht dich das an?« Ich hätte auch Nein sagen können, aber mein Mund war schneller als mein Verstand.

»An deiner Stelle wäre ich vorsichtig«, entgegnete sie und griff nach meiner Jacke. Ich blickte zuerst auf ihre Hand, dann in ihre Augen. Sie wich meinem Blick nicht aus, offenbar war es jetzt so weit, dass sie es auf offenen Streit anlegte.

»Warum denn? Willst du mich umbringen?«, fragte ich provokativ.

Ihre Augen verengten sich zu schmalen Schlitzen. »Das muss ich gar nicht«, zischte sie. »Dafür wird schon ein anderer sorgen. Dann bist du bald wieder mit Mama und Papa vereint und wir sind dich los!«

Diese Worte trafen mich wie eine Ohrfeige. Und gleichzeitig waren sie genau der Tropfen, der das Fass zum Überlaufen brachte.

»Was ist dein Problem, hä?«, schrie ich sie an und spuckte ihr dabei ins Gesicht. »Wieso kannst du mich nicht in Ruhe lassen?!«

Melanie verzog boshaft das Gesicht.

»Du wirst nie wieder über meine Eltern reden, hast du verstanden?«, brüllte ich weiter und packte sie an der Jacke.

Als sie mich wieder losließ und ich mich umdrehen wollte, stürzte sie sich plötzlich auf mich.

Eine Weile rangen wir miteinander, schließlich schaffte ich es, sie zu Fall zu bringen. Allerdings riss sie mich mit sich und wenig später wälzten wir uns auf dem Boden. Ich trat Melanie gegen das Schienbein, sie versetzte mir eine Ohrfeige. Daraufhin ballte ich meine Rechte, doch ich verfehlte ihre Nase und traf ihr Jochbein. Melanie schrie auf und zog mir an den Haaren.

Das ging so lange, bis eine Frauenstimme donnerte: »Was soll das hier?«

Die Lehrerin war nicht allein, sie hatte noch zwei männliche Kollegen mitgebracht, die uns auseinanderzerrten. Zornig funkelte ich Melanie an. Sie heulte und ihr Haar stand ihr wild vom Kopf ab. Ihre Arme wurden von einem Typen in braunem Tweedjacket gehalten.

Eigentlich hätte ich jetzt einsehen müssen, dass das, was ich getan hatte, nicht richtig war. Aber ich fühlte nichts als lodernden Zorn.

»Sie kommen jetzt mit zum Direktor!«, befahl die Frau, während uns die beiden Männer losließen.

Die Lehrerin warf Melanie und mir einen warnenden Blick zu, wahrscheinlich fürchtete sie, dass wir hinter ihrem Rücken erneut übereinander herfielen. Aber meine Streitlust war mit einem Mal verraucht.

Wenig später standen wir beide vor dem Schreibtisch des Rektors. Dieser ignorierte uns zunächst, bevor er seinen Blick hob und uns ansah.

»Ich muss schon sagen, dass ich ziemlich enttäuscht von Ihnen bin. Zwei der besten Schülerinnen dieser Schule prügeln sich auf dem Schulhof wie Kleinkinder. Was haben Sie dazu zu sagen?«

Aus den Augenwinkeln sah ich Melanie, die aus dem Fenster starrte, als sei sie ein Roboter, den jemand abgeschaltet hatte.

»Nun?«, hakte der Rektor etwas ungehalten nach.

Ich wunderte mich, dass Melanie nicht auf mich zeigte und kreischte: »Sie hat angefangen!«

Und solange sie nichts sagte, schwieg ich auch. Gut, sie hatte mich provoziert, aber ich hätte sie nicht angreifen dürfen. So oder so, wir waren beide schuld an der Prügelei.

Sontheim musterte uns, doch ich hielt es für besser, ihn nicht direkt anzuschauen.

Der Rektor schnaufte. »Schön, da Sie nicht sagen wollen, von wem der Streit ausging, werde ich Ihnen beiden Strafarbeiten aufgeben. Und damit bin ich noch sehr milde, denn eigentlich sollte ich Sie beide für solch ein rüpelhaftes Verhalten von der Schule verweisen. Aber Sie haben sich bisher noch nichts zuschulden kommen lassen, also wird es bei der Strafmaßnahme bleiben. Und natürlich werde ich auch an Ihre Eltern beziehungsweise ihren Vormund schreiben.«

Meine Heimleitung würde es sicher brennend interessieren,

dass ich mich prügelte. Im Heim hatte ich das auch hin und wieder getan und außer einer Rüge hatte ich keine Sanktionen erhalten.

Bei Melanie sah das sicher ganz anders aus. Ich bemerkte, dass sie mir einen giftigen Blick zuwarf. Aber das ging mir am Arsch vorbei.

Sontheim erhob sich nun, tigerte für ein paar Augenblicke durch den Raum, dann blieb er hinter seinem Schreibtisch stehen. Auf einmal erschien er mir zehn Meter groß.

»Sie werden ab sofort nach dem Unterricht und ihren jeweiligen Arbeitsgruppen den alten Schulgarten am Rand des zum Internat gehörenden Grundstücks in Schuss bringen. Das heißt, von Unkraut und Ästen befreien. Außerdem werden Sie dort die Hecken schneiden. Wenn die Arbeit zu meiner Zufriedenheit erledigt ist, sind Sie befreit, nicht eher.«

Ich erwartete einen Einwand von Melanie, aber sie nickte nur.

Ich nickte ebenfalls. Gartenarbeit war zwar nichts, was ich besonders gerne tat, aber immerhin besser als ein Schulverweis.

»Da Sie keine Einwände äußern, nehme ich an, dass Sie mit Ihrer Bestrafung einverstanden sind. Dann verlassen Sie jetzt bitte mein Büro.«

»Vielen Dank auch!«, zischte Melanie mir zu, als wir auf den Gang hinaustraten.

»Gleichfalls!«, zischte ich zurück. Hätte sie die doofe Bemerkung über meine Eltern nicht gemacht, hätte sie jetzt nicht im Schulgarten schuften müssen – und ich ebenso wenig.

Als ich in mein Zimmer kam, hatte Susanne schon von

meinem Zusammenstoß mit Melanie gehört und fing sofort an, mich mit Fragen zu löchern.

»Was war denn los? Warum hast du dich mit Melanie geprügelt? Wart ihr beim Rektor? Was hat er gesagt?«

Ich ließ mich aufs Sofa fallen.

»Sie hat mich provoziert, da ist bei mir die Sicherung durchgebrannt«, erklärte ich. »Und jetzt müssen wir Strafarbeit im Schulgarten machen! Wie in der ersten Klasse!«

»Du hättest dich nicht mit ihr anlegen dürfen«, sagte Susanne und sah dabei fast schon etwas ängstlich aus. Als würde das auf sie zurückfallen.

»Sag mal, du und Melanie …«, begann ich, denn mir ging ein Gedanke durch den Kopf. »Seid ihr gut befreundet?« Eigentlich eine blöde Frage, denn sie hatte ja bei Melanies Clique gesessen, als die Todesnachricht gekommen war.

»Nein, wir kennen uns halt, weil sie mit Camilla befreundet war, das ist alles.«

Das klang fast so, als wollte sie nicht darüber reden.

»Okay, dann muss ich ja keinen Ärger mit dir befürchten, weil ich mich mit Melanie geprügelt habe.« Ich lachte kurz und versuchte, flapsig zu klingen, aber Susannes Miene blieb ernst.

»Nee, von mir kriegst du bestimmt keinen Ärger«, erwiderte sie. »Wenn man es genau nimmt, hätte ich Melanie so manches Mal gerne selbst eine gescheuert, aber das habe ich mich nicht getraut.«

Na, das war ja mal eine Überraschung! Also war Camilla das einzige Band zwischen Melanie und Susanne gewesen.

»Aber ich sage dir, das wird noch Konsequenzen nach sich ziehen«, fügte sie warnend hinzu. »Melanie ist niemand, der das einfach so hinnimmt. Sie wird sicher versuchen, dir irgendwie zu schaden, das macht sie immer, wenn jemand nicht so spurt, wie sie will.«

Ein Gedanke formte sich in meinem Kopf, doch bevor ich ihn aussprechen konnte, klingelte Susannes Handy.

»Meine Mutter«, erklärte sie und stürmte mit dem Telefon aus dem Raum.

Ich sah ihr nach. Irgendwas, das mit Camilla, Marina, Melanie und Susanne zu tun hatte, verursachte mir Kopfzerbrechen, aber ich kam nicht drauf, was genau es war.

Nach einer halben Stunde kehrte Susanne in unser Zimmer zurück.

Ich blickte von meinen Hausaufgaben auf. »Was ist los?« Susanne sah aus, als hätte sie während des Telefonats geweint.

»Nichts«, erwiderte sie, aber das hätte ihr nicht mal ein Blinder geglaubt.

»Irgendwas zu Hause passiert?«

Susanne schwieg, zog ihre Hefter aus dem Rucksack und klatschte sie auf den Schreibtisch. Okay, vielleicht war es besser, nicht weiter nachzufragen.

Ich richtete den Blick wieder nach vorn. Da summte es neben mir.

Ich schaute auf mein Handy. Eine E-Mail. Wieder war der Absender eine Trash-Mail! Ich schnappte nach Luft und öffnete die Nachricht.

Alle Vöglein sind schon da … Hast du die andere Tote gefunden, kluges Mädchen? Der Ratgeber

Aha, die Zeit war also um. Mein Herz begann zu rasen. Wer zum Teufel war dieser Typ?

Da er von dem zweiten Mord wusste, musste es doch jemand von hier sein. Vielleicht der Hausmeister? Einer der Lehrer? Wer hatte die Möglichkeit, durch die Fenster der Bibliothek zu schauen? Und warum war es ihm wichtig, mich auf die richtige Spur zu bringen?

Ich erinnerte mich daran, dass Kommissar Dräger bei den damaligen Ermittlungen dabei gewesen war. Kam er als Ratgeber eventuell auch infrage?

»He, hörst du nicht?«, rief Susanne.

Ich schreckte aus meinen Gedanken auf. »Ähm, was?« Verwirrt blickte ich auf.

Susanne schnaufte. »Ich wollte wissen, ob ich dir was aus der Cafeteria mitbringen soll.«

»Oh, ja, ähm … gern!«

Es war das erste Mal, dass sie fragte.

»Und was?«

»'Nen Schokoriegel oder so. Die Sorte ist mir egal.« Susanne wandte sich der Tür zu. Offenbar war es auch für sie Zeit für etwas Süßes.

»Und danke!«, rief ich ihr hinterher, aber da war sie schon draußen.

Als die Tür ins Schloss fiel, blickte ich wieder auf die Nachricht des Ratgebers. Wie lange würde es dauern, bis er den Account löschte? Er wartete sicher auf eine Antwort. Was, wenn ich mir bis zum Abend Zeit ließ? Würde ich ihn damit verärgern? Und warum hatte er mich beim ersten Mal bedroht, wenn er doch wollte, dass ich den Mörder fand?

Ich blickte aus dem Fenster. Die Sport-AG huschte in ihren Trainingsanzügen vorbei. Einige von den älteren Schülern wiesen die jüngeren ein und ließen sie Aufwärmübungen machen. Ich hatte immer noch keine AG gewählt. Wann würde das auffallen?

Dann kam mir Alex in den Sinn. Vielleicht war es an der Zeit, ihm von dem Ratgeber zu erzählen.

Ich grübelte eine Weile, kam aber zu keinem Ergebnis. Da Susanne sicher gleich zurück sein würde, verfasste ich rasch eine Antwort.

Das Mädchen mit den Möwenflügeln habe ich gefunden. Der Mörder wurde nie gefasst. Ist er zurück?

Gerade, als ich auf Abschicken drückte, fiel mir ein, dass ich ihn hatte fragen wollen, wer er war. Doch wahrscheinlich würde er mir seine Identität ohnehin nicht verraten. Ich starrte noch eine Weile auf mein Handy, aber nichts rührte sich.

Viele Dinge kommen manchmal zurück. Gedanken, Mörder, Schuld. Das Mädchen mit den Möwenflügeln ist die Vorlage, aber nicht der Grund. Suche weiter in der Vergangenheit, vielleicht fällt dir etwas auf? Der Ratgeber

Was sollte mir auffallen? Frustriert ließ ich das Handy sinken. Offenbar wusste er etwas, doch er wollte es mir nicht sagen.

Wieder summte es. Gleich noch eine Nachricht von ihm? Natürlich!

Der Mörder kommt immer näher. Du solltest dich beeilen, sonst werden noch mehr Krähen fliegen. Und du wirst eine davon sein, wenn du nicht aufpasst. Der Ratgeber

Also würde der Killer weitermachen. Jetzt hatte ich es schriftlich. Und es war nicht klar, wen es als Nächstes erwischte. Möglicherweise mich. Möglicherweise eine andere. Aber ich wusste nun, dass ich auf der richtigen Spur war. Es blieb mir nicht viel Zeit, bis er wieder zuschlagen würde, so viel stand fest.

Ich musste meine Nachforschungen vorantreiben. Ich musste dafür sorgen, dass niemand mehr wie Camilla und Marina endete.

Bevor ich weitergrübeln oder eine Antwort schreiben konnte, kehrte Susanne zurück und warf mir einen Schokoriegel zu.

»Danke«, sagte ich, doch Susanne schüttelte nur den Kopf.

»Ist alles okay? Willst du vielleicht mit mir sprechen?«

Susanne sah nicht so aus, als wollte sie reden. Sie schnappte sich ein Kissen, drückte es sich gegen den Bauch und blickte eine Weile aus dem Fenster.

Okay, dann nicht … Ich wickelte meinen Riegel aus, biss einmal ab und blickte auf die Mail. Verdammt, ging es nicht etwas klarer? Welche Vergangenheit meinte der Ratgeber? Musste ich zehn Jahre zurückgehen oder zwanzig? Oder nur zwei oder drei? Und warum hatte sich der Mörder gerade Camilla und Marina geschnappt …

Kauend tippte ich eine Antwort.

Von welcher Vergangenheit sprichst du? Die des Internats? Oder die des Ortes? Vielleicht solltest du Klartext reden und mir sagen, woher du das alles weißt.

Auf meine Nachricht bekam ich umgehend eine Antwort. Nicht vom Ratgeber, sondern vom *Mailer-Daemon*. Verdammt, er hatte seine Adresse schon wieder gelöscht. Und diesmal, ohne meine Antwort abzuwarten. War er gestört worden? Eins stand jedenfalls fest: Ich musste meine Nachforschungen ausdehnen.

»Meine Mutter ist echt ätzend«, kam es unvermittelt aus Susannes Ecke. Ich schaltete das Handy aus und sah auf.

»Was hat sie denn gemacht?«

»Sie will morgen nicht zur Beerdigung von Camilla kommen. Und mein Vater auch nicht. Sie haben beide zu tun und können sich angeblich nicht freinehmen.« Sie boxte in das Kissen, das vor ihr lag.

»Das ist blöd, aber vielleicht können sie wirklich nicht.«

Susanne schüttelte den Kopf. »Sie könnten schon, aber das ist immer so. Wenn es etwas ist, das mich betrifft, haben sie keine Zeit. Und Camilla … sie war bei uns zu Hause, sie kannten sie, aber sie haben keine zwei Stunden Zeit, um bei ihrer Beerdigung dabei zu sein. Weißt du, Camilla war nicht nur irgendeine Freundin für mich. Ich … ich mochte sie sehr gern. Verstehst du?« Sie sah mir direkt in die Augen. Tränen liefen über ihre Wangen.

Ich dachte wieder an Marinas Vermutung, dass Susanne in Camilla verknallt gewesen sein könnte. Ich traute mich nicht nachzufragen, das war schließlich ihre Privatsache.

Ich nickte, setzte mich neben sie und legte ihr einen Arm um die Schultern.

»Manchmal glaube ich sogar, dass es besser wäre, keine Eltern zu haben«, seufzte sie.

»Sag das nicht«, erwiderte ich. »Eltern sind vielleicht manchmal doof und erkennen nicht, was für ihre Kinder wichtig ist. Keine Eltern zu haben, ist aber noch schlimmer, glaub mir. Du hast es die ganze Zeit mit Leuten zu tun, denen du völlig egal bist und die sich nur um dich kümmern, weil sie es müssen. Du hast niemanden, den du fragen kannst, wenn mal was blöd läuft. Und niemanden, der dir aus der Patsche hilft, wenn du mal in Schwierigkeiten bist.«

Wir schwiegen eine Weile. Währenddessen fragte ich mich, wie meine Eltern reagiert hätten, wäre meine beste Freundin gestorben. Ich war mir sicher, dass sie sich die Zeit genommen hätten, mit mir um sie zu trauern.

Der Punkt war bloß, ich hatte noch nie eine richtige Freundin gehabt, eine, mit der ich alles teilen konnte, den Rasierer genauso wie meine geheimsten Gedanken. Marina hätte es vielleicht werden können. Vielleicht.

»Du musst wirklich gute Eltern gehabt haben«, sagte Susanne schließlich.

»Sie waren okay, ja.« Ich lächelte. »Allerdings hatte ich nur selten beide auf einmal bei mir. Meine Mutter war Handelsvertreterin und musste sehr oft reisen, mein Vater war Rechtsbeistand bei einem großen Konzern – auch öfter unterwegs. Ich war immer bei dem einen oder dem anderen.«

Ich verstummte. Auch wenn es schon so lange her war, stieg wieder die Erinnerung in mir auf und damit die Trauer.

Susanne schien das zu spüren, denn sie fragte nicht weiter. Und so kehrten wir nach einer Weile an unsere Schreibtische zurück und machten uns an die Hausaufgaben. Ich blickte auf mein Handy. Nichts. Der Ratgeber hatte sich ausgeklinkt. Jetzt war ich wieder an der Reihe.

25.

Da ich für den Garten nichts Passendes zum Anziehen hatte, entschied ich mich für meine ältesten Jeans und Boots, außerdem trug ich ein schon etwas älteres schwarzes Sweatshirt, auf dem ein riesiges grünes Gummibärchen aufgedruckt war, das den Mund verzog. Das passte zu der Arbeit und zu meiner Stimmung.

Sontheim hatte nicht gesagt, wie viele Stunden wir täglich im Schulgarten verbringen sollten, offenbar zählte nur, dass die Arbeit erledigt wurde.

Punkt drei Uhr meldete ich mich beim Hauswart. Melanie war noch nicht da. Typisch. Wahrscheinlich hatte sie gerade Zicken-AG.

»Na, Mädel, was gibt es denn?«, fragte der Mann, während er mit seinen Gartengeräten hantierte.

»Ich bin hier wegen der Strafarbeit«, seufzte ich. »Der Rektor meinte, wir sollen uns bei Ihnen melden.«

Der Hauswart zog die Augenbrauen hoch. »Du bist eine von denen, die sich geprügelt hat?«

Ich nickte und senkte schuldbewusst den Kopf.

Der Hauswart lachte auf. »Ha, wusste ich es doch, dass du kein Spatzenmädchen bist!«

»Sie hat über meine Eltern gesprochen, dazu hatte sie kein Recht.«

Irgendwie hatte ich das Gefühl, mich erklären zu müssen. Der Hauswart nickte nur.

»Hier!«, sagte er und drückte mir einen Rechen in die Hand. »Wo ist die andere?«

»Keine Ahnung«, erwiderte ich wahrheitsgemäß, denn nach dem Mittagessen war Melanie verschwunden. Ein kleines böses Männchen in meinem Innern wollte mir einreden, dass sie vielleicht vom Killer erwischt und verschleppt worden war.

Aber ich drängte diesen Gedanken beiseite – und da kam sie auch schon um die Ecke.

»Entschuldigung«, murmelte sie, ignorierte mich vollständig und sah den Hauswart an. »Ich soll mich bei Ihnen melden. Ich kann heute aber nicht lange bleiben, ich habe gleich noch eine AG.«

Ein Grinsen spielte um das Gesicht des Mannes. Als er mich ansah, wirkte er fast schon beeindruckt. Kannte er Melanie vielleicht? Hatte sie schon häufiger zu Strafarbeiten antreten müssen? Aber der Rektor hatte ja gesagt, dass sich Melanie bisher nichts hatte zuschulden kommen lassen …

»Okay, nimm die Harke«, sagte er und drückte ihr den Stiel in die Hand. »Und jetzt kommt mit.«

Im Gänsemarsch folgten wir dem Hauswart. Ich lief hinter Melanie, was ihr nicht zu behagen schien, aber genauso wenig wollte ich sie in meinem Rücken wissen. Wir verließen das Schulgelände, folgten der Straße, auf der mich das Taxi hergefahren hatte, und bogen schließlich in einen Waldpfad ein.

»Entschuldigung, aber ist das wirklich der Weg zum Schulgarten?«, fragte ich, denn ich konnte mir nicht vorstellen, dass hier irgendwelche Klassen langgescheucht wurden, um Radieschen zu säen und zu erforschen, wie lange Salat und Kohl brauchten, um zu keimen. So hatte jedenfalls mein Schulgartenunterricht in der ersten Klasse ausgesehen. Und davon mal abgesehen, gab es in Rotensand keine ersten Klassen …

Melanie warf mir einen spöttischen Blick zu, der besagte: Hast du Schiss?

Ich kniff die Augen zusammen und erwiderte ihn.

»Ja, hier geht es zum Schulgarten. Aber besser, du erwartest nicht zu viel. Wir reden nicht von einem hübschen kleinen Garten, in dem Schüler regelmäßig arbeiten. Dieser Garten gehörte zum früheren Kinderheim und wird nur bewirtschaftet, wenn jemand eine Strafe aufgebrummt bekommt.«

»Und warum?«, fragte ich weiter, denn nun erfasste mich doch eine leichte Nervosität. Wer weiß, wie es in diesem Garten aussah!

»Weil es sonst nichts gibt, womit man euch bestrafen könnte«, entgegnete er mit einem grimmigen Lachen. »Ich würde hier selbstverständlich aufräumen, aber der Rektor verbietet es mir und trägt mir nur auf, die Obstbäume abzuernten. Alles andere überlassen wir Rüpeln wie euch.«

Das war ja schon fast wie im Mittelalter! Kein Wunder, dass es in Rotensand auch eine Fecht-AG gab!

Nachdem wir dem Waldweg eine Weile gefolgt waren, erreichten wir einen Zaun, der komplett zugewachsen war. Lediglich die eiserne Gartenpforte stach zwischen dem ganzen Grün hervor.

Und im Garten selbst sah es auch nicht besser aus. Hier war kaum ein Durchkommen. Lediglich die Wege zu den Obstbäumen, deren Äste sich schwer unter der Last der halb reifen Äpfel, Birnen und Pflaumen bogen, waren ein wenig freigeräumt und gemäht. Was dazwischen wucherte, konnte man mit sehr gutem Willen als »wildromantisch« bezeichnen – aber auch nur dann, wenn man nicht dafür zuständig war, Klarschiff zu machen. Beinahe alles hier war von kniehohem Gras überdeckt, das sich unter der Last der Nässe zur Seite gelegt hatte und einen struppigen Teppich bildete.

Ich blickte zu Melanie. Sie schien von der Existenz des Schulgartens gewusst zu haben – aber auch sie wirkte überrascht, wie unordentlich es hier aussah. Das war keine Strafe für einen Nachmittag, sondern für einen ganzen Monat!

»Ich würde sagen, ihr fangt erst einmal an, das Gras von den Ästen und Zweigen und dem Reisig zu befreien. Das Grünzeug bringt ihr dann auf den Komposthaufen im hinteren Teil des Gartens. Wenn ihr damit fertig seid, werdet ihr den Rasen mähen.«

Ich fragte mich, welcher Rasenmäher das durchstehen sollte. Oder wollte er uns wie in früheren Zeiten mit Sensen losschicken? Wenn Melanie davon eine in die Hand bekam, sollte ich höllisch aufpassen.

»Ist der Rasen gemäht, werdet ihr die Beete vom Unkraut befreien und dann die Ranken vom Zaun entfernen. Ist das erledigt, dürft ihr mir beim Ernten des Obstes helfen.«

»Toll!«, murmelte Melanie finster und warf mir einen noch finstereren Blick zu.

»So, Mädels, dann macht euch mal an die Arbeit. Mindestens eine Stunde pro Tag ist angedacht, aber wie lange ihr hier arbeitet, bleibt euch überlassen. Auf jeden Fall sagt ihr mir Bescheid, wenn ihr in den Garten geht, und bitte meldet euch auch wieder ab. Je schneller ihr vorankommt, desto schneller seid ihr fertig. Ich werde die Arbeitszeiten notieren und darauf achten, dass ihr beide auf die gleiche Stundenzahl kommt. Alles klar so weit?«

Ich hätte nicht gedacht, dass man aus einer Strafarbeit so einen langen Vortrag machen konnte. Melanie blickte gelangweilt zu Boden.

»Gut, wie man mit einem Rechen umgeht, wisst ihr?«

Der Hauswart betrachtete uns mit gerunzelter Stirn.

Ich nickte, Melanie auch – widerwillig.

»Dann werde ich mich mal vom Acker machen. Und dass ihr euch ja gegenseitig am Leben lasst!«

Damit stapfte er zum Gartentor zurück. Ich schaute ihm nach und blickte dann zu Melanie. Sollte ich irgendwas Versöhnliches zu ihr sagen? Aber wahrscheinlich würde ich dafür nur eine blöde Antwort kassieren. Also ging ich in eine Ecke des Gartens, zog meine Handschuhe an und begann damit, die Äste beiseitezuräumen. Was Melanie tat, war mir herzlich egal.

Ich hörte aber, dass sie sich in der Nähe der Obstbäume zu schaffen machte. War ja klar, dort sah es noch am besten aus. Aber wenn sie dachte, ich würde die ganze Arbeit erledigen, hatte sie sich geschnitten.

Das Aufsammeln der Äste und Zweige war eine der ödesten Arbeiten, zu der ich je verdonnert worden war. Außerdem beschlich mich immer wieder das Gefühl, dass mir Melanie jederzeit mit dem Rechen eins überziehen konnte. Ich blickte zu den Obstbäumen, wo sie Zweige zusammentrug. Unsinn, sagte ich mir. Dann müsste sie die Strafarbeit allein erledigen. Das wollte sie sicher nicht.

Als ich die unsinnigen Gedanken aus meinem Kopf verbannt hatte, konnte ich wieder an meine Ermittlungen denken.

Das Mädchen mit den Möwenflügeln ist die Vorlage, aber nicht der Grund.

Aha, wer auch immer der Krähenmann war, er kannte den alten Fall und kopierte den Killer von damals. Aber aus welchem Grund? Vielleicht sollte ich mich mehr auf Camillas und Marinas Umfeld konzentrieren. Camilla stammte immerhin von hier. Und Marina …

»Ich muss los!«, rief Melanie auf einmal.

Jetzt schon? Ich blickte auf die Uhr. Es war gerade mal eine Viertelstunde vergangen.

Als ich mich umdrehte, stapfte sie bereits auf das Gartentor zu. Das war ja ein kurzes Vergnügen gewesen … Aber ich war froh, dass sie weg war. So konnte sie sich nicht irgendwas hinter meinem Rücken einfallen lassen. Und ich konnte in Ruhe nachdenken.

Ich machte noch eine Weile mit den Ästen weiter. Die Stille wirkte bedrückend und meine Gedanken liefen in eine komische Richtung. Ich dachte an das, was Susanne über ihre

Eltern und Camillas Beerdigung gesagt hatte. Und ich dachte an Marina. Soweit ich mitbekommen hatte, kam sie nicht von der Insel. Wo würde sie beerdigt werden. Fuhren Vertreter der Schule dorthin?

Etwas knackte hinter mir. Erschrocken zuckte ich zusammen.

»Na, wie geht es voran im Schulgarten?«

Als ich mich aufrichtete, sah ich Alex am Apfelbaum lehnen. Er grinste mich schadenfroh an. Wie lange beobachtete er mich schon? War ja klar, dass die anderen Klassen mitbekommen hatten, wie unsere Strafe aussah.

Verlegen streifte ich meine Handschuhe von den Fingern.

»Frag mich das nächstes Jahr noch mal …«

»Wo ist Melanie?« Alex richtete seinen Blick auf den verfilzten Kräutergarten.

»Die wollte vorhin zu ihrer AG. Eigentlich hätte sie dir entgegengekommen müssen.« Alex zuckte mit den Schultern. Ich wischte mir den Schweiß von der Stirn. »Aber keine Sorge, ich lass ihr genug Arbeit übrig.«

Froh darüber, dass Melanie nicht da war, ging ich zu Alex. Rektor Sontheim hatte nichts davon gesagt, dass man keine kleinen Pausen einlegen durfte.

Alex schaute sich um. »Irgendwie ist der Schulgarten immer das reinste Chaos.«

»Das liegt wohl daran, dass sich in Rotensand so wenig Leute prügeln.«

Er lachte auf. »Möglich. Es hat schon lange keine Schlägerei mehr gegeben. Sogar die Jungs in meiner Klasse waren beeindruckt von dir.«

»Von mir?«

»Ja, man munkelt, du seist in die Vollen gegangen. Und dein rechter Haken wäre wirklich klasse.«

»Tja, so ist das nun mal, wenn man sich mit einem Heimkind anlegt.« Ich lächelte schief.

Alex grinste mich breit an. »Erinnerst du dich, was ich dir am Meer gesagt habe? Das mit der Stärke?«

Ich nickte, zog eine Wasserflasche aus meinem Rucksack und nahm einen Schluck. Dann bot ich sie Alex an, der sie annahm.

»Spätestens jetzt weiß Melanie, dass du keine Ramona oder Kerstin bist. Das wird ihr sicher Respekt einflößen.«

»Meinst du?«

Nicht, dass ich es darauf anlegte, dass Melanie vor mir Respekt hatte – sie sollte mich in Ruhe lassen, das war alles. Aber vielleicht würde sie das ja nun tun, jedenfalls vorübergehend.

»Ja, sicher. Bei den anderen wusste sie genau, dass sie es mit ihnen machen konnte. Sie waren von vornherein eingeschüchtert. Du nicht.«

»Gab es denn niemanden, der sich gegen sie gewehrt hat?«

»Doch, natürlich!« Alex' Mundwinkel zuckte. »Ich zum Beispiel.«

»Du?« Das konnte ich nicht glauben, denn Melanie war doch scharf auf ihn.

»Ja, als ich nach Rotensand kam, waren Melanie und die anderen bereits zwei Jahre hier.«

»Das hattest du erzählt.«

»Natürlich fielen sie über mich her, schikanierten mich, versuchten, mich bei den anderen in den Dreck zu ziehen.

Aber das funktionierte nicht. Bei einer Party wollte Camilla sich an mich ranmachen. Sie erzählte später allen, ich hätte sie befummelt, dabei ist nichts passiert. Glücklicherweise konnte ich diesen Verdacht entkräften, und anschließend hat sie die Lust daran verloren, mich zu triezen.«

»Vielleicht, weil sie von da an auf dich stand.«

Alex zuckte die Schultern. »Keine Ahnung, aber danach hörte es auf.«

Das brachte mich auf eine Idee. Verdammt, warum hatte ich nicht schon früher daran gedacht?

»Kennst du eigentlich die Geschichte vom Spatzenmädchen?«

»Das Mädchen, das sich vom Dach gestürzt hat, als die Schule noch ein Kinderheim war?«

»Ja … Ich frage mich, warum der Mörder gerade Spatzen in die Betten seiner Opfer legt, ihnen aber Krähenflügel annäht. Will er damit auf die Geschichte hindeuten?«

Alex starrte ins Leere. Nach einer Weile sah er mich merkwürdig an. »Das Mädchen hat sich vom Dach gestürzt, weil die anderen sie gequält haben.«

Ich nickte, und in dem Augenblick schien es mir, als hätten wir beide die gleiche Idee.

»Was, wenn jemand sich für das rächt, was ihm angetan wurde? Wenn es einer vom Internat ist, der es auf die Clique abgesehen hat? Jemand, der von ihnen gemobbt wurde. Jemand, dem man nicht ansieht, was in ihm steckt. Melanie und ihre Freundinnen haben sich doch sicher nicht nur Mädchen vorgenommen, oder?«

»Nein, es waren auch Jungs dabei. So wie ich. Und einige

haben sich tatsächlich von ihr schikanieren lassen – bis aufs Blut.«

Wieder überlegte ich. Ich spürte, dass ich auf der richtigen Fährte war. Das Kribbeln in meinem Magen wurde stärker – wie immer, wenn ich bei einer Sache richtiglag.

»Sag mal, könntest du mir vielleicht eine Liste machen?«, fragte ich und blickte dann über Alex' Schulter. Hatte sich dort irgendwas bewegt? Beobachtete Melanie uns vielleicht?

»Eine Liste? Worüber? Über die Pros und Kontras von Gartenpflege?«

Mein Blick ließ ihn verstummen. Ich hatte was übrig für Scherze, aber jetzt war nicht die Zeit dafür.

»Nein, über die Anwesenden bei der Beerdigung. Du gehst doch hin, oder?«

»Klar.« Er zog die Augenbrauen hoch. »Aber was soll das bringen?«

»Ich will wissen, wer da war.«

»Diejenigen, die von Camilla geärgert wurden, fahren sicher nicht zu ihrer Beerdigung.«

»Doch, ich denke schon«, widersprach ich. »Jedenfalls wenn sie Camilla anständig gehasst haben. Hast du dir nicht auch schon mal gewünscht, jemand, den du gar nicht leiden kannst, wäre tot?«

Für einen Augenblick sah mich Alex ganz merkwürdig an. »Manchmal«, sagte er dann.

»Und meinst du nicht auch, dass der Mörder sich dieses Schauspiel nicht entgehen lassen will?«

»Eine Beerdigung ist doch kein Schauspiel!«, protestierte er.

»Du weißt, wie ich es meine«, entgegnete ich.

»Gehst du denn nicht hin?«, fragte er, und ich konnte ihm ansehen, dass ihm mein Wunsch ganz und gar nicht gefiel.

»Ich glaube nicht«, entgegnete ich. »Ich kannte Camilla nicht, und nichts wäre schlimmer, als Mitleid zu heucheln. Davon kann ich seit dem Tod meiner Eltern ein Lied singen. Jeder Hinz und Kunz hat mir sein Beileid ausgesprochen, sogar wildfremde Menschen, die meine Eltern nicht mal gekannt haben.«

Alex schaute mich schweigend an, viele Minuten lang.

»Okay«, sagte er dann.

»Okay?«

»Ich mache es.«

»Danke.«

Ich sah ihn an und dann verselbstständigte sich mein Körper und ich gab ihm einen Kuss auf die Wange.

Alex zuckte überrascht zurück. »He, wofür war das denn?«

Ich fürchtete zunächst, etwas Falsches getan zu haben, doch dann lächelte er.

»Nur ein kleines Dankeschön«, sagte ich, während meine Wangen zu brennen begannen.

»Aha, und was kriege ich, wenn ich den Mörder identifiziere?«

»Darüber muss ich erst nachdenken. Wahrscheinlich werde ich die Kripo anrufen und ihr ans Herz legen, dich sofort als Kommissar einzustellen.« Ich knuffte ihn in die Seite.

»Verdammt!«, rief er plötzlich aus.

»Was ist? War ich zu grob?« Manchmal beschwerten sich Leute darüber, dass ich ihnen im Scherz wehtat, obwohl ich es nicht wollte.

»Nein, ich muss zum Segeln.«

»Was?«

»AG!« Er hielt mir seine Uhr unter die Nase.

»Du bist in der Segel-AG?« Das konnte ich mir bei ihm irgendwie nicht vorstellen.

»Klar, und sobald ich meinen Segelschein habe, nehme ich dich mit.«

»Aber nur, wenn du auch Rettungswesten an Bord hast!«, rief ich ihm nach, als er lossprintete.

»Na klar doch!« Er winkte aus der Ferne und war verschwunden.

Ich blickte Alex noch ein Weilchen nach, wobei meine Mundwinkel vom ganzen Grinsen schließlich furchtbar zogen. Dann streifte ich meine Handschuhe wieder über und bückte mich nach dem Reisig.

Eine halbe Stunde später kehrte Melanie zurück. Sie hatte sich umgezogen, trug nun Leggins und einen weiten Schlabberpullover mit neonfarbenen Streifen. Ihre Miene war so finster, dass sie damit sogar *Darth Vader* verschreckt hätte. Hatte sie vielleicht doch mitbekommen, dass Alex bei mir gewesen war? War sie nur deshalb nicht früher aufgetaucht, weil sie vor Wut in eine Baumrinde gebissen hatte?

»Hey«, sagte ich trotzdem.

»Hey«, grummelte sie und griff nach der Harke, die am Baum lehnte. Ein gutes Mordinstrument. Verdammt, warum fiel mir das gerade jetzt ein?

Doch Melanie hatte nicht vor, mir das Gartengerät überzuziehen. Sie machte sich daran, Blätter aus dem Gras zu harken.

Ich überlegte, ob ich etwas zu ihr sagen sollte. Ich stritt mich nur ungern mit Leuten, erst recht, wenn ich keinen Anlass hatte. Ich hatte bisher immer nur Melanies Attacken abgewehrt.

Aber so verbissen, wie sie das Gras harkte, hatte ich nicht den Mut, sie nach ihrem Kurs zu fragen. Stattdessen trug ich die aufgesammelten Äste und das Reisig zum Komposthaufen.

Von hier aus wirkte der Schulgarten ganz anders. Irgendwie schön. Die Sonne strahlte durch die Bäume auf den Boden und die Hagebutten leuchteten rot zwischen dem ganzen Grün und Gelb. Ein richtig friedlicher Ort.

Schade nur, dass der Eindruck täuschte. Als mir wieder einfiel, dass uns in diesem Augenblick vielleicht der Mörder beobachten könnte, bekam ich eine Gänsehaut auf den Armen. Auf einmal verkehrte sich das ganze Bild und das Rot der Hagebutten leuchtete wie Blut auf einem schmutzigen Waldboden.

Für ein paar Sekunden ergriff mich eine seltsame Panik, ich bekam keine Luft und mein Herz fing wie verrückt an zu schlagen. Doch dann schnappte ich nach Luft und lebte weiter.

Was war das gewesen? Solche Attacken hatte ich schon lange nicht mehr gehabt. Früher war das was anderes gewesen.

Alte Bilder stiegen in mir auf. Bilder einer anderen Clara, einer jüngeren Clara mit Zopf und zu weiten Jeans.

Ich war nicht immer so gewesen wie jetzt. Rational.

Ich hatte mich anfangs hilflos und alles andere als wohl gefühlt im Heim. Ich hatte meine Eltern schrecklich vermisst, hatte mich in einem Loch verkriechen und nie wieder da rauskommen wollen. Alles in mir und um mich herum hatte sich schwarz und schwer angefühlt. Und schließlich waren die Panikattacken gekommen. Es hatte sich angefühlt, als würde mich die ganze Welt zu Boden drücken, ich hatte mich nicht mehr auf den Beinen halten, hatte nur noch schlafen können …

Bis ich zum ersten Mal ausgetickt war. Ich weiß gar nicht so richtig, wie es dazu gekommen war.

Irgendwer hatte etwas über meine Eltern gesagt. Etwas Schlimmeres als Melanie. Und was über mich. Dass ich ein Schizo wäre mit meinen Anfällen und so. Da war bei mir eine Sicherung durchgebrannt. Bis heute kann ich mich nicht genau erinnern, was passiert ist. Nachdem ich wieder zu mir gekommen war, hatte ich rittlings auf einem Jungen gesessen, dessen Nase geblutet hatte.

Das hatte mir Angst gemacht, und deshalb hatte ich beschlossen, anders zu werden. Nicht bei jedem Scheiß zu heulen. Und nachzudenken. Viel nachzudenken. Ich hatte mir einen Panzer zulegen können, um mich zu schützen – auch ohne Fäuste. Seit Jahren hatte ich niemanden mehr geschlagen. Bis jetzt.

Ich atmete tief durch. Die Morde belasteten mich, das war vollkommen klar. Dass Marina einfach aus unserer Mitte gerissen worden war. Jeder Tod belastete mich. Aber ich konnte etwas dagegen tun. Ich musste meinen Schutzwall hochfahren. Und den Mörder fangen.

Ich schob die Gedanken beiseite und blickte zum Wald. Ja, er wirkte bedrohlich, aber die Gefahr ging nicht von dem Wald selbst aus, sondern von dem, der darin auf sein nächstes Opfer lauerte.

Hastig warf ich das letzte Reisig auf den Komposthaufen und kehrte dann so schnell wie möglich zu Melanie zurück. Diese schien nicht zu merken, was mit mir los war, also wandte ich mich dem nächsten Beet zu und schwor mir, von hier verschwunden zu sein, sobald der abendliche Nebel aufzog.

26.

Er spürte genau, wenn der Traum wieder zu ihm kam. Es war eine innere Unruhe und gleichzeitig eine Verdunkelung seines Verstandes, die ihn lähmte und dazu zwang, in die Ferne zu starren. An solchen Tagen konnte er nichts anderes tun. Es hatte vor ein paar Jahren begonnen, schleichend, ohne dass er sich etwas dabei gedacht hatte.

Doch schließlich hatten diese Tage zugenommen und ihn letztlich das Leben gekostet, das ihm über die Vergangenheit hatte hinweghelfen sollen. Er hatte seine Arbeit verloren, war abgerutscht. Alle Bemühungen seiner Umwelt hatten nichts geholfen.

Als er ganz unten angekommen war, hatte er erkannt, dass er etwas tun musste. Kein Verdrängen mehr. Und auch nicht so tun, als sei nichts gewesen. Als sei er darüber hinweg. Es half nichts, sondern machte alles nur schlimmer.

Das, was ihm angetan worden war, konnte er nicht so einfach vergessen. Diejenigen, die an seinem Leid Schuld trugen, sollten sühnen.

Lange hatte er mit sich gerungen. Es war riskant, und im ersten Moment hatte er daran gezweifelt, ob er es überhaupt tun sollte.

Aber dann hatte die Stimme zu ihm gesprochen. Sie hatte ihn geleitet und ihm den richtigen Weg gezeigt. Daraufhin hatte sich alles zusammengefügt. Ja, er war so euphorisch geworden, dass er sogar beschlossen hatte, die ganze Welt wissen zu lassen, was er tat. Noch waren sie nicht darauf gekommen, aber das würden sie früher oder später …

Und doch … der Traum kehrte zurück. Jetzt, wo er am Fenster saß, spürte er es. Natürlich. Immerhin hatte er seine Arbeit noch nicht vollendet.

Erst zwei waren tot, andere würden folgen. Es würde noch ein langer Weg werden. Er erhob sich schwer und spürte Schmerzen in seinen Sehnen, als er sich zum Bett begab. Auf einmal kam er sich wie ein alter Mann vor. Er legte sich hin und schloss die Augen. Meinte, das Feuer zu sehen und den Schrei zu hören. Seinen eigenen Schrei. Und dann hieß er den Traum willkommen.

DONNERSTAG

27.

Einen Moment lang war ich versucht, tatsächlich mit zu Camillas Beerdigung zu fahren, wegen Alex. Und weil Susanne mich gefragt hatte. Aber dann entschied ich mich endgültig dagegen. Ich würde stattdessen meine Stunden im Garten ableisten. Ich brauchte Zeit, um nachzudenken.

Susanne hatte zum Glück vollstes Verständnis dafür, dass ich im Internat bleiben wollte. »Es reicht schon, wenn einer von uns heute Abend vollkommen fertig sein wird«, sagte sie seufzend, während sie sich im Spiegel betrachtete.

Da sie selbst kaum schwarze Sachen besaß, hatte ich angeboten, ihr etwas zu leihen. Zu meiner Überraschung hatte sie angenommen. Das schwarze Zipfelshirt, das ich letztes Jahr in Leipzig zum Wave-Gotik-Treffen angehabt hatte, stand ihr hervorragend.

Kaum zu glauben, dass sie die Freundin einer Freundin von Melanie war. Oder war es nur Zufall gewesen, dass sich Melanies Clique um sie gekümmert hatte?

Ich dachte wieder an den Tag, als ich aus dem Büro des Rektors gekommen war. Der Anruf von Susannes Mutter hatte mich aus dem Konzept gebracht. Aber jetzt wollte ich es wissen.

»Wie hast du Camilla eigentlich kennengelernt?«, fragte ich vorsichtig, denn ich wollte nicht, dass Susanne in Tränen ausbrach. Das würde sie heute ohnehin tun, aber die Tränen sollten ihrer Freundin vorbehalten bleiben, die sie verloren hatte.

»Wir waren schon zusammen im Kindergarten.«

»Und was ist mit Melanie und den anderen?«

Erneut verfinsterte sich Susannes Miene, als sie den Namen Melanie hörte. Irgendwas war da nicht in Ordnung.

»Marina war ganz nett«, antwortete sie dann, als müsste sie ihre Worte genau abwägen. »Noch netter, als sie und Melanie nicht mehr ganz so dicke Freundinnen waren. Mit Melanie und Christina hatte ich nicht viel zu tun. Christina hatte schon länger versucht, mir Camilla als Freundin abspenstig zu machen. Und das ist ihr ja auch gelungen.« Sie seufzte und senkte den Kopf. »Aber trotzdem war Camilla meine beste Freundin. Auch wenn sie es selbst nicht mehr so gesehen hat.«

»Sag das nicht«, entgegnete ich. »Sie wusste sicher, was sie an dir hat.«

»Vielleicht.« Susanne zog die Nase hoch. Jetzt glitzerten doch Tränen in ihren Augen. »Immerhin hat sie mich davor beschützt, dass die anderen auf mich losgegangen sind.«

»Losgegangen?«, hakte ich nach. Ich hatte das Gefühl, auf der richtigen Spur zu sein.

»Na ja, du weißt doch, wie Melanie ist. Sie spielt sich gern als Chefin auf, ärgert Leute einfach mal so, ohne dass sie ihr was getan haben. Seit ich in Rotensand bin, hat es einige gegeben, die sie richtig fertig gemacht hat. Ich habe Camilla immer gebeten, sich da rauszuhalten, aber sie hat nicht auf mich gehört.«

Und ich glaubte, dass sie damit ihren eigenen Tod heraufbeschworen hatte. Aber das sagte ich Susanne nicht. Stattdessen fragte ich sie: »Gibt es denn irgendwelche in der Schule, die sie richtig gehasst haben? So schlimm, dass sie ihr etwas antun würden?«

Meine Zimmergenossin ließ sich sehr viel Zeit mit ihrer Antwort.

»Davon gab es sicher einige. Allerdings sind die meisten inzwischen von der Schule abgegangen. Oder rausgeworfen worden, weil sie …« Sie biss sich auf die Unterlippe. Da war etwas, aber das wollte sie mir nicht sagen.

Sie seufzte tief und trat vom Spiegel zurück. »Ich muss los«, sagte sie dann. Sie war jetzt sehr blass, und ich sah ein, dass es nichts bringen würde nachzubohren. Was sie in ihrem Innersten verbarg, musste sie mir von selbst offenbaren.

»Ist gut.« Ich ging zu ihr und schloss sie in meine Arme. »Sei tapfer, ja?«

Sie nickte, nahm ihre Tasche und verließ das Zimmer. Ich wusste sehr gut, dass man in Augenblicken wie diesen nicht tapfer sein konnte, und beschloss, ein Stück Kuchen für sie aus der Mensa zu holen – für den Fall, dass sie was Süßes brauchte, wenn sie heimkam.

Da Melanie ebenfalls zur Beerdigung fuhr, kam ich auch an diesem Tag wieder in den Genuss, allein im Garten arbeiten zu dürfen – jedenfalls für ein paar Stunden.

Diese Zeit wollte ich nutzen, um weiter nachzudenken – und auf Alex zu warten. Was für Eindrücke würde er von der Beerdigung mitbringen? Ob sich der Mörder wirklich dorthin getraut hatte?

Wenn er sich an Camilla hatte rächen wollen, war das denkbar. Er würde sicher sehen wollen, wie sie beerdigt wurde, denn damit konnte er vielleicht einen Teil seiner eigenen Demütigung begraben.

Allerdings würden sehr, sehr viele Leute auf dem Begräbnis sein, auch sehr viele Lehrer und Schüler aus dem Internat.

Als ich Kinderstimmen hörte, machte ich eine kurze Pause. Kam mir jetzt doch eine Klasse zu Hilfe?

Nein, Fehlanzeige. Die Jungs und Mädchen aus der siebten Klassenstufe sahen eher so aus, als wollten sie an einem Survival-Kurs teilnehmen. Oder gab es in Rotensand auch so was wie Pfadfinder?

Herr Behrens tappte in Cargo-Hosen und Parka hinter ihnen her. Ah, das war wahrscheinlich eine der Biologie-AGs. Sie ließen mich und den Garten links liegen und wanderten schnurstracks in den Wald. Ob sie lernten, Vogelstimmen zu erkennen? Oder Baumarten zu unterscheiden?

Seufzend wandte ich mich wieder der Arbeit zu und hoffte, dass die Zeit schnell vergehen würde, denn ich konnte es kaum abwarten, was Alex von der Beerdigung erzählen würde.

28.

Er hielt sich ein wenig abseits der anderen Trauergäste, obwohl er wusste, dass er unter ihnen nicht auffallen würde. Auf dem kleinen Dorffriedhof drängten sich die Leute. Verwandte waren gekommen, ein Großteil des Dorfes und ein paar alte Damen aus den Nachbarorten, die bei jeder Beerdigung aufkreuzten. Angesichts der Tatsache, dass der Mord durch die Medien gegangen war, hatten sich auch einige Reporter eingefunden. Endlich gab es aus dieser verschlafenen Gegend mal was zu berichten! Eine Rotensand-Schülerin wurde begraben und die andere lag schon im Leichenschauhaus.

Außerdem entdeckte er unter den Anwesenden auch viele Schüler und Lehrer. Seltsamerweise wirkten die meisten von ihnen betroffen. So als hätten sie das, was dieses kleine Miststück getan hatte, vergessen. Aber so war das eben: aus den Augen, aus dem Sinn.

Er hoffte sehr, dass das auch für ihn galt. Wenn das Grab erst einmal geschlossen war, wenn sie alle tot waren, würde er vielleicht Ruhe finden.

Die erste Besserung meinte er bereits zu spüren. Der Traum und die Verdunkelung seines Verstandes hatten nicht so lange angehalten wie früher.

Als er am Morgen gemerkt hatte, dass sein Geist wieder klar und sein Körper stark war, hatte ihn eine kaum zu bremsende Euphorie erfasst. Er war aufgestanden und sein erster Blick war auf den Käfig mit den Krähen gefallen. Dabei hatte er gemerkt, wie mächtig der Drang in ihm war zu töten. Die Vorstellung, ihnen die Köpfe umzudrehen, erfüllte ihn mit einer berauschenden Freude. Und schon bald würde er sich das nächste Mädchen vornehmen.

Aber jetzt musste er sich erst mal auf die Beerdigung konzentrieren.

Da fuhr auch schon der Leichenwagen vor, ein altmodischer Volvo-Kombi, dessen Fenster mit gefalteten Gardinen verschlossen waren.

Eine Welle der Erregung erfasste ihn. Beinahe hätte er gelächelt, aber er schaffte es, sich zu beherrschen. Es waren einfach zu viele Leute hier. Auch wenn alles hervorragend lief, durfte er sich keinen Fehler erlauben. Eine Menge Menschen kannten ihn und würden vielleicht Verdacht schöpfen, sahen sie ihn auf einer Beerdigung lächeln.

Also senkte er den Kopf, gab sich den Anschein des Mitfühlenden und spielte in Gedanken den Plan durch, wie er das nächste Opfer in seine Fänge bekommen konnte.

29.

Etwa eine halbe Stunde lang war um mich herum alles still. Beinahe bedrückend still. Kein Vogelgezwitscher und der Wind war verstummt. Kein Rascheln, kein Knirschen.

Ich warf einen Blick auf die Uhr. Die Zeiger rückten auf halb drei. Die Beerdigung von Camilla war noch in vollem Gange. Ob es den Killer wirklich dort hingezogen hatte?

Ich bog meinen schmerzenden Rücken durch und ließ meinen Blick über die Wiese schweifen. Würden wir hier jemals fertig werden? Immerhin hatte ich heute viel geschafft, ich würde erst mal freimachen.

Auf dem Schwarzen Brett hatte gestanden, dass morgen die Begrüßungsfeier für die neuen Schüler nachgeholt werden sollte. Da wollte ich nicht total abgerackert aufkreuzen.

Ich hoffte, dass ich in meinem einzigen Kleid, das ich anlässlich einer Sommerfeier im Heim bei H&M gekauft hatte, nicht wie der letzte Dorftrampel aussah und dass ich Alex gefallen würde – aber er hatte ja auch sonst nichts an meinem Look auszusetzen.

Ein spitzes Kreischen ließ mich herumwirbeln.

Weitere Schreie folgten. Ich schleuderte meinen Rechen zu Boden und rannte zum Gartentor.

Was war passiert? War jemand in Gefahr?

Bevor ich die Pforte erreicht hatte, schossen zwei Exkursionsteilnehmer aus dem Wald.

»He, was ist los?«, rief ich ihnen zu, doch sie nahmen keine Notiz von mir und stürmten an mir vorbei, als wäre der Teufel hinter ihnen her.

Ich überlegte kurz, ihnen zu folgen, entschied dann aber, die Richtung einzuschlagen, aus der sie gekommen waren. Ich rannte los, immer tiefer in den Wald hinein, bis ich eine Stimme vernahm. Herr Behrens. Er versuchte, die Teilnehmer seiner AG zu beruhigen.

Mir jagte ein schreckliches Bild durch den Kopf. Vielleicht waren sie auf eine weitere Leiche gestoßen.

Der Killer kommt näher, hatte der Ratgeber geschrieben.

Das erste Opfer hatte am Strand gelegen, das zweite im Wald, ein ganzes Stück von Rotensand entfernt. Wenn es stimmte, was in der Mail stand, dann würde die nächste Leiche dichter am Internat gefunden werden.

Als ich so nah war, dass ich Herrn Behrens sehen konnte, versteckte ich mich hinter einem Baumstamm.

»… darum ist es wichtig, ruhig zu bleiben«, redete er auf die Kinder ein. Dann ertönte ein lautes Klingeln.

Der Lehrer zog sein Handy aus der Tasche.

Er redete so schnell, dass ich nicht verstehen konnte, was er sagte. Dafür sah ich nun, was der Grund für die ganze Aufregung war.

Jemand hatte eine Grube ausgehoben und etwas hineingelegt, etwas Schwarzes. Mir stockte der Atem. Am Rand des Loches flatterten Federn im Wind. Krähenfedern.

»Herrschaften, wir gehen jetzt wieder zurück zum Internat«, verkündete Behrens schließlich und schob sein Handy in die Tasche zurück.

Das war meine Chance!

Die AG-Teilnehmer schlossen sich ihrem Lehrer an, aus dessen Gesicht jegliche Farbe gewichen war. Er schien heilfroh, endlich von hier wegzukönnen.

Ich kauerte mich hinter dem Baum zusammen und wartete, bis alle außer Sichtweite waren.

Allerdings dauerte es ein paar Augenblicke, bis ich mich dazu überwinden konnte, näher an das Loch heranzutreten. Wenn darin nun eine Tote lag? Oder ein Teil davon? Wer wusste schon, auf was dieser Verrückte noch gekommen war?

Aber ich musste nachsehen – und nach Spuren suchen. Irgendwelchen Spuren, ohne selbst welche zu hinterlassen.

Langsam bewegte ich mich über den Waldboden, der mit Nadeln, Laub und Ästen bedeckt war. Mehr und mehr rückte die Grube in mein Sichtfeld. Die Federn wirkten dunkel vor dem hellen Waldboden und es waren viele, sehr viele.

Was sich in dem Loch verbarg, konnte ich jedoch noch immer nicht erkennen. Dann war ich da. Sofort war mir klar, dass die Grube nicht groß genug war für einen Menschen – nicht mal einen kleinen. Doch was darin lag, hatte sogar einen Lehrer, der bestimmt schon viel gesehen hatte in seinem Leben, aus der Bahn werfen können.

Als ich in das Loch blickte, stockte mir der Atem.

Vier Krähen, fein säuberlich aufgereiht, starrten mir mit ihren leblosen, kalten Augen entgegen. Zwei von ihnen sahen verwester aus als die anderen beiden – aber alle hatten etwas gemeinsam: Ihnen waren die Flügel abgetrennt worden.

Mir drehte sich der Magen um und ich würgte. Nur schwerlich gelang es mir, mich nicht zu übergeben. Ich wandte mich ab und schloss die Augen, doch das Bild der halb verfaulten Krähen hatte sich in meine Netzhaut eingebrannt.

Ich schaute hinauf in das Blätterdach und versuchte zu begreifen, was der Fund zu bedeuten hatte.

Zwei von den Krähen hatten ihre Flügel für Camilla und Marina hergegeben. Wahrscheinlich die beiden, die schon verwester waren.

Und die beiden frischen … Bedeutete das, dass der Killer seine nächsten Opfer bereits hatte? Dass er gleich zwei auf einmal töten würde?

Etwas knackte plötzlich neben mir. Erschrocken blickte ich nach unten. Doch es war nur ein Ast, der zu Boden gefallen war.

Ich zog mein Handy aus der Tasche. Keine Ahnung, wie viel Zeit mir blieb, also schoss ich schnell ein paar Fotos mit der Handykamera.

Als ich Aufnahmen aus verschiedenen Blickwinkeln hatte, steckte ich das Telefon wieder ein und machte mich auf den Weg zurück in den Garten. Sicher würde bald die Polizei hier auftauchen. Vier tote Krähen hätten normalerweise niemanden interessiert, aber diesen Vögeln fehlten die Flügel und kurz zuvor waren zwei tote Mädchen mit angenähten Flügeln gefunden worden.

Ein paar Krähen hatten sich auf dem Zaun niedergelassen und flatterten auf, als ich näher kam.

Ich blickte ihnen nach und spürte, wie mir ein Schauer über den Rücken lief. Beim Anblick der hingerichteten Vögel war mir nur schlecht geworden, aber jetzt fraß sich eine diffuse Angst in mir hoch, die ich nur mit größter Anstrengung herunterkämpfen konnte.

Ich stieß das Tor auf und kämpfte mich durch das hohe Gras. Melanie war nirgends zu sehen. Natürlich. Wahrscheinlich tauchte sie heute gar nicht mehr auf. Ich blickte auf die Armbanduhr. Zwei Stunden war ich nun schon im Garten. Aber ich wollte noch nicht zurück. Irgendwas würde gleich geschehen, da war ich sicher. Und ich wollte sehen, was.

Während ich weiterhin Reisig einsammelte und Blätter auf einen Haufen harkte, lauschte ich angestrengt in Richtung Straße. Autos rauschten vorbei.

Und während ich darauf wartete, dass die Polizei anrückte, wurde mir etwas klar: Das Krähengrab war nicht mal zehn Minuten von hier entfernt. Was, wenn der Killer Melanie und mich beobachtete? Wenn wir vielleicht diejenigen waren, für die er den Krähen die Flügel abgeschnitten hatte?

Immerhin hatte der Ratgeber geschrieben, dass ich ebenfalls in Gefahr war …

Da ertönte ein Martinshorn. Ich blickte mich um. Im nächsten Augenblick rumpelten zwei Fahrzeuge den Waldweg hinauf. Immer wieder blieben die Räder im schlammigen Boden stecken, die Motoren heulten auf. Sie kamen nur langsam voran, fuhren aber schließlich am Schulgarten vorbei und verschwanden im Wald.

Sollte ich ihnen folgen?

Auf den Anblick der Krähen war ich nicht scharf, aber ich wollte hören, worüber die Kommissare miteinander sprachen. Bestimmt unterhielten sie sich über den Fall …

Ich schleppte den Reisighaufen zum Kompost und stellte meinen Rechen am Gartentor ab, bevor ich mich erneut in den Wald schlug.

Vorsichtig näherte ich mich der Polizei, ich wollte mich nicht erwischen lassen. Denn dann würde unweigerlich die Frage aufkommen, was ich hier zu suchen hatte. Und Herrn Sontheims Reaktion wollte ich mir erst gar nicht vorstellen.

So hielt ich mich ein wenig abseits und beobachtete, wie Männer in weißen Overalls die Gegend absuchten. Einige von ihnen schleppten Koffer, andere hantierten mit Absperrband. Die beiden Kommissare waren zu weit weg, um sie belauschen zu können. Sie standen vor dem Krähengrab und schüttelten die Köpfe. Wahrscheinlich konnten sie das, was sie sahen, ebenso wenig fassen wie ich.

Nach einer Weile drehten sie sich um und kamen in meine Richtung. Rasch versteckte ich mich wieder hinter einem Baumstamm.

Als sie sich einige Meter von ihren Leuten entfernt hatten, blieben sie stehen. Ich erstarrte und versuchte, so flach wie möglich zu atmen. Wie viele Schritte mochten zwischen uns liegen. Zwanzig? Dreißig?

Auf jeden Fall waren sie nahe genug, dass ich sie hören konnte.

»Das alles ist ein gottverdammter Albtraum!«, wetterte Dräger und griff sich an die Stirn. »Dieser Mistkerl wirft uns die

Brocken vor die Füße, aber so gekonnt, dass wir ihn nicht zu fassen kriegen.« Der Kommissar seufzte schwer. »Es ist wie damals. Ich könnte aus der Haut fahren!«

»Das wird dir nur leider nichts bringen«, beschwichtigte ihn sein Kollege. »Möglicherweise übersehen wir was. Vielleicht sollten wir noch einmal zum Internat fahren und die Schüler befragen. Alle.«

»Daran habe ich auch schon gedacht. Aber was für ein Aufwand! Es sind doch mindestens fünfhundert Schüler, wie will man die alle befragen! In der Zwischenzeit schnappt sich der Kerl das nächste Mädchen.«

»Und wenn man die Schule vorübergehend dichtmacht und die Kinder nach Hause schickt?«

»Darauf wird sich Sontheim nie einlassen!«

Das sah ich genauso. Die Eltern bezahlten das Internat dafür, dass es ihre Kinder sicher verwahrte und ausbildete. Würde der Rektor die Schule schließen, signalisierte er damit, dass er seine Schüler nicht beschützen konnte.

»Irgendwas übersehen wir«, fügte Dräger seinem Ausruf hinzu und begann dann, die Hände tief in seine Jackentaschen vergraben, auf und ab zu gehen. »Vielleicht sollten wir in der Vergangenheit der Lehrer nach einem Motiv suchen. Vielleicht gibt es dort irgendwelche Auffälligkeiten. Ich glaube nicht, dass die Kinder sich gegenseitig umbringen.«

»Denkst du wirklich, jemand, der irgendwelche pädophilen Neigungen hat, würde hier als Lehrer angestellt werden?«, gab Hinrichs zu bedenken. »Die durchleuchten sicher alle, die auch nur einen Fuß über die Schwelle des Internats setzen.«

»Und woran denkst du?«, fragte Dräger hörbar ratlos. »Es muss doch einen Grund geben!«

»Nun, eventuell ist jemandem die Schule ein Dorn im Auge. Lauter reiche Kids, die vielleicht hin und wieder Ärger machen im Dorf. Du weißt, wie die Leute sind!«

Dräger seufzte laut. »Der Mord mit den Möwenflügeln ist 15 Jahre her …«, murmelte er vor sich hin. Sein Kollege zündete sich eine Zigarette an. Der Rauch wehte zu mir rüber und reizte mich zum Husten. Schnell drückte ich mir die Hände auf den Mund. »Damals war das Waisenhaus gerade verkauft worden.«

»Vielleicht wollte es noch ein anderer Investor haben. Oder es gibt in dem Bau irgendwas, auf das jemand scharf ist.«

»Dann könnte er allerdings versuchen, die Träger der Schule anderweitig zu vergraulen.«

»Meinst du? Und wie?« Beide Männer schwiegen.

»Die effektivste Methode, eine ungeliebte Schule loszuwerden, ist doch, dafür zu sorgen, dass niemand seine Kinder mehr hinschickt«, dachte Hinrichs laut nach.

Dräger schüttelte den Kopf. »Das ist mir ein wenig zu weit hergeholt. Ich glaube, so grausam wie die Mädchen ermordet wurden, eher an ein persönliches Motiv.«

»Ich weiß nicht …«

»Ich denke wirklich nicht, dass es hier um wirtschaftliche Interessen oder die Schule selbst geht«, sagte Dräger.

»Auf jeden Fall ist der Kerl krank im Kopf, und zwar ziemlich. Ich bin davon überzeugt, dass es ihm Spaß macht zu töten, dass es ihm eine Art Befriedigung verschafft. Bei dem kommt alles zusammen, glaub mir!«

In diesem Augenblick wünschte ich mir so sehr, dass ich ihnen helfen könnte. Irgendwie. Aber an die Möglichkeit eines geisteskranken Irren hatte ich nicht mal gedacht.

Und der Ratgeber offenbar auch nicht. Oder war er der Mörder und spielte irgendein perverses Spiel mit mir? Mir schwirrte der Kopf.

Da Dräger seinen Leuten nun die Anweisung gab, sich die Umgebung näher anzusehen, war es Zeit für mich zu verschwinden.

Als die Kommissare mir den Rücken zudrehten, huschte ich los. In meinen Schläfen wummerte es, während ich versuchte, so lautlos wie möglich aus dem Wald herauszukommen.

30.

Bei meiner Rückkehr ins Internat standen haufenweise Schüler auf dem Schulhof, mehr als ich es bisher an anderen Tagen erlebt hatte. Sicher war die Sache mit den Krähen mittlerweile das große Gesprächsthema.

Ich ging zum Geräteschuppen. Der Hauswart war nicht da. Klar, er hatte natürlich Besseres zu tun, als darauf zu warten, dass ich ihm meinen Rechen zurückbrachte. Ich lehnte ihn an die Hauswand und nahm mir vor, ihn auf dem Gelände zu suchen.

Inzwischen fuhr die Polizei auf den Innenhof. Sie hielten vor dem Hauptgebäude und verschwanden wenige Minuten später darin. Ob die Kommissare Sontheim jetzt ihre Theorie auftischten? Oder ob alles klar gemacht wurde für eine Massenbefragung?

Ich fand den Hauswart bei einem der Springbrunnen im hinteren Teil des Gartens. Er fischte eklig aussehende, grüne Haufen aus dem Wasser, wahrscheinlich Algen, die es sich während des Sommers im Becken gemütlich gemacht hatten.

»Na, Mädel, wieder zurück aus dem Dschungel?«, fragte er, als er mich sah.

»Klar«, entgegnete ich und schob die Hände in die Taschen. »Den Rechen habe ich an den Geräteschuppen gestellt. Ich konnte nicht rein, weil abgeschlossen war.«

»Und das aus gutem Grund! Wer weiß, worauf die noch so alles kommen.«

Wen meinte er mit *die*?

»Die Polizei ist wieder da«, sagte ich.

Der Hauswart nickte. »Ich weiß. Die beiden Kleinen haben sich ja regelrecht die Stimmen aus dem Hals geschrien.«

Hatte er auch mitbekommen, dass die toten Krähen gefunden worden waren? Ich wollte gerade ansetzen, ihn das zu fragen, da hatte er sich schon weggedreht.

Meine Gedanken rasten. Sollte ich ihn aufhalten? Ich hatte so viele Fragezeichen in meinem Kopf und vielleicht konnte er mir weiterhelfen und mir was über das Internat und die Leute hier erzählen. Gab es irgendjemanden, der Rotensand offenkundig feindselig gegenüberstand? War hier etwas vorgefallen, für das jemand Rache nehmen wollte?

Ich hatte keine Zeit zu verlieren! Der Killer kam näher und wahrscheinlich hatte er seine nächsten beiden Opfer schon im Visier.

Ich atmete tief durch.

»Sagen Sie …« Ich blickte auf, doch der Hauswart war verschwunden, als hätte ihn der Erdboden verschluckt.

Während die Kommissare immer noch mit dem Rektor sprachen und wahrscheinlich beratschlagten, was zu tun war, kehrte ich in mein Zimmer zurück und zog mich um. Die Sachen, die ich Susanne geliehen hatte, lagen fein säuberlich zusammengelegt auf dem Bett. Susanne selbst war nicht da. Die Beerdigung war aber sicher schon zu Ende. Vielleicht war sie erst mal in die Mensa gegangen. Mist, ich hatte ihr doch ein Stück Kuchen holen wollen! Aber dann war die Sache mit den Krähen passiert.

Kaum hatte ich ans Essen gedacht, knurrte auch schon mein Magen. Kein Wunder nach der Schufterei im Garten!

In der Mensa war es wie gewohnt voll, und ich war froh, dass es heute Kartoffelspalten gab – mein zweitliebstes Gericht. Glücklich reihte ich mich in die Schlange der Wartenden ein, bis jemand mich an der Schulter anrempelte.

»Ist ja ein Wunder, dass du noch da bist!«, zischte Melanie mir zu. Offenbar hatte sie wirklich nichts aus der Prügelei und der Ansprache des Direktors gelernt. Ich beschloss allerdings, mich nicht provozieren zu lassen.

»Tja, wenn es Kartoffelspalten gibt, kann ich eben nicht Nein sagen«, entgegnete ich und grinste, obwohl mir eigentlich der Sinn danach stand, ihr wieder eine zu knallen. Aber ich wollte nicht auch noch den Schulwald allein mit einer kleinen Axt roden müssen.

Melanie sah mich hochmütig an. »Hast du nicht mitgekriegt, dass die Polizei hier war?«

»Klar habe ich das. Du hast dir doch nicht etwa Sorgen um mich gemacht, oder?«

Ich zog die Augenbrauen hoch.

Melanie grinste. »Nicht in tausend Jahren. Ich hatte erst gedacht, der Killer hätte dich im Garten erwischt.«

Und da war er wieder, der Moment, an dem ich sie am liebsten am Kragen gepackt und zugeschlagen hätte. Doch diesmal gelang es mir, cool zu bleiben.

»Ich glaube kaum, dass es der Killer auf mich abgesehen hat«, entgegnete ich und musterte sie dann von oben bis unten. Noch immer steckte sie in den Klamotten, die sie wahrscheinlich zur Beerdigung getragen hatte.

»So, und auf wen dann?«, fragte sie provozierend.

»Das kann ich dir nicht sagen«, entgegnete ich. »Ich bin die Neue hier, und bisher hat es nur Mädchen erwischt, die schon länger in Rotensand sind als ich. Außerdem gehe ich anderen Leuten nicht auf den Geist. Vielleicht solltest du mal überlegen, wem ihr auf die Füße getreten seid.«

Die Schlange rückte vor. Gleich war ich an der Reihe, aber eine Sache wollte ich Melanie noch mit auf den Weg geben.

»Und an deiner Stelle würde ich niemandem wünschen, in die Fänge des Mörders zu geraten. Immerhin kommst du gerade von der Beerdigung deiner Freundin. Gibt dir das nicht zu denken? Willst du nicht auch, dass dieser kranke Typ gefasst wird?«

Darauf sagte sie nichts, aber ich erkannte, dass ich einen Treffer gelandet hatte.

Ich wandte mich um, nahm mir ein Tablett und füllte meinen Teller mit Gemüse und Kartoffelspalten und legte dann ein Stück Hühnchen dazu. An diesem Abend brauchte ich etwas Ordentliches, obwohl ich wusste, dass mein Magen wieder rebellieren würde, sobald ich mir die Fotos von den Krähen vornahm.

»Natürlich will ich, dass der Verrückte geschnappt wird«,

zischte Melanie hinter mir, als ich gerade losgehen wollte. »Aber wenn er noch einmal jemanden erwischt, wäre es mir lieber, er kriegt dich und nicht eine meiner Freundinnen.«

Da ich Susanne nirgends in der Mensa entdecken konnte, ging ich zu einem der freien Tische an den Fenstern. Ich blickte nach draußen. Zwischen den Bäumen war nur noch hier und da blauer Himmel zu erkennen. Die Dunkelheit hatte Rotensand gleich wieder fest im Griff. Nicht mal die Straßenlampen an den Wegrändern zwischen den Gebäuden konnten daran etwas ändern.

Dann sah ich in mein eigenes Gesicht und erschrak darüber, wie blass ich war. Es war immer so, wenn ich unter Stress stand. In den vergangenen Tagen hatte ich nicht auf mich geachtet, doch nun merkte ich, wie die schrecklichen Ereignisse an mir nagten.

Und dann hatte Melanie mir noch so eine doofe Bemerkung ins Ohr gezischt! Ging es noch? Oder hatte sie selbst einfach nur Angst?

Ich blickte mich um. Auch Alex war nicht da. Außer Melanie, die an der gegenüberliegenden Seite der Mensa saß, sah ich niemanden aus den höheren Klassenstufen. Die jüngeren Jahrgänge mampften munter vor sich hin oder steckten die Köpfe zusammen. Wahrscheinlich hatte inzwischen jeder von den flügellosen Krähen im Wald gehört.

Ein weiteres Magenknurren erinnerte mich daran, dass auch ich endlich mit dem Essen beginnen sollte.

Ich schob mir eine Kartoffelspalte in den Mund, und als ich wieder aufsah, steuerte Susanne geradewegs mit einem Tablett auf meinen Tisch zu. Wenn das kein Lichtblick war! Sie zog meine Gesellschaft der Melanies vor.

»Darf ich?«, fragte sie ein wenig unsicher.

»Klar, setz dich!«

Susanne schob das Tablett auf den Tisch. Grießpudding mit einer dicken Zimt-Zuckerkruste. Futter für die Seele.

»Das Zeug mag ich!«, sagte ich und deutete auf ihre Schüssel.

»Und ich könnte darin baden!«, gestand Susanne und sah so aus, als freute sie sich über diese Gemeinsamkeit.

Als ich zur Seite blickte, stellte ich fest, dass Melanie auch nicht mehr allein war. Das große, blond gelockte Mädchen hatte ich schon mal bei ihr gesehen. Die beiden unterhielten sich lebhaft.

»Christina«, sagte Susanne, als sie meinen Blick bemerkte. Offenbar hatte ich Melanie und ihre Freundin einen Tick zu lange angestarrt.

»Wie?«, fragte ich ertappt zurück.

»Das Mädchen, das bei Melanie sitzt, ist ihre Freundin Christina.«

»Die, mit der Camilla …«

Susanne nickte, und nun wurde mir klar, warum sie lieber bei mir saß. Christina hatte ihr die Freundin abspenstig gemacht.

»Ja, genau die«, brummte Susanne und schaute wütend zu den beiden hinüber. »Ich ertrag sie nicht. Du hättest mal sehen sollen, wie sie sich auf der Beerdigung aufgeführt hat! Als hätte Camilla keine andere Freundin gehabt als sie!«

Damit waren wir beim Thema.

»Und, wie geht es dir?« Ich lächelte sie an. Die Frage, wie es war, erschien mir ein wenig plump. Wie sollte eine Beerdigung schon sein?

»Nicht gut«, entgegnete Susanne und senkte den Blick auf ihren Grießpudding.

Ich wollte ihr schon anbieten, sie zu drücken, da fügte sie hinzu: »Manchmal wünschte ich mir, der Killer hätte sie …«, Susanne deutete mit dem Kopf in Richtung Melanie, »erwischt. Dann wäre ich all meine Probleme los.«

»Habt ihr beide denn Zoff?«, fragte ich vorsichtig, ich wollte nicht, dass sie explodierte wie eine Wasserbombe.

Susanne nahm einen großen Löffel Grießbrei und stopfte ihn sich in den Mund.

Es hieß also warten. Oder sie wollte es mir nicht sagen, je nachdem.

Da mein Essen auch langsam kalt wurde, schob ich mir eine weitere Kartoffelspalte in den Mund.

»Christina konnte mich noch nie leiden«, fuhr Susanne mit einem Mal fort. »Und jetzt, wo Camilla nicht mehr da ist, wird es wohl richtig schlimm werden. Bei der Beerdigung haben sich alle woanders hingestellt, als hätte ich eine ansteckende Krankheit oder so.«

»Es ist doch schon schlimm! Du darfst dir von denen nur nichts gefallen lassen«, entgegnete ich. »Mich hat Melanie auch schon wieder angemacht – obwohl wir beide gerade erst von Sontheim zu der Arbeit im Garten verdonnert worden sind. Aber ich hab mir das nicht gefallen lassen. Und du darfst dich auch nicht unterbuttern lassen.«

Susanne verzog das Gesicht, als hätte sie in eine Zitrone gebissen. »Ich würde mich niemals trauen, mich mit Melanie zu prügeln. Oder mit Christina.«

»Warum nicht? Das Schlimmste, was dir passieren kann, ist der Schulgarten. Und glaub mir, der ist ein Spaziergang im Gegensatz zu wochenlanger Schikane. Außerdem wären wir zu dritt und schneller fertig.«

Susanne lächelte nun zaghaft.

»Weißt du, ich bin froh, dass du meine Mitbewohnerin geworden bist«, sagte sie dann.

31.

Schon auf den ersten Blick erkannte er, dass er einen Fehler begangen hatte. Er hätte nicht so leichtsinnig sein dürfen. Doch nun war es zu spät und er verfluchte sich dafür.

Eigentlich hatte er heute nicht noch mal zu den Krähen gehen wollen, aber der Drang dazu war nicht zu bremsen gewesen. Er hatte sie einfach sehen müssen, hatte sehen müssen, wie der Verfall sie verändert hatte.

Das hatte ihn auch früher schon fasziniert. Es hatte vor vielen Jahren damit begonnen, dass er einen toten Hasen im Wald gefunden hatte, den er immer wieder ein- und ausgegraben hatte, nur um zu beobachten, wie er sich im Laufe der Tage veränderte. Niemand hatte davon gewusst. Wahrscheinlich hätte ihn selbst seine Schwester für verrückt gehalten.

Und dann … Dann hatte er es bei einem Menschen sehen wollen.

Er war mit einer Schaufel zum Dorffriedhof gelaufen und hatte versucht, ein Grab zu öffnen. Er hatte gewusst, dass er tief graben musste, und doch hatte er sich eingebildet, das alles in einer Nacht erledigen zu können. Enttäuscht hatte er einsehen müssen, dass er sich geirrt hatte.

Seitdem hatte er dieses Verlangen in ihm zurückdrängen können … Bis das Schreckliche passiert war.

Zu gern hätte er die Leichen der Mädchen aufgehoben, um sie zu beobachten, er hatte sich jedoch damit begnügen müssen, sie zu betrachten, während er sie veränderte.

Doch bei den Krähen war das was anderes.

Aber nun waren sie fort.

Jemand hatte das Grab zugeschüttet. Jemand hatte es gefunden.

Mit einem Fluch warf er sich auf den Boden, mit den Händen griff er in die lockere Erde, ließ sie durch seine Finger rieseln. Die Krähen waren fort.

Er stieß ein unterdrücktes Heulen aus.

Dann wurde ihm bewusst, wer dafür verantwortlich sein musste. Er blickte sich um. Alles war in Unordnung. Überall Fußabdrücke. Die Bullen waren hier gewesen, da war er sich sicher. Sie hatten alles nach Spuren abgesucht.

Doch wer hatte sie hierhergeführt? Kinder, die im Wald gespielt hatten? Wie lange würde es dann noch dauern, bis sie auf die Hütte stießen? Oder hatten sie sie bereits entdeckt? Den Käfig, die Bänke, das Blut …

Panik erfasste ihn. Er sprang auf, rannte los. Zwischen den Baumstämmen konnte er kaum noch was erkennen, aber er hätte den Weg ohnehin mit geschlossenen Augen gefunden.

Als sich die Bäume über ihm lichteten, beruhigte sich sein Herzschlag etwas. Da vorn war die Hütte und sie war unberührt, das spürte er. Er ging zur Tür, klaubte den Schlüssel aus der Tasche und schloss auf. Dann riss er ein Streichholz an und machte Licht.

Der schwache gelbe Schein bestätigte seine Vermutung: Niemand war in seinem Versteck gewesen. Kein Bulle, niemand, der hier nicht hingehörte. Der Krähenkäfig stand in der Ecke. Unberührt.

Aber er wusste, dass er nicht mehr viel Zeit hatte.

Er schloss die Tür hinter sich und hängte die Lampe an einen Nagel neben der Tür. Er hätte mehr Licht gebraucht, aber er hielt es für besser, darauf zu verzichten.

Er musste Vorbereitungen treffen. Diesmal wollte er nicht so ein Theater erleben wie bei der Letzten.

Er ging zum Tisch. Kein Zögern, sagte er sich, beim nächsten Mal werde ich nicht zögern, sondern es gleich erledigen. Scheiß drauf, ob sie wussten, wen sie vor sich hatten, tot war tot. Und mit jeder, die starb, würde der Zorn in ihm weniger werden, würde sich der Traum entfernen.

An der Tischplatte angekommen, stoppte er verwundert.

Unter den scheinbar wahllos verstreuten Werkzeugen lag ein Zettel. Die Schrift darauf kannte er gut.

Sie gehörte seiner Stimme, die ihn auf die Idee gebracht hatte, seinem Schmerz Gesichter zu geben und diese auszulöschen. Eins nach dem anderen. Er zögerte zunächst, dann nahm er den Zettel in die Hand und trug ihn näher zur Lampe, um ihn lesen zu können.

Es stand nur ein Satz darauf.

Sie ist dir auf den Fersen.

FREITAG

32.

In beinahe jeder Pause kam irgendwer auf den Fund im Wald zu sprechen, auf die Krähen mit den abgeschnittenen Flügeln. Ich hatte das Gefühl, dass das sogenannte »Krähengrab« mehr Aufmerksamkeit erregte als Camillas und Marinas Tod zusammen. Es machte mich wütend, dass keiner von ihnen sprach. So als wären sie schon vergessen.

Wilde Spekulationen machten die Runde. Angesichts der Anzahl der gefundenen flügellosen Krähen kam man zu dem Schluss, dass es noch zwei weitere Opfer geben würde.

Da ich es gestern nicht geschafft hatte, versuchte ich zwischen Bio und Mathe, Alex zu treffen. Ich war sehr gespannt auf seine Liste. Was ich damit anfangen sollte, wusste ich zwar noch nicht, aber vielleicht brachte sie mich auf eine neue Spur.

Es kostete mich ein bisschen Mühe herauszufinden, in welchem Raum er war, und es war auch kein Vergnügen, sich zwischen den Schülermassen hindurchzuzwängen, um rechtzeitig vor Ort zu sein.

Gerade als ich den Chemieraum erreicht hatte, kam Alex

durch die Tür. Er war so in Gedanken versunken, dass er mich erst nicht bemerkte.

»Hey!«, rief ich ihm zu, woraufhin er erschrocken zusammenzuckte.

»Verdammt!«, rief er, doch dann erkannte er mich und atmete tief durch.

»Nanu, warum so schreckhaft?«, fragte ich.

»Kein Wunder bei all dem Mörderzeug!«, entgegnete er und seine Wangen bekamen wieder etwas Farbe. »Hast du das von den Krähen gehört?«

»Nicht nur gehört, auch gesehen«, flüsterte ich.

»Wirklich?« Alex zog mich beiseite, denn hinter mir rollte jemand mit einem Computertisch heran. Die Gänge leerten sich zum Glück ein wenig, sodass wir in einer Nische Platz fanden, um zu reden, ohne dass es jemand mitbekam.

»Ich war gerade im Schulgarten, als Herr Behrens mit seinen Pfadfindern vorbeimarschierte.« Ich machte eine kurze Pause, um meine Gedanken zu sortieren. »Nicht mal eine halbe Stunde später hörte ich einen Schrei, jemand kam angelaufen und, na ja, kurz danach hab ich mich hingeschlichen und das Loch gesehen.«

Mehr brauchte ich ihm nicht zu erklären, denn wie die Krähen ausgesehen hatten, hatte sich ja schon in der gesamten Schule rumgesprochen.

»Du hast Nerven! Und wenn dich nun wer gesehen hat?«

»Hat keiner. Und ich bin mir auch sicher, dass der Killer zu der Zeit auf der Beerdigung war. Hast du die Liste?«

»Na klar, Moment.« Er wühlte kurz in seiner Tasche herum, dann zog er einen Zettel hervor und reichte ihn mir.

»Ich hoffe, du kannst meine Schrift lesen.«

Ich faltete den Zettel auseinander. Die Namen standen fein säuberlich untereinander, versehen mit Anmerkungen, was ihnen von Melanie und Co. angetan worden war – jedenfalls, soweit Alex es wusste.

»Oh Mann.« Ich faltete den Zettel wieder zusammen und ließ ihn in meiner Hosentasche verschwinden. So viele Namen, so viele Verdächtige. Ich wusste nicht, was ich damit anfangen sollte, aber für alle Fälle war es gut, die Liste zu haben. »Und übrigens: Das ist die beste Schrift, die ich je bei einem Jungen gesehen habe!«

»Na dann bin ich ja erleichtert.«

»Ist dir bei der Beerdigung sonst was aufgefallen?«

»Nein, nicht wirklich. Es war alles sehr würdig und ruhig. Und sogar ein paar Ehemalige waren da. Einige von ihnen kannte ich zumindest vom Sehen, als ich hier anfing, waren das die Großen, die kurz vor dem Abschluss standen.«

»Und die interessieren sich für Camilla? Wo sie doch so ein Miststück war?«

»Sie war ja nicht zu allen scheiße. Und wahrscheinlich kennen die Ehemaligen ihre Eltern oder glaubten, dabei sein zu müssen, weil es um ihre Schule ging. Du hast doch sicher die Alumni-Seite auf unserer Homepage gesehen.«

Gesehen hatte ich sie, aber nicht näher in Augenschein genommen.

»Die meisten Schüler haben auch später eine gute Verbindung zum Internat. Ein paar Ehemalige haben hier sogar als Lehrer gearbeitet, und ich bin sicher, dass noch mehr von ihnen zurückkommen werden. Ist halt ein gut bezahlter Job.«

Plötzlich klingelte es. Ich fuhr erschrocken zusammen, was Alex dazu brachte, breit zu grinsen. »Na, so schreckhaft heute?«, fragte er.

»Tja, bei all dem Mörderzeug«, entgegnete ich lächelnd. »Danke für die Liste. Vielleicht können wir uns heute Nachmittag ja mal treffen.«

»In der Cafeteria?«, fragte er. »Heute um fünf?«

»Dir ist aber klar, dass der Ball um acht losgeht?«

Alex winkte ab. »Keine Sorge, ich habe vor, mich heute nicht ganz so stark zu schminken wie sonst, die Zeit wird reichen.«

Ich lachte auf, dann ertönte das zweite Klingeln. Ich würde so was von blöd angestarrt werden, wenn ich zu spät kam, aber dieser Moment war es mir wert. Außerdem passte es ja zu meinem neuen Bad-Girl-Image.

»Also dann, bis um fünf!«, rief ich und rannte los.

33.

Unsere Internatsleitung kam nicht umhin: Heute Abend sollte die Begrüßungsfeier der neuen Schüler stattfinden. Ein weiterer Aufschub war nicht möglich.

Diese Entscheidung war nicht gerade auf Gegenliebe gestoßen, aber irgendwann mussten die Neuen ja begrüßt werden, so wollte es die Tradition. Also hatte der Elternbeirat schließlich eingewilligt und die Party konnte steigen.

Ich musste an meine Eltern denken. Wären sie dafür oder dagegen gewesen? Wie hätten sie überhaupt auf die Morde reagiert?

Das war schwer zu sagen, denn solange ich sie gehabt hatte, waren sie mir eigentlich nicht zu beschützend vorgekommen. Ich konnte mir nicht vorstellen, dass sie mich panisch von der Schule geholt hätten.

Sie hätten mir allerdings zur Vorsicht geraten – und wahrscheinlich wären sie aus allen Wolken gefallen, wenn ich verkündet hätte, dass ich selbst in dem Fall ermittelte.

Was das anging, brauchte sich der Killer allerdings nicht

vor mir zu fürchten, denn ich hatte das Gefühl, noch immer im Dunkeln zu tappen. Ich hatte sechs Typen von möglichen Verdächtigen festgemacht:

- Lehrer
- Angestellte
- Schüler
- Ehemalige Schüler
- Dorfleute
- Jemand, der die Schule in den Ruin stürzen wollte

Obwohl ich die Schüler bereits auf die eingegrenzt hatte, die von Melanie und ihren Freundinnen gemobbt worden waren, war die Liste lang. Seit Melanie in Rotensand war, hatte sie eine Menge Schaden angerichtet – sowohl bei Gleichaltrigen als auch bei Älteren und Jüngeren.

Wie zum Teufel sollte ich den Mörder unter all den Menschen ausfindig machen? Und dieser blöde Ratgeber machte mich auch nur verrückt – eine Hilfe war er auf jeden Fall nicht.

Wahrscheinlich sollte ich mich mehr mit der Geschichte des Internats befassen. Und mit den Alumni. Vielleicht bekam ich dabei irgendeinen Geistesblitz.

Doch bevor ich mich in der Bibliothek vergraben konnte, standen heute noch zwei Dinge an.

Zum einen das Treffen mit Alex in der Cafeteria. Und dann wollte ich auch noch meinen Beitrag zum Schulball leisten und beim Dekorieren des Saales helfen. Dazu hatte ich mich freiwillig gemeldet, in der Hoffnung, etwas mehr über die Leute im Internat zu erfahren.

Melanie würde diesmal allein im Garten arbeiten müssen – aber das hatte ich gestern ja auch. So brauchte ich mir wenigstens nicht ihr missmutiges Gesicht anzuschauen, hinter dem sich allerhand Rachepläne gegen mich zusammenbrauen konnten.

Die Dekoration des Festsaales wurde von Frau Heiden geleitet.

Jungs wurden dazu eingeteilt, Tische und Stühle in die Aula zu schaffen, die Mädchen belud man mit Tischdecken, Kerzenleuchtern und Blumengestecken. Ich war noch nie bei einer Hochzeit gewesen, aber ich konnte mir vorstellen, dass die Vorbereitungen dazu genauso aussahen. Und ich war fasziniert davon, wie selbstverständlich meine Mitstreiter, unter denen auch ein paar Leute aus meiner Klasse waren, die Tische abstellten und die Tischtücher darauf ausbreiteten. Einige von ihnen machten das mittlerweile sicher zum fünften oder sechsten Mal, vielleicht auch schon zum siebten, denn unter den Helfern waren auch einige Leute aus der Prima, der ersten Klassenstufe.

Ich hatte damit gerechnet, dass wir mehrere Stunden für die Vorbereitung brauchen würden, doch innerhalb von nur einer Stunde verwandelte sich die Aula in einen Festsaal mit Girlanden, prächtig geschmückten Tischen und Kerzenleuchtern. Auf der kleinen Bühne wurden Musikinstrumente aufgebaut. Das Leben ging weiter …

Leider waren die Leute auch hier sehr schweigsam. Ab und zu meinte ich, dass etwas über Krähen getuschelt wurde. Einmal hörte ich auch ein geflüstertes »Schlägerei« und »Mensa«, und da wusste ich, dass es um mich ging. Auf einmal schienen mich die Leute zu kennen. Als hätte der Rektor einen Steckbrief mit meinem Bild ausgehängt: Nehmt euch vor diesem Mädchen in Acht, es ist gemeingefährlich …

»He, Clara!«, rief eine Stimme hinter mir, als ich gerade die letzten Falten aus einer der Tischdecken strich.

Als ich mich umdrehte, erkannte ich Frau Heiden. »Uns fehlen ein paar Kerzenleuchter. Könntest du mir welche besorgen? Im Westflügel steht eine Kiste mit Dekosachen, dort solltest du sie finden.«

Im Westflügel? War das ihr Ernst? Warum wurden die Kerzenleuchter ausgerechnet dort gelagert?

»Aber dazu brauche ich einen Schlüssel«, sagte ich.

»Hier.« Frau Heiden nahm einen Schlüssel von ihrem Schlüsselbund ab. »Die Kiste steht sicher weiter vorn, wir haben sie nach der Weihnachtsfeier dort abgestellt.«

Ich fragte mich, warum sie nicht irgendeinen anderen Schüler dorthin schicken konnte, einen, der bei der Dekoration der Weihnachtsfeier geholfen hatte. Sollte das eine kleine Zusatzstrafe für die Prügelei sein?

»Und beeil dich!«, gab mir Frau Heiden mit auf den Weg.

Klar, als konnte ich mir nichts Besseres vorstellen, als dort drinnen meine Zeit zu verbringen. Besonders jetzt, wo jemand verstümmelte Krähen im Wald versteckte und mir irgendjemand auf dem Gelände nachspionierte.

Der Westflügel lag verlassen vor mir. Die meisten meiner Mitschüler waren sicher schon damit beschäftigt, sich auf den Abend vorzubereiten.

Bevor ich den Schlüssel ins Schloss steckte, blickte ich zu

den Fenstern auf. Unwillkürlich musste ich wieder an die Suche nach Marina denken.

Der Klang des Schlüssels hallte laut durch das Gebäude und vertrieb mein Was-wäre-wenn-Spiel. Ich war eigentlich nicht ängstlich, aber in diesem Augenblick lief mir ein Schauer über den Rücken. Die Sonne stand tief über dem Wald und das Licht hier drinnen wirkte seltsam fremd. Wieder stieg mir der muffige Geruch in die Nase, als ich die Tür aufstieß.

Ich steuerte direkt auf die Kisten zu, ich hatte nicht mehr viel Zeit bis zu meinem Treffen mit Alex in der Cafeteria. Es war mittlerweile zehn nach vier.

Während ich einen Kistendeckel nach dem anderen abhob, verfluchte ich mich selbst ein bisschen dafür, dass ich mich freiwillig gemeldet hatte. Ich hätte auch einfach Hausaufgaben machen können …

Zum Glück, da waren die Kerzenleuchter. Silbrig schimmerten sie mir aus der siebten Kiste entgegen. Als ich sie hervorzog, wirbelte eine kleine Staubwolke auf. Ich pustete den Staub von dem ersten Leuchter und musste niesen. Da Frau Heiden nicht gesagt hatte, wie viele Leuchter sie brauchte, schnappte ich mir die ganze Kiste.

Verdammt, war die schwer!

Als ich das Monstrum zur Tür schleppte, knackte plötzlich etwas hinter mir. Ich wirbelte herum, instinktiv. Und da sah ich einen Schatten. Er bewegte sich schnell, erhob sich in die Luft. Ich hielt den Atem an und dann erkannte ich, wozu der Schatten gehörte. Eine Taube musste irgendwie in den Westflügel gekommen sein und fand nun den Weg nicht mehr nach draußen.

Ich überlegte, ob ich die Tür offen lassen und warten sollte, bis sie begriff, dass ich sie in die Freiheit entlassen wollte. Aber ein weiterer Blick auf meine Armbanduhr sagte mir, dass ich dazu keine Zeit hatte. Ich schleppte die Kiste mit den Leuchtern nach draußen und schloss die Tür hinter mir.

Ich würde Frau Heiden sagen, dass sich eine Taube in den Westflügel verirrt hatte.

34.

Verfluchter Mist! Beinahe wären ihm die Worte rausgerutscht, doch er schaffte es, sie sich zu verkneifen.

Bleib ruhig, sagte er sich dann. Sie hat nichts mitbekommen. Wer auch immer sie war.

Während er spürte, wie sich sein Herzschlag und sein Atem beruhigten, lehnte er sich an die Wand.

Die verdammte Taube! Sie war ihm durch die kleine Tür auf der Rückseite des Gebäudes gefolgt. Die Tür, von der kaum jemand wusste, die Tür, die dem Wald am nächsten lag.

Es war schon lange her, dass er hier gewesen war. Die Schlüssel zu dem Westtrakt schleppten die Lehrer mit sich herum, es war beinahe unmöglich, an sie heranzukommen. Aber er hatte mittlerweile gelernt, dass Türen nicht immer einen Schlüssel brauchten, um geöffnet zu werden. Manchmal, besonders im Fall von alten Türen, reichte ein Draht.

Unter all den Schülern fiel er nicht auf.

Schon ein paar Mal hatte er sich den Spaß erlaubt, und nie hatte ihn jemand aufgehalten und gefragt, was er hier wollte.

Sie glaubten, er sei einer von ihnen. Doch das war er schon lange nicht mehr.

Und jetzt, ausgerechnet heute, wäre ihm beinahe dieses Mädchen in die Arme gelaufen! Hier, an dem Ort, von dem aus er sie alle heimlich beobachtete. Man durfte das Glück nicht herausfordern. Doch nachdem er gestern festgestellt hatte, dass ihm nicht mehr viel Zeit blieb, dass er sich beeilen musste, um den Traum zum Schweigen zu bringen, bevor sie seinen Unterschlupf fanden, hatte er beschlossen hierherzukommen. Zu sehen, was die nächste Auserwählte machte.

Um ein Haar wäre es schiefgelaufen …

Doch die Fremde war wieder gegangen. Wer war sie? Eine von den Neuen, da war er sicher. Er hatte sie noch nie gesehen.

Und da fiel ihm wieder ein, was die Stimme ihm gesagt hatte. Dass es eine gab, die ihm hinterherspionierte. War sie auch eine von den Neuen? Er tastete nach dem Zettel in seiner Hosentasche.

Ich muss es rausfinden. Oder eben schnell sein. Wenn ich meine Auserwählten erwische, bevor mir irgendwer zu nahe kommt, werde ich einfach verschwinden. Nach Süden. Und falls nicht …

Dann ist es eben eine mehr, die ich töten muss.

Erst einige Momente nachdem die Haupttür des Westflügels ins Schloss gefallen war, wurde ihm klar, dass er wieder allein war. Er kam auf die Beine, blickte sich um.

Der alte Schlafsaal… Früher hatte er öfter an diesen Ort gedacht, hatte sich häufig hier verstecken wollen, es aber nie gewagt. Und nun war er zurück. Er konnte förmlich spüren, wie die Geister der Vergangenheit in ihn einsickerten, ihm

Kraft gaben. Er fühlte sich im Recht. Es war sein gutes Recht, Rache zu nehmen.

Bis zum Fenster waren es nur ein paar Schritte. Als er es erreicht hatte, setzte er sich auf eines der Betten. Und wartete.

35.

Völlig abgehetzt kam ich in der Cafeteria an. Zehn Minuten nach fünf!

Als ich eintrat, war ich erstaunt, wie voll es hier war. Nicht nur Schüler gönnten sich eine kleine Kaffeepause, sondern auch Lehrer und andere Angestellte des Internats. Gesprächsfetzen schwirrten um mich herum wie ein Schwarm wild gewordener Mücken.

Ich entdeckte Alex erst, nachdem ich gut eine Minute zwischen den Tischen umhergeirrt war. Er saß in einer Nische, und als er mich sah, winkte er.

Vor ihm standen eine Tasse Kaffee und eine Tasse Kakao. Beides schien noch unberührt.

»Entschuldige, ich weiß, ich bin zu spät«, begann ich, während ich mich neben ihm auf die Bank setzte.

»Macht nix!« Alex winkte ab und machte keinerlei Anstalten, ein Stück zur Seite zu rutschen. Unsere Beine berührten sich. Ein Kribbeln breitete sich in meinem Körper aus und ließ mich fast vergessen, warum ich eigentlich hier war.

»Ich ... die Heiden hat mich in den Westflügel geschickt, Kerzenleuchter holen«, begann ich nervös, dabei konnte ich Alex ansehen, dass es ihm nichts ausmachte, dass ich zu spät war.

»Und?«, erkundigte er sich. »Hast du die Ratte wiedergesehen?«

»Nein, so weit bin ich gar nicht gekommen. Und das wollte ich auch gar nicht. Die Leuchter standen zum Glück ziemlich weit vorn, also ...« Ich versuchte, mich zu fangen. Das war jetzt nicht der passende Augenblick, sich wie eine verliebte Idiotin aufzuführen. Obwohl es sich sehr schön anfühlte, eine verliebte Idiotin zu sein.

»Ich war nicht sicher, ob du Kakao oder lieber Kaffee möchtest, deshalb habe ich beides bestellt«, sagte Alex, nachdem wir uns einen Moment lang schweigend angesehen hatten.

Wusste ich es doch! Das war so süß von ihm!

»Ich nehme den Kaffee«, sagte ich lächelnd und überraschte ihn offenbar damit. »Sonst halte ich nicht bis heute Abend durch. Aber wenn du lieber ...«

»Nein, nein, Kakao ist super.« Er zog die Tasse zu sich heran und trank einen Schluck.

Ich nippte am Kaffee und fragte mich nur einen Moment später, ob es nicht doch besser gewesen wäre, mich für den Kakao zu entscheiden.

Das schwarze Zeug war superstark!

»Ich wollte dir übrigens noch was erzählen«, brabbelte ich dann drauflos. »Na ja ... du weißt ja das von den Krähen«, sagte ich. »Ich war aber nicht nur einmal da, sondern zweimal.«

Alex' Augen weiteten sich ein wenig.

Ich nahm mein Handy aus der Tasche. Sollte ich ihm die Bilder zeigen?

»Du hast Fotos?«

»Ja, vielleicht hat der Mörder Spuren am Krähengrab hinterlassen.«

»Und?«

»Ich hatte noch keine Zeit, die Fotos unter die Lupe zu nehmen. Susanne war gestern total fertig von der Beerdigung und ich habe mich um sie gekümmert und, na ja … der Anblick ist auch nicht ohne …«

Tatsächlich hatte ich gestern lange mit Susanne zusammengesessen und gequatscht, wie normale Freundinnen es eben taten.

Dabei hatte ich es vermieden, das Thema Camilla und Christina anzuschneiden. Wir hatten uns über Filme und Musik unterhalten und darüber, dass Susanne vorhatte, sich ein Tattoo stechen zu lassen, wenn sie 18 war. Auch das hatten wir gemeinsam. Meins sollte ein Gedenktattoo für meine Eltern werden …

»Auf jeden Fall bin ich, als die Polizei kam, um sich die Krähen anzuschauen, hinterhergeschlichen und habe gehört, wie sich die beiden Kommissare unterhalten haben.«

Alex zog die Augenbrauen hoch. »Du hast ihnen nachspioniert?«

»Klar! Wie sollte ich denn sonst herauskriegen, wie der Stand der Ermittlungen ist?«

»Und wie sieht es aus, James Bond?«

»Der eine vermutet, dass jemand versuchen könnte, das Internat in den Ruin zu stürzen, dass die Morde die Eltern davor abschrecken soll, weiterhin ihre Kinder hier unterrichten zu lassen.«

»Oder der, der den Mörder bezahlt«, fügte Alex hinzu. »Daran haben wir bisher noch nicht gedacht.«

»Wenn der Kommissar recht hat, haben wir die Arschkarte gezogen, denn wir haben keine Ahnung, wer etwas gegen das Internat haben könnte. Möglicherweise irgendwer, der hieraus mal ein Hotel machen wollte.«

»Aber wäre das logisch?«

»Na ja, Dräger glaubt wegen der Grausamkeit der Morde an ein persönliches Motiv.« Ich nahm einen weiteren Schluck Kaffee. Da fühlte ich mich plötzlich beobachtet. Ich ließ meinen Blick durch den Raum schweifen. War der Ratgeber womöglich hier? Was hatte er als Nächstes vor?

»Und da gibt es noch was.« Ich war mir sicher, dass jetzt der richtige Augenblick gekommen war. Ich musste ihm von meinem geheimen Informanten erzählen.

»Ja?« Er schaute mich stirnrunzelnd an.

»Du hast mich doch letztens gefragt, wie ich darauf gekommen bin, nach einem alten Mordfall zu suchen.«

Alex kniff die Augen zusammen und schüttelte den Kopf.

»Ich … Mir hat jemand geschrieben, dass ich danach suchen soll.«

Diese Information schien nur langsam in Alex' Verstand einzusickern, denn er sah mich irritiert an.

»Und wer hat dir das geschrieben?«, fragte er schließlich.

»Keine Ahnung. Die Nachricht kam von einem Trash-Mail-Account. Der Absender nennt sich der Ratgeber.« Jetzt flossen die Worte einfach so aus mir heraus. Es war gut, jemanden zu haben, mit dem ich über alles reden konnte. Es war gut, dass jemand außer mir wusste, was im Hintergrund abging. Sollte mir etwas passieren, würde er weitermachen können. Auch wenn ich nicht wusste, wie er mit dem Ratgeber in Kontakt treten sollte.

Ich erzählte Alex von den seltsamen Mails und der unterschwelligen Drohung. Mit jedem meiner Worte verfinsterte sich sein Gesicht mehr.

»Hast du das auch schon der Polizei erzählt?«, wollte er wissen, als ich fertig war.

»Nein. Ich will erst herausfinden, wer der Ratgeber ist.«

»Aber das könnte gefährlich sein!«

»Und wie soll die Polizei mir da weiterhelfen? Trash-Mails lassen sich nicht zurückverfolgen.«

Alex kaute auf seiner Unterlippe, dann blickte er sich um. Ob er sich auch in diesem Moment fragte, ob der Ratgeber uns in diesem Augenblick hier in der Cafeteria beobachtete?

»Auf jeden Fall hat mir der Typ jetzt schon an zwei Tagen Mails geschickt«, fuhr ich fort und tippte auf meinem Handy herum. »Einmal mit dem Hinweis, auf die vorherige Tote zu achten, und dann hat er mich noch davor gewarnt, dass der Mörder näher kommen würde.«

»Kann ich die Mails mal sehen?« Alex streckte die Hand aus.

»Wollte ich dir gerade zeigen.«

Schnell klickte sich Alex durch die Mails und las sie mit nachdenklicher Miene. Dann schüttelte er den Kopf.

»Der Kerl muss irre sein. Vielleicht ist er der Killer.«

»Und warum sollte er mich dann auffordern, ihn zu finden?«

»Weil er verrückt ist. Weil er sich in Sicherheit glaubt. Ich habe vor Kurzem ein Buch gelesen, in dem der Killer den Polizisten Hinweise darauf gibt, wo er das nächste Opfer umbringen wird. Er war sicher, dass sie ihn nicht rechtzeitig stellen würden, aber er hatte sich verrechnet …«

»Siehst du! Warum sollte der Mörder dann meinen, dass er besser ist als so ein Superpsycho?«

Ich atmete tief durch. Was gar nicht so einfach war, denn ich hatte das Gefühl, dass mir jemand den Brustkorb zusammenschnürte. Vielleicht hatte Alex ja doch recht. Immerhin mochte er mich und war besorgt um meine Sicherheit.

»Vielleicht zeige ich die Mails doch morgen der Polizei.«

»Gute Idee! Abgemacht?«

Ich nickte. »Abgemacht.«

Eine lange Pause entstand. Alex gab mir mein Handy zurück. Ich betrachtete kurz den schwarzen Bildschirm und schob es wieder in die Tasche. Hatte ich ihm wirklich eben versprochen, wegen des Ratgebers zur Polizei zu gehen? Offenbar ja.

Obwohl mir eine innere Stimme sagte, dass das genau das Richtige war, hoffte ich insgeheim, dass ich irgendwie darum herumkommen würde, mit Dräger zu sprechen.

Wenn der Ratgeber herausfand, dass ich ihn verpfiffen hatte, würde es vielleicht sehr unangenehm für mich werden, denn das verstieß sicher gegen die Regeln seines Spiels.

»Oh Mann!«, rief Alex, nachdem er einen Blick auf die Uhr geworfen hatte. »Es ist Viertel nach sechs! Wir müssen los!«

Mist! War die Zeit wirklich so schnell vergangen?

Blitzschnell sprangen wir auf. Dabei bemerkte ich, dass

kaum noch Leute in der Cafeteria waren. Zwei Lehrer, deren Namen ich noch nicht kannte, unterhielten sich, ein anderer Mann klebte mit der Nasenspitze an der Zeitung. Offenbar hatten sie nicht vor, sich wegen der Feier in Schale zu schmeißen, aber wir mussten das tun.

»Bis nachher!«, rief Alex mir zu, als wir aus der Cafeteria heraus waren. Dann rannte er mit langen Schritten zu seinem Wohnhaus.

36.

Auch wenn die Eröffnungsfeier ganz sicher nicht zu einem rauschenden Fest werden würde, wie wohl in den Jahren zuvor, hoffte ich, dass ich in meinem H&M-Kleid nicht total underdressed war.

Als ich in unser Zimmer stürmte, betrachtete Susanne sich in einem Abendkleid im Spiegel. Das versetzte mir einen kleinen Schock. Das Kleid war wunderschön, und Susanne sah darin aus, als wollte sie zum Abschlussball gehen.

»He, wo warst du so lange?«, fragte sie, während sie an ihrer Hochsteckfrisur herumnestelte. Auch das beeindruckte mich. Woher konnte sie das? Lernte man so was als Tochter reicher Eltern von klein auf? Oder gab es in Rotensand auch eine Friseur-AG?

»Ich habe beim Aufbauen geholfen«, erklärte ich. Von meinem Treffen mit Alex wollte ich ihr nichts erzählen.

»Frau Heiden brauchte noch irgendwelche Kerzenleuchter und hat mich in den Westflügel geschickt.«

»Die spinnt doch!«, gab Susanne zurück und schüttelte sich,

offenbar in Erinnerung an unseren letzten Besuch dort. »Als ob wir nicht genug Leuchter woanders hätten.«

»Vielleicht war das ihre Art, mich für die Prügelei mit Melanie zu bestrafen. Bisher hat ja noch niemand außer Sontheim was unternommen.«

»Das glaube ich nicht. Frau Heiden hat immer irgendwelche komischen Einfälle. Und sie hat es sehr mit dem Westflügel. Schon ein paar Mal hat sie vorgeschlagen, dass er für schulische Zwecke genutzt werden könnte. Aber Sontheim will nicht. Lieber lässt er das Gebäude vergammeln. Er faselt zwar immer was von einem Museum, aber ich glaube, das ist nur vorgeschoben.«

»Und warum?« Ich fragte mich, ob unser oberkorrekter Schulleiter irgendwelche Geheimnisse vor uns verbergen wollte. Oder hatte er vielleicht Angst vor dem alten Gebäude?

»Keine Ahnung, er will halt nicht. Wahrscheinlich schiebt er es auf fehlende Finanzen.«

»Kann ich mir gar nicht vorstellen, wenn ich an das ganze Schulgeld denke, das hier jeden Monat reinfließt.«

Als der Brief mit der Zusage gekommen war, hatte unsere Heimleitung fälschlicherweise auch den Bescheid über die Kostenübernahme bei mir abgeliefert. Mir wären beinahe die Augen rausgekullert, als ich die Summe für das erste Jahr gesehen hatte.

Sicher, meine Eltern hätten sich das leisten können, aber mich hatte das viele Geld schockiert. Und gleichzeitig motiviert, diese Schule mit dem besten Schnitt zu verlassen. Was aus meinem schönen Plan allerdings werden würde, wenn das mit den Morden so weiterging, wusste ich nicht.

»Ja, aber das Geld wird in die Ausstattung gesteckt. Du siehst doch die Computer, an denen wir arbeiten, die Bibliothek, das ganze Material. Gab es das auch an deiner Schule?«

»Nein.« Ich schüttelte den Kopf und nahm das H&M-Kleid aus dem Kleiderschrank.

»So kannst du nicht zur Feier gehen!«, platzte Susanne augenblicklich heraus.

»Warum nicht?«, fragte ich. »Was ist mit dem Kleid nicht in Ordnung?«

Klar, das Kleid war billig gewesen, aber es erfüllte seinen Zweck. Oder … Oh Gott! Sontheim würde vielleicht etwas über die Neuen sagen. Möglicherweise bat er uns nach vorn! Und dann sahen alle, dass ich ein Billig-Kleid anhatte!

Susanne zog die Stirn kraus und seufzte.

»Weißt du was, ich leih dir einfach ein Kleid!«

»Was?«

Da kramte sie bereits in ihrem Kleiderschrank herum.

»Ich habe mehrere Kleider, ist ein Tick von mir«, erklärte sie. »Und wie wir gesehen haben, passen mir deine Sachen, also kriegst du jetzt was von mir.«

Sie schob Kleiderbügel um Kleiderbügel zur Seite, und bevor ich protestieren konnte, streckte sie mir ein feuerrotes Kleid entgegen.

»Oh Mann!«, platzte es aus mir heraus.

»Das würde super bei dir aussehen!«

»Glaube ich nicht.« Ich schüttelte den Kopf. »Ich würde darin aussehen wie die Feuerwehr. Oder wie die größte Schlampe der Schule.«

Susanne betrachtete das Kleid und legte den Kopf schief.

Dann zuckte sie mit den Schultern und hängte das Kleid zurück. Allerdings nur, um mir wenig später ein anderes unter die Nase zu halten.

»Und was ist damit?«

Das Neee blieb mir im Hals stecken. Das Kleid war unglaublich. Es war aus einem ganz feinen, blauen, leicht glänzenden Stoff, hatte Schmetterlingsärmel, eine Empire-Taille und einen weit schwingenden Rock, der bis zum Knie reichte.

»Äh …«, brachte ich nur hervor.

»Was denn?«, wunderte sich Susanne. »Ist das auch nichts für dich?«

»Doch, klar, es ist toll!«

»Habe ich letztes Jahr zu Weihnachten bekommen. Meine Mutter ist der Meinung, dass mir Blau steht, aber irgendwie finde ich das nicht. Zu deinen Haaren würde es aber super aussehen.«

Susanne bekam also solche Kleider zu Weihnachten geschenkt und wollte sie nicht mal tragen – obwohl sie sicher viele Anlässe dazu bekam.

»Hier, probier's mal an.«

Als sie mir das Kleid in die Hand drückte, sah ich, dass das Preisschild noch am Label im Nacken baumelte. Der Hersteller war mir unbekannt, aber die Summe, die ich unweigerlich zu sehen bekam, verschlug mir den Atem. Wer bezahlte 400 Euro für so ein Teil? War Susanne eine verleugnete Schwester der Hiltons?

»Ähm, bist du sicher?« Ich deutete auf das Schild. »Und wenn mir irgendwer Rotwein über das Kleid gießt?«

Melanie traute ich das ohne Weiteres zu.

»Na und?« Susanne zuckte mit den Schultern. »Dann ab damit in die Reinigung. Und wenn nichts mehr geht, kann ich meiner Mutter wenigstens sagen, dass sie nächstes Mal eine andere Farbe kaufen soll.«

Ich starrte sie mit offenem Mund an. War das ihr Ernst? Wäre ich vielleicht auch so geworden, wenn das Schicksal mir nicht dazwischengegrätscht wäre? Ich konnte mir nicht vorstellen, dass es meine Mutter auf die leichte Schulter genommen hätte, wenn ich mit einem ruinierten 400-Euro-Kleid nach Hause gekommen wäre.

»Nun mach den Mund wieder zu«, sagte Susanne und wandte sich wieder ihrem Spiegel zu. »Wir haben nicht mehr viel Zeit!«

Ich sah auf die Uhr. Zehn vor sieben! Verdammt!

Als Susanne und ich im Ballsaal ankamen, war er bereits proppenvoll. Glücklicherweise saß das Kleid wie angegossen und meine schwarzen Ballerinas sahen dazu nicht allzu daneben aus. Ich war sicher, dass man sie bei all dem Glitzer gar nicht wahrnehmen würde.

»Zum Glück haben wir feste Plätze!«, sagte ich und zog Susanne zu einem der Tische, auf dem ich bereits am Nachmittag unsere Namen entdeckt hatte. Man hatte sie nach Jahrgangsstufen statt nach Leistungsgruppen sortiert, was mich ein bisschen überrascht hatte.

Am Tisch warteten bereits Ramona und Kerstin, mit denen ich am kommenden Wochenende endlich für das Theaterstück proben wollte.

»Hi!«, grüßte ich die beiden, die Susanne anguckten, als

hätte sie ein Federbüschel auf dem Kopf. Offenbar konnten sie nicht glauben, dass sie bei uns sitzen würde und nicht drüben bei Melanie. Meine Busenfreundin saß glücklicherweise am anderen Ende des Saals.

»Hallo«, sagte Susanne ein wenig schüchtern zu Kerstin und Ramona, die meine Mitbewohnerin immer noch anstarrten, als stünden sie dem Teufel persönlich gegenüber.

Sie ist in Ordnung, hätte ich am liebsten gesagt, verkniff es mir aber, denn nicht Susanne war die Neue hier, sondern ich.

»Bleibt es am Wochenende bei unserer Probe?«, brach ich das Schweigen.

»Klar!«, antwortete Ramona, während Kerstin Susanne immer noch skeptisch musterte. Es war schon komisch, diesmal nicht diejenige zu sein, die seltsam angesehen wurde. Aber Susanne hatte das wirklich nicht verdient.

»Vielleicht sollten wir uns im Park treffen«, schlug ich vor. »Am alten Springbrunnen.«

»Das ist eine gute Idee«, pflichtete Kerstin mir bei. »Dort können wir sicher ungestört arbeiten.«

Aus dem Augenwinkel beobachtete ich Susanne, die ein wenig beschämt zu Boden blickte.

»Welche Rolle hast du eigentlich abbekommen, Susanne?«, fragte ich, um sie in unser Gespräch einzubeziehen. »Der andere Deutschkurs macht doch auch mit, oder haben wir das Stück allein an der Backe?«

»Ich habe keine Rolle«, gab sie zu, sichtlich erleichtert, dass ich mit ihr redete. War zwischen ihr und den beiden anderen etwas vorgefallen? Hatte sich Susanne vielleicht an den Mobbereien beteiligt, weil sie Camilla hatte gefallen wollen?

»Ich kümmere mich um die Kostüme, ich bin in der Näh-AG. Das Schauspielen liegt mir nicht so.«

»Näh-AG?«, fragte ich verwundert. Eigentlich hätte mich das nicht überraschen sollen, aber dass sie hier tatsächlich Handarbeiten anboten, wo doch auch Mädchen auf das harte Berufsleben vorbereitet werden sollten …

»Ja, da bin ich drin. Camilla fand das albern …« Als sie den Namen ihrer Freundin aussprach, zuckte Ramona unwillkürlich zusammen.

Aber bevor ich mir weiter Gedanken darüber machen konnte, brachte eine Rückkopplung aus den Lautsprechern den gesamten Saal zum Schweigen.

Rektor Sontheim, in Maßanzug mit weißem Hemd und dunkelroter Krawatte, stand auf der Bühne und holte Luft für seine Ansprache. Sogar von Weitem sah man, dass er ziemlich gestresst war.

»Liebe Schülerinnen und Schüler, meine Damen und Herren«, begann er. »Ein neues Schuljahr hat angefangen. Leider nicht so, wie wir es uns alle gewünscht und erhofft hatten. Wie Sie wissen, wurde bereits vor Schulbeginn eine ihrer Mitschülerinnen Opfer eines Verbrechens, und dieses Schicksal hat zu unser aller Schrecken auch eine zweite Schülerin ereilt. Wir haben lange überlegt, ob wir diese Feier überhaupt stattfinden lassen sollen.«

Ich blickte mich um. An einer langen Tafel am Rand des Saals saßen mehrere Elternpaare.

»Wir haben uns letztendlich aber dafür entschieden. Schließlich wollen wir unseren Neuzugängen eine angemessene Begrüßung nicht versagen. Zuvor lassen Sie uns allerdings eine Schweigeminute für die beiden ermordeten Mädchen einlegen und ihrer gedenken.«

Sontheim senkte den Kopf, dann wurde es mucksmäuschenstill. Draußen pfiff der Wind. Im Dachgebälk knackte es.

37.

Im Schutz der Dunkelheit verließ er den Westflügel. Alles lief besser, als er es sich hätte ausmalen können. Die Schule feierte – wie immer am Beginn des Schuljahres. Er hatte etliche dieser Feiern miterlebt, doch auf dieser fehlte er. Es machte ihm nichts aus. Das, was er heute Nacht vorhatte, würde ihn seinem Ziel noch näher bringen.

In der Hand hielt er die Taube, die ihm nachgeflogen war. Es hatte ihn ein wenig Mühe gekostet, sie zu fangen, aber schließlich hatte er sie in die Finger bekommen.

Blitzschnell hatte er ihr das Genick umgedreht, sie war nicht einmal dazu gekommen, noch ein letztes Gurren von sich zu geben. In seiner Tasche steckten das Messer und die Flügel. Jetzt hatte er alles, um sein Werk in die Tat umzusetzen.

Nachdem er einen Blick auf das hell erleuchtete Hauptgebäude geworfen hatte, huschte er durch die Schatten zu den Wohngebäuden, deren Türen sicher heute offenstehen würden. Und für den Fall, dass sie es nicht waren, hatte er vorgesorgt.

Während seine Schritte über den Kiesweg knirschten und sich die Stimmen aus dem Haupthaus langsam entfernten, kehrten die Bilder der Erinnerung wieder zu ihm zurück.

Es war ein Fehler gewesen, nach Rotensand zu ziehen. Er hatte es seinen Eltern gesagt, aber sie hatten nicht auf ihn hören wollen. Sie hatten gemeint, dass hier alles anders werden würde. Aber er hatte von Anfang an gespürt, dass das nicht stimmte. Menschen waren überall gleich, überall gab es welche, die es nicht erwarten konnten, sich über die Schwächen anderer lustig zu machen, um sich selbst stärker zu fühlen.

Schon am ersten Tag war es losgegangen. Er hatte etwas dagegen tun wollen, aber all seine Bemühungen waren vergeblich gewesen. Woche um Woche war es schlimmer geworden, und er hatte sie nicht davon abhalten können, das, was er am meisten geliebt hatte, in den Dreck zu ziehen.

Er hätte sich nicht träumen lassen, dass es eines Tages zur Katastrophe kommen würde. Aber genauso war es gewesen.

In dem Augenblick, als der Schmerz in ihm explodierte, hatte er gewusst, dass er nie wieder derselbe sein würde.

Am Wohnhaus angekommen, sah er sich um. Niemand hielt sich darin auf, das spürte er. Seine Hand legte sich auf die Türklinke. Ohne Widerstand ließ sie sich nach unten drücken. Wahrscheinlich rechneten sie nicht damit, dass er hier auftauchen würde. Er musste lächeln. Schnell trat er ein, selbst mit verbundenen Augen hätte er den Weg gefunden. Ich hätte es früher tun sollen, dachte er. Vielleicht wäre uns dann viel Leid erspart geblieben. Während er durch den Gang schlich, meinte er wieder, die Stimmen von damals zu hören. Das Lachen. Die Gespräche. Das leise Wispern, das ihm gegolten hatte.

Am Schwarzen Brett sah er nach, welche Zimmernummer sie hatte. Es war die 19. Dort wohnte sie. Doch nicht mehr lange, dann würden alle sagen: Dort hatte sie gewohnt. Denn in wenigen Stunden würde sie ausziehen.

Während er den Gang entlangeilte, rief er sich ihr Gesicht ins Gedächtnis. Auf der Beerdigung hatte er sie gesehen. Sie ihn vielleicht auch, doch sie hatte ihn nicht wiedererkannt. Und wenn doch, hatte sie nicht gewusst, mit wem sie es wirklich zu tun hatte. Die Jahre ließen so manches in Vergessenheit geraten. Wahrscheinlich erinnerte sie sich auch nicht mehr an damals.

Leute wie sie bekamen nie Albträume, nie plagte sie das schlechte Gewissen.

Vielleicht hatte sich das jetzt geändert. Vielleicht erschien ihr jetzt ihre tote Freundin im Traum und klagte sie an für das, was früher geschehen war. Dass sie mitgemacht hatten. Dass keine von ihnen eingeschritten war. Aber lange würde sie nicht mehr Zeit haben, sich darüber Gedanken zu machen, denn so oder so, sie würde noch in dieser Nacht sterben.

An der 19 angekommen, machte er halt. Die Zimmernummer glänzte matt in dem fahlen Licht, das durch ein Fenster in den Flur fiel.

Schon von draußen roch er das Parfüm, das sie immer benutzte. Die Wände des Zimmers hatten sich anscheinend damit vollgesogen.

Beinahe lautlos öffnete er die Tür und trat ein.

Ein typisches Mädchenzimmer, mit Postern an den Wänden und verstreut herumliegenden Klamotten.

Es war stets eine Herausforderung für ihn herauszufinden,

welches Bett der Richtigen gehörte. Aber das kannte er ja schon. Und jetzt hatte er nahezu ideale Bedingungen. Beim letzten Mal hatte er sich nicht so viel Zeit lassen können. Da hatten zwar die meisten nach Marina gesucht, aber eben nicht alle. Und die Gefahr, überrascht zu werden, war zu groß gewesen. Außerdem fiel ein Mann im Mädchentrakt ohnehin mehr auf.

Aber er hatte es geschafft und nun würde er es wieder schaffen.

Es war so viel einfacher, wenn sie ihre Schulsachen ausgepackt hatten. Und siehe da, gleich auf dem rechten Schreibtisch wurde er fündig. Ihr Hausaufgabenheft lag obenauf. Ihr Name brannte vor seinen Augen und entfachte den Hass in ihm.

Beinahe hätte er danach gegriffen, doch dann rief er sich zur Ordnung: Er durfte keine Fingerabdrücke hinterlassen. Nirgendwo. Er zog einen Handschuh aus der Tasche und hob die Bettdecke an. Dann legte er die tote Taube auf das Kissen. Ein schönes Bild, wie er fand. Das Tier hatte den Kopf ein wenig zur Seite geneigt, und da noch Wärme in dem kleinen Körper steckte, hatten sich die Flügel ein wenig geöffnet, fast so, als würde die Taube gleich losfliegen wollen.

Er sog den Moment in sich auf, bevor er die Bettdecke darüberzog.

38.

»Was will die denn hier? Wieso sitzt sie nicht bei Melanie?«, flüsterte mir Kerstin zu, die hinter mir am Buffet stand. Nach der Rede des Rektors hatte die Musik-AG zwei klassische Stücke vorgetragen, dann hatte eine Rockband die Bühne gestürmt und für super Stimmung gesorgt. Ich hätte nicht gedacht, dass in Rotensand irgendwas außer Klassik geduldet wurde. Das Internat war doch immer wieder für Überraschungen gut!

Mir war natürlich sofort klar, wen Kerstin meinte. »Sie wohnt mit mir zusammen und wir hatten ja Tischkarten.«

»Ja, aber die Karten hätte man auch umstellen können.«

»Susanne war die Freundin von Camilla, und ein bisschen war sie auch mit Marina befreundet, aber ich glaube nicht, dass sie mit Melanie und Christina besonders dicke ist.«

»Das war sie aber immer. Du kannst das nicht wissen, du bist ja erst seit ein paar Tagen hier.«

Ein paar Tage, in denen sich mehr ereignet hatte, als in den Jahren zuvor.

»Sie hat immer mitgemacht, wenn die anderen über irgendwen hergezogen sind. An deiner Stelle wäre ich vorsichtig, was ich ihr erzähle.«

So hatte ich Susanne gar nicht eingeschätzt. Klar, in den ersten beiden Tagen war sie mir ein wenig abweisend vorgekommen, aber dass sie genauso war wie Melanie, konnte ich einfach nicht glauben.

Trotzdem lag mir Kerstins Warnung ziemlich schwer im Magen. Was, wenn sie recht hatte? Wenn sich Susanne nur verstellte?

Doch hätte sie mir dann von sich und Camilla erzählt und mir eines ihrer besten Kleider geliehen?

Bisher hatte ich mich auf meine Menschenkenntnis verlassen können. Und die sagte mir deutlich, dass Susanne in Ordnung war. Egal, was die anderen über sie dachten.

Ich wusste schon, warum ich für Bälle nicht viel übrig hatte. Nach dem Essen setzte die große Langeweile ein, daran änderte sich auch nichts, als der DJ anfing aufzulegen. Nur ein paar Schüler aus den höheren Klassen wagten sich auf die Tanzfläche.

Auch an unserem Tisch war die Stimmung auf dem Tiefpunkt angekommen. Ramona und Kerstin machten keinen Hehl daraus, was sie davon hielten, dass Susanne bei uns saß.

Ich ließ meine Blicke durch den Raum schweifen.

»Ich geh mal kurz an die frische Luft«, verkündete Susanne schließlich und warf mir einen unsicheren Blick zu.

Ramona und Kerstin setzten vielsagende Mienen auf. Wahrscheinlich vermuteten sie, dass Susanne jetzt bei Melanie Bericht erstatten würde.

Ich fragte mich auf einmal, warum es an einem Internat wie Rotensand genauso schlimm war wie an den öffentlichen Schulen in Potsdam. Aber wahrscheinlich war es überall dasselbe.

Ich nickte Susanne zu und schaute ihr hinterher. Zunächst sah es nicht so aus, als wollte sie zu Melanie, dann bog sie aber an einem der Tische ab und steuerte direkt auf Melanie und Christina zu.

Als ich mich wieder unserem Tisch zuwandte, bedachte mich Kerstin mit einem Ich-hab-es-dir-ja-gesagt-Blick, den ich mit einem Schulterzucken abtat. Na und, dann ging Susanne halt zu Melanie und Christina. Was sollte sie ihnen schon groß erzählen? Dass wir, was ja offensichtlich war, wie die trüben Tassen am Tisch hingen?

Ich seufzte, da entdeckte ich Alex, der auf dem Weg nach draußen war. Schnell erhob ich mich.

»Ich werd auch mal ein bisschen frische Luft schnappen«, erklärte ich, und wieder erntete ich einen wissenden Blick von Kerstin, während Ramona abwesend mit einer Haarsträhne spielte.

»Du hast wirklich einen guten Geschmack«, sagte Kerstin lächelnd. »Und Melanie treibst du damit völlig in den Wahnsinn.«

War es so offensichtlich, dass ich auf Alex stand? Wenn ja, hoffentlich nur für Kerstin und nicht für alle anderen! Hatte ich ihm etwa kuhäugig hinterhergeglotzt? Oder verbreitete Melanie irgendwelche Geschichten?

Mein Herz pochte wie wild, aber ich versuchte, mir nichts anmerken zu lassen. Ich wollte nur raus, weil es im Saal furchtbar stickig war und die Luft immer schlechter wurde von den ganzen Leuten und dem Essensdunst und der Heizung.

»Die Einzige, die hier irgendwen in den Wahnsinn treibt, ist Melanie selbst«, antwortete ich so cool wie irgend möglich. »Aber das juckt mich kein bisschen.«

Damit drehte ich mich um. Fast meinte ich, so etwas wie Bewunderung in Kerstins Augen gesehen zu haben.

Auf meinem Weg nach draußen bemerkte ich, dass Susanne und Christina vor mir liefen. Wollten die beiden miteinander reden?

Als ich mich endlich durch die Tür geschlängelt hatte und auf den Hof trat, fehlte von den beiden aber jede Spur.

Dafür sah ich den Jungen wieder, den ich vor einigen Tagen beobachtet hatte: Thomas, den Vogelexperten. Ein wenig abwesend starrte er in die Dunkelheit, abgesondert von den anderen Jungs, aus deren Richtung der Geruch nach Zigarettenqualm kam.

Mir war es im Nachhinein furchtbar peinlich, dass ich fast dabei erwischt worden war, wie ich ihm hinterherspioniert hatte. Ich wollte gerade zu Thomas gehen und ihn ansprechen, irgendwas Nettes zu ihm sagen, als sich eine Hand auf meinen Arm legte.

»Willst du eine rauchen?«

Mein Herz machte einen Sprung. Alex!

»Nee, du?«, fragte ich zurück, und insgeheim wünschte ich mir nun, dass Melanie uns sehen würde. Wäre sie aufgetaucht, hätte ich mich sogar dazu hinreißen lassen, ihn zu küssen.

»Nein, lass mal. Mein Opa ist an Lungenkrebs gestorben, als ich klein war. Ich kann Glimmstängeln nichts abgewinnen.«

»Oh«, sagte ich. Und wieder wusste ich nicht weiter.

»Ich war damals neun«, fuhr Alex zum Glück fort. »Kurz vorher hatte er mir geraten, nie mit dem Rauchen anzufangen – als junger Mann hatte er wohl zehn Schachteln am Tag weggequalmt. Ich habe ihm mein Wort gegeben, nie mit dem Rauchen anzufangen, und ich habe es gehalten.«

»Toll«, platzte es aus mir heraus und gleich schämte ich mich dafür, denn was war an der Geschichte schon toll? »Ich meine, dein Opa wäre stolz auf dich«, fügte ich schnell hinzu.

»Das hoffe ich. An manche anderen Dinge, die er mir geraten hat, werde ich mich allerdings nicht halten.«

Er lachte und ich wurde neugierig.

»Was denn für andere Dinge?«, fragte ich.

»Ach, so Sachen, die wohl alle Großeltern draufhaben. Besonders absurd finde ich aber seinen Rat, die Finger von den Frauen zu lassen, denn die seien gefährlich.«

»Wenn du an die falschen Frauen gerätst, bestimmt!«, entgegnete ich lachend und dann raubte mir sein Blick den Atem. Ich sah ihn an und fühlte ihn. Fühlte seine Gedanken. Dass ich vielleicht nicht eine von den falschen Frau war, sondern – die richtige!? Meine Knie wurden weich und mir war schrecklich schwindelig.

»Das ist ein hübsches Kleid«, sagte Alex nach einer Weile und schaute zu Boden. So als hätte er erst jetzt geschnallt, was er mit seinem Blick angerichtet hatte.

»Danke, ich …« Ich überlegte, ob ich das Kompliment einfach so hinnehmen sollte. »Es ist nicht meins, ich hab es von Susanne geliehen. Genau genommen habe ich gar kein Abendkleid.«

Alex lächelte mich an. »Hab ich mir fast gedacht.«

Bei jedem anderen hätte das vielleicht wie eine Beleidigung geklungen. Bei ihm nicht.

»Ich meine, nicht dass du dir kein Abendkleid leisten könntest, aber du bist irgendwie nicht der Typ dafür – obwohl dir das Kleid wirklich super steht. Du könntest ruhig öfters so was tragen.«

»Meinst du?«

Alex nickte. »Zu Weihnachten gibt es eine große Feier und zum Frühling auch und das Sommerfest vor den Ferien ...«

»Du meine Güte, warum wird denn hier so viel gefeiert?«

»Keine Ahnung, aber toll ist es schon. Und bei so viel Schulgeld sollten doch ein paar Feiern drin sein, oder?«

Im Saal wurde die Musik lauter. Ein alter Song von den Black Eyed Peas wurde gespielt.

»Wollen wir tanzen?«

»Tanzen?«, fragte ich verwirrt. Eigentlich hatte ich gedacht, dass auch er sich vor den Menschenmassen nach draußen geflüchtet hatte.

»Ja, du weißt doch, man stellt sich auf die Tanzfläche und bewegt sich zur Musik.«

»Klar weiß ich, was tanzen ist.« Ich verdrehte die Augen. Und ja, ich hatte große Lust dazu, auch wenn ich es nicht besonders gut konnte. Aber ich würde es mit Alex tun und alle würden mich dabei sehen.

»Okay!«, sagte ich also.

Alex nahm meine Hand und zog mich hinter sich her. Die Black Eyed Peas sangen noch immer und plötzlich war die Tanzfläche voll.

Doch gerade als wir sie betraten, wechselte der Song, genauso wie bei diesen merkwürdigen Hitmixen, die zur Feierabendzeit durch die meisten Radiosender geisterten.

Ich hatte mich darauf eingestellt, auf etwas Schnelles zu tanzen, doch die Melodie war langsam und der Text war deutsch. Ich kannte das Lied. Oh ja, und wie ich es kannte! Als ich es das erste Mal gehört hatte, waren mir Tränen in die Augen geschossen, weil es so schön war. So einfach und so schön. Und jetzt stand Alex vor mir. Er streckte seine Arme nach mir aus, ergriff meine Hände und drückte mich an sich. Ich ließ es geschehen. Eng mit einem Jungen hatte ich zuvor noch nie getanzt, auch mit denen nicht, die ich in Potsdam gut gefunden hatte. Aber hier schmiegte ich mich wie von selbst an Alex und wir fanden den Rhythmus. Und nach einem Augenblick, in dem ich nur Alex gespürt hatte und blind gewesen war für alle anderen Eindrücke, hörte ich die Musik wieder.

Verdammt, welcher Witzbold hatte sich denn das ausgedacht? Ein Schauer lief meinen Rücken hinunter.

»Du erinnerst mich an Liebe …«, sang Adel Tawil und mir wären beinahe die Knie weggeknickt, so sehr trafen mich die Worte. Nur gut, dass Alex mich festhielt. Ob er merkte, wie schwach ich mich plötzlich fühlte? Ich legte meinen Kopf an seine Schulter und war froh, dass er in diesem Augenblick mein Gesicht nicht sah.

Ich wusste einfach nicht, was los war. Da war auf einmal seine Nähe, und ich spürte, dass er mich mochte, vielleicht mehr als das, und ich mochte ihn. Und da war eine Lücke in meinem Innern, eine Leere, die der Unfall meiner Eltern hinterlassen hatte. Seit Mama und Papa gestorben waren, hatte ich nicht mehr das Gefühl gehabt, von irgendwem geliebt zu werden. Sie hatten mich geliebt, aber sie waren fort und danach hatte ich nur noch kämpfen müssen, um mich, meinen Platz im Leben, meine Noten. Und nun war Alex da, und irgendwie glaubte ich, dass er diese dunkle Lücke füllen könnte. Das war schön, aber gleichzeitig tat es auch furchtbar weh, denn mehr denn je spürte ich jetzt, was mir fehlte. Was mir so sehr fehlte …

Und plötzlich waren meine Wangen ganz nass – ich weinte! Tränen liefen über mein Gesicht, tropften auf Alex' Schultern. Und beim letzten Refrain musste ich so hart aufschluchzen, dass Alex innehielt, zurücktrat und mich ansah.

Und die Tränen liefen und liefen …

»Alles okay?«, fragte er besorgt.

Ich nickte und versuchte, mich zu beruhigen. Warum musste ich gerade jetzt an meine Eltern denken?! Ich stand hier mit Alex und tat etwas, das ich mir insgeheim gewünscht hatte!

»Können wir rausgehen?«, fragte ich Alex, während ich mir die Tränen von den Wangen wischte. Nur gut, dass mein Mascara wasserfest war.

Die Musik wurde jetzt wieder schneller. Beinahe so, als wollte sie der Soundtrack zu unserer Flucht nach draußen sein. Ich war froh, dass Alex mitkam. In diesem Augenblick wäre ich mit ihm überall hingegangen.

39.

Erst als wir den Park erreicht hatten, spürte ich die Kälte und fing an zu frösteln. Alex zog sein Jackett aus und legte es mir über die Schultern. Ich war erstaunt, wie schwer es war.

»Du meine Güte, ist das eine Art Rüstung?«, fragte ich.

»Ja, die Rüstung der Business-Ritter. Ich gewöhne mich besser jetzt schon daran, ehe ich davon später erschlagen werde.«

»Dann willst du in die Wirtschaft?«

»Von Wollen kann keine Rede sein. Wenn es ums Wollen ginge, würde ich am liebsten mit einem Schiff übers Meer fahren. Aber damit verdient man kein Geld, also möchte ich in den Schiffbau, Ingenieur werden und vielleicht den Werften in der Gegend wieder auf die Beine helfen.«

»Das klingt sehr ambitioniert.«

»Und was ist mit dir? Was willst du später machen?«

Angesichts dessen, was in Rotensand los war, würde er sicher lachen.

»Ich möchte Rechtsmedizinerin werden. Oder Kriminologie studieren.«

Alex schnaubte nicht und er lachte auch nicht. Er sagte nur: »Das hätte ich mir ja denken können. So, wie du dich wegen des Mörders ins Zeug legst.«

Er spürte im nächsten Moment, dass die Erwähnung des Mörders ein wenig die Stimmung zerstörte, aber ich bemühte mich, ihm das Gefühl zu geben, dass es mir nichts ausmachte.

»Ja, ich lege mich ins Zeug – trotzdem komme ich nicht weiter. Irgendwas habe ich übersehen, irgendwas, das mit dieser Schule zu tun hat, aber ich finde keinen Anhaltspunkt. Es ist, als würde ich im Dunkeln tappen, und kein Mond ist da, der mir wenigstens etwas Licht spendet.« Ich blickte zum Himmel. Der Mond versteckte sich hinter einem Wolkenschleier. Wenn dieser ganze Horror mit den toten Mädchen und flügellosen Krähen doch bloß endlich vorbei wäre!

»Dir wird was einfallen«, sagte Alex schließlich. »Und außerdem ist es nicht deine Sache, ihn zu fangen. Das ist Aufgabe der Polizei. Und sie werden ihn kriegen.«

Ich wollte ihm zu gern glauben. Warum nur hatte ich das Gefühl, dass die Ermittlungen in die falsche Richtung liefen?

Alex sah mich lange an. Dann nahm er vorsichtig meine Hand und fragte: »Warum hast du vorhin geweint?«

Ich schüttelte den Kopf, als könnte ich es damit ungeschehen machen. »Es war nicht wegen dir«, sagte ich. »Es war nur so … das Lied… und meine Eltern. Ich habe das Lied kurz nach dem Tod meiner Eltern zum ersten Mal gehört und es ist mir damals durch und durch gegangen. Ich musste jetzt wieder an sie denken, an die Zeit, in der ich mir so sehr gewünscht hatte, jemanden zu haben, der mich lieb hat. Die Leute im Heim haben sich gut um mich gekümmert, aber trotzdem …«

»Deine Eltern, du vermisst sie, das ist klar.«

»Ja, das tue ich. Und dennoch … Damals habe ich geweint, weil ich gespürt habe, dass mir was fehlt, aber jetzt … jetzt habe ich das Gefühl, als würde etwas diese Lücke füllen. Ganz langsam.«

Was faselte ich denn da? Sofort verstummte ich. Alex würde das bestimmt nicht verstehen?

Aber als ich ihn ansah, war es, als würde er das doch. Er wirkte, als wollte er etwas sagen, aber dann beugte er sich auf einmal vor und küsste mich.

Ganz zart berührten seine Lippen meinen Mund, so als wollte er erst mal schauen, ob er damit nicht zu weit ging.

Ich war wie vom Donner gerührt. Unsere Blicke trafen sich, und auch in dem schwachen Schein des Mondlichts konnte ich sehen, dass er rot wurde.

»Sorry«, murmelte er.

»Wofür?«, fragte ich.

»Na ja …«

»So schlecht war der Kuss nun wirklich nicht.«

Jetzt schaute er mich überrascht an. Und ich war auch überrascht von mir. Alex hatte mich geküsst! Er hatte mich wirklich geküsst!

Ich wollte schon sagen, dass wir es vielleicht noch mal tun sollten. Doch dann ergriff ich die Initiative und küsste ihn. Ganz vorsichtig, denn ich hatte keine Ahnung, wie man richtig küsste – im Heim hatte es keinen gegeben, mit dem ich wirklich hätte knutschen wollen. Und irgendwie war es auf einmal ganz leicht. Meine Lippen berührten seine, er kam mir entgegen und schlang seine Arme um mich. Und ich schlang meine Arme um ihn. Genau so, als wäre gar nichts anderes möglich. Nach einem Augenblick zog ich mich wieder zurück und sah ihn an. Alex! Wir hatten uns geküsst! Richtig geküsst!

Und das, nachdem wir »Du erinnerst mich an Liebe« gehört hatten … Alles flatterte und kribbelte in mir, mein Herz pochte, mein Blut rauschte und in meiner Brust war alles so wunderbar warm. Fühlte sich so Liebe an?

»Weißt du was?«, sagte ich lächelnd. »Ab sofort werde ich mich bei dem Lied auch an unseren Tanz erinnern. Und an …«

Ein Schrei löschte das Ende meines Satzes aus. Er klang fern, war aber deutlich zu hören gewesen.

»Komm!«, rief ich Alex zu und lief los. An den Rosenbeeten vorbei in Richtung der Wohngebäude, von wo der Schrei gekommen zu sein schien.

Die Gedanken überschlugen sich in meinem Kopf. Hatte der Mörder womöglich erneut zugeschlagen?

Wir rannten am Hauptgebäude vorbei, wobei uns ein paar Jungs »He, was ist denn los?« hinterherschrien.

Wir antworteten nicht, sondern stürmten weiter. Hinein in die Dunkelheit, in Richtung des Schreis, der schon längst verklungen war.

War es möglich, dass der Killer auf dem Gelände des Internats war und sich eine von uns gegriffen hatte?, schoss es mir durch den Kopf, aber irgendwie wollte ich nicht daran glauben. Nein, das wäre zu beängstigend. Nicht hier.

Als wir die Gebäude ein Stück weit hinter uns gelassen hatten, raschelte es plötzlich. Wir blieben stehen.

Im nächsten Augenblick stürzte uns jemand aus dem dunklen Gebüsch entgegen.

Erst als sie nur noch ein paar Meter entfernt war, erkannte ich, dass es Susanne war.

»Christina!«, kreischte sie, als sie uns sah. »Er hat Christina.«

Dann brach sie vor uns zusammen.

»Scheiße!«, keuchte Alex und rannte zu ihr. Ich war nur einen Moment später da.

»Susanne!«, rief ich und tätschelte ihre Wangen. Doch sie rührte sich nicht.

Alex kramte in seiner Hosentasche. Kaum hatte er sein Handy gefunden, glitt es ihm auch schon wieder aus der Hand und fiel auf den Rasen.

»Scheiße«, fluchte er erneut.

»Was hast du vor?«, fragte ich ihn ängstlich.

»Wir brauchen einen Notarzt!«, erwiderte er hektisch.

Erneut rüttelte ich an Susanne. Alex wählte.

Nur einen Moment später tauchten ein paar Leute aus meiner Klasse auf. Gefolgt von Herrn Sontheim.

Als der Rektor Susanne am Boden sah, hielt er kurz inne, dann kam er zu uns.

»Was ist passiert?«, fragte er, als er sich neben uns hockte.

»Sie kam aus dem Gebüsch getaumelt und sagte, dass irgendwer Christina hätte. Dann ist sie umgekippt.«

Sontheim drehte Susannes Kopf vorsichtig zur Seite und da sahen wir es – Blut! Jemand hatte sie verletzt! Offenbar derselbe, der jetzt Christina in seiner Gewalt hatte.

»Schnell, ruft einen Arzt!«, schrie Sontheim.

»Und die Polizei!«, fügte ich hinzu, denn wenn der Killer

Christina entführt hatte, musste er noch irgendwo auf dem Gelände sein!

»Ist unterwegs«, sagte Alex. »Beide.« Ich blickte zu ihm auf. In diesem Augenblick wirkte er ein bisschen wie der Schauspieler, der den Thor im gleichnamigen Actionfilm gespielt hatte. Nicht, weil er blond war, sondern wegen seiner Entschlossenheit. Das Handy in seiner Hand war der Hammer, mit dem er bereit war, jeden Bösewicht in die Flucht zu schlagen.

Natürlich war das totaler Quatsch, das sah ich einen Moment später ein.

Sontheim tätschelte Susanne die Wangen, sie kam jedoch immer noch nicht zu sich. Inzwischen hatten sich andere Schüler um uns versammelt.

»Sagt der Krankenschwester Bescheid«, wies Sontheim ein paar von ihnen an, dann stand er auf und hob Susanne auf seine Arme. »Wir bringen sie erst einmal in die Ambulanz.«

»Und was ist mit Christina?«, fragte ich.

»Wir suchen sie!«, rief einer der Jungs aus der obersten Klassenstufe.

»Das werdet ihr sein lassen!«, platzte Sontheim heraus und musterte die Jungs drohend. »Keiner verlässt das Schulgelände, verstanden?«

Die Jungs quetschten ein »Ja« hervor, aber ich konnte ihnen ansehen, dass sie durch nichts und niemandem von ihrem Plan abzubringen waren.

Als der Rektor außer Hörweite war, begannen sie zu beratschlagen.

»Den schnappen wir uns!«, zischte einer der Jungs.

»Ich werde mitsuchen«, sagte Alex.

»Aber …« Das konnte nicht sein Ernst sein! Und wenn der Killer nun eine Waffe hatte?

Das würde Alex nicht abhalten, das sah ich in seinem Blick.

»Keine Angst, wir passen auf. Wir schauen nur auf dem Gelände nach.«

Das war mir ebenso wenig recht. Alex zog mich an sich und küsste mich kurz. Dann rannte er los.

»Pass auf dich auf!«, rief ich ihm hinterher. Einen Moment lang blickte ich fröstelnd in die Dunkelheit, in der die Jungs verschwunden waren. Dann folgte ich Sontheim zum Haupthaus, in der Hoffnung, dass er nichts mitbekommen hatte.

In der Aula spielte weiter Musik, und ich war sicher, dass sich die Sache mit Susanne und Christina noch nicht herumgesprochen hatte. Das würde es, aber bis dahin hatten wir Ruhe.

Die Krankenschwester erwartete uns bereits. Es war eine große, kräftige Frau.

Während der Rektor Susanne auf das Krankenbett legte, schaute ich mich um. Eine ähnliche Ambulanz hatten wir auch im Kinderheim gehabt, nur diese hier war viel besser ausgestattet. Es gab sogar ein Beatmungsgerät, falls jemandem die Luft wegblieb.

Die Krankenschwester bemühte sich nun, Susanne wieder wach zu bekommen. Ich hatte immer gedacht, dass Riechsalz nur in längst vergangenen Zeiten oder Filmen dafür benutzt wurde. Aber sie hielt Susanne etwas unter die Nase, das offenbar einen so scheußlichen Geruch verströmte, dass meine Mitbewohnerin tatsächlich aufwachte.

»Na, Mädchen, da bist du ja wieder«, sagte sie zufrieden und stellte die Flasche weg.

»Was ist passiert?«, fragte Sontheim, doch die Schwester wies ihn sofort in seine Schranken.

»Lassen Sie die Kleine doch erst mal richtig wach werden.«

Es fiel dem Rektor sichtlich schwer, ruhig zu bleiben. Und auch ich hätte nur zur gern gewusst, was geschehen war.

Na klar, der Kerl, der sich Christina geschnappt hatte, hatte Susanne niedergeschlagen. Hatte er sie töten wollen, um keine Zeugin zu haben?

Ich hoffte sehr, dass sie ihn fanden, bevor er Christina was antun konnte. Und ich hoffte, dass Alex nichts passieren würde.

Als Susanne ein wenig zu sich gekommen war, stellte Sontheim seine Frage noch einmal.

»Ich weiß nicht«, antwortete sie schwach. »Ich kann mich nicht erinnern.« Nicht verwunderlich, wenn man einen Schlag auf den Kopf bekommen hatte.

»Aber hast du nicht irgendwen gesehen?«

Darauf schaute sie ihn an, als hätte er sie gefragt, wie nächste Woche das Wetter werden würde.

Bevor etwas Vernünftiges aus Susanne herauszubekommen war, fuhr der Krankenwagen auf den Hof. Die Intervalle des Blaulichts zerrten die Umrisse der Nebengebäude aus der Dunkelheit und ließen sie dann wieder darin verschwinden.

Während die Sanitäter die Trage ausluden, kam der Arzt ins Krankenzimmer.

Nachdem er Susanne kurz begutachtet hatte, ließ er die Trage hereinfahren und sie darauflegen.

Ich stand dabei, unfähig, irgendwas zu sagen oder zu tun. Seit dem Unfall und meinem Aufenthalt im Krankenhaus packte mich immer so ein mulmiges Gefühl, wenn ich Notärzte, Krankenwagen oder Leute auf fahrbaren Tragen sah.

Susanne bekam eine Sauerstoffmaske aufs Gesicht gesetzt, dann wurde sie nach draußen geschoben. Ich hatte nicht mal mehr die Gelegenheit, ihr kurz die Hand zu drücken.

Sontheim folgte dem Notarzt und sprach kurz mit ihm im Gang. Mich schien er vergessen zu haben. Ich setzte mich auf einen Stuhl neben dem Krankenzimmer und blickte in das flackernde Blaulicht.

Der Mörder kommt näher …

Der Ratgeber hatte nicht untertrieben. Camilla wurde an den Klippen gefunden und wahrscheinlich nicht weit davon entfernt getötet. Marina war in den Wald verschleppt und dort gefunden worden. Und jetzt hatte der Killer ein Mädchen direkt vom Schulgelände entführt. Wo würde er seinem nächsten Opfer auflauern?

Ich wusste keine Antwort, und ich hoffte sehr, dass der Mörder mit Christinas Entführung einen Fehler begangen hatte.

Da ich nicht sehen wollte, wie Susanne weggebracht wurde, erhob ich mich und schlenderte den Gang entlang. Vielleicht würde ich dadurch etwas zur Ruhe kommen. Neben einer Tür, an der »Büro« stand, hingen Fotos verschiedener Jahrgänge. Die Aufnahmen stammten vom jeweiligen Tag der Abschlussfeier. Zehn bis zwölf Jungen und Mädchen einer Stufe. Sie trugen Anzüge und Abendkleider und lächelten in die Kamera. Froh darüber, endlich der Schule entkommen zu sein.

Ich betrachtete nacheinander die Gesichter. Keiner von

ihnen hatte um sein Leben bangen müssen. Sie hatten Hausaufgaben gemacht, ihre Cliquen gebildet, Mitschüler geärgert und Prüfungen abgelegt.

Auf einem der Bilder fiel mir jedoch auf, dass einer der Lehrer eine schwarze Armbinde trug. Als hätte es kurz vor der Abschlussfeier einen Trauerfall gegeben. Er bemühte sich zu lächeln, aber sein Gesicht wirkte irgendwie verkrampft.

Was war passiert? Irgendwie interessierte mich das plötzlich. Ich blickte auf die Bildunterschrift. Der Lehrer war ein Herr Sibelius. Ich hatte diesen Namen noch nie gehört. Offenbar hatte er die Schule verlassen.

Der Jahrgang war der von 2008. Wenn ich mich richtig erinnerte, war Alex damals noch nicht in Rotensand gewesen. Ich konnte ihn also nicht fragen, was aus Herrn Sibelius geworden war.

»Frau Hansen?«, ertönte da eine Stimme hinter mir. »Ist alles in Ordnung mit Ihnen?«

Ich wirbelte herum, ich hatte Herrn Sontheim nicht kommen hören.

»Ja, natürlich. Ich … ich habe mir nur die Bilder angeschaut.«

»Die früheren Jahrgänge.«

»Genau. Sie sind sehr interessant.«

»Nun, eines Tages wird auch Ihr Foto an dieser Wand hängen«, entgegnete er, dann verfinsterte sich seine Miene plötzlich.

Ich konnte mir denken, was ihm in diesem Augenblick durch den Kopf ging. Zwei Schülerinnen meines Jahrgangs würden niemals hier auftauchen. Keiner der nachfolgenden

Jahrgänge würde erfahren, dass sie hier gewesen waren. Der Tod hatte Camilla und Marina aus der Geschichte der Schule getilgt.

»Ähm, Herr Sontheim«, begann ich, »auf einem der Fotos trägt einer der Lehrer eine Armbinde. Gab es da irgendwie einen Trauerfall?«

Der Rektor sah mich ertappt an. Seine Augen weiteten sich verräterisch.

»Ja … ja«, antwortete er schließlich und wich meinem Blick aus, als wollte er sich eine Erklärung zurechtlegen, die nicht der Wahrheit entsprach.

»Es passierte kurz vor der Abschlussfeier. Die Sache hat Herrn Sibelius dermaßen belastet, dass er die Schule kurz darauf verlassen hat. Die Schüler haben ihn sehr gemocht. Aber wir konnten seine Entscheidung verstehen.«

Sontheim schob die Hände in die Taschen. Ich hätte gern genau gewusst, was passiert war, aber ich spürte, dass der Rektor mir nichts erzählen würde.

Als erneut Fahrzeuge auf den Hof rollten, wandte er sich um. Der Krankenwagen war schon längst fort, jetzt tauchte die Polizei auf.

»Na endlich!«, rief Sontheim erleichtert aus, als er das Blaulicht bemerkte. »Gehen Sie am besten wieder zu den anderen Schülern oder ins Wohnheim. In dieser Nacht möchte ich niemanden allein irgendwo auf dem Gelände wissen.«

Wohl oder übel folgte ich ihm zur Tür, obwohl ich lieber hier stehen geblieben wäre und weiter die Fotos betrachtet hätte.

Draußen waren inzwischen nicht nur der normale Streifenwagen der Polizei und Kommissar Drägers schwarzer Volvo angekommen, zwei Mannschaftswagen machten ebenfalls halt. Aus einem der Fahrzeuge tönte Hundegebell.

Da Sontheim mich immer noch im Blick hatte, lief ich zur Aula zurück. Dort standen jetzt fast alle Schüler des Internats herum und gafften in Richtung Hof.

»Clara!«, rief es plötzlich hinter mir. Ramona kam auf mich zugeschossen. Sie wirkte völlig durch den Wind. »Bloß gut, dass dir nichts passiert ist! Sie haben erzählt, dass der Mörder auf dem Schulgelände war …«

Die Kommunikation funktionierte hier wirklich hervorragend!

»Das wissen wir noch nicht«, entgegnete ich ausweichend, obwohl es wahrscheinlich stimmte.

»Sie haben erzählt, dass Susanne angegriffen wurde.«

»Wer hat das erzählt?«

Ich hoffte im Stillen, dass die Jungs inzwischen zurück waren.

»Nele aus der zweiten Klassenstufe«, antwortete Ramona.

Aha, dann hatte diese Nele also dabeigestanden, als wir uns um Susanne gekümmert hatten. Und das bedeutete, dass Alex und die anderen noch nicht wieder aufgetaucht waren.

Hundegebell hallte jetzt zu uns herüber. Ein weiterer Mannschaftswagen rollte heran. Die Polizisten und Polizistinnen, die bereits da waren, hielten eine Teambesprechung ab.

»Ja, irgendwer hat Susanne niedergeschlagen. Und Christina ist verschwunden. Mehr wissen wir noch nicht, ein paar Jungs suchen gerade nach ihr.« Und Alex. Alex war einer von ihnen.

»Und was ist mit Susanne?«

»Sie ist ins Krankenhaus gebracht worden, mehr weiß ich nicht.«

»Krass.«

Ja, das war ziemlich krass. Und ich fragte mich, ob all die, die von Melanies Freundinnen gemobbt wurden, sich heimlich freuen würden, wenn sie hörten, dass jetzt auch Christina verschwunden war. Christina, die Susanne die Freundin abspenstig gemacht hatte …

Da schoss mir plötzlich ein anderer Gedanke durch den Kopf.

»Du, sag mal, Ramona, kennst du noch einen Lehrer namens Sibelius?«, fragte ich, denn wenn mir der Rektor schon nichts sagen wollte, taten es vielleicht meine Mitschüler. »Warst du da schon an der Schule?«

Ramona sah mich fragend an, dann schüttelte sie den Kopf. »Nein, das muss vor meiner Zeit gewesen sein.«

»Und seit wann bist du hier?«

»Seit 2009.«

»Und hat irgendwer mal von ihm gesprochen?«

»Nein«, antwortete Ramona und zuckte mit den Schultern. »Aber es ist ja auch nicht so, dass sich hier alle drum reißen, mit mir zu reden.«

Merkwürdig, schoss es mir durch den Kopf.

Aber bevor ich reagieren konnte, verkündete Ramona: »Ähm, ich geh dann mal wieder rein.« Und weg war sie. Hatte sie es so eilig, allen von Christinas Verschwinden und dem Angriff auf Susanne zu erzählen?

Da wurde es plötzlich hinter mir laut. Als ich mich umdrehte, erkannte ich, dass der Suchtrupp wieder zurück war. Auch Alex. Sie wurden von ihren Mitschülern mit Fragen bestürmt und einer der Jungs gab nur allzu bereitwillig Auskunft.

Alex stand schweigend daneben und starrte auf seine Schuhe – bis er meinen Blick bemerkte und aufschaute. Ich zog die Augenbrauen hoch, in der Hoffnung, dass er verstand, was ich wollte.

Und tatsächlich löste er sich von den anderen und kam auf mich zu.

»Na?«, fragte ich.

»Na?«, fragte er zurück. So deprimiert, wie er aussah, konnte ich mir schon denken, dass sie Christina nicht gefunden hatten.

»Lust, eine Runde zu gehen?«, fragte ich, denn ich wollte nicht, dass irgendwer unser Gespräch mitbekam.

Alex nickte. »Okay.«

Wir entfernten uns von der Menschenmenge und auch von den Polizeiwagen. Ich hatte immer noch Alex' Jackett über den Schultern.

»Hier, nimm das«, sagte ich und reichte es ihm, denn er sah furchtbar verfroren aus.

»Nein, lass nur, ich komme schon klar«, erwiderte er, und auf einmal schien es, als hätte es unseren Kuss nie gegeben. Oder irrte ich mich?

»Ihr habt sie nicht gefunden, nicht wahr?«

Alex schüttelte den Kopf. »Markus wäre gern noch weitergelaufen, aber da hat er einen Anruf von Sontheim gekriegt, und wir mussten unsere Suche abbrechen. Irgendwie hat der Direx doch Wind von der Sache bekommen.«

»Ist klar, denn die Polizei ist inzwischen da. Sie haben sogar Hunde dabei.«

Darauf sagte Alex nichts. Hielt er es für einen Fehler, dass ihnen Sontheim dazwischengefunkt hatte? Also ich war ziemlich froh darüber, dass er nicht mehr Jagd auf diesen Verrückten machte, der seinen Opfern Krähenflügel annähte. Aber das sagte ich nicht, denn ich spürte, dass ihn das verärgert hätte.

Eine ganze Weile lief Alex schweigend neben mir her. Auch ich wusste nicht, was ich sagen sollte.

Im Wohnhaus angekommen, zog mich Alex in den Aufenthaltsraum, der vollkommen verlassen war.

Als ich aus dem Fenster sah, entdeckte ich den alten Brunnen. Man konnte ihn nur schemenhaft sehen.

Nicht weit von dort hatte der Mörder Christina entführt. War es das, was Alex so nachdenklich machte? Dass Christina die Nacht womöglich nicht überlebte?

Ich versuchte mir immer noch einzureden, dass die Hundestaffel und der Suchtrupp etwas bewirken konnten, aber war das realistisch? Oder nähte der Mörder Christina in diesem Augenblick schon Flügel an?

Alex schloss die Tür und sah mich an. »Ich will nicht, dass dir was passiert! Hörst du? Ich will nicht, dass er dich auch erwischt.«

»Ähm … na ja, was …« Die Worte blieben mir im Hals stecken. Er hatte Angst um mich!

»Vielleicht solltest du die Finger davon lassen. Überlass das Fangen des Mörders der Polizei. Wenn der Kerl herausfindet, dass du Nachforschungen anstellst, wer weiß, auf was für Ideen er dann kommt …«

»Das sagt derjenige, der eben los ist, um den Mörder zu finden, obwohl es ihm der Rektor verboten hat«, entgegnete ich spöttisch.

»Clara, ich meine es ernst!«

Aber konnte ich jetzt noch zurück? Immerhin gab es die Drohung des Ratgebers, dass auch ich Opfer des Killers werden könnte.

»Mir passiert nichts«, sagte ich und griff nach seiner Hand. Sie war kalt, so kalt wie die Nacht selbst. »Ich bin vorsichtig. Und genau genommen bin ich auch keine Gefahr für ihn. Was habe ich schon herausgefunden?«

Da machte es auf einmal Klick in meinem Kopf. Sibelius! Und wenn er nun versuchte, der Schule zu schaden? Wenn er zurückgekommen war und … Schülerinnen umbrachte? Nein, das klang absurd. Aber solange ich nicht wusste, was es mit diesem Todesfall auf sich hatte und warum er gegangen war, würde ich keine Ruhe haben.

»Sag mal … du hast auch noch nichts von diesem Sibelius gehört, oder?«

»Sibelius?«

»Ist dir dieser Name schon mal untergekommen?«

»Nein, nicht dass ich wüsste. Was ist das denn für ein Typ?«

»Ich habe ihn auf einem Foto gesehen. Er war hier Lehrer. Auf einem der Abschlussfeierfotos trug er eine schwarze Trauerbinde um den Arm. Und Rektor Sontheim meinte, dass er danach gekündigt hat.«

Alex ließ diese Informationen sacken. Dann schüttelte er wieder den Kopf. »Nein, aber ich könnte mich mal umhören.«

Ich seufzte schwer. »Irgendwie habe ich es nur mit Leuten

zu tun, die nach 2008 an diese Schule gekommen sind. Ätzend!«

»Tja, leider kann ich nicht in eine Zeitmaschine springen und meine Eltern dazu überreden, ein Jahr früher hierherzuziehen.«

Ich lächelte ihn an. »Das musst du auch nicht. Ich würde nur gern wissen, was es mit diesem Lehrer auf sich hat.«

»Meinst du denn, dass er etwas mit den Morden zu tun hat?«

»Keine Ahnung.« Und das war die Wahrheit. Die ganze Sache wirkte auf mich wie ein Puzzle, das vor mir verstreut lag. Einige Teile zeigten nach oben, andere waren umgedreht, und nirgendwo war ein Eckteil zu finden, mit dem man hätte beginnen können.

»Ich weiß, wen du nach diesem mysteriösen Lehrer fragen könntest«, sagte er plötzlich.

»Wen?«, fragte ich.

»Melanie. Von der weiß ich immerhin, dass sie schon zu seiner Zeit hier war.«

»Und die wird mir bestimmt alles erzählen.« Ich schüttelte den Kopf. »Nee, das macht sie sicher nicht. Aber vielleicht gibt es noch andere.«

»Andere, die es nicht wundert, dass du nach diesem Herrn Sibelius fragst?«

Ich verzog den Mund. »Vielleicht könntest du …« Meine Stimme versagte.

Alex sah mich lange an. »Okay.«

Okay? Kein Nein?

»Ich werde mich umhören, vielleicht wissen die Jungs was.

Einige von ihnen waren bereits nach der Orientierungsstufe hier. Aber du verstehst, dass ich vorsichtig sein muss.«

»Auf jeden Fall!«, entgegnete ich und überlegte, wie ich ebenfalls etwas herausfinden konnte. Die Probe, fiel mir ein. Unsere Theaterprobe. Ramona wusste nichts, aber Kerstin vielleicht. Wie lange war sie schon in Rotensand?

»Es wäre möglich, dass der Mörder aus unserer Schule kommt«, fuhr Alex im Flüsterton fort. »Oder einen Komplizen hier hat. Er muss gewusst haben, dass die Begrüßungsfeier heute stattfindet. Und dass er vielleicht die Gelegenheit hat, sich ein Mädchen zu greifen. Bei Feiern geht immer irgendwer raus.«

Derselben Meinung war ich auch. »Deshalb sollten wir in Betracht ziehen, dass der Mörder ein ehemaliger Lehrer ist. Ein Lehrer, der einen Schüler zum Komplizen hat.«

»Du meinst diesen Sibelius?«

»Ja, genau. Wir müssen rausfinden, warum er damals verschwunden ist. Und was es mit dem Todesfall auf sich hat. Wenn Camilla und Marina nun … seine Tochter drangsaliert haben oder so …«

»Das wäre ganz schön krass, meinst du nicht? Ein Lehrer, der Rache an seinen früheren Schülerinnen nimmt.«

»Krass, aber nicht unmöglich. Andersherum könnte es natürlich auch sein, dass er nicht freiwillig gegangen ist. Vielleicht hat man ihn rausgeworfen, weil er mit irgendwas nicht zurechtkam. Dem Trauerfall zum Beispiel. Er bringt keine Leistungen mehr, hat einen Nervenzusammenbruch und schwups, ist er weg vom Fenster. Der Rektor hat mir was verheimlicht.«

Alex lächelte und strich mir eine Strähne aus dem Gesicht. »Ich bin sicher, dass du später mal eine tolle Ermittlerin wirst. Du solltest wirklich zur Polizei gehen und nicht in die Gerichtsmedizin. Mit einem grünen Kittel inmitten von Leichen kann ich mir dich nicht vorstellen, aber auf Verbrecherjagd, mit Kanone im Holster schon.«

40.

»Wach auf, mein Vögelchen«, raunte eine Stimme über ihr. Eine Stimme wie aus einem Traum. Träumte sie? Alles um sie herum war dunkel. Außer der Stimme und ihrem eigenen Atem hörte sie nichts.

Manchmal war das auch zu Hause so. Sie war wach, hörte, wie sich ihre Eltern stritten oder der Nachbar schon am frühen Morgen mit dem Rasenmäher den Garten abfuhr. Aber sie konnte die Augen nicht öffnen, weil ihr Körper noch schlief. Dann musste sie abwarten, bis der Schlaf ihre Muskeln freigab.

Aber hier war es anders. Die Gerüche, sie waren nicht wie zu Hause. Wenn sie morgens im Bett lag, mit schlafendem Körper und wachem Verstand, duftete es nach Straße, nach Wasser, nach dem Mittel, mit dem ihre Mutter die Gardinen wusch, und nach Kaffee. Morgens roch es immer nach Kaffee, manchmal auch nach Aufbackbrötchen. Hier roch es nach Moder, nach Wald und nach Holz.

Sie war nicht zu Hause.

»Wach auf!«, wiederholte die Stimme. »Du musst nur die Augen öffnen. Versuch es.«

Das war keine Stimme aus ihren Träumen. Diese Stimme war dicht neben ihr, begleitet von einem Atemzug, der ihr Gesicht streifte. Und sie klang drohend. Als ob etwas Schlimmes passieren würde, wenn sie die Augen geschlossen ließ.

Sie versuchte es. Wenn ich die Augen aufmache, weiß ich, wo ich bin, ging es ihr durch den Kopf. Und dann fällt mir auch wieder ein, was passiert ist.

Doch ihre Augen weigerten sich zunächst. Es fühlte sich an, als hätte sie jemand zugeklebt. Mit Sekundenkleber.

Aber dann schaffte sie es. Zunächst öffneten sich ihre Lider nur einen Spaltbreit. Ein Bild erschien in ihrem Sichtfeld. Es war diffus und dunkel, so, als würde sie durch grünes Glas schauen.

Dann endlich wurde es klar.

Sie blickte in ein Gesicht, das Gesicht eines Mannes. Ein Gesicht, das ihr entfernt vertraut vorkam. Seine Züge wirkten verschwommen, und der dumpfe Nebel in ihrem Kopf verhinderte, dass sie sich erinnerte.

»Du weißt nicht mehr, wer ich bin, stimmt's?«, fragte er, während er sie mit kaltem Blick fixierte. Seine Augen waren wie die einer Schlange, grün und hypnotisierend.

Wer bist du?, wollte sie fragen, aber ihre Lippen bewegten sich nicht. Dafür kam jetzt die Angst. Ihr Verstand ahnte, wer er war. In ihrem Kopf gab es eine Stelle, wo sein Bild abgelegt war. Und dazu dessen Bedeutung.

»Schade«, sagte der Mann, während er sie nicht aus den Augen ließ.

Inzwischen begannen ihre Gliedmaßen zu kribbeln. Ihr Körper erwachte. Es war anders als sonst, aber ohnehin war hier alles anders. Ihr Schlaf war sicher kein normaler Schlaf gewesen, der Mann vor ihr hatte nachgeholfen.

»Bitte«, flehte sie leise. »Tun Sie mir nichts. Ich bin unschuldig, ich …«

Der Mann schlug ihr ins Gesicht. »Du hast nichts getan?«, zischte er, während hinter ihren Augen ein Meer von Sternen explodierte. »Wirklich nicht? Aber natürlich, ihr seid immer die unschuldigen Engel. Wenn man sich über euch beschwert, klimpert ihr die Schuld einfach mit euren Wimpern weg, nicht wahr? Und die, denen ihr geschadet habt, lasst ihr als Lügner dastehen. Bis sie es dann nicht mehr aushalten …«

Noch immer wusste sie nicht, was er meinte. Oder doch, sie wusste es, aber in den vergangenen Jahren hatten sie sich mit so vielen Leuten einen Spaß erlaubt.

»Wie war das mit eurem kleinen Scherz?«, fragte er. »Erinnerst du dich wirklich nicht mehr? Die beiden vor dir konnten es auch nicht, insofern bist du in guter Gesellschaft.«

Er packte sie an den Haaren, zerrte sie hoch und zwang sie, ihn anzusehen. »Aber ich will, dass *du* dich erinnerst. Du sollst wissen, warum ich mit dir tue, was ich tue.«

Sie schluchzte auf. Trotz aller Angst, trotz allen Wissens, dass es ihr nichts bringen würde.

»Bitte … es tut mir leid …«, wimmerte sie. »Wirklich, es tut mir leid.«

Im Gesicht des Mannes regte sich nichts. Er nahm ihre Entschuldigung nicht an. Oder doch?

Und dann traf sie die Erkenntnis. Wie ein Blitz aus heiterem

Himmel hatte sie wieder die zusammengekauerte Gestalt vor Augen.

Das war nicht möglich. Es konnte doch nicht sein …

Während die Bilder der Vergangenheit in ihr aufstiegen, beobachtete sie der Mann genau. Keine Regung in ihrem Gesicht entging ihm. Und dann sah er, was er sehen wollte.

Ihr Mund zuckte und öffnete sich.

»Es war doch nur Spaß«, sagte sie. »Wir haben es nicht so gemeint, wir wollten ihr nur einen kleinen …«

Der Mann schrie auf und rammte ihr das Messer in die Brust, hart und unbarmherzig. Erschrocken riss sie die Augen auf, doch ihr Blick brach, bevor sie begreifen konnte, was geschehen war.

Es war doch nur Spaß! Ja, damit hatten sie immer alles erklärt. Spaß! Spaß!!! Ihnen mochte es vielleicht Spaß gemacht haben, aber sicher nicht ihren Opfern.

Als er das Messer aus ihrem Körper zog, fühlte er sich seltsam erleichtert. Die Dritte, sagte er sich. Und die Zweite, die wusste, worum es eigentlich ging.

Auch aus der Letzten hatte er das Wissen herauskitzeln können, das Wissen um das, was damals geschehen war.

Doch diesmal war es noch befriedigender gewesen. Die andere hatte es zugegeben, weil sie Schmerzen hatte. Diese hier hatte nichts zugegeben, aber in ihren Augen hatte er all das, was damals geschehen war, sehen können. Das hatte beinahe genauso gutgetan wie der Stich selbst. Sie ist mit dem Wissen zur Hölle gefahren, dass er den Spieß umgedreht hatte.

Da er nicht viel Zeit hatte, legte er das Messer zur Seite. Dabei fiel ihm wieder der Zettel ins Auge, den ihm die Stimme hinterlassen hatte. Musste er sich darum kümmern? Später. Er griff nach dem Metallkasten, in dem er seine Instrumente aufbewahrte. Er legte den Zettel hinein und nahm stattdessen die lange Ahle heraus, die jetzt ihren dritten Einsatz bekommen würde. Der Nadelhalter, den er aus einer Praxis hatte mitgehen lassen, hatte sich als schwierig zu gebrauchen erwiesen, also nähte er lieber mit der Hand.

Nachdem er die Tote ausgezogen hatte, machte er sich an die Arbeit. Die Flügel waren besser, wenn man sie einer frisch getöteten Krähe abschnitt, das wurde ihm jetzt klar. Die Flügel, die er hatte, waren mittlerweile steif und trocken. Bedauernd dachte er an das Krähengrab im Wald. Ich hätte sie nicht so früh töten sollen. Aber das ließ sich nicht mehr rückgängig machen. Er nähte die Flügel, so gut er konnte, an die Schulterblätter des Mädchens an und dachte dabei, wie bei jeder, ihr seid nichts weiter als Krähen, Aasvögel, ihr habt es nicht verdient zu leben.

Als er fertig war, betrachtete er sein Werk. Es war nicht so schön wie die vorherigen, aber es würde seinen Zweck erfüllen.

Und das Bild würde reichen, um den Traum eine Weile von ihm fernzuhalten.

Dann riss ihn ein Geräusch aus seiner Betrachtung. Ein leises Heulen. Als er noch im Dorf gewohnt hatte, war es ständig zu hören gewesen. Damals war es ihm gar nicht mehr aufgefallen, auch nicht, wenn Vollmond war und das Heulen und Bellen ihn in die Nacht begleitet hatte. Aber nun hörte er es deutlich. Hunde!

Die Zeile eines uralten Liedes fiel ihm wieder ein.

»Sie kommen, dich zu holen, sie werden dich nicht finden, niemand wird dich finden, du bist bei mir …«

Falco. Genau, *Jeanny* von Falco.

Scheiße, dachte er und hob das tote Mädchen von der Tischplatte. Alles hätte so schön werden können. Aber die andere hatte anscheinend geredet. Wenn er doch nur härter zugeschlagen hätte.

Doch jetzt war es zu spät. Er musste handeln. So schnell er konnte, trug er das Mädchen nach draußen und legte sie auf den Waldboden. Sein Werk war vollendet, aber er hätte sich gewünscht, es passender zu arrangieren. Jetzt musste er zusehen, dass er seine Spuren verwischte. Ihm blutete das Herz bei der Vorstellung, seinen Unterschlupf aufgeben zu müssen, aber er hatte keine andere Wahl.

Er erhob sich und ging zu den Kanistern mit Brandbeschleuniger, die er für alle Fälle aufbewahrt hatte. Die Stimme hatte ihm dazu geraten. Wenn es hart auf hart kommt, fackelst du die verdammte Hütte einfach ab. Das Bedauern, dass er dies jetzt wirklich tun musste, brannte in ihm, doch sein Körper führte in dem Augenblick ein Eigenleben, dem er sich nicht entziehen konnte. Nachdem er das verbliebene Paar Krähenflügel und das Messer in die Tasche gesteckt hatte, öffnete er die Kanister. Mechanisch verteilte er den Brandbeschleuniger auf dem Inventar der Hütte, auf dem Tisch, auf den Ablagen, Regalen und dem Fußboden. Die Dämpfe bissen in seinen Atemwegen, während die Flüssigkeit das Blut auf dem Boden verwischte. Dabei wurde ihm klar, dass er es nicht hätte tun sollen. Hier morden. Bei den beiden vorherigen hatte er es im

Wald erledigt. Dort wurden die Blutflecken vom Regen abgewaschen oder von Laub bedeckt. Hier hinterließ es Spuren. Blut auf dem Tisch, auf dem Holzboden. Holz …

Es würde lichterloh brennen. Aber der Körper, er durfte nicht brennen. Wozu hätte er sich dann die ganze Arbeit gemacht? Nein, diesen Körper dort draußen sollten alle sehen. Sie sollten sehen, was mit jenen geschieht, die andere in die Hölle schicken.

SAMSTAG SONNTAG

41.

Erst spät wurde ich wach und stellte fest, dass ich noch immer in meinem Kleid steckte. Oder besser gesagt, in Susannes Kleid. Nachdem ich die Krankenstation verlassen hatte, war ich so kaputt gewesen, dass ich vergessen hatte, es auszuziehen. Aber war das jetzt noch von Bedeutung?

Das Bett gegenüber war leer. Natürlich. Susanne war im Krankenhaus. Ich hoffte sehr, dass sie wirklich nur eine Gehirnerschütterung hatte. Dass alles schrecklicher ausgesehen hatte, als es war. Sie war wach gewesen, hatte gesprochen. Ich glaubte nicht, dass sie gesundheitliche Schäden davontragen würde – aber bei Kopfverletzungen konnte man nie wissen … Ich war jedenfalls heilfroh, dass sie dem Killer entkommen war.

Jetzt fiel mir etwas anderes ein. Hatte der Mörder Christina womöglich auch einen Vogel hinterlassen?

So schnell ich konnte, schälte ich mich aus meinem Kleid, schlüpfte in meinen Jogginganzug und rannte zu Frau Heidens Büro. Die Dusche würde warten müssen.

Auf mein Klopfen hin reagierte zunächst niemand. Doch dann ertönten Schritte und die Tür wurde geöffnet.

Frau Heiden sah wahnsinnig übernächtigt aus. »Ja, was gibt es denn?«

»Ich bin hier wegen Christina.«

Wahrscheinlich erwartete sie, dass ich mit irgendwelchen Neuigkeiten zu ihr geschickt worden war.

»Ähm, ich hatte da so eine Idee, aber vielleicht ist die Polizei schon selbst draufgekommen.«

»Worum geht es denn?«

»War die Polizei schon in Christinas Zimmer? Wegen eines Vogels im Bett?«

Frau Heiden sah mich entgeistert an. Offenbar hatte gestern in der Eile niemand daran gedacht, auch die Kommissare nicht.

»Ich … ich hatte deswegen doch mit Kommissar Dräger gesprochen«, erinnerte ich die Mentorin. »Vielleicht war der …« Ich mochte es gar nicht aussprechen.

Aber Frau Heiden verstand. »Du meinst, der Mörder war in Christinas Zimmer?«

»Ja. Und vielleicht hat er dort Spuren hinterlassen, die uns zu ihm führen, bevor er Christina …« Ich brach ab.

Das Gesicht der Lehrerin wurde ernst. »Gut, gehen wir.«

»Kommissar Dräger ist immer noch im Wald«, erklärte uns Rektor Sontheim, als ich sein Büro betrat.

»Er hat einen Anruf vom Suchtrupp bekommen.«

»Haben sie sie gefunden?«, fragte Frau Heiden hoffnungsvoll.

Ich konnte dem Rektor ansehen, dass er log, als er antwortete: »Ich weiß es nicht. Er sagte nur, dass er schnell wegmüsse.«

»Ach so«, erwiderte Frau Heiden.

Mir lief ein kalter Schauer über den Rücken. »Was, wenn wir schon mal nachsehen?«, schlug ich vor.

»Nachsehen?«, fragte Sontheim.

Frau Heiden presste die Lippen zusammen, dann wandte sie sich an den Rektor.

»Clara meint, dass der Mörder vielleicht im Wohnheim gewesen sein und einen weiteren Vogel hinterlassen haben könnte …«

Sontheim musste sich doch daran erinnern, dass ich ins Büro gekommen war und von dem Spatz berichtet hatte!

Und das tat er! Augenblicklich erhob er sich.

»Bist du sicher?«

»Nein, natürlich bin ich nicht sicher, aber es wäre doch möglich, oder? Immerhin lag in meinem oder besser gesagt Camillas ehemaligem Bett ein toter Spatz und in Marinas. Warum nicht auch in Christinas?«

Sontheim schien die Fakten erst einmal ordnen zu müssen.

»Okay«, sagte der Rektor schließlich. »Gehen wir nachschauen. Allerdings erst, wenn Herr Dräger zurück ist. Wir dürfen keine Spuren verwischen.«

Ich blickte zu Frau Heiden. Auf Dräger warten? Wer weiß, wann der wiederkam? Außerdem bezweifelte ich, dass es irgendwelche Spuren gab, die verwischt werden konnten. Ich ging davon aus, dass die Polizei bisher nichts gefunden hatte. Dräger hatte mir ja versprochen, sich zu melden, falls verwertbares Material aufgetaucht wäre.

»Okay«, sagte ich und versuchte, mir meine Enttäuschung nicht anmerken lassen.

Frau Heiden legte eine Hand auf meine Schulter. »Gehen Sie am besten ins Haus zurück. Ich werde hier mit Herrn Sontheim auf Herrn Dräger warten und dann sehen wir weiter.«

Ich nickte. Ungeduld nagte an mir.

Natürlich war es vernünftiger, die Polizei einzubeziehen, aber ich musste jetzt wissen, ob es einen Vogel in Christinas Zimmer gab. Sollte ich einen finden, stand für mich außer Frage, dass Christina noch am Leben war.

Als ich unser Wohngebäude betrat, war alles ruhig. Ein paar gedämpfte Stimmen ertönten aus der unteren Etage. Niemand würde mich sehen, wenn ich nach oben ging.

Das war Wahnsinn, und ich würde einen Höllenärger kriegen, aber ich musste wissen, ob Christina ebenfalls Opfer des Krähenmannes geworden war.

Auch im ersten Stock begegnete ich niemandem. Ich schlich zur Tür. Mein Körper war fast schon schmerzhaft gespannt, und mein Herz raste, als ich ein Taschentuch hervorzog und damit die Türklinke herunterdrückte. Dräger würde sicher Fingerabdrücke nehmen, da sollte er meine dort nicht finden.

Ich wusste genau, dass in der Nummer 19 niemand war. Anke, Christinas Mitbewohnerin, war nach der Feier abgereist. Wahrscheinlich waren ihre Eltern da gewesen und hatten sie gleich mit nach Hause genommen.

Beide Betten waren ordentlich gemacht, Ankes Schrank stand ein wenig offen. Auf Christinas Schreibtisch stapelten sich die Hefte. Zuoberst das Hausaufgabenheft. Fast schien es, als hätte sie etwas gesucht und dazu ihre gesamte Tasche ausgeräumt.

Aber einen Hinweis darauf, dass hier jemand außer ihnen gewesen war, gab es nicht. Doch der Mörder war nicht dumm. Er würde keine Unordnung schaffen und damit auf sich aufmerksam machen.

Vor dem Bett blieb ich stehen. Sollte ich wirklich nachschauen? Dräger kam bestimmt bald wieder.

Nun mach schon, sprach ich mir Mut zu. Dann schloss ich die Augen und schlug die Decke zurück.

Bitte, lass das Kissen leer sein, flehte ich innerlich und versuchte, mich gegen den Anblick zu wappnen.

Langsam öffnete ich die Augen. Zunächst sah ich nur Weiß. Doch es war nicht nur das Weiß des Kopfkissens.

Eine Taube lag darauf. Eine weiße Taube mit abstehenden Federn – als hätte sie jemand zu lange in der Hand gehalten.

Alles um mich herum begann sich plötzlich zu drehen. Ich stützte mich am Kleiderschrank ab, um nicht zu stürzen.

Gestern, als mich Frau Heiden in den Westflügel geschickt hatte, um die Kerzenhalter zu holen, war mir eine Taube begegnet.

Konnte es Zufall sein, dass ich kurz darauf eine auf dem Kissen meiner Mitschülerin fand?

42.

Der Wohnblock war grau und anonym, das beste Versteck, das er hatte. Offiziell lebte er nicht hier, aber er hatte schon bald herausgefunden, dass es niemanden störte. Beinahe alle Wohnungen standen leer. In den wenigen bewohnten hausten Menschen mit zerstörter Identität, verkorksten Leben oder Problemen, die niemand lösen konnte. Keiner von denen kümmerte sich um ihn. Keiner von denen nahm ihn überhaupt wahr. Auch jetzt nicht, als er die Treppe hinaufschlich. Darüber war er froh, denn er glaubte, noch immer nach Brandschutzbeschleuniger zu stinken, obwohl er ein Bad in der Ostsee genommen hatte. So konnte er nicht unter die Leute gehen.

Das ganze Mobiliar seiner illegal bezogenen Wohnung beschränkte sich auf eine Matratze und einen Stuhl, den er aus dem Sperrmüll gefischt hatte. Das reichte für die Stunden, in denen ihn die Schwermut packte und der Traum ihn plagte. Hier würden sie ihn nicht finden.

Seine Gedanken wanderten wieder zu der Hütte. Angst

packte ihn. Wenn die Polizei ihn erwischte, würde es vorbei sein. Dann konnte er seine Rache nicht vollenden und die Träume würden nicht verschwinden. Die Vorstellung, dass die Letzte davonkommen könnte, war das Schlimmste. Was mit ihm geschah, war ihm egal. Er würde es auch im Knast aushalten. Aber er musste es schaffen!

Schwer ließ er sich auf die Matratze sinken und vergrub den Kopf in seinen Händen. Sein Haar war mittlerweile wieder länger, als er es haben wollte. Normalerweise schor er es sich millimeterkurz. Das war gut in dieser Gegend, denn vor Nazis hatte man hier Angst. Man sprach sie nicht an und versuchte, sie zu ignorieren. Außerdem sahen sie alle gleich aus.

Nachdem er eine Weile so dagesessen hatte, legte er sich hin. Etwas ging in ihm vor, das spürte er deutlich. Kehrte der Traum zurück?

Er hob die Hände, die ihm auf einmal bleischwer vorkamen, und betrachtete sie. Das machte er nur selten. Auch wenn er mit ihnen arbeitete, achtete er nicht auf sie.

Doch jetzt sah er sie bewusst an, sah die vielen Narben auf der Handfläche, stumme Zeugen des furchtbaren Geschehens, das ihn für immer verändert hatte.

Diese Narben würden immer bleiben, egal, wie viele Schuldige er umbrachte. Aber das war nicht von Bedeutung. Er wollte Frieden. Frieden in der Seele. Und den konnte er nur bekommen, wenn er mordete.

Langsam nahm er die Hände wieder herunter und legte sie neben sich.

Er musste nachdenken.

Sein Unterschlupf war ihm genommen worden. Möglicherweise brauchte er keinen neuen. Er war sowieso wertlos geworden. Man hatte die Krähen gefunden und da war diese Stimme aufgetaucht. Sie hatte ihm den Zettel gegeben, den Zettel, mit dem er nichts anfangen konnte, solange er den Namen der Schnüfflerin nicht kannte. Der Zettel, der mit allem anderen im Wald verbrannt war.

Aber wahrscheinlich war das sowieso bald bedeutungslos. Das vierte Opfer würde schnell sterben, vielleicht auch ohne Flügel. Es ging nur noch darum, die Sache zu Ende zu bringen und abzuhauen. Alles andere war unwichtig.

43.

Die schweren Schritte der Polizisten hallten laut durch den alten Trakt. Wahrscheinlich hatte dieser Teil des Gebäudes schon lange nicht mehr so viele Menschen auf einen Haufen gesehen.

Als Kommissar Dräger gegen Mittag zurück gewesen war, hatte Sontheim natürlich sofort mit ihm gesprochen. Als sich der Rektor die Hände vor das Gesicht geschlagen hatte, hatte ich gewusst, dass sie tot war.

Ich hatte beide von Weitem beobachtet. In meinem Innern hatte sich alles merkwürdig dumpf angefühlt. Ich konnte nur an die Taube im alten Trakt denken – und daran, dass der Mörder vielleicht dort gewesen war. Womöglich zur gleichen Zeit wie ich.

Wenig später waren Sontheim und Dräger ins Wohngebäude gekommen und hatten die Taube in Christinas Zimmer gefunden. Die Spurensicherung war angerückt. Und als Dräger mich befragt hatte, hatte ich erzählt, was ich am Vortag beobachtet hatte.

Und jetzt waren wir hier, im alten Trakt. Ich stand an der Tür, wusste nicht, ob ich reingehen oder draußen bleiben sollte. Innerlich war ich vollkommen aufgewühlt. Die Taube. Ich hatte das Schlagen ihrer Flügel noch immer in den Ohren, meinte, ihren Schatten zu sehen.

Es gab viele Tauben, sagte ich mir. Er hätte auch eine aus dem Wald nehmen können. Aber meine Aussage, am Abend vor Christinas Verschwinden eine Taube im alten Trakt gesehen zu haben, hatte dem Kommissar gereicht, um hier alles auf den Kopf zu stellen.

Ich beobachtete die Männer in den weißen Schutzanzügen, die ich auch schon beim Krähengrab gesehen hatte. Sie nahmen Fingerabdrücke, suchten DNA-Spuren. Sie würden wahrscheinlich meine ebenso finden wie die von Alex und Susanne und vielen anderen Schülern, die hergeschickt worden waren, um irgendwas zu holen. Aber vielleicht waren darunter auch die Fingerabdrücke des Mörders.

Niemand beachtete mich. Niemand schickte mich weg. Auch Sontheim schien mich vergessen zu haben. Wahrscheinlich schob er innerlich massive Panik, weil jetzt schon die dritte Schülerin seiner Schule ermordet worden war – quasi unter seinen Augen. Das hätte nicht passieren dürfen. Niemals.

Ich hatte nur ein paar Fetzen aufgeschnappt von dem, was Dräger dem Rektor erzählt hatte. Eine Hütte im Wald hatte gebrannt. Eine alte Hütte, von der niemand Notiz genommen hatte. Von der niemand so recht wusste, wem sie gehörte.

Das Feuer hatte den Suchtrupp zur Leiche geführt. Die Nähte an Christinas Rücken waren noch frisch gewesen, sie selbst erst seit einigen Minuten tot.

Sie glaubten, dass der Mörder sie durch das Feuer zur Leiche hatte führen wollen.

Ich glaubte, dass er Angst bekommen hatte. Das Hundegebell war sicher überall im Wald zu hören gewesen. Ich wusste nicht, was mich mehr erschütterte. Dass Christina tot war oder dass die Ermittler nur haarscharf verpasst hatten, sie zu retten. Vielleicht, wenn sie die Hunde nicht gehabt hätten …

»Frau Hansen?«

Ich drehte mich um. Hinter mir stand Dräger, die Hände tief in seinen Mantel vergraben. Er sah furchtbar fertig aus, wie nach einer langen, durchsoffenen Nacht.

»Kann ich mit Ihnen sprechen?«

Ich nickte und folgte ihm nach draußen.

»Sie haben nichts gefunden, nicht wahr?«, fragte ich, als wir über den Schulhof gingen.

Dräger schüttelte den Kopf.

»Nein, aber das mit der Taube im alten Trakt war wirklich gut beobachtet.« Ein paar Leute auf dem Schulhof blickten zu uns hinüber.

»Ich möchte Sie bitten, sich vorzusehen«, sagte er dann. Als ob ich jeden Abend eine Joggingrunde durch den Wald drehen würde.

»Natürlich, ich passe schon auf.«

»Sie machen sich Gedanken um den Fall, nicht wahr?«

»So kann man das nicht sagen …« Doch, konnte man. Aber das wollte ich natürlich nicht zugeben. Die Polizei schätzte es sicher nicht, wenn man sich einmischte.

Dräger überging meine Antwort. »Bitte, handeln Sie nicht eigenmächtig. Okay? Ich möchte nicht eines Tages Ihre Leiche im Wald finden. Überhaupt möchte ich keine Leiche mehr finden. Das hier geht schon an die Grenze dessen, was ich aushalten kann.«

Er machte sich Sorgen um mich?

»Alles klar«, entgegnete ich.

»Und lassen Sie das Recherchieren …«

»Wie bitte?« Woher wusste er, dass ich ermittelte? Hatte ihm das irgendwer gesteckt?

»Das tun Sie doch? Oder etwa nicht? Also ich würde es machen, wenn ich an Ihrer Stelle wäre. Was meinen Sie, warum ich bei der Polizei gelandet bin? Ich war in Ihrem Alter genauso neugierig wie Sie.«

Das kaufte ich ihm irgendwie nicht ab.

Eine Weile standen wir schweigend da, jeder in seine Gedanken vertieft.

»Überlegen Sie …«, begann er dann und schien nicht genau zu wissen, ob er weitersprechen sollte. »Ich mache mir nicht nur Sorgen um Sie, weil Sie hier Schülerin sind und noch so jung. Ich … ich glaube, ich kannte Ihren Vater.«

»Meinen …« Ich starrte ihn mit großen Augen an.

»Ihr Vater war doch Michael Hansen, nicht wahr?«

Ich nickte fassungslos. Woher kannte ein Kommissar aus Mecklenburg meinen Vater?

Er schien mir die Frage von den Augen abzulesen.

»Ich hatte mich gleich nach der Wende nach Brandenburg versetzen lassen, weil ich dort eine Frau kennengelernt hatte. Ihr Vater war damals ein junger Staatsanwalt. Wir hatten eine Weile miteinander zu tun, haben gemeinsam osteuropäische Schleuser verfolgt. Dann, nach einem ziemlich blöden

Fall, hat er aus Ärger über die Justiz die Seiten gewechselt und ist Rechtsanwalt geworden. Wie ich gehört habe, ist er zum Rechtsbeistand einer großen Firma geworden.«

Ich nickte. Das mit dem Rechtsbeistand stimmte. Dass Papa Staatsanwalt gewesen war, wusste ich nicht. Aber ich hatte ihn auch nicht lange genug gekannt. Wenn ich älter gewesen wäre, hätte er es vielleicht mal am Küchentisch erzählt. *Weißt du noch damals, als ich Staatsanwalt war …*

»Sie haben sehr viel von ihm geerbt«, sagte Dräger nun. »Nicht nur das Aussehen, auch die Art. Obwohl Sie ja noch sehr jung sind. Er wäre stolz auf Sie.«

Das schmeichelte mir, denn ich hatte meinen Vater sehr bewundert. Nein, ich bewunderte ihn immer noch. Je länger er fort war, desto größer wurde meine Bewunderung für ihn. Jetzt erst recht, nachdem ich erfahren hatte, dass er sich als Staatsanwalt für andere Menschen eingesetzt hatte. Dann war ich gern wie er.

»Aber gerade deswegen, weil Sie mich so an ihn erinnern und weil wir – er und ich – damals so gut miteinander ausgekommen sind, fühle ich mich verpflichtet, auf Sie achtzugeben.«

Ich wollte ihm schon sagen, dass er sich keine Sorgen zu machen brauchte. Immerhin hatte ich ja Alex.

»Hier«, sagte er und zog etwas aus seiner Tasche. Es war eine kleine Plastiktüte. »Der Brandbeschleuniger hat zwar gute Arbeit geleistet, aber einen kleinen Teil der Nachricht konnten wir dennoch aus dem Feuer bergen.«

Es war ein kleiner Zettel. Beschrieben in Druckschrift.

Sie ist dir auf den Fersen.

44.

Die Ermittlungen zogen sich noch eine Weile hin. Wieder wurden alle Schüler befragt. Ich sah Gruppe um Gruppe im Haupthaus verschwinden. Von meinem Platz aus in der Bibliothek hatte ich einen guten Überblick. Außerdem hatte Dräger angekündigt, dass er Sicherheitsbeamte auf dem Gelände postieren würde, die sich wie Schatten bewegen und sich im Hintergrund halten würden.

Der Bildschirm vor mir zeigte ein Sternenmeer, keine Ahnung, wer hier noch auf diesen alten Bildschirmschoner stand.

Ich bekam den Zettel nicht aus dem Kopf.

Sie ist dir auf den Fersen.

Das konnte alles Mögliche heißen, und doch hatte ich irgendwie das Gefühl, dass es um mich ging. Und es konnte vielleicht noch etwas anderes bedeuten. Was, wenn der Ratgeber nicht nur mein Ratgeber war, sondern auch der des Killers? Wer sonst wusste, dass ich Nachforschungen anstellte?

Bei dem Gedanken, dass der Typ, der mich anmailte, ein doppeltes Spiel spielte, wurde mir schlecht.

Wenn er mir noch einmal schrieb, würde ich nicht mehr antworten. Oder sollte ich das vielleicht doch tun? Um so zu tun, als hätte ich keine Ahnung?

Wahrscheinlich war das das Beste. Ich durfte den Ratgeber nicht wissen lassen, dass ich den Zettel gesehen hatte. Dass ich um die Verbindung zwischen ihm und dem Mörder wusste.

Die Sibelius-Theorie kam mir wieder in den Sinn. Vielleicht war ein Schüler sein Komplize. Ein Schüler, der mittlerweile nicht mehr einverstanden mit den Morden war. Ein Schüler, der mitbekommen hatte, dass ich forschte. Ein Schüler, der hoffte, dass ich ihn davon befreien würde, dem Mörder zu helfen.

Nur warum zum Teufel kam er nicht zu mir? Und warum schrieb er mir nicht mehr? Die letzte Unterhaltung war abrupt abgebrochen, als wäre er gestört worden. Und seitdem war nichts mehr gekommen.

Wenn er nun zu den Schülern gehörte, die von ihren Eltern abgeholt worden waren? Das konnte ihn aber wohl nicht daran hindern, mir Trash-Mails zu schreiben, denn zu Hause hatte er doch sicher einen Computer.

Als ich mit dem Ellenbogen an die Maus stieß, wurde der Bildschirm wieder hell.

Das Suchfeld von Google war leer. Ich blickte mich um, wollte mich vergewissern, dass mir niemand über die Schulter sah. Dann gab ich ein: Sibelius Rotensand Trauerfall.

Das Ergebnis war ernüchternd. Ich fand lediglich einen finnischen Komponisten und den Verriss einer Zeitung über ein Konzert in Berlin, bei dem eines seiner Stücke gespielt worden war. Mist!

Schnell klickte ich die Suchmaschine wieder weg. Auch wenn mich jemand hier beobachtete – ich musste wegen Sibelius herumfragen.

Aber da gab es ja noch die internen Seiten! Warum war mir das nicht eher eingefallen?

Zum ersten Mal, seit ich hier angekommen war, loggte ich mich in das interne Netz ein. Dort lagen Zimmernummern, Mailadressen, Stundenpläne, AG-Pläne und Veranstaltungen.

Ich klickte mich eine Weile durch alle möglichen Seiten. Dabei kamen mir die Alumni in den Sinn. Ob die auch immer noch Zugriff auf die Seiten hatten? Wenn ja, konnte der Killer ganz bequem vom PC aus alle möglichen Infos über uns checken. Aber – galt das auch für Lehrer, die ausgeschieden waren? Hatte Sibelius seine Passwörter behalten?

In meinem Bauch rumorte es. Alles schien mit diesem Lehrer zusammenzuhängen. Dem Lehrer, dessen Spuren anscheinend aus dem Netzwerk gelöscht worden waren, wie ich schon bald einsehen musste.

Na klar, er hatte die Schule verlassen. Aber war es nicht wahrscheinlich, dass er sich an irgendwelchen Schulprojekten beteiligt hatte, die immer noch von Belang waren für Rotensand? Ich tippte den Namen in das Suchfeld ein. Und nach einem Moment, der sich endlos dahinzog, tauchte das Ergebnis auf.

Ein Treffer! Offenbar war der Meister Proper des Rotensand-Netzwerks doch nicht so gründlich gewesen.

Ich klickte auf den Link, musste dann aber enttäuscht feststellen, dass es sich lediglich um die Online-Version des Fotos handelte, das ich bereits kannte. Das Bild vom Schulabschluss

Jahrgang 2008. Immerhin konnte ich es jetzt größer machen und die Gesichter der Personen genau betrachten.

Sibelius, der mit Vornamen Konrad hieß, hatte weiche Gesichtszüge. Er wirkte durch seinen Bart allerdings viel älter, als er tatsächlich war. Wahrscheinlich hatte er gerade seine Referendarzeit hinter sich gebracht, bevor er in Rotensand angefangen hatte.

Während seine Schüler erleichtert und freudig in die Kamera grinsten, wirkte er angespannt. Sein Blick war leicht zur Seite gerichtet. So als suchte er etwas oder irgendwen.

Ich zog mit dem Finger eine Linie über den Bildschirm. Sie endete auf dem Gesicht eines Jungen, der ebenfalls lächelte – aber an diesem Lächeln war etwas nicht in Ordnung. Es wirkte falsch, aufgesetzt.

Sorgte sich Sibelius um den Jungen?

Ich ging die Namensliste durch und kam schließlich bei Marc Feldten an. Warum schaute der Lehrer so komisch zu ihm rüber? Beobachtete er ihn?

Ich betrachtete das Bild mehrere Minuten lang, ohne zu einem Ergebnis zu kommen. Wirklich, wenn man nicht genau hinsah, konnte man das Lächeln für echt halten. Alle schienen es für echt zu halten. Nur Sibelius nicht.

Ich beschloss, das Foto Alex zu zeigen. Vielleicht konnte er etwas über den Jungen rauskriegen.

Ich klickte auf Drucken und hörte, wie der Drucker am anderen Ende des Raumes warmlief. Da legte sich plötzlich eine Hand auf meine Schulter.

»He, was machst du hier so allein?«, flüsterte mir plötzlich jemand zu.

Wenn man an den Teufel dachte. Ich hatte Alex seit Freitagabend nicht mehr gesehen, und hatte schon geglaubt, dass er wieder nach Hause gefahren war.

Ich zuckte mit den Schultern. »Ich brauchte einen ruhigen Ort zum Nachdenken. Ach … ich weiß nicht, irgendwie fühle ich mich in Bibliotheken immer wohl.«

Alex ließ seinen Blick über die Regalbretter gleiten und lächelte. »Das hätte ich mir ja denken können.«

Ich nahm seine Hand und er setzte sich neben mich auf den freien Stuhl. »Und, hast du irgendwas über diesen Sibelius herausgefunden?«, fragte ich mit leiser Stimme.

Alex schüttelte den Kopf. »Nein, leider nicht. Ich war gestern zu Hause und da wäre ich fast für den Rest des Schuljahres geblieben. Meine Eltern wollten mich nicht mehr zurück lassen. Aber ich habe ihnen erklärt, dass ich gehen muss. Um auf eine Freundin aufzupassen.«

Beinahe hätte ich ihm an den Kopf geworfen, dass er nicht auf mich aufpassen musste. Aber eigentlich wollte ich genau das. Seitdem Dräger mir den Zettel unter die Nase gehalten hatte, war meine Angst größer und größer geworden.

»Ich hab gestern mit Kommissar Dräger gesprochen.«

»Und?«, fragte Alex wie aus der Pistole geschossen.

»Na ja, sie haben Christina gefunden. Im Wald hat es gebrannt, der Mörder hat wohl seine Hütte abgefackelt.« Dass er den Polizisten nur haarscharf entkommen war, erzählte ich ihm nicht, denn Alex und die anderen Jungs waren ihm unter Umständen auch sehr nahe gewesen und hätten den Mord vielleicht verhindern können. Vielleicht. »Und Christina hatte eine Taube im Bett.«

Er schüttelte den Kopf. »So ein kranker Scheiß.«

»Und es kommt noch besser.« Ich erzählte ihm von dem alten Trakt und von dem Zettel.

»Was?«

Alex sprang von dem Stuhl auf. »Der Kerl weiß, dass du an der Sache dran bist?«

»Keine Ahnung. Was auf dem Zettel stand, lässt darauf schließen, aber …« Ich stockte, ich hatte ihn gerade davon überzeugen wollen, dass das vielleicht alles nichts zu bedeuten hatte. Aber es hatte was zu bedeuten, das fühlte ich! Auch wenn ich noch nicht wusste, was.

»Ich bin mir inzwischen sicher, dass der Ratgeber jemand aus dem Internat ist.«

»Und möglicherweise arbeitet er mit dem Killer zusammen.«

»Genau, und deshalb sollten wir herausfinden, wer der Ratgeber ist. Kommissar Dräger hat recht. Den Killer werde ich nicht fangen können – aber möglicherweise kann uns der Ratgeber zu ihm führen.«

»Das klingt nicht weniger gefährlich, aber okay, versuchen wir es.«

»Und denk dran, nach Sibelius zu fragen. Alles, was ich unter diesem Namen gefunden habe, gehört zu einem finnischen Komponisten, und Musiklehrer war Sibelius sicher nicht, oder?«

»Ich würde echt lachen, wenn es so wäre.«

Wir grinsten uns an, schwiegen eine Weile. Und dann, wie aus heiterem Himmel, küsste er mich – sanft und weich, bevor er meine Hand nahm und fest drückte.

»Und … ach ja, ich habe da noch ein Foto für dich. Vielleicht hilft uns das weiter.«

»Ein Foto für mich? Bin ich in der nächsten Runde von Top Model?« Er lächelte mich an.

»Leider nicht. Aber wenn du mir sagen kannst, was das zu bedeuten hat, wirst du vielleicht irgendwann bei CSI Miami angeworben.«

MONTAG

45.

Er hatte gehofft, dass ihm der dritte Mord mehr Frieden schenken würde, dass die Bilder blasser werden würden. Doch das war nicht der Fall. Der Traum kehrte zu ihm zurück, und zwar so heftig wie schon lange nicht mehr. Waren es bisher nur Fragmente gewesen, Teile des Ganzen, so hatte er jetzt wieder alles vor Augen, bis ins kleinste Detail. Ja, es kam ihm tatsächlich so vor, als sei er an einen anderen Ort, in eine andere Zeit zurückversetzt worden.

Er sah sich selbst den Gehweg entlanglaufen, getrieben von einem seltsamen Unwohlsein. Er war nicht Zeuge des Geschehens geworden, er hatte nur gehört, was passiert war. Dass die anderen Mädchen über sie hergefallen waren, grausamer als je zuvor. Eine Grenze war überschritten worden, das hatte er gewusst, als sie nicht zum Unterricht erschienen war. Ihre Mitschüler meinten, dass sie nach Hause gelaufen sei. Und da hatte es auch ihn nicht mehr in der Schule gehalten.

Er musste versuchen, zu retten, was noch zu retten war! Er musste ihr helfen. Irgendwie. Er hatte keine Ahnung, was er tun sollte, er kannte sich nicht mit den Dingen aus, die Mädchen einander antaten. Aber vielleicht würde es schon helfen, wenn er da war. Wenn er ihr zuhörte, sie in den Arm nahm.

Am Haus angekommen, zögerte er kurz, dann lief er den gepflasterten Weg entlang. Die Eltern waren nicht da. Nicht umsonst hatten sie ihre Kinder in die Obhut des Internats gegeben. Sie konnten sich einfach nicht um sie kümmern. Armen Familien wurden die Kinder weggenommen und ins Heim gesteckt. Reiche Familien schoben ihre Kinder in ein Internat ab – selbst wenn es nur wenige Kilometer vom Heimatort entfernt war.

Schon an der Tür stach ihm der Geruch von verbranntem Fleisch in die Nase. Hatte sie sich etwas zu essen gemacht und es war angebrannt?

Er klingelte, weil er sie wissen lassen wollte, dass jemand kam. Den Schlüssel hatte er nicht, also war er darauf angewiesen, dass sie öffnete. Aber nichts tat sich. Als der Brandgeruch stärker wurde, befürchtete er, dass ein Feuer ausgebrochen war und sie es nicht mitbekommen hatte. So verwirrt, wie sie sein musste, wäre das doch kein Wunder gewesen.

Ein Fenster! Sicher stand irgendein Fenster offen! Hektisch umrundete er das Haus und hoffte, dass die Nachbarn ihn nicht dabei beobachteten. So lange, wie er nicht mehr hier gewesen war, hätten sie ihn vielleicht für einen Einbrecher gehalten. Endlich fand er ein Fenster. Das Terrassenfenster, es stand auf Kipp. Wenn er es schaffte, an den Griff zu kommen und ihn herumzudrehen, würde der Fensterflügel vielleicht aushaken und sich öffnen. Wen kratzte es schon, wenn etwas kaputtging, die Versicherung zahlte.

»Ina?«, rief er. Das Wort dröhnte ihm in den Ohren. Der Brandgeruch war kaum noch auszuhalten. Er hustete, ging weiter. »Ina!«

Doch niemand antwortete. Er lief durch das Wohnzimmer in Richtung Flur.

Als er in die Diele trat, tat sich vor ihm ein ungeheuerlicher Abgrund auf. Sein Verstand wollte nicht akzeptieren, was er da sah.

Dann drang ein unmenschlicher Schrei aus seinem Mund, hallte durch seine Ohren, brachte sein Trommelfell zum Schwingen. Entsetzt schloss er die Augen, doch das Bild brannte unter seinen Lidern weiter.

Er riss die Augen auf und endlich konnte er reagieren. Er hastete die Treppe hinauf, obwohl er wusste, dass es zu spät war, viel zu spät, aber sein Verstand gaukelte ihm vor, dass es noch eine Chance geben würde. Dass er sie retten konnte.

Die Flammen hatten bereits großen Schaden angerichtet, aber das Seil hatten sie noch nicht zerstört. Beim Versuch, es mit den Händen zu zerreißen, leckten die Flammen über seine Handflächen und verbrannten sein Fleisch. Er spürte es nicht. Er war besessen davon, sie zu retten.

Als es ihm endlich gelang, das Seil zu lösen, fiel der Körper zu Boden. Das Geräusch verursachte ihm Übelkeit. Dennoch rannte er die Treppe hinunter, stolperte bei der letzten Stufe, rappelte sich wieder auf. Seine Knie zitterten. Sein gesamter Körper zitterte.

»Nein!«, hörte er sich wimmern. »Nein, nein, nein …«

Er riss einen der Vorhänge vom Dielenfenster und erstickte damit die Flammen. Heftige Schluchzer schüttelten ihn. Sein

Verstand hatte sich aus seinem Körper ausgeklinkt. Sein Körper funktionierte mechanisch, als hätte ihm eine fremde Macht den Befehl gegeben: Rette sie! Verdammt noch mal, rette sie!

Nachdem das Feuer verloschen war, zog er den Vorhang beiseite und beugte sich über sie. Von ihrem hübschen Gesicht war kaum noch etwas zu erkennen. Ihr Hals stand in einem merkwürdigen Winkel zum Rest des Körpers. Des Körpers, der ebenso wie das Gesicht von den Flammen verbrannt war.

Es dauerte eine Weile, bis ihm die Tränen kamen. Bis er begriff, dass sich ihre Augen nie wieder öffnen würden. Dass sie nie wieder lachen würde.

Sie hatte der furchtbaren Sache ein Ende gesetzt, auf ihre Weise. Und er hatte nichts getan!

Als ihm das klar wurde, riss er sie mit einem unmenschlichen Schrei an sich. Und dann wurde alles dunkel um ihn herum.

46.

Heute sollte die Theaterprobe stattfinden, aber ich war mir sicher, dass meine Mitstreiterinnen genauso wenig Lust darauf hatten wie ich. Die ganze Zeit über wurde von nichts anderem geredet als von Christinas Tod und dem Angriff auf Susanne.

Am vergangenen Abend hatte ich noch lange mit Alex zusammengesessen. In meinem Zimmer, denn Susanne war ja nicht da. Wir hatten über die Morde geredet, und nachdem er gegangen war, hatte ich kein Auge zumachen können. In meinen Bauch hatte es gekribbelt und ich hatte nur an seine Nähe, an seine Küsse denken können.

Doch dann waren meine Gedanken zurück zu den Morden gewandert, und mir war es mal wieder vorgekommen, als rückten die Schatten der Bäume, die der Mond an meine Wände warf, näher, drängten mich in die Enge. Dabei war ich gar kein Angsthase! Aber die Frage ließ mich nicht los: Schlich der Killer gerade über das Gelände auf der Suche nach seinem nächsten Opfer?

Natürlich stand das Internat seit Christinas Entführung unter Polizeibeobachtung – doch die Beamten konnten ja nicht überall gleichzeitig sein und der Mörder hatte sich bisher sehr geschickt angestellt.

Total übernächtigt, aber froh darüber, dass die Nacht vorüber war, sprang ich aus dem Bett. Vielleicht würde ich heute die Gelegenheit erhalten, mit Kerstin zu sprechen. Ich hatte mir fest vorgenommen, noch in dieser Woche etwas über den verschollenen Lehrer herauszufinden.

Als ich den Klassenraum betrat, saß Melanie, wie immer umringt von ihren Freundinnen, an ihrem Tisch. Aber ihre Stimmung hatte ihren Pegel weit unter null. Sie redeten kaum miteinander, Melanie ließ den Kopf hängen. Nicht mal als sie mich sah, veränderte sich ihre Miene. Keine Häme mehr in ihrem Blick. Nur noch Angst.

Es war schon komisch: Ich wollte das Leben eines Mädchens retten, das versucht hatte, mir das Leben zur Hölle zu machen.

Aber genauso wenig, wie irgendwas Mobbing rechtfertigte, rechtfertigte irgendein Grund einen Mord.

Als die Stunde begann, sprach Frau Feilcke, unsere Ethik-Lehrerin, natürlich über die Geschehnisse der vergangenen Tage. Von Christinas Tod. Es kam mir seltsam vor, dass für sie keine Versammlung in der Aula einberufen wurde. Gewöhnte sich das Internat so schnell daran, dass eine Schülerin nach der anderen aus dem Leben gerissen wurde?

»Ich kann verstehen, wenn Ihre Eltern sich dafür entscheiden, Sie für eine Weile von dieser Schule zu nehmen«, sagte sie, während sie den Blick über die vollzählige Klasse schweifen ließ.

Keine Ahnung, wie es in den anderen Jahrgangsstufen aussah, aber die Eltern meiner Mitschüler schienen noch nicht so beunruhigt zu sein, dass sie ihre Kinder zu Hause ließen.

»Ich kann auch verstehen, dass Sie Angst haben. Ich glaube, damit sind Sie nicht allein. Aber all denjenigen, die hierbleiben, verspreche ich, dass wir alles in unserer Macht Stehende tun werden, damit Ihnen nichts geschieht.«

Ein Raunen ging durch den Raum. Es war schon sehr merkwürdig, dass uns Sicherheit versprochen wurde, obwohl die Polizei noch im Dunklen tappte, was den Täter betraf. Und falls der Ratgeber jemand aus unseren Reihen war und mit dem Mörder zusammenarbeitete, würde er nur ein oder zwei Tage brauchen, um die Lage vor Ort auszukundschaften.

»Gleichzeitig möchte ich Sie bitten, sich an uns zu wenden, wenn Sie etwas Merkwürdiges beobachten. Wenn Sie sehen, dass sich jemand auf dem Gelände herumtreibt, der hier nicht hingehört. Die Lehrerschaft wird alles tun, um Sie zu beschützen.«

»Ja, so wie sie Christina beschützt hat«, murmelte jemand hinter mir. Es war Jonas, einer der Stars der Sport-AG, wie ich bereits mitbekommen hatte.

»Wie bitte?«, erkundigte sich Frau Feilcke.

»Nichts«, entgegnete Jonas, aber alle in seiner Nähe hatten es gehört. Ich drehte mich um, aber niemand sah so aus, als wollte er ihm widersprechen.

Die Lehrerin warf ihm einen drohenden Blick zu, wahrscheinlich hatte sie seine Bemerkung ebenfalls mitbekommen. Dann setzte sie hinzu: »Verfallen Sie auf keinen Fall in Panik, wenn Sie etwas Bedrohliches bemerken. Bleiben Sie ruhig, suchen Sie das Haupthaus oder die Wohnheime auf und begeben Sie sich zu einem Erwachsenen. Jeder, der auf diesem Gelände arbeitet, ist angewiesen, sofort Meldung zu erstatten, wenn ihm irgendwelche Informationen zugetragen werden.«

Frau Feilcke ließ diese Worte einen Moment lang im Raum stehen, dann wandte sie sich der Tafel zu.

»Ich wette, die können gar nichts tun, absolut gar nichts«, wisperte Jonas, und mir kam es so vor, als seien seine Worte nur für mich bestimmt. »Wenn der Killer kommt, schlägt er zu, ohne dass ihn jemand aufhalten kann.«

Diese Vermutung hörte ich später auf dem Schulhof aus verschiedenen Ecken. Ich bemerkte auch, dass einige Schüler ständig zu Melanie rüberglotzten.

Rechneten auch sie damit, dass sie das nächste Opfer sein würde? Warum nahmen ihre Eltern sie nicht von der Schule? Aber nach allem, was ich inzwischen von ihr wusste, interessierten sich ihre Eltern nicht sonderlich für sie. Was sehr traurig war und ein bisschen erklärte, warum sie sich hier so aufführte …

In der zweiten Hofpause hatte ich Glück. Ich erwischte Kerstin allein auf dem Schulhof.

»Hey«, sagte ich.

»Hi!«, sagte sie und sah mich überrascht an.

Klar, bisher hatte ich in den Pausen lieber auf Gesellschaft verzichtet. Dass ich einen Hintergedanken hatte, brauchte sie ja nicht zu wissen.

»Bist du mit deinem Text zurechtgekommen?«, fragte ich, denn ich wollte nicht mit der Tür ins Haus fallen.

Kerstin zog verwundert die Augenbrauen zusammen. »Text?« Sie schien offenbar nicht mehr zu wissen, dass wir heute Nachmittag proben wollten.

»Na, Macbeth«, half ich ihr auf die Sprünge. »Wir wollten uns doch heute zum Proben treffen.«

»Ähm, ja … klar…« Sie lächelte unsicher. »Mist, das hatte ich total vergessen. Die ganze Aufregung und so. Meine Eltern sind fast ausgetickt, als sie gehört haben, dass der Killer sich noch ein Mädchen geschnappt hat.«

»Wollten sie dich zu Hause behalten?«

»Nee, leider nicht. Aber es wurde ernsthaft über die Anschaffung von Pfefferspray diskutiert. In einer Familie, in der nicht mal Spinnen lebendig durch den Abfluss der Dusche gejagt werden, gleicht das schon fast einer Revolution.«

»Deine Eltern wissen aber, dass es dir im Notfall nichts bringen würde, Pfefferspray gegen einen irren Typen mit Messer einzusetzen, oder?«

»Keine Ahnung. Auf jeden Fall sind sie später von ihrem Plan abgerückt. Sie vertrauen auf das Lehrpersonal. Als ob das am vergangenen Freitag irgendwas hätte tun können.«

»Das hat sie völlig unvorbereitet getroffen. Bisher war kein Mädchen aus dem Internat entführt worden.«

Der Mörder kommt näher, durchzuckte es mich wieder.

Doch das war nicht das, was ich eigentlich mit Kerstin besprechen wollte. Ich blickte auf die Uhr. Zwei Minuten noch, dann mussten wir wieder zum Unterricht.

»Ähm, sag mal, weißt du etwas über einen Herrn Sibelius? Der hat hier wohl mal unterrichtet.«

Kerstins Miene blieb gleichgültig. Ich hätte zumindest erwartet, dass sie sich über meine Frage wunderte, aber – nichts. »Klar, warum?«

Mein Herz machte einen Sprung. Vielleicht konnte ich endlich etwas Licht in das ganze Dunkel bringen.

»Er ist mir auf einem der Abschlussfotos aufgefallen, dort trägt er eine Trauerbinde.«

»Ja, das kann gut sein. Kurz vorher hatte sich eine seiner Schülerinnen das Leben genommen.«

»Eine aus der Abschlussklasse?«

»Nein, sie war jünger. Ich weiß nur, dass es irgendwas mit Mobbing zu tun hatte. Am besten fragst du mal Melanie, die kann dir da sicher weiterhelfen.«

Ich seufzte. Melanie, natürlich! Immer wieder Melanie.

In dem Augenblick ertönte das Pausenzeichen. Schlagartig strömten die Schüler auf dem Hof zusammen und strebten auf die Eingänge zu.

»Also dann, bis heute Nachmittag!«, sagte Kerstin.

»Ja, bis später!«, rief ich ihr hinterher.

Nach Physik ging ich missmutig zum Wohnheim zurück, um mich umzuziehen. Bei der Probe wollte ich bequeme Sachen tragen.

Während ich in meinem Schrank wühlte, dachte ich wieder an den Selbstmord der Schülerin. Sie war also gemobbt worden – von wem konnte ich mir denken – und hatte sich umgebracht, weil sie den Druck nicht ausgehalten hatte.

Und dann war da der Lehrer. Hatte er den Selbstmord seiner Schülerin nicht verkraftet? Hatte er sich die Schuld dafür gegeben?

Ich kannte das, die Überlebenden gaben sich häufig die Schuld. Auch ich hatte das getan. Ich hatte mich gefragt, ob ich wohl zu oft gequengelt hatte, dass wir etwas gemeinsam unternehmen sollten. Wäre Papa im Büro geblieben, wie so oft übers Wochenende, wäre das alles nicht passiert.

Aber schnell hatte ich einsehen müssen, dass ich nichts hätte tun können. Der Fahrer des Lastwagens war übermüdet gewesen und mit seinem Zug auf die andere Fahrspur geraten. Wer hatte Schuld? Der Mann? Die Firma, die ihn dazu getrieben hatte, zu lange zu fahren und die Ruhezeiten zu missachten?

Im Fall meiner Eltern war der Fahrer bestraft worden, damit war die Sache vom Tisch gewesen.

Und was, wenn im Fall der toten Schülerin niemand bestraft worden war? Auch wenn die Schuldigen bekannt gewesen waren? Was, wenn Herr Sibelius nach all den Jahren für Gerechtigkeit sorgen wollte?

Als mein Handy auf der Tischplatte laut summte, zuckte ich zusammen. Eine Nachricht vom Ratgeber?

Schnell zog ich mir das Shirt, das ich rausgesucht hatte, über den Kopf und stürmte zum Schreibtisch.

Es war tatsächlich eine Nachricht eingegangen. Doch diesmal war es keine Trash-Mail, sondern eine SMS von Alex!

Sofort kribbelte es in meinem Bauch. Und mit zittrigen Fingern öffnete ich die Nachricht.

Wollen wir uns heute wieder in der Cafeteria treffen? Oder hast du was anderes vor? Lieben Gruß, dein Alex

Mein Alex! Irgendwer schien mich in diesem Augenblick in die Luft zu heben. Na gut, das »dein« musste nichts bedeuten, so wie: Gruß und Kuss, dein Julius.

Aber – er hatte meine Nummer gespeichert!

Ich machte mich sogleich an eine Antwort.

Muss zur Theaterprobe und dann in den Garten. Wie wäre es mit heute Abend in der Cafeteria? Gruß, deine Clara

Liebend gern hätte ich an diesem Nachmittag mit ihm an dem kleinen Tisch vom letzten Mal gesessen, aber die Pflichten gingen vor.

Glücklicherweise ließ Alex' Antwort nicht lange auf sich warten.

Okay, dann sehen wir uns da. Muss Schluss machen, der Müller kommt rum und blickt auf die Bildschirme. Gruß, Alex

Offenbar hatte er die Nachricht schnell tippen müssen, denn das »dein« fehlte.

Zumindest hoffte ich, dass das der Grund war. Ich tröstete mich damit, dass es bei so einem strengen Lehrer wie dem Müller einer Heldentat gleichkam, während des Unterrichts eine SMS zu schreiben.

Ich schob das Telefon in die rechte Tasche meiner Jacke, schnappte mir den Text für Macbeth und machte mich auf den Weg.

Ramona und Kerstin warteten schon auf mich. Ich war sicher, dass sie ihren Text ebenso wenig draufhatten wie ich. Aber solange ein Mörder sein Unwesen in Rotensand trieb, würde es sicher nicht zu einer Theateraufführung kommen.

»Hi«, sagte ich.

»Hi«, antworteten mir die beiden.

Aber wo war unsere verkappte Lady Macbeth? Hatte sie sich einer anderen Gruppe zuteilen lassen?

»Sie kommt nicht«, erklärte Ramona, als sie meinen suchenden Blick auffing.

»Wer?«, fragte ich begriffsstutzig.

»Liz. Sie kommt nicht. Sie ist von ihren Eltern nach Hause geholt worden, als die von dem neuen Mord gehört haben.«

»Verständlich«, entgegnete ich. »Habt ihr heute Morgen auch eine Ansprache bekommen?«

Weder Ramona noch Kerstin waren in meinem Ethikkurs.

»Klar, ich glaube, Sontheim hat die verfasst und die dann jeden Lehrer auswendig lernen lassen«, mutmaßte Ramona. »Ich hab gehört, dass sie teilweise wirklich dasselbe gesagt haben.«

»Mir wäre es fast lieber, ich müsste diese Ansprache auswendig lernen als diesen Quatsch hier«, sagte Kerstin und wedelte mit ihrem Textauszug vor meiner Nase herum. »Ich meine, wer redet denn heute noch so? Und vor allem, diese Hexen sind kein bisschen gruselig!«

»Damals waren sie das schon!«, gab Ramona zurück.

»Damals waren die Leute ja auch noch abergläubisch.«

Kerstin blies eine Haarsträhne aus dem Gesicht und blickte wieder auf den Text. Dann sah sie mich an.

»Ach komm schon, müssen wir heute wirklich proben? Ich glaube nicht, dass das irgendwer macht.«

»Aber Frau Heiden hat doch gesagt …«

Kerstin wischte meinen Einwand mit einer Handbewegung fort. »Frau Heiden soll heute ganz verheult in die Stunde gekommen sein«, erklärte sie. »In der zweiten. Keine Ahnung, wie oft sie heute diese Ansprache aufsagen musste, aber die ganze Sache nimmt sie ziemlich mit.«

»Und wenn es ein Lehrer war?«, platzte es aus mir heraus, während ich zum Wald blickte. Nur einen Augenblick später bereute ich das. Es sollte doch außer Alex niemand von meinem Verdacht wissen! Dann beruhigte ich mich wieder. Vermutungen stellte doch irgendwie im Moment jeder an. Warum nicht auch ich?

»Meinst du wirklich …?«, raunte Ramona mir zu und Kerstin klatschte ihren Ausdruck auf den Brunnenrand.

»Es wäre doch möglich, oder?«, gab ich zurück.

»Also, wenn es einer von den Lehrern war, dann dieser Kowalski!«, zischte Kerstin.

»Wer ist das?«, fragte ich.

»Chemielehrer für die unteren Stufen. Der ist irgendwie creepy.«

»Aber das macht ihn doch noch nicht zum Mörder.«

»Hast du den Typen überhaupt schon mal gesehen? Der ist spindeldürr, hat so einen irren Blick und redet manchmal mit sich selbst.«

»Aber auch das ist kein Indiz dafür, dass er ein Mörder ist.« Verdammt, wo hatte ich mich da hineinbugsiert!

Kerstin sah mich prüfend an. Wahrscheinlich erinnerte sie

sich gerade daran, dass ich sie nach diesem Sibelius gefragt hatte.

Wer mochte das Mädchen gewesen sein, das sich umgebracht hatte? Kerstin wusste es sicher. Und ich ärgerte mich, dass ich sie nicht schon am Vormittag danach gefragt hatte.

»Wir sollten wirklich proben«, beharrte ich, denn Ramona sah uns so ängstlich an, als könnte uns der Mörder jederzeit von hinten anfallen.

»Aber wie soll das denn gehen?«, sagte Kerstin. »Wenn ich das richtig sehe, hat keiner von uns den Text gelernt! Es wird schon niemanden jucken. Kommt, lasst uns wieder reingehen. Und falls sich doch irgendjemand wundert, können wir ja behaupten, wir hätten den Mörder gesehen.«

»Damit macht man aber keine Scherze!«, wandte Ramona ein, doch Kerstin lachte nur, erhob sich und lief in Richtung Haupthaus.

Ich hätte sie zurückrufen sollen, aber irgendwie wollte ich das nicht. Keine Probe. Okay, wir konnten es auf das fehlende Teammitglied schieben.

»Dann gehen wir wohl besser auch, oder?«, sagte ich zu Ramona, die sich nicht entscheiden konnte, ob sie Kerstin folgen sollte.

Sie antwortete nicht. Noch immer sah sie mich ängstlich an.

»Meinst du wirklich, dass es ein Lehrer war?«, fragte sie dann. Die Vorstellung schien sie ziemlich mitzunehmen.

»Ich weiß es nicht. Es war nur so eine Vermutung.«

Ramona nickte.

»Das wäre echt übel«, sagte sie.

»Aber es muss ja nicht heißen, dass es ein Lehrer war, der

hier noch arbeitet«, warf ich ein. Ich überlegte kurz, ob ich sie nach dem Selbstmord fragen sollte, doch dann war mein Mund schneller als mein Verstand.

»Hast du irgendwann mal was von einer Schülerin gehört, die sich umgebracht hat?«

47.

Die Hände tief in die Taschen vergraben, ging er den Strand entlang. Zu dieser Jahreszeit, um diese Uhrzeit verirrten sich nur selten irgendwelche Leute hierher. Das war auch gut so, denn er musste nachdenken.

Die Situation hatte sich verschlechtert. Alles hatte sich verschlechtert. Seit dem letzten Traum traute er sich nicht mehr zu schlafen. Viele Möglichkeiten, sich wach zu halten, hatte er allerdings nicht. Und so würde er wieder einschlafen und so würde er wieder träumen und nichts konnte das verhindern.

Das Rauschen der Wellen tönte verzerrt durch seine Ohren. Eine Möwe zog kreischend über ihn hinweg. Er zuckte zusammen. Blickte sich um.

Da bemerkte er eine Gestalt am Rand der Dünen. Wie lange sie wohl schon dort stand? Er spürte genau, dass sie ihn beobachtete.

Die Stimme, dachte er. Sie ist hier. Sie hat mitbekommen, dass ich Mist gebaut habe. Dass ich um ein Haar alles kaputt gemacht hätte.

Er blieb stehen und blickte zu der Gestalt rüber. Versuchte, sie mit stummen Blicken zu sich zu rufen, doch nichts geschah.

Warum?, fragte er sich. Warum ist es schlechter geworden? Drei waren tot. Eine war noch am Leben. Es fehlte nicht mehr viel bis zu seinem Ziel. Aber nichts wurde besser. Der Traum war schlimmer denn je. War das Feuer vielleicht schuld? Hatte es ihn wieder an das, was damals geschehen war, erinnert?

Vielleicht konnte ihm die Gestalt jenseits der Dünen eine Antwort geben. Einen Moment noch betrachtete er sie, dann wandte er sich um und ging auf sie zu.

Sie rührte sich nicht. Sie beobachtete ihn, jede seiner Bewegungen, wie er den Kopf zur Seite neigte, seinen schlurfenden Schritt, als wäre er Teil einer Studie. Er war sich dessen nur zu gut bewusst. Aber er hatte keine Lust und auch nicht die Kraft, sich zu verstellen.

»Was suchst du hier?«, fragte er, als er die Düne erreicht hatte. Der Blick der Gestalt lag noch immer auf ihm, analytisch und kalt. Als wäre dies der beste Weg, mit jemandem umzugehen, dessen Verstand Amok lief.

»Schön, dich zu sehen«, sagte die Stimme. »Wie geht es dir?«

»Schlecht«, antwortete er ehrlich, denn es war offensichtlich. Andere hätte er vielleicht täuschen können, aber nicht sein Gegenüber.

»Kein Wunder«, sagte die Gestalt. »Du hast mit deiner letzten Aktion zu viel Staub aufgewirbelt. Du hättest vorsichtiger sein sollen.«

Er nickte. In Gegenwart der Stimme fühlte er sich immer unwohl, klein und schwach. Als sei er wieder 17.

»Ja, das hätte ich wohl. Aber ich war's nicht, okay? Es ging nicht anders, ich musste die Spuren beseitigen, sonst wären sie mir gleich an die Gurgel gegangen.«

»Das stimmt schon, doch warum überhaupt dieser Zeitpunkt? Du hättest warten können. Ich habe dir immer geraten zu warten.«

»Es musste sein«, entgegnete er und blickte zu Boden. Sand klebte an seinen ausgetretenen Turnschuhen. Er wusste gar nicht mehr, wann er sie überhaupt gekauft hatte.

»Nichts muss sein«, entgegnete die Stimme kryptisch. »Ich habe dir immer gesagt, dass es dir überlassen bleibt, wie schnell du vorgehst. Aber dabei solltest du Vorsicht walten lassen. Sie waren bereits wachsam und jetzt werden sie noch wachsamer sein. Sie werden dich kriegen, wenn du dir noch einmal so einen Fehler erlaubst.«

Er nickte darauf nur. Er war der Stimme dankbar, dass sie ihn auf den rechten Weg geführt hatte, aber etwas in ihm hasste sie auch abgrundtief dafür. Er war nie jemand gewesen, der sich viel hatte sagen lassen.

Und jetzt hörte sich die Gestalt an wie einer seiner früheren Lehrer, der ihn bevormundet und ihm das Gefühl gegeben hatte, nicht genug zu sein.

»Wie gedenkst du, weiter vorzugehen?«, fragte die Gestalt.

»Das weiß ich noch nicht«, log er. Er wusste bereits, was er tun würde. Diesmal würde er sich nicht so viel Zeit lassen. Er würde nicht spielen. Er musste den Traum aus seinem Kopf jagen, schnell und brutal, damit er ihn nie wieder heimsuchen konnte.

»Egal, wie du es tust, tu es mit Bedacht«, riet ihm die Gestalt.

»Und versuche, diesmal kein großes Aufsehen zu erregen. Sobald die Letzte tot ist, kannst du ein neues Leben anfangen.«

Wirklich? Konnte er das? Vielleicht würde er den Traum loswerden, auf jeden Fall würde er Genugtuung bekommen, aber der Schmerz würde immer in ihm bleiben. Ein Leben lang.

Außerdem würde man ihn suchen. Er würde nirgendwo sicher sein. Nicht hier, auf der ganzen Welt nicht.

Der andere Mörder, der ihn auf die Idee mit den Flügeln gebracht hatte, mochte vor einigen Jahren vielleicht davongekommen sein, aber der hatte nur eine getötet.

Jetzt waren es drei. Und es würden vier werden. Würde er mit vieren davonkommen?

»Ich muss los«, sagte er, denn die Dunkelheit kroch bereits auf das Meer zu. Aber eine Sache gab es da noch.

»Was hatte der Zettel zu bedeuten? Dass sie mir auf der Spur ist. Wer ist sie?«

Die Gestalt lächelte hintergründig. »Wenn ich dir das sagen würde, würdest du sie töten?«

»Ja«, antwortete er, weil er glaubte, dass die Gestalt genau das von ihm erwartete.

»Nun, dann behalte ich ihren Namen noch ein wenig für mich. Sie gehört mir. Ich spiele ein Spiel mit ihr. Und es wäre doch unfair, eine der wichtigsten Figuren schon jetzt zu liquidieren, oder? Das würde das gesamte Spiel ruinieren.«

Was sollte das bedeuten? Ein Spiel? Welches Spiel? Warum hatte die Stimme ihm überhaupt davon erzählt, wenn sie nicht wollte, dass er sie umlegte? War er vielleicht selbst Teil des Spiels? Wollte sie ihn verraten?

»Vertrau mir«, sagte die Stimme, denn sie schien ihm die Zweifel anzusehen.

»Mir bleibt nichts anderes übrig, nicht wahr?«

Damit wandte er sich um. Die Stimme erwartete keine Verabschiedung, das wusste er. Und es brachte auch nichts zu fragen, wann er sie das nächste Mal sehen würde. Sie kam und ging, wie ein unliebsamer Gast. Und wenn er Glück hatte, würde er sie nie wiedersehen.

48.

»Jemand an unserer Schule hat sich umgebracht?« Ramona schien aus allen Wolken zu fallen. Fassungslos schüttelte sie den Kopf. Kein Treffer also. Wie schade!

»Du warst 2008 noch nicht hier, oder?«

Ramona schüttelte den Kopf.

Es kam mir langsam so vor, als würde ein Fluch auf mir lasten. Niemand, mit dem ich redete, wusste etwas. Oder gaben alle vor, nichts zu wissen? Vielleicht sollte ich versuchen, an die Schülerakten zu kommen.

»Ich muss los«, platzte Ramona plötzlich heraus. »Ich … ich muss noch Hausaufgaben machen.«

Blitzschnell hatte sie sich erhoben und war verschwunden.

Was war los? Verwundert blickte ich ihr hinterher. Nahm es sie so mit, dass ich ihr von dem Selbstmord erzählt hatte?

Nein. Der Grund war wahrscheinlich ein völlig anderer.

Ramona wusste etwas. Und sie hatte Angst, mir davon zu erzählen. Warum? Weil sie glaubte, Melanie könnte ihr irgendwie schaden?

Ich war mit einem Mal fest davon überzeugt, dass ich mich von Ramona hatte täuschen lassen.

Jemand aus unserer Schule hat sich umgebracht?

Eine Gegenfrage. Sie hatte meine Frage nicht beantwortet und instinktiv verneint, als ich sie gefragt hatte, ob sie im Jahr 2008 schon hier gewesen sei. Sie hatte keine Lüge ausgesprochen, aber auch nicht die Wahrheit gesagt. Wahrscheinlich war sie sicher, dass niemand Einblick in die Schülerakten bekommen konnte – außer den Lehrern und den Eltern natürlich.

Ramona und Kerstin. Beide wussten etwas. Beide wollten nicht darüber reden.

Lautes Gelächter schreckte mich aus meinen Gedanken. Ein paar Schüler aus den unteren Klassenstufen scheuchten sich gegenseitig über den Rasen.

Ich schaute auf und mein Blick fiel auf den alten Trakt.

Und plötzlich kam mir die Geschichte vom Spatzenmädchen wieder in den Sinn. Ein Mädchen, das sich umgebracht hatte, nachdem die anderen Kinder ihren Spatz getötet hatten.

Die drei Ermordeten von Rotensand. Auf ihren Kopfkissen hatten tote Vögel gelegen. Sie waren diejenigen gewesen, die andere unter Druck gesetzt und gemobbt hatten.

Ich schlug mir gegen die Stirn. Warum war mir das nicht schon eher eingefallen!

Jetzt war ich sicher, dass der Mörder etwas mit unserer Schule zu tun hatte. Er wollte, dass man das erkannte, dass man sich an die Geschichte vom Spatzenmädchen erinnerte. Weil es etwas mit dem Selbstmord zu tun hatte …

Ich musste in die Bibliothek. Ich musste herausfinden, wie

Sibelius und der Selbstmord des Mädchens zusammenhingen. Und ob der Selbstmord etwas mit den Morden zu tun hatte. Eines führte zum anderen, und ich wollte wissen, ob ich recht hatte. Aber zuallererst musste ich zu Alex und ihm von all dem erzählen. Also lief ich los, vorbei am Westflügel, dessen Fenster in der Nachmittagssonne seltsam leuchteten.

Wieder auf dem Schulhof angekommen, suchte ich nach Alex, fand ihn aber nicht. Komisch. In der Schule hatte ich ihn auch nicht gesehen. Was war los? War er krank? Ich beschloss, ihm einen Besuch abzustatten. Ich kannte seine Zimmernummer zwar nicht, aber die war leicht rauszukriegen, denn in jedem Haus hing eine Liste mit unseren Namen und Nummern aus.

Es war die Sieben.

Ich mochte die Sieben, denn sie gehörte zu meinem Geburtsdatum.

Als ich vor seinem Zimmer stand, ging die Tür plötzlich auf, und ein Junge kam heraus. Er sah mich an, als stünde er einem Alien gegenüber.

»Ähm … ist Alex da?«, fragte ich, doch der Junge schüttelte den Kopf.

»Nee. Irgendwas ist mit seiner Mutter. Deswegen musste er nach Hause.«

Damit schob er seinen Rucksack auf die Schulter und stapfte davon.

Ich kramte mein Handy aus der Tasche. Warum hatte Alex mir keine Nachricht geschrieben?

Dann sah ich, dass doch eine SMS eingegangen war.

Bin zu Hause. Meine Mum hat wieder einen schlimmen Migräneanfall und mein Vater ist nicht da. Ich muss mich um sie kümmern. Bis morgen, dein Alex

Auch wenn ich seine Mutter nicht kannte, machte ich mir plötzlich Sorgen. Nicht dass es etwas Ernstes war!

Hoffe, deiner Mum geht es bald wieder besser. Habe eine neue Spur. Brauche dich. Lieben Gruß, deine Clara

Im gleichen Augenblick, als ich auf Senden drückte, fiel mir ein, dass er das »Brauche dich« auch falsch verstehen konnte. Aber egal, so war es nun mal. Ich brauchte ihn wirklich – als meinen Watson und überhaupt …

49.

Den ganzen Abend saß ich in der Bibliothek. Sah zu, wie sich Plätze leerten und neu besetzt wurden. Hörte das leise Summen der Drucker, das Umblättern von Seiten und das Räuspern, das von zu trockener Luft kam.

Ich hatte eine Weile warten müssen, bis der perfekte Platz frei geworden war. Einer, den man weder vom Fenster noch vom Eingangsbereich einsehen konntc. Niemand nahm von mir Notiz – jedenfalls glaubte ich das. Während ich die Suchmaschine laufen ließ und nach den Staubkörnen suchte, die die Zeit hinterlassen hatte, wanderte mein Blick unaufhörlich durch den Raum.

War der Ratgeber einer der Schüler? Oder jemand, den ich bisher nicht auf dem Schirm gehabt hatte? Vielleicht ein Lehrer oder der Hauswart? Oder Frau Ludwig, die Bibliothekarin, die mich immer hier sitzen sah, sich selbst aber wie ein Schatten verhielt und Bücher von den Tischen sammelte?

Ich musste zugeben, dass ich bisher nicht auf sie geachtet hatte. Damals nicht, als ich etwas über Camilla hatte herausfinden wollen, das erste Mädchen mit den Krähenflügeln. Damals hatte ich ja auch noch gedacht, dass der Mord von jemandem außerhalb des Internats verübt worden war.

Ich war sauer auf mich selbst, dass ich nicht schneller geschaltet hatte. Dass ich nicht besser hingesehen hatte. Das Foto von dem Lehrer mit dem Trauerflor am Arm war ja schon da gewesen, als ich an meinem ersten Tag durch das Hauptgebäude gelaufen war. Ich hatte den Bildern jedoch keine Beachtung geschenkt.

Aber jetzt zwang ich mich, mit offenen Augen und klarem Verstand jedes noch so kleine Detail zu erfassen. Ich wollte verstehen, ich musste verstehen, was hier nicht stimmte.

Diesmal wurde ich im Internet fündig. Ich entdeckte verschiedene Artikel zu den Mordfällen und druckte sie aus. Manche waren so reißerisch geschrieben, dass mir schlecht wurde. Aber ich hoffte, dass sie mir die nötigen Fakten lieferten, um das Puzzle ganz zusammmenzusetzen.

Dann suchte ich nach dem Selbstmord. Als ich die ersten Artikel fand, wäre ich am liebsten losgelaufen, um Kerstin zu umarmen. Langsam machte alles Sinn. Und schließlich traf ich ins Schwarze.

Ermittlungen im Fall Ina S. aufgenommen

Gestern kam es zu einem tragischen Zwischenfall in einem Reihenhaus in S. Die 13-jährige Ina S. wurde tot in ihrem Elternhaus aufgefunden.
Die Polizei geht von Selbstmord aus, ermittelt aber trotzdem in alle Richtungen, da sie ein Verbrechen zum jetzi-

gen Zeitpunkt nicht ausschließen kann. Zur rechtsmedizinischen Untersuchung, die gestern Nachmittag stattfand, haben die ermittelnden Behörden noch nicht Stellung genommen.
Was die Polizei in diesem Zusammenhang nach wie vor beschäftigt, ist die Tatsache, dass Ina S. knapp eine Woche vor ihrem Tod plötzlich verschwunden war. Suchtrupps hatten vergeblich versucht, das Mädchen aufzuspüren. Dann war sie nach drei Tagen wieder aufgetaucht, bis auf ein paar oberflächliche Verletzungen unversehrt. Sie gab an, im Wald gestürzt zu sein und die Orientierung verloren zu haben.
Ina S. Eltern sind erschüttert über den möglichen Selbstmord ihrer Tochter, hatten keinerlei Anzeichen dafür gesehen, dass Inas Verschwinden seelische Schäden hinterlassen hatte. »Wir machen uns große Vorwürfe«, meinte der Vater, Roland S.
Was bleibt, ist Fassungslosigkeit, auch bei ihren Mitschülerinnen und Lehrern am Rotensand-Gymnasium. Rektor Claudius Sontheim sprach den Eltern von Ina S. sein Beileid aus, sah sich aber außerstande, zu diesem Zeitpunkt einen Kommentar abzugeben.
Die Frage, was eine überdurchschnittlich gute Schülerin dazu getrieben haben könnte, sich das Leben zu nehmen, wird hoffentlich bald geklärt.

Minutenlang starrte ich auf den Artikel. Diese Ina war Schülerin in Rotensand gewesen. Sie war kurz vor ihrem Selbstmord für ein paar Tage verschwunden gewesen, war dann wieder aufgetaucht und hatte angegeben, einen Unfall gehabt zu haben. Und eine Woche später hatte sie sich umgebracht.

Ich war nicht sensationslüstern, aber ich stellte mir schon die Frage, wie sie sich das Leben genommen hatte. Mit Tabletten? Oder hatte sie sich vielleicht erhängt? In unserem Kinderheim hatte es mal ein Junge versucht. Es war schiefgegangen und er war für acht Wochen in der Jugendpsychiatrie gelandet.

Aber das entscheidende Detail in diesem Fall war, dass Ina S. Schülerin in Rotensand gewesen war, dass sie damals in der fünften oder sechsten Stufe gewesen sein musste.

Sibelius war ihr Lehrer gewesen. Ihr Tod hatte ihm den Boden unter den Füßen weggezogen, sodass er nicht mehr hatte unterrichten können.

Mein Verstand versuchte sogleich, die losen Enden zusammenzubringen.

Sie gab an, im Wald gestürzt zu sein und die Orientierung verloren zu haben.

Komisch, dass niemand Verdacht geschöpft hatte. Niemand verliert doch so ohne Weiteres drei Tage die Orientierung.

Hatten ihre Eltern ihr überhaupt zugehört? War ihnen das nicht komisch vorgekommen?

Meine Mutter und auch mein Vater hätten, wenn ich ihnen so eine Geschichte aufgetischt hätte, so lange nachgebohrt, bis ich ihnen die Wahrheit erzählt hätte.

Ich musste daran denken, was man sich über Schüler erzählte, die auf ein Internat geschickt wurden. Nämlich dass ihre Eltern sie loswerden wollten.

Das war natürlich Quatsch. Sicher gab es Eltern, die keine Lust auf ihre Kinder hatten, aber die meisten liebten ihre Kinder und wollten, dass sie die bestmögliche Ausbildung erhielten.

Hatten Inas Eltern ihre Tochter geliebt? Oder sie einfach abgeschoben? War Ina so scheu, verschüchtert oder ängstlich gewesen, dass sie ihnen die wahre Geschichte nicht hatte erzählen können?

Ich kehrte in die Wirklichkeit zurück, als mich jemand an der Schulter rüttelte.

»Alles in Ordnung mit dir?«

Ich blickte in das besorgte Gesicht der Bibliothekarin.

Und im nächsten Augenblick fiel mir ein, dass alles, was ich zu den Morden und zu Ina herausgesucht hatte, ausgedruckt auf der Tischplatte lag.

Schnell schob ich die Zettel zusammen. »Ja, alles in Ordnung.«

»Ich würde die Bibliothek gern abschließen«, erklärte sie dann.

»Wie … wie spät ist es denn?«

»Einundzwanzig Uhr«, entgegnete sie. »Da du so versunken in deine Arbeit warst, habe ich noch eine Stunde drangehängt.«

Verdammt! Sie hatte recht! Die Bibliothek schloss normalerweise um zwanzig Uhr.

»Wenn du möchtest, könnte ich dir einen Laptop ausleihen«, bot sie an. »Du hast sicher keinen eigenen Computer, oder?«

Ich schüttelte den Kopf. Und fühlte mich in ihrer Gegenwart plötzlich furchtbar unwohl.

»Nein, habe ich nicht«, entgegnete ich und fragte mich, ob der Ratgeber gesehen hatte, dass meine Mails vom Handy gesendet worden waren.

Ein Schauer lief über meinen Rücken, warm nach unten und kalt wieder zurück, so als hätte meine Wirbelsäule mein Blut gekühlt. Natürlich wusste ich, dass das nur Einbildung war und der Blutkreislauf anders funktionierte.

»Gut, dann bringe ich dir eines von unseren Leihgeräten. Darauf kann man zwar keine Spiele spielen und auch nichts installieren, aber zum Arbeiten und Nachschlagen ist es prima.«

Ich blickte ihr nach. Sie trug einen grauen Rock und eine hellgrüne Schluppenbluse. Auf den ersten Blick konnte man sie auch für eine Sekretärin halten.

War sie der Ratgeber?

Irgendwie wurde ich das Gefühl nicht los, beobachtet zu werden.

Mit dem Laptop aus der Bibliothek kehrte ich in mein Zimmer zurück. Niemand war da. Niemand konnte mich beobachten. Ich zog die Vorhänge vor den Fenstern zu und setzte mich aufs Bett.

Ein Blick aufs Handy sagte mir, dass Alex nicht geantwortet hatte. Ging es seiner Mutter so schlecht, dass er keine Zeit hatte, sich zu melden? Oder hatte er gerade keinen Bock auf mich?

Ich schüttelte den Kopf und vertrieb den Gedanken. Wahrscheinlich hatte er einfach zu viel zu tun.

Seufzend legte ich das Handy beiseite, dann klappte ich den Laptop auf und schaltete ihn an.

Er erwachte mit einem leisen Summen. Der Browser öffnete sich langsam, aber wie es mir Frau Ludwig versprochen hatte, reichte das Bibliotheksnetzwerk bis hierher.

Natürlich wusste ich, dass sie meine Linkliste nachverfolgen konnte, also öffnete ich die Einstellungen des Browsers und aktivierte den privaten Modus. Dann rief ich das Telefonbuch auf.

Während ich Sibelius in das Suchfeld eintippte, fragte ich mich, ob Ina sich bei ihm Hilfe geholt hatte? Und falls ja, was mochte er ihr geraten haben? Sich still zu verhalten?

Plötzlich war es, als hätte sich eine Faust in meinen Magen gebohrt. Was, wenn der Lehrer der Meinung gewesen war, dass alles sei nur ein blöder Scherz gewesen? Wen er ihr geraten hatte, darüber hinwegzusehen?

Ihr Selbstmord könnte dazu geführt haben, dass er zusammengebrochen war. Dass er in dem Augenblick erkannt hatte, dass er einen Fehler begangen hatte.

Und dann fragte ich mich, wer Ina gefunden hatte. Ihre Eltern? Das war wahrscheinlich. Vielleicht ihr Vater, der von der Arbeit nach Hause gekommen war. Was für ein Schock musste das für ihn gewesen sein! Obwohl er in dem Interview mit dem Reporter recht nüchtern gewirkt hatte … aber fremden Menschen gegenüber gab auch ich mich immer tapfer, ihnen wollte ich meine Gefühle nicht offenbaren.

Den Leuten vom Jugendamt hatte ich damals zeigen wollen, dass ich mit meinen neun Jahren schon selbstständig war, doch als sie weg gewesen waren, hatte ich ganz bitterlich geweint. Darüber, dass ich nicht zu Hause bleiben durfte. Darüber, dass Mama und Papa nicht mehr da waren. Dass sie tot waren, nicht einfach verreist oder irgendwas anderes, sondern tot.

Ein paar Tage später war ich ins Kinderheim gekommen, und auch dort hatte ich versucht, mir meinen Schmerz nicht anmerken zu lassen. Alles war so fremd dort gewesen. Und immer wieder hatte ich mir Rückzugsorte gesucht, wo ich allein sein und trauern konnte. So lange, bis der Schmerz aufgehört hatte und ich gewusst hatte, dass ich weiterleben würde. Weiterleben musste, ganz einfach deshalb, weil ich das letzte Vermächtnis meiner Eltern war.

Auch Inas Vater hatte sicher eingesehen, dass es nichts brachte, vor den Journalisten zusammenzubrechen.

Ich seufzte und sammelte mich. Zunächst das Wichtigste: Herr Sibelius.

Ich musste herausfinden, ob Ina ihm alles erzählt hatte.

War er der Mörder und wollte ihren Tod rächen?

Auch wenn Herr Sibelius die Schule verlassen hatte, weil er mit dem Selbstmord von Ina S. nicht klargekommen war, so war er sicher nicht derart paranoid, seine Nummer aus dem Telefonbuch löschen zu lassen.

Ich fand sie bereits nach dem ersten Suchlauf. Hier in der Gegend war er der Einzige mit dem Namen.

Er lebte nicht mehr auf der Insel, er war aufs Festland gezogen. In ein kleines Dorf nahe Ribnitz-Damgarten. Ob er inzwischen dort unterrichtete?

Minutenlang starrte ich auf den Eintrag, dann schrieb ich mir die Nummer auf.

Doch plötzlich war ich mir nicht mehr sicher, ob ich ihn anrufen sollte. Denn was zum Teufel sollte ich sagen?

Hallo, Herr Sibelius, können wir vielleicht über den Selbstmord von Ina S. reden?

Das wäre die schonungslose, ehrliche Variante, aber wahrscheinlich würde er den Hörer aufknallen.

Was, wenn ich überprüfte, ob er überhaupt zu Hause war? Und dann fiel mir vielleicht was ein …

Ich griff nach meinem Handy und rief die Einstellungen auf. Die Nummernanzeige musste ich natürlich unterdrücken.

Ich blickte auf das Display meines Handys. Es war schon nach dreiundzwanzig Uhr.

Nachdem ich sichergestellt hatte, dass meine Nummer nicht übermittelt wurde, wählte ich. Es klingelte.

Einmal.

Vermutlich war er schon im Bett.

Zweimal.

Würde ich aufstehen, wenn mitten in der Nacht mein Telefon klingeln würde?

Dreimal.

Klick.

»Guten Tag, das ist der Anschluss von Rainer Sibelius. Bitte sprechen Sie nach dem Signal.« Piep.

Hastig legte ich auf.

Die Stimme des Lehrers hatte recht sympathisch geklungen, nicht psycho oder so. Ein normaler Mann, der nicht da war oder sich nicht aus dem Bett bequemen wollte, weil ihn irgendein Hirni nachts anrief.

Oder der sich gerade irgendwo versteckte, weil er Rache nehmen wollte – für das, was Ina S. passiert war, die er nicht hatte retten können.

Ich blickte auf mein Display. So oder so, es brachte nichts, noch mal anzurufen.

Stattdessen tippte ich eine SMS an Alex.

Vermisse dich. Und habe dir was zu erzählen. Melde dich doch bitte. Liebe Grüße, deine Clara

DIENSTAG

50.

Als eine Tasche unsanft auf dem Bett gegenüber landete, schreckte ich hoch. Keine Ahnung, wie lange es noch bis zum Weckerklingeln war, aber draußen war es bereits hell, und ich war mit einem Schlag hellwach. Susanne trat vor ihren Kleiderschrank und riss sich die Jacke von den Schultern. An der Schläfe hatte sie ein dickes Pflaster.

»Hey, du bist wieder da!«, sagte ich und setzte mich auf.

»Ja, bin ich«, entgegnete sie und griff nach einem Kleidungsstück in ihrem Schrank.

»Ich dachte, du wärst noch im Krankenhaus.«

»Zum Glück bin ich das nicht mehr.«

Sie blickte auf die Bluse in ihrer Hand, dann sah sie zu mir. Ihr Gesicht wirkte, als würde sie jeden Augenblick in Tränen ausbrechen.

»Hast du was von Christina gehört?«, fragte sie dann. Offenbar hatte sie noch nicht das Radio eingeschaltet oder Nachrichten gesehen.

»Ja, sie … wurde gefunden.« Mehr brauchte ich nicht zu

sagen. Susanne schleuderte die Bluse von sich. Sie landete auf der Fußmatte vor dem Bett und verwandelte sich in einen unförmigen Haufen.

»Verdammte Scheiße!«

So hatte ich Susanne noch nie fluchen gehört.

»Wäre es nicht vielleicht doch besser, wenn du ein Weilchen zu Hause bleiben würdest?«, begann ich vorsichtig.

»Nein«, entgegnete sie entschlossen und beinahe schon ein bisschen ärgerlich. »Was soll ich denn da? Dort starre ich nur den ganzen Tag die Wand an und meine Eltern haben eh keine Zeit für mich.«

»Auch jetzt nicht?« Ich wollte einfach nicht glauben, dass es ihre Eltern so leichtnahmen, dass sie von einem Unbekannten niedergeschlagen worden war.

»Nee, was denkst du denn? Sie haben mich am Samstagnachmittag aus dem Krankenhaus geholt, weil der Arzt meinte, dass ich nur eine Platzwunde und doch keine Gehirnerschütterung hätte. Ich hab es nur bis Sonntag ausgehalten, dann wollte ich wieder zurück. Zu Hause ist mir die Decke auf den Kopf gefallen. Meine Eltern sind weggefahren, haben sich mit Bekannten getroffen und ich war allein.«

Allmählich wurden mir Susannes Eltern wirklich richtig unsympathisch. Offenbar kümmerten sie sich einen Scheiß um ihre Tochter!

»Außerdem … ich habe mich nicht getraut, das Radio oder den Fernseher einzuschalten. Ich wollte nicht … ich wollte es nicht so erfahren.«

Die Nachricht wurde nicht besser, wenn ich sie überbrachte, aber ich verstand schon, was sie meinte.

»Hast du inzwischen mit der Polizei geredet?«, fragte ich vorsichtig weiter.

»Ja, sie waren noch am Samstag bei uns und haben mich vernommen. Aber ich glaube nicht, dass ich ihnen groß helfen konnte.«

»Was ist denn passiert? Hast du den Kerl gesehen, der ...«

»Nein, alles ging so schnell. Wir haben geredet und haben uns dabei einfach immer weiter vom Haupthaus entfernt.«

»Und worüber habt ihr geredet?«

»Über Camilla. Über die ganze Sache mit ihrer Freundschaft zu mir. Und darüber, dass es nicht in Ordnung war, dass sie sie mir weggenommen hat.«

Ich fragte mich, was Christina darauf geantwortet hatte, aber das sollte Susanne ruhig für sich behalten, denn es ging mich nichts an.

»Dann hat es plötzlich hinter uns geraschelt. Ich hab nur noch einen Schatten gesehen, dann hat mich ein Schlag von der Seite getroffen und ich war weg. Das Einzige, woran ich mich noch erinnere, ist, dass Christina geschrien hat. Und als ich wieder zu mir gekommen bin, war sie verschwunden.«

Ein Schauer rann mir den Rücken runter. Wie wäre es mir in der Situation ergangen? Hätte ich irgendwas tun können, um Christina zu retten? Hätte ich etwas tun wollen, nachdem ich erkannt hatte, dass sie mir meine Freundin ausgespannt hatte?

Nein, so ein Mensch war Susanne nicht. Sie mochte zu Anfang Melanie nachgelaufen sein, aber sie würde niemanden im Stich lassen.

Sie hatte keine Chance gehabt, Christina zu retten.

»Ich bin froh, dass er dich nicht erwischt hat«, murmelte ich.

Für einen Moment trafen sich unsere Blicke. Wahrscheinlich war das, was ich gesagt hatte, total cheesy, aber es stimmte. Ich war froh, dass es sie nicht erwischt hatte.

»Danke«, antwortete sie, fast ein bisschen überrascht.

Nachdem ich den Laptop am nächsten Morgen wieder in die Bibliothek gebracht hatte, rannte ich zur Stunde mit Frau Heiden. Unterwegs hielt ich Ausschau nach Alex, konnte ihn aber nirgends entdecken. Allmählich machte ich mir Sorgen. War ihm etwas passiert? War er womöglich verschwunden wie damals Marina? Wieder blickte ich auf mein Handy, und in mir krampfte sich etwas zusammen, als das Display nichts weiter als die Uhrzeit und das Hintergrundbild anzeigte.

In der Deutschstunde kam natürlich die Theaterprobe zur Sprache, aber wie es Kerstin vorhergesagt hatte, nahm Frau Heiden es sehr locker, dass niemand geprobt hatte.

»Eine Woche«, sagte sie. »So lange habt ihr noch, dann werden wir eine erste Lesung der Rollen vornehmen.«

Dann sprachen wir über Shakespeare, aber meine Gedanken wanderten zurück zu den Ereignissen der letzten Tage. Ich fragte mich, wie ich Ramona nachweisen konnte, dass sie 2008 sehr wohl in Rotensand gewesen war. Nur zu gern hätte ich von ihr gehört, was damals passiert war. Sie war ja auch eines von Melanies Opfern gewesen.

Melanie. Immer wieder Melanie. Sie schien der Dreh- und Angelpunkt in dieser ganzen Geschichte zu sein. Ich nahm mir abermals vor, sie bei der nächsten Gelegenheit abzupassen und das Gespräch mit ihr zu suchen.

Später in der Mensa war sie natürlich wieder von ein paar Mädchen umringt.

Also stellte ich mein Tablett auf einen freien Tisch und sog den Duft der Spaghetti bolognese tief ein. Das war genau das Richtige, um den Kopf nach dem Unterricht wieder zum Denken anzukurbeln.

Da kam Susanne auf mich zu und setzte sich mir gegenüber.

»Sie schicken mich in die Klapse«, verkündete Susanne und brachte mich beinahe dazu, mich an den Nudeln zu verschlucken.

»Was?«, fragte ich hustend.

»Ich soll mich vom Schulpsychologen untersuchen lassen«, präzisierte sie.

Das war natürlich etwas anderes als die Klapse – jedenfalls würde sie nach dem Besuch beim Psychologen das Büro wieder verlassen können und nicht in einer schuleigenen Gummizelle landen.

»Sontheim meinte, das wäre nach den Ereignissen der vergangenen Tage das Beste für mich.«

»Und was sagen deine Eltern dazu?«

»Die finden das auch. Dann brauchen sie nicht einen privaten Psychologen zu bezahlen. Hat doch was, wenn das mit dem Schulgeld bereits abgegolten ist, oder?«

Es nahm mich mit, dass sie so über ihre Eltern dachte. Waren sie wirklich so lieblos?

»Soll ich vielleicht mitkommen?«, fragte ich, bevor ich richtig darüber nachdenken konnte.

»Das würdest du tun?«

»Klar«, entgegnete ich.

Da ertönte ein schrilles Lachen neben uns. Ich blickte zur Seite.

Melanie. Sie lachte. Als hätte es den Tod von Christina, Marina und Camilla nicht gegeben.

51.

Der Traum. Wieder war er da, wie jede Nacht seit dem letzten Mord. Quälend, auch wenn er sich ihm diesmal nicht in allen Einzelheiten offenbarte.

Und seltsamerweise blieb die Depression aus, die ihn sonst danach überkam. Stattdessen verspürte er eine bohrende Unruhe. Sie war wie ein Untier, das in seinen Eingeweiden wütete, seine Zähne hineinschlug und daran zerrte.

Er wollte töten. Keinen anderen Grund hatte diese Unruhe. Die Träume zeigten ihm, dass es so weit war. Er musste es hinter sich bringen. Die Letzte erledigen. Den Traum endgültig auslöschen.

Er lief eine Weile unruhig im Zimmer auf und ab, fuhr sich immer wieder übers Gesicht. Denk nach, trieb er sich an. Denk nach. Wie willst du es anstellen? Es würde schwierig werden, aber es war machbar. In den vergangenen vier Jahren hatte er viele Leute kennengelernt. Leute, mit denen sich niemand freiwillig abgab – es sei denn, man wollte etwas von ihnen und hatte genug Geld.

Geld. Er hatte Geld. Es war noch immer etwas da. Sein schäbiges Äußeres täuschte. Es war eher ein Abbild dessen, was in seinem Innern vor sich ging. Er brauchte nur nach Hause zu fahren. Dort konnte er sich in aller Ruhe umziehen, das Geld holen und sich dann auf den Weg nach Rostock machen.

Zum Russen. Der stand in dem Ruf, alles besorgen zu können. Wirklich alles.

Diesmal musste es schnell gehen. Keine Spielerei mit dem Messer. Er würde die Letzte mit einer Kugel erledigen. Einer Kugel durch den Schädel, der ihren dreckigen Verstand enthielt. Und wenn dann noch Zeit war, würde er ihr Flügel geben. Aber nur dann.

Der Gedanke hob seine Laune. Schon lange nicht mehr hatte er solch eine Euphorie verspürt. Die Zeiten der Dunkelheit, der Depression schienen vorüber. Nur noch eine, dann war er frei. Dann hatte er erledigt, wozu er vor vier Jahren nicht den Mut gehabt hatte. Er packte das Nötigste zusammen, viel hatte er ohnehin nicht, bevor er die schäbige Wohnung verließ, die eher der Behausung eines Penners glich.

Die Hände tief in die Manteltaschen vergraben, stapfte er die Straße entlang. Als sich ein Wagen näherte, hielt er den Daumen raus.

Es war gefährlich, per Anhalter zu fahren, das hatte ihm seine Mutter immer eingeschärft. Es war auch gefährlich, einen Anhalter mitzunehmen. Doch offenbar hatte der Fahrer des Wagens hinter ihm noch nichts davon gehört, denn er verlangsamte.

Ein Lächeln huschte über sein Gesicht. Es würde alles ganz schnell gehen, ganz schnell.

52.

Ich hatte zwar gelesen, dass Rotensand einen Schulpsychologen angestellt hatte, aber ich hätte es nicht für möglich gehalten, dass ich ihn so schnell zu Gesicht bekommen würde.

Während Susanne und ich vor der Tür saßen, knetete meine Mitbewohnerin unruhig ihre Hände.

»Ich konnte nichts tun«, murmelte sie vor sich hin. »Ich konnte wirklich nichts tun.«

So redete sie schon seit Stunden. Kein Wunder, dass Rektor Sontheim sie zu Dr. Bakker schickte.

Ich legte Susanne die Hand auf den Rücken und sagte wie schon einige Male zuvor: »Du brauchst dir keine Vorwürfe zu machen. Du hättest nichts tun können.«

In diesem Moment öffnete sich die Tür und der Schulpsychologe trat heraus. Es war ein ziemlich dünner Mann mit hohen Wangenknochen, grau meliertem Haar und schmalen Lippen.

Sein Gesicht wirkte ernsthaft, doch sein Blick wanderte suchend umher. Rastlos.

Wir schauten uns kurz in die Augen, und ich wusste, dass ich mich ihm niemals anvertrauen konnte.

»Susanne Bruns?«, fragte er.

Sofort erhob sich meine Mitbewohnerin und folgte Dr. Bakker in sein Büro. Dann hörte ich, wie er mit sanfter Stimme auf sie einredete.

Eine halbe Stunde später kam Susanne wieder raus. Sie verabschiedete sich mit einem Lächeln von dem Psychologen und schloss die Tür.

»Sie hatte darum gebeten«, sagte Susanne leise, als wir das Hauptgebäude hinter uns gelassen hatten.

Das kam so überraschend, dass ich gar nicht kapierte, was sie mir damit sagen wollte.

Ich runzelte die Stirn. »Was?«

»Camilla«, sagte Susanne, ohne mich anzuschauen. »Sie hatte darum gebeten, in ein anderes Zimmer verlegt zu werden.«

Ich blieb vor ihr stehen und sah sie an.

»Nicht dein Ernst, oder?«

Susanne verschränkte die Arme vor der Brust, eine Träne lief über ihre Wange, als sie nickte.

»Und ich habe mir eingeredet, dass sie trotzdem noch meine Freundin war. Erinnerst du dich an den Tag, als du ins Zimmer eingezogen bist und ich nach Camilla gesucht habe?«

»Klar.« Der Tag, an dem ich den Spatz auf Camillas Kopfkissen gefunden hatte.

»Ich habe nicht gewusst, dass sie weg war. Ich habe mich gewundert und nach ihr gesucht, ich wollte eine Erklärung, denn ein paar Tage zuvor hatte sie mir noch geschrieben, dass wir uns am Schulanfang sehen würden. Dann war nichts mehr gekommen und ich hatte ein wahnsinnig schlechtes Gefühl gehabt.«

Deshalb war Susanne also so erstaunt gewesen, mich in dem Zimmer anzutreffen. Es war gar nichts Persönliches gewesen.

»Ich bin zur Schulleitung, habe gefragt, was du in meinem Zimmer zu suchen hast – und da haben sie mir gesagt, dass Camilla darum gebeten hatte, in ein anderes Zimmer ziehen zu dürfen. In das von Christina.«

Ich blieb stehen und sah sie lange an. Hatte sie mit Dr. Bakker darüber geredet?

»Ich habe den ganzen Tag eine Scheißlaune geschoben. Und dann, dann kam der Anruf. Und den Rest weißt du ja.«

Ich nickte, wusste aber nicht, was ich sagen sollte. Verrat. Camilla hatte Susanne verraten. Anscheinend hatte sie sich endgültig auf Melanies Seite gestellt.

Susanne tat mir furchtbar leid.

»Na ja, mich wirst du auf jeden Fall nicht so schnell wieder los«, sagte ich mit einem schwachen Lächeln.

Wir hatten uns gegenseitig Sachen ausgeliehen, hatten uns persönliche Sachen anvertraut – aber machte uns das schon zu Freundinnen? Ich hatte keine Ahnung, aber Susanne lächelte zaghaft. Und auf einmal wusste ich, dass das der Anfang einer Freundschaft war, meiner ersten, richtigen Freundschaft.

An diesem Nachmittag sollte Marinas Beerdigung stattfinden. Sie stammte nicht von der Insel, so viel hatte ich inzwischen herausgefunden. Sie kam aus Hannover, wo heute die Trauerfeier war. Unter Ausschluss der Öffentlichkeit.

Es machte mich traurig, dass von uns niemand dort sein würde. Lediglich Marinas Klassenlehrer und eine weitere Lehrerin hatten sich auf den Weg gemacht.

Aber ich wollte nicht tatenlos herumsitzen und darauf warten, dass noch ein Unglück geschah. Wieder einmal hatte ich das Gefühl, dass mir nur ein Teil fehlte, um das Puzzle zusammenzusetzen.

Und da fiel mir Dr. Bakker wieder ein. Sicher hatte Rotensand nicht erst seit Inas Selbstmord einen Psychologen. Er musste schon vorher da gewesen sein.

Das brachte mich auf eine Idee. Wie lange wurden wohl Patientenakten aufgehoben? Zehn Jahre? Oder nur fünf? Wie verfuhr man mit den Dokumenten eines Menschen, der sich das Leben genommen hatte?

Ich fragte mich zudem, ob Dräger von dem Selbstmord wusste. Selbstmord bedeutete, dass die Gemeinschaft versagt hatte. Irgendwo hatte ich das mal gelesen. Was Ina S. anging, hatten offenbar viele Leute versagt, indem sie weggeschaut hatten.

Ich nahm mir vor, dem Kommissar eine Nachricht zu schreiben, sobald ich Genaueres wusste.

Während mir all das durch den Kopf ging, war ich sicher, dass es nur einen Ort gab, wo ich Antworten auf alle meine Fragen finden würde.

Um dorthin zu gelangen, konnte ich Alex' Hilfe gut gebrauchen. Doch er hatte sich noch immer nicht gemeldet. Wo steckte er bloß? Ich fischte mein Handy aus der Tasche. Nichts. Sollte ich ihn anrufen?

Einen Moment lang zögerte ich, dann wählte ich seine

Nummer. Es ging wieder nur die Mailbox ran. Hatte er sein Handy ausgeschaltet? Ich tippte eine Nachricht und bat ihn erneut, sich zu melden. Dabei tobte die Sorge in mir. Was, wenn ihm etwas passiert war …

53.

Ich wusste genau, dass ich dafür von der Schule fliegen würde. Die Prügelei mit Melanie war dagegen eine Bagatelle gewesen. Erwischte mich jemand, würde ich am nächsten Tag meine Koffer packen müssen. Aber ich hatte nicht vor, mich erwischen zu lassen.

Als ich mir sicher war, dass Susanne tief und fest schlief, kletterte ich aus dem Bett und zog mich so leise wie möglich an.

Der Gedanke, dass ich allein über den Schulhof laufen musste, verursachte mir Bauchkneifen. Ich hatte plötzlich wieder die Warnung des Kommissars in den Ohren.

Was, wenn der Killer gerade über das Gelände schlich, in der Tasche einen toten Spatz und zwei Krähenflügel, um auf die Person Jagd zu machen, die ihm hinterherspionierte? Sollte der Ratgeber gemeinsame Sache mit dem Mörder machen, war mein Name vielleicht schon gefallen …

Beruhige dich. Da draußen ist niemand. Außerdem würde ich mich wie ein Schatten über das Gelände bewegen …

Auf Zehenspitzen und mit meinen Boots in der Hand schlich ich aus dem Zimmer. Susanne regte sich einmal kurz, schlief aber weiter. Ich hoffte nur, dass sie nicht zwischendurch wach wurde und merkte, dass ich fort war. Wahrscheinlich würde sie dann Großalarm auslösen. Aber bis jetzt war ja alles gut gegangen.

Erstaunlich, wie still das Haus zur Schlafenszeit war. Während ich den finsteren Gang entlanghuschte, fiel mir ein, dass die Wohngebäude nachts nur von innen geöffnet werden konnten. Also nahm ich den Keil, der neben der Tür lag, und legte ihn in den Türrahmen.

Dann schlüpfte ich in meine Boots.

Alles kam mir auf einmal intensiver vor. Das Geräusch, das meine Schnürsenkel machten, als ich sie zusammenzog und eine Schleife band. Das Knirschen meiner Schritte auf dem Gehweg.

Das Licht der Straßenlampen, hinter denen sich eine riesige Wand aus Dunkelheit auftürmte.

Die Dunkelheit selbst. Genau in diesem Augenblick konnte sich der Mörder in ihr verbergen. Aber ich war darauf gefasst und hielt mich ebenfalls im Schatten.

Das Hauptgebäude wurde nie abgeschlossen. Anders sah es mit den Büros der einzelnen Lehrkräfte aus. Aber ich hatte eine Idee. Am Tag meiner Ankunft hatte ich in der Schublade der Sekretärin ein riesiges Schlüsselsammelsurium entdeckt. Mit etwas Glück war der Schlüssel zu Dr. Bakkers Büro dabei.

Ich schlüpfte in den Flur und steuerte gleich auf das Ende

des Ganges zu, wo sich der Tresen der Sekretärin befand. Es war dunkel, aber durch die hohen Scheiben fiel das Licht der Straßenlampen. Das genügte, um den Weg zu finden. Sobald ich den Tresen erreicht hatte, umrundete ich ihn und ließ mich auf den Stuhl der Sekretärin fallen. Vorsichtig zog ich die oberste Schublade auf. Und schon nach wenigen Sekunden wurde ich fündig. Unglaublich, dass hier alle Schlüssel zu den einzelnen Büros aufbewahrt wurden! Wusste Sontheim das? Ich konnte es mir nicht vorstellen.

Vorsichtig berührte ich die Schlüssel, als könnte ich mir an ihnen die Finger verbrennen. Einen nach dem anderen hob ich hoch und hielt ihn in den Lichtschein, der durch das Fenster fiel.

Welcher war der des Schulpsychologen? Schildchen trugen sie nicht, doch auf ihre Schlüsselgriffe waren Zahlen eingraviert. Welche Nummer hatte Bakkers Büro?

Ratlosigkeit überkam mich. Hatte irgendwo eine Nummer gestanden?

Ich kniff die Augen zu. Und dann glaubte ich, mich daran zu erinnern, dass über der Tür ein kleines Schildchen angebracht war. Nummer 17? Konnte das stimmen? Ich kramte mich durch die Schlüssel, bis ich die 17 gefunden hatte. Wenn ich mich irrte, konnte ich ja noch mal zurückgehen.

Schnell steckte ich den Schlüssel ein, erhob mich wieder und strebte auf das Büro des Schulpsychologen zu.

Da ertönte mit einem Mal ein Geräusch hinter mir. Eine Tür wurde geöffnet. Jemand betrat das Gebäude.

Adrenalin schoss mir durch die Adern. Wen mochte es um diese Zeit noch hierher verschlagen haben? Mein Herz begann zu rasen und meine Hände wurden schlagartig feucht. Panisch sah ich mich nach einer Fluchtmöglichkeit um. Es war zwar möglich, dass derjenige, der in diesem Augenblick das Foyer betrat, nicht in meine Richtung wollte, aber darauf durfte ich mich nicht verlassen. Da die Schritte näher kamen, entschied ich mich kurzerhand, hinter der nächsten Ecke zu verschwinden. Dort führte eine schmale Treppe nach oben.

Auf Zehenspitzen huschte ich die Stufen hoch. Auf halber Strecke blieb ich stehen und lauschte. Die Schritte waren immer noch gut zu hören. Schlüsselgeklimper ertönte. Offenbar machte der Hauswart eine Runde. Durchaus verständlich, da das Gebäude ja unentwegt offen stand. Ihm wollte ich aber nicht erklären müssen, was ich um diese Zeit hier zu suchen hatte, also schlich ich weiter nach oben und sah mich nach einem Versteck um.

Auf der rechten Seite entdeckte ich eine Toilette. Rasch schlüpfte ich hinein.

Der Geruch von Zitrusreiniger und Klostein schlug mir entgehen.

Nervös kaute ich auf meinen Nägeln herum, während ich mich in die Ecke neben der Tür drückte. Die Schritte waren von hier drinnen nur sehr schwach zu hören.

Mein Blick fiel auf das Fenster. Wenn ich mich nicht irrte, konnte man von dort aus auf den Schulhof sehen.

Da knallte plötzlich eine Tür zu. Zunächst dachte ich, das Geräusch wäre aus dem Innern des Hauses gekommen, doch dann nahm ich ein Knirschen von draußen wahr. Immer noch auf Zehenspitzen huschte ich zum Fenster. Eine dunkle Gestalt bewegte sich vom Gebäude weg. Leider konnte ich ihr

Gesicht nicht sehen. War das der Hausverwalter? Hatte er seine Runde durch das Gebäude beendet?

Ich beschloss, mich aus meinem Versteck zu wagen. Vorsichtig öffnete ich die Tür und lauschte.

Stille. Ich atmete tief durch, doch mein Herz klopfte weiter wie verrückt. Vorsichtshalber verharrte ich noch einige Augenblicke neben der Toilette.

Aber alles blieb ruhig. Also schlich ich zurück zur Treppe, nach unten und weiter zu Dr. Bakkers Büro. Ich zog den Schlüssel aus der Tasche und steckte ihn ins Schloss. Er passte und ließ sich problemlos herumdrehen. Kurz darauf schwang die Tür auf.

Ich hatte es geschafft!

Die Dunkelheit im Büro des Schulpsychologen schien mich verschlucken zu wollen. Ich hielt die Luft an, fühlte mich mit einem Mal beobachtet. Ängstlich blickte ich mich um. Hatte der Psychologe vielleicht Kameras installiert, mit denen er seine Sitzungen aufzeichnete?

Suchend schaute ich mich um, konnte aber nichts finden. Wahrscheinlich ging meine Fantasie mit mir durch.

Trotzdem wollte ich nicht länger als nötig hierbleiben. Ich wusste ja auch nicht, ob der Hausverwalter wiederkommen würde.

Die Zeit lief. Tick, tack, tick, tack.

Mein Magen rumorte. Mein Herz raste. Auf einmal kam mir das ganze Haus viel zu warm vor, ich schwitzte wie bei einem Dauerlauf.

Fieberhaft machte ich mich am Karteikasten zu schaffen,

versuchte, mich von meiner Angst, entdeckt zu werden, nicht ablenken zu lassen.

Ich begann mit meiner Suche bei dem Buchstaben S. wie Ina S. Die Zeitung konnte zwar den Namen geändert haben, aber das war nicht zwangsläufig so. Und irgendwo musste ich ja anfangen. Karte um Karte glitt durch meine Finger. Darauf standen Namen, die ich nicht kannte, die mich nicht interessierten. Ich wollte wissen, ob Ina Hilfe gesucht hatte. Beim Schulpsychologen.

Doch keines der Mädchen, die in dem Karteireiter mit dem Buchstaben S. aufgeführt waren, trug den Vornamen Ina. Mist, dann war der Name in der Zeitung doch geändert worden! Meine Gedanken rasten. Ich hatte keine Zeit, den gesamten Kasten zu durchsuchen.

Da fiel mein Blick auf einen anderen Namen. Sibelius. Rainer Sibelius.

Er war bei Bakker gewesen. Wahnsinn!

Meine Hände waren schweißfeucht, als ich die Karte aus dem Kasten zog.

Die Sitzungen bei Dr. Bakker hatten kurz nach Inas Selbstmord begonnen. Der Psychologe hatte das notiert.

Der Lehrer hatte einen Nervenzusammenbruch gehabt. Es war ihm schwergefallen, eine seiner Klassen weiter zu unterrichten. Ob Melanie seine Schülerin gewesen war und er gewusst beziehungsweise geahnt hatte, dass sie sich zusammen mit ihrer Clique Ina vorgenommen hatte? Nachdem Sibelius dann eine seiner Schülerinnen geohrfeigt hatte, was an einem Eliteinternat wie Rotensand sicher große Wellen geschlagen hatte, war er schließlich suspendiert worden.

Sontheim hatte mich nicht angelogen. Sibelius war nicht mit der Situation klargekommen und hatte die Nerven verloren.

Aber was hatte das Ganze mit diesem Marc Feldten zu tun? Ihn schaute er schließlich auf dem Abschlussfoto an. Glaubte er, dass auch er etwas mit Inas Tod zu tun hatte?

Plötzlich fühlte ich mich, als hätte ich einen riesigen Stein im Magen.

Inas Selbstmord hatte Sibelius fertiggemacht. Er hatte eine Schülerin geohrfeigt. Und war dann geflogen.

Vier Jahre war das her. Brauchte ein Mensch so lange, um den Entschluss zu fassen, jemanden umzubringen? War es ihm immer schlechter gegangen, und war niemand da gewesen, um ihm zu helfen? War er letztlich durchgedreht, weil er sich schuldig fühlte?

Vor dem Fenster knirschte plötzlich etwas. Lief dort draußen jemand herum und beobachtete mich? Oder drehte einer von Drägers Sicherheitsleuten eine Runde über das Gelände? So oder so. Ich musste hier raus. Schnell verstaute ich die Unterlagen von Sibelius und schob den Karteikasten so leise wie möglich zu.

Mein Herz pochte wie wild. Ich musste nur noch den Schlüssel zurückbringen und dann nichts wie weg!

Auch wenn ich nichts über die Tote Ina S. erfahren hatte, hatte ich das Gefühl, der Lösung des Rätsels etwas näher gekommen zu sein. Ich hatte etwas erfahren. Über Sibelius. Und sobald ich zurück war, würde ich Kommissar Dräger eine Mail schreiben.

Die Kapuze tief ins Gesicht gezogen, die Hände in den Taschen des Sweatshirts vergraben, huschte ich über den Hof und schlüpfte in unseren Wohntrakt. Gerade als ich die Treppe hoch zu meinem Zimmer laufen wollte, hörte ich ein seltsames Geräusch. Ich blieb stehen.

Meine Nackenhaare stellten sich auf.

Und dann …

… hörte ich das Geräusch erneut. Es war näher, aber nicht hinter mir, sondern seitlich von mir.

Es war auch nicht der pfeifende Atem eines Menschen, sondern ein Schluchzen. Ein helles Schluchzen, das mich sofort in Alarmbereitschaft versetzte.

Als ich mich umdrehte, entdeckte ich in der Ecke eine Gestalt. Sie hatte sich auf dem Boden zusammengekauert, so klein, als wollte sie sich unsichtbar machen.

Ich trat näher. Die Gestalt zitterte.

Ramona. Sie weinte bitterlich.

»Ramona?«, fragte ich leise.

Ihr Kopf schnellte in die Höhe. Für einen Moment hielt sie die Luft an, ihr Schluchzen brach ab und ihre Augen weiteten sich.

»Keine Angst, ich bin's, Clara.« Schnell zog ich mir die Kapuze vom Kopf. »Was machst du denn hier mitten in der Nacht?«

Dasselbe konnte sie mich fragen, aber das tat sie zum Glück nicht. Stattdessen stammelte sie: »Ich … ich habe gelogen.«

Was meinte sie damit? Wen hatte sie belogen?

Ich hockte mich neben sie. Legte einen Arm um ihre Schultern. Ich spürte deutlich, dass sie jetzt jemanden brauchte.

»Ich habe gelogen«, wiederholte sie. »Ich wusste nicht, dass du … Ich wollte ja …«

»Schschhh, ist alles gut«, murmelte ich und strich ihr übers Haar. »Du brauchst jetzt nichts zu sagen.«

Ramona wischte sich übers Gesicht und schaute mich aus ihren rot verquollenen Augen an.

»Ich … ich hab dich angelogen, als ich behauptet habe, dass ich in dem Jahr nicht hier war, als das mit Ina passierte … Ich war da. Und Ina war meine Mitbewohnerin.«

»Deine …« Ich war von den Socken.

»Ich wollte nicht mehr dran denken«, fuhr sie fort. »Aber als du von dem Selbstmord angefangen hast, ist alles wieder hochgekommen. Diese ganzen schrecklichen Bilder. Ich konnte nicht mehr …«

»Ist schon gut«, sagte ich. »Es tut mir leid, ich wollte dir nicht wehtun. Ich will nur dieses Schwein finden, das hier rumläuft und Mädchen umbringt. Ich … ich hätte dich nicht drängen sollen …«

Auf einmal packte mich das schlechte Gewissen. Ich hatte mich wie ein Elefant im Porzellanladen verhalten.

Ramona starrte vor sich hin, dann seufzte sie: »Ich hab Ina kennengelernt, als sie in der siebten Stufe zu uns kam. Ich war damals schon in der sechsten und als Ältere sollte ich auf sie aufpassen. Sie kam von hier und wir mochten uns sofort. Wir waren uns irgendwie ähnlich. Wir redeten beide nicht viel und hatten vor allem unsere Zensuren im Kopf. Na ja, und dann war da Melanie und ihre Clique. Ihnen machte es Spaß, anderen das Leben schwer zu machen.« Sie holte tief Luft.

»Ich … ich will nicht darüber sprechen, was sie mit mir

gemacht haben. Auf jeden Fall hab ich versucht, ihnen aus dem Weg zu gehen. Was auch irgendwie klappte. Leider hatte Ina nicht so viel Glück. Sie hatten sie ziemlich auf dem Kieker. Inas Zensuren wurden immer schlechter. Sie hatte öfter Bauchschmerzen, schnitt sich die Haare ab. Ich wusste nicht, was ich tun sollte, und dann, kurz vor Ende des Schuljahres, verschwand sie plötzlich. Sie fehlte drei Tage, bevor sie wieder auftauchte. Sie hatte Schürfwunden und behauptete, gestürzt zu sein. Alle waren erleichtert, auch ich, dass sie wieder da war. Aber irgendwie war sie nicht mehr dieselbe. Sie war so unnahbar .... Und dann verschwand sie erneut. Melanie riss natürlich ihre Witze darüber, meinte, dass Ina sogar zu dumm wäre zum Laufen. Alle haben darüber gelacht, aber ich habe mir Sorgen gemacht. Und dann ... wurde sie gefunden.«

»Von wem?«, fragte ich.

»Das weiß niemand. Und es weiß auch niemand, wie sie sich das Leben genommen hat. Es gab natürlich einen Haufen Gerüchte ...« Sie schüttelte den Kopf. »Aber eigentlich wollte ich es auch nicht so genau wissen.«

Ich versuchte, die Geschichte zu verdauen.

»Es tut mir leid«, sagte ich.

Ramona nickte und lehnte den Kopf an meine Schulter. Und so blieben wir sitzen.

Die Kälte kroch mir unter das Sweatshirt, und dann wurde mir klar, dass uns nichts passieren konnte. Denn wir hatten Ina nicht in den Tod getrieben.

»Weißt du, manchmal habe ich mir gewünscht, sie würden alle sterben«, sagte Ramona plötzlich. »Ich meine, Melanies Freundinnen. Aber jetzt, wo es wirklich geschehen ist, tun mir meine Gedanken leid. Besser wäre es gewesen, sie hätten ihren Fehler eingesehen.« Sie schluckte, dann fügte sie hinzu: »Der Tod ist keine Lösung.«

Ich konnte ihr nur zustimmen. Der Tod löste und änderte überhaupt nichts, er ließ alles in dem Zustand, wie es war – und im Falle von Melanies Freundinnen war das alles andere als gut. Aber vielleicht war es für Melanie noch nicht zu spät.

54.

Der Zug ruckelte auf die kleine Bahnstation zu. Es war einer der letzten, die über den Rügendamm kamen, denn schon bald war Dienstschluss, und nachts fuhren ab Stralsund keine Züge mehr.

Aber er hatte es geschafft. Er hatte viel geschafft an diesem Tag. So viel, wie schon seit Langem nicht mehr. Die Aussicht darauf, die letzte Schuldige bald zur Strecke gebracht zu haben, hatte ihn angetrieben. Er war nach Hause gefahren, hatte Geld geholt und sich dann auf den Weg nach Rostock gemacht. Der Russe war nicht gerade erfreut gewesen, ihn zu sehen, aber das Geld hatte ihn überzeugt. Es hatte nur eine Viertelstunde gedauert, bis er ihm eine Waffe in die Hand gelegt hatte. Eine kleine russische Pistole plus Magazin.

Im Nachhinein ärgerte er sich, dass er nicht schon früher darauf gekommen war. Das ganze Theater mit den Flügeln und den toten Vögeln. Ja, er hatte gewollt, dass die Leute wussten, was passiert war. Aber jetzt erkannte er, dass das Unsinn war. Es ging nicht um das Warum. Es ging darum, jene zu töten, die sie getötet hatten. Ina. Wie lange hatte er diesen Namen nicht gedacht – nicht denken können! Jetzt war es so weit. Und er nahm es als ein gutes Zeichen.

Ina, ich werde dich rächen, murmelte er vor sich hin, denn in dem Zugabteil war niemand, der ihn hören konnte. Er hatte es schon einmal gesagt – damals, als man ihm ans Herz gelegt hatte, sich Hilfe zu holen. Sie hatten geglaubt, alles würde sich in Wohlgefallen auflösen, aber das hatte es nicht. Erst die Stimme hatte ihm den richtigen Weg gewiesen.

Und nun war er fast am Ziel.

Der Zug hielt an. Eine Durchsage ertönte. Er erhob sich und stieg aus.

Der Bahnsteig war vollkommen leer, aber das störte ihn nicht. Die Hände in die Taschen vergraben, eilte er los. Angetrieben von dem Gedanken, dass morgen alles enden würde.

MITTWOCH

55.

Nach allem, was in der vergangenen Nacht passiert war, hätte ich zu gern Alex gesehen und mit ihm gesprochen. Keine SMS und keine Mail, sondern ein richtiges Gespräch.

Wieder hatte ich versucht, ihn anzurufen, aber er war nicht rangegangen. War sein Handy vielleicht kaputt? Oder hatte er kein Interesse mehr daran, mit mir zu reden? Warum zum Teufel antwortete er mir nicht?! Verdammt! Ich schlug mit der Hand gegen die Wand.

Ich musste mit meinem Wissen selbst klarkommen. Und hoffen, dass Alex nichts passiert war.

Ina war höchstwahrscheinlich nicht in Behandlung bei Dr. Bakker gewesen, wohl aber Herr Sibelius. Er hatte ihm sein Leid über den Tod des Mädchens geklagt.

Was hatte das zu bedeuten? Dass Sibelius als Mörder durchaus infrage kam? Ich hatte Herrn Dräger gemailt, was ich herausgefunden hatte, aber bisher keine Antwort erhalten. Natürlich würde er Sibelius nicht festnehmen können. Aber vielleicht behielt er ihn im Auge.

Die Schulstunden flogen nur so an mir vorbei. Frau Heiden informierte uns, dass heute eine Besprechung in der Aula anstehen würde.

»Bis auf Weiteres entfernt sich niemand vom Schulgelände!«, fügte sie hinzu.

Das war auch schon das Letzte, das ich bewusst mitbekam.

Mechanisch notierte ich irgendwas, doch mit meinen Gedanken war ich weit weg.

Was wäre, wenn der Ratgeber Dr. Bakker war, der Schulpsychologe? Es schien so gut zu passen. Er kannte die seelischen Nöte vieler Leute in Rotensand. Er hatte Sibelius betreut.

Bakker und Sibelius.

Schon komisch, dass der Ratgeber sich so lange nicht gemeldet hatte, um das Spiel mit mir weiterzuspielen. War ich ihm zu nahe gekommen? Hatte er Angst aufzufliegen?

Je länger ich über die Konstellation Bakker und Sibelius nachdachte, desto logischer erschien sie mir. Der eine war an der Schule und hielt die Augen auf, während der andere ungestört von außen agieren konnte.

Aber da waren immer noch haufenweise offene Fragen. Zum Beispiel wusste ich nach wie vor nicht, wer Ina gefunden hatte. Und was wirklich vorgefallen war an dem Tag, an dem Ina verschwunden war. Es gab nur eine, die mir da weiterhelfen konnte. Und heute wollte ich sie endlich zur Rede stellen.

Vielleicht würde sich eine Gelegenheit nach der angekündigten Besprechung mit den Polizeibeamten ergeben, in der es um Fragen der Sicherheit auf dem Schulgelände gehen sollte.

In der Mensa verrannte ich mich so sehr in meine Gedanken, dass ich gar nicht bemerkte, wie sich die Tische ringsherum leerten. Immer wieder blickte ich auf mein Handy und die Sorge um Alex tobte in meinem Magen. Der Kartoffelauflauf vor mir hatte aufgehört zu dampfen. Wahrscheinlich war er bereits eiskalt. Ich hatte einfach vergessen, ihn zu probieren.

Jetzt blickte ich auf die Uhr. Gleich drei!

Scheiße! Die Besprechung mit den Polizisten und Sicherheitsbeamten begann jeden Moment!

Schnell raffte ich meine Sachen zusammen, schnappte mein Tablett und brachte es weg. Das Klappern der Frauen, die das Geschirr in die Spülmaschinen sortierten, folgte mir zum Ausgang.

Ich flitzte über den Schulhof, der wie leer gefegt war. Waren alle anderen wirklich schon in der Aula?

Ich hatte das Hauptgebäude fast erreicht, als ich aus dem Augenwinkel etwas sah. Instinktiv blickte ich mich um – und entdeckte Melanie etwas abseits vom Pausenhof. Sie war gerade mit ihrem Handy beschäftigt und bemerkte mich nicht.

Und auf einmal war der Gedanke an die Versammlung wie weggeblasen.

Das war sie, die Chance, mit ihr allein zu sprechen.

»Hi«, flötete ich und lief auf sie zu.

Überrascht zuckte Melanie zusammen. »Clara!«

Das war das erste Mal, dass sie meinen Namen aussprach.

»Ja, die bin ich«, entgegnete ich. »Hast du keine Lust reinzugehen?«

»Was willst du?«, fuhr sie mich an. Ihre Augen wurden schmal.

»Mit dir reden«, entgegnete ich. »Ich habe da so eine Theorie, über die ich schon die ganze Zeit mit dir quatschen wollte. Und ich denke, jetzt ist der richtige Moment gekommen.«

Abwartend sah mich Melanie an.

Ich musste die Sache unbedingt richtig anpacken. Meine Gedanken rasten. Wie begann ich, damit sie nicht vor mir flüchtete und allen erzählte, dass ich verrückt sei?

»Und … was ist das für eine Theorie?«, fragte sie.

»Hm … vielleicht eine, die dein Leben retten könnte«, murmelte ich vor mich hin, drehte mich um und steuerte auf den Park zu. Ich wollte keine unnötigen Zuschauer und hoffte, sie würde mir folgen. Mein Plan ging auf.

»He!«, rief sie mir hinterher. »Was soll das?«

Ich ging weiter.

»Verdammt, Clara!«, rief sie. »Bleib stehen und sag endlich, was los ist!«

Unter einem Baum machte ich halt. Selbst wenn jetzt noch jemand aus dem Hauptgebäude kam, würde er uns nicht gleich finden und hören, was wir besprachen.

»Na ja, genau genommen weiß ich nicht, was ich denken soll. Ich brauche noch ein paar Informationen.«

»Von mir?« Sie lachte affektiert. »Ich habe keine Ahnung.«

Ich ließ einen Moment verstreichen, dann fragte ich sie: »Wirst du zur Beerdigung von Christina fahren? Sie wohnte doch auf der Insel, oder?«

Melanies Gesicht verfinsterte sich. »Natürlich werde ich hinfahren.«

Ich nickte. »Gut. Das ist gut.«

»Und was hat das mit deiner Theorie zu tun?« Ich hörte ihr an, dass sie nervös wurde.

»Na ja, der Mörder wird sicher auch dort auftauchen, was meinst du?«

Melanie schüttelte mit gerunzelter Stirn den Kopf. »Du bist verrückt!« Sie wollte sich umdrehen, doch ich hielt sie zurück, indem ich ihr die Hand auf den Arm legte.

Melanie fror ein. Ich spürte ihren Widerwillen gegen meine Berührung, also ließ ich wieder los.

»Warum sollte ich verrückt sein? Weil ich eine Theorie habe?«

»Nein, weil du offensichtlich glaubst, dass ich meine Freundinnen umgebracht habe!«

»Das glaube ich nicht«, gab ich zurück. »Aber da wir schon mal beim Thema sind … Ich glaube, dass du einen anderen Menschen auf dem Gewissen hast. Oder besser gesagt, du und deine Freundinnen, ihr habt ihn auf dem Gewissen.«

»Ich habe niemanden auf dem Gewissen!« Melanies Stimme überschlug sich.

»Nein? Und wie war das mit dieser Ina?«, fragte ich, worauf sie die Augen aufriss.

»Ich verstehe nicht.«

»Was habt ihr mit ihr gemacht? Wie habt ihr sie in den Selbstmord getrieben?«

Melanies Brust hob und senkte sich heftig. Ihr Blick wurde angriffslustig. Sie trat einen Schritt auf mich zu und ich wich zurück.

»Wir haben niemanden in den Selbstmord getrieben! Und wenn du mit dieser Psychokacke weitermachst, gehe ich!«

»Das ist keine Psychokacke!«, entgegnete ich, jetzt todernst. »Ich weiß, dass du deine Freundinnen nicht umgebracht hast.

Aber ich weiß auch, dass sich Ina umgebracht hat, nachdem ihr sie gemobbt habt! Eins hängt mit dem anderen zusammen, da bin ich sicher. Hast du Kommissar Dräger erzählt, was damals passiert ist? Hast du ihm von Herrn Sibelius erzählt? Sag schon, wem von euch hat er eine Ohrfeige verpasst?«

Melanie schüttelte den Kopf. »Du bist verrückt, hörst du? Total bescheuert!«

»Melanie, verdammt!«, schrie ich sie an, so laut, dass die Krähen aus den Bäumen aufflatterten. »Hör auf mit deinem blöden Getue, und sag mir, was damals passiert ist! Ich will es wissen!«

Melanie presste die Lippen zusammen. In ihren Augen flackerte es seltsam. Hatte sie Angst? Vor mir – oder vor sich selbst? Dann ging sie zum Angriff über.

»Ina war ein Freak«, platzte sie heraus. »Sie hat sich immer in irgendwelchen Ecken herumgedrückt, wollte nie mit irgendwem was zu tun haben. Sie war nicht ganz dicht, genauso wie dieses Spatzenmädchen …«

»Aha, und damit war sie dann das ideale Opfer für euch, wie?« Am liebsten hätte ich Melanie ins Gesicht geschlagen. Mittenrein, sodass ihre Nase blutete. »Warum tut ihr das eigentlich? Um euch stark zu fühlen? Weil es euch Spaß macht? Warum?!«

Das letzte Wort hallte laut durch den Park. Melanie sah mich erschrocken an.

»Euretwegen hat sich Ina umgebracht«, zischte ich ihr zu. »Euretwegen!«

Melanie presste die Lippen zusammen.

»Nicht wahr?«, schrie ich sie an. »Ihr habt sie bis aufs

Blut schikaniert und sie hat es nicht mehr ausgehalten, nicht wahr?«

»Genauso war es«, sagte eine Stimme hinter mir, eine dunkle, unheilvolle und mir völlig unbekannte Stimme, die mir einen Schauer über den Rücken jagte.

56.

Die ganze Zeit über hatte er gewartet. Gewartet, dass sie auftauchen würde. Es war helllichter Tag und schwierig, sich im Verborgenen zu halten. Die Schüler des Internats wuselten herum wie Ameisen.

Vor einigen Jahren wäre es kein Problem gewesen. Er hätte an ihnen vorbeilaufen können und sie hätten ihn keines Blickes gewürdigt. Oder doch, weil er älter war als sie. Aber das war nun vorbei. Er gehörte hier nicht mehr hin.

Hatte er das überhaupt jemals? Wenn es nach denen gegangen wäre, die damals das Sagen gehabt hatten, nein. Aber trotzdem war er hier gewesen, hatte sein Bestes gegeben. Bis *sie* in den Tod gegangen war.

Und jetzt stand er hier, am Rand des Schulparks. Die Stimme hatte ihm heute Morgen eine Mail auf sein Handy geschickt. Er sollte sich beeilen, die Sicherheitsvorkehrungen würden verstärkt werden. Und seitdem wartete er auf den richtigen Moment. Und nun meinte das Schicksal es gut mit ihm. Als schon alle zu einer Besprechung in die Aula geströmt waren, war sie auf dem Hof stehen geblieben. Und nun lief sie einer anderen Schülerin in den Park hinterher.

Die beiden schienen sich zu streiten. Und dann fiel der Name. Ihr Name. Er hallte wie ein dumpfes Echo in seinen Ohren wider. Ina. Das war das Zeichen für ihn.

Warm schmiegte sich der Revolver an seine Hand. Seit gestern Abend trug er ihn in der Tasche. Er hatte sich an sein Gewicht gewöhnt. Hatte sich vorgestellt, wie er ihn benutzen würde.

Jetzt war es so weit. Auch wenn sie nicht allein war, er würde es durchziehen. Und vorher sollten sie beide erfahren, warum.

57.

Als ich mich umsah, blickte ich in den Lauf einer Pistole.

Plötzlich war es, als würde die Zeit stehen bleiben. Ich fühlte mich wie in einem Vakuum, in das nichts, nicht mal die kreischenden Rufe der Krähen, dringen konnte.

Der Mann, der wie aus dem Nichts gekommen zu sein schien, wirkte trotz seines jugendlichen Aussehens alt.

»Sie hat dir die Wahrheit erzählt«, sagte er, nachdem er uns eine Weile gemustert hatte. »Ina hat sich umgebracht, mit gerade mal dreizehn Jahren. Und weißt du, wie?«

Sein Blick fiel auf Melanie. Sie wurde noch bleicher. Jeder ihrer Muskeln schien zum Zerreißen gespannt zu sein. Doch dann zuckte sie. Den Grund erkannte der Mann schneller als ich.

»Das würde ich an deiner Stelle nicht tun!«, rief er ihr warnend zu. »Du bist doch früher nicht weggelaufen, nicht wahr? Konntest nicht lange genug zusehen, wie deine Freundinnen eure Mitschüler bis aufs Blut gequält haben.«

»Marc, ich …«

Marc. Ich hatte mir ja schon gedacht, dass nicht Sibelius vor uns stand. Und plötzlich machte es Klick.

Melanies Stimme zitterte. »Das mit deiner Schwester …«

Plötzlich hatte ich wieder das Foto vor Augen, von der Abschlussfeier. Der Junge, zu dem Sibelius blickte. Marc Feldten. Er war Inas Bruder! Ihr Nachname war auch Feldten.

»Halt's Maul!«, fuhr er Melanie an und richtete die Waffe auf ihren Kopf. »Es macht mir nichts aus, dir einfach eine Kugel in den Schädel zu jagen, eine Krähe kann ich trotzdem aus dir machen.«

Augenblicklich verstummte Melanie. Ich überlegte, ob ich eine Chance hatte zu entkommen. Doch sicher betrachtete Marc Feldten mich als unliebsame Zeugin, die auch aus dem Weg geschafft werden musste.

Und ausgerechnet jetzt waren sämtliche Sicherheitsbeamten in der Aula versammelt.

»Los, erzähl es ihr! Wie ist Ina gestorben? Wie?«

»Sie …« Melanies Unterlippe zitterte. »Ich … ich weiß es nicht!«

»Aber ich weiß es!«, donnerte Marcs Stimme durch den Park. Spucketropfen blieben an seiner Lippe hängen.

»Sie hat sich erhängt! Und damit nicht genug. Vorher hatte sie sich angezündet. Um sicherzugehen, verstehst du?«

Melanie zuckte bei jedem seiner Worte zusammen.

Da er sich nur auf Melanie konzentrierte, ließ ich die Hand in meine Hosentasche gleiten, ganz langsam. Ich hatte Alex' Nummer auf die Kurzwahltaste gelegt. Mein Finger fand die Taste. Ich drückte sie.

»Was machst du da!«, fuhr Marc mich an.

Schnell zog ich die Hand wieder aus der Tasche.

»Nimm deine Pfoten besser hoch, damit ich sie sehen kann.«

Ich hob gehorsam meine Arme. Und hoffte, dass das Handy wählte. Und dass der Richtige drangehen würde. Dass er die Situation verstand und wusste, was er tun musste.

Melanie schluchzte auf. Aber das rührte den Killer nicht.

»Ja, heul nur«, sagte er spöttisch. »Ina hat auch geheult. Ganz furchtbar geheult. Da habt ihr ganze Arbeit geleistet, ihr verschissenen Schlampen!«

Ein großer Schwall Spucke spritzte aus seinem Mund.

Melanie musste etwas davon abbekommen haben, denn sie schloss angewidert die Augen.

»Ich war derjenige, der sie gefunden hat. Weißt du, wie verbranntes Fleisch riecht? Weißt du das?« Er atmete schwer, ließ Melanie jedoch nicht aus den Augen.

»Na, was habt ihr mit ihr gemacht? Willst du das deiner Freundin nicht erzählen?«

Um ein Haar hätte ich protestiert. Ich war ganz sicher nicht Melanies Freundin. Aber das tat jetzt nichts zur Sache. Ich musste mir etwas einfallen lassen, wie wir aus dieser Sache rauskommen konnten. Für den Fall, dass Alex meinen Anruf nicht bemerkt hatte … Doch bevor ich meinen Gedanken überhaupt zu Ende denken konnte, herrschte Marc uns ein »Mitkommen!« zu, während er weiter mit der Waffe auf uns zielte.

»Wohin?«, fragte ich.

»Das werdet ihr schon sehen! Los! Und dass keine von euch auf dumme Gedanken kommt. Ihr wollt doch noch den Ausgang dieser Geschichte erfahren, nicht wahr?«

Wir setzten uns in Bewegung. Einen Fuß vor den anderen. Marc lief hinter uns mit der Waffe im Anschlag.

Während er uns in den Wald bugsierte, versuchte ich das, was gerade geschah, zu begreifen.

Wie hatte ich mich nur so irren können! Ich war mir sicher gewesen, dass Sibelius der Mörder war. Das, was mit Camilla, Marina und Christina passiert war, konnte doch nicht auf das Konto eines Schülers gehen. Aber so war es.

Marc Feldten musste vor ungefähr vier Jahren abgegangen sein. Voller Hass und besessen von dem Wunsch, den Tod seiner Schwester zu rächen.

Schweiß lief mir die Stirn runter. Jetzt ging es um Leben und Tod.

Am liebsten hätte ich in die Hosentasche gegriffen und auf mein Handy gesehen, aber das wagte ich nicht. Ich traute mich nur, die Hände ein bisschen weiter herunterzunehmen, denn sie wurden allmählich schwer, kalt und gefühllos.

Marc schien nichts dagegen zu haben. Ungerührt lotste er uns tiefer in den Wald hinein.

Eine gefühlte halbe Stunde später machte er an einem Weg halt.

Ich wusste, wo wir waren. Wir befanden uns auf dem Radwanderweg nach Rotensand. Dem Weg, den Alex und ich gefahren waren. Würde er uns hier töten?

Panik schnürte mir die Kehle zu. Auf einmal war mir ganz schlecht. Mein Magen hob und senkte sich, kalter Schweiß rann meinen Rücken hinunter.

Ich blickte zu Melanie. Sie hatte die Hände auch gehoben, sie zitterten unkontrolliert.

Die Geschichte, hämmerte es durch meinen Verstand, begleitet von einem dumpfen Kopfschmerz, den ich immer bekam, wenn ich unter extremem Stress stand.

»Na, dämmert es dir?«, fragte Marc und blickte dabei Melanie an.

Diese starrte auf den Boden, auf etwas, das ich bisher nicht wahrgenommen hatte. Aber jetzt, wo ich Melanies Blick folgte, sah ich ihn auch.

Einen Gullideckel.

»Antworte mir!«, zischte Marc. »Weißt du, was das hier ist?«

Melanies Lippen zuckten. Ihr Blick nahm einen flehenden Ausdruck an. Als wollte sie ihn bitten, die Geschichte für sich zu behalten. Aber dazu war es zu spät. Er war nicht mehr zu bremsen.

»Ein … ein Gulli«, stammelte Melanie schließlich.

»Und was für einer? Nun sag schon. Du kennst ihn doch, oder?«

Nein. Das könnt ihr Ina nicht angetan haben! Beinahe hätte ich die Worte laut rausgeschrien.

Melanie presste die Lippen zusammen. Wandte den Blick zur Seite.

»Das hier ist der Gulli, in dem ich die Erste gefangen gehalten habe. Camilla.«

Es zerriss mich fast. Nun sag schon was, Melanie, dachte ich. Sag was.

Sonst wird er schießen. Aber das war Unsinn, denn er würde uns sowieso töten.

Marc ging in die Hocke. Ohne die Waffe loszulassen, hob er

den Gullideckel an und schob ihn zur Seite. Dann richtete er die Waffe wieder auf uns.

Der Moment hätte ausgereicht, um eine Flucht zu wagen. Aber wahrscheinlich hätte er uns sofort in den Rücken geschossen.

»Du weißt es nicht«, wandte sich der Killer an mich. »Nein, du warst damals noch nicht hier.«

Ich schüttelte den Kopf.

»Dann erzähle ich es dir«, sagte er, richtete die Waffe aber weiterhin auf Melanie.

»Sie haben meine Schwester hier drin gefangen gehalten, drei Tage lang. Sie hat es mir erzählt. Nur mir. Das war das letzte Mal, dass sie mit mir gesprochen hat. Danach vegetierte sie nur noch vor sich hin und dachte wahrscheinlich darüber nach, wie sie ihr Leben am besten beenden konnte. Aber den Grund erzählte sie mir immerhin. Damit ich es weiß und etwas tun kann.«

Er lächelte mit zusammengepressten Lippen.

»Sie haben sie hergelockt, unter falschen Versprechungen. Und dann, schwups, landete sie im Loch. Du siehst die Gegend hier, hier kann man schreien und schreien und niemand hört dich! Nach drei Tagen, als die Suchaktion in vollem Gange war, tauchten sie wieder auf. Mit einem Seil. Sie zogen sie hoch und pressten ihr das Versprechen ab, niemandem etwas zu sagen. Und das hielt sie. Sie sagte unseren Eltern nichts. Sagte den Lehrern nichts. Sie erzählte es keinem, der etwas hätte tun können. Nur mir. Und ich kam zu spät. Ich bin nach Hause gelaufen und da hing sie, brennend am Treppengeländer. Sie hat keinen anderen Ausweg gesehen. Was ihr Ina angetan habt, hat sie vollkommen kaputtgemacht.« Er lachte auf. »Oh ja, ich hätte euch schon früher töten können. Nur leider hatte ich nicht den Mut dazu. Aber dann kamen die Träume. Diese furchtbaren Träume. Ihr könnt nicht wissen, wie schlimm es ist, wieder und wieder den Moment zu erleben, als ich sie fand. Als ich ihr verbranntes Gesicht sah.«

»Genau genommen kann ich mir das sogar sehr gut vorstellen«, sagte ich. Marc hatte seine Geschichte erzählt. Nun würde er zum Finale ansetzen. Ich musste Zeit gewinnen, irgendwie. Wenn der Ruf von meinem Handy aus durchgegangen war, brauchte Alex eine Weile, um den Kommissar zu benachrichtigen.

»Du kannst es dir vorstellen?« Marc blickte mich finster an. »Was bildest du dir ein?«

»Meine Eltern sind gestorben, als ich neun war«, erklärte ich. Genauso wenig, wie ich es erwartet hatte, von einem Bewaffneten abgeführt zu werden, hätte ich mir jemals träumen lassen, meine Geschichte einem Mörder zu erzählen, um meine Lebenszeit ein bisschen zu verlängern. »Bei einem Autounfall«, fuhr ich fort. »Ich saß mit im Wagen, und nachdem ich aus dem Krankenhaus entlassen worden war, träumte ich immer wieder von diesem Moment. Dem Krachen. Der Dunkelheit. Dem Erwachen im Krankenhaus. Diese Träume fühlten sich so echt an, dass ich diese schrecklichen Momente wieder und wieder erlebte.«

Meine Worte schienen ihn zu beschäftigen, denn er senkte seine Hand ein wenig.

Ich blickte zu Melanie, die nach Luft schnappte und den Eindruck machte, als würde sie gleich umkippen.

Unsere Zeit lief.

»Warum die toten Spatzen?«, platzte ich heraus. »Und die Krähen? Warum nähst du ihnen Flügel an?«

Marc lächelte. Fast schon ein bisschen geschmeichelt davon, dass jemand seine Arbeit zu schätzen wusste.

»Kennst du die Geschichte von dem Spatzenmädchen?«

Ich nickte. »Das Waisenmädchen mit dem Spatz, das sich umgebracht hat.«

»Ja genau. Erkennst du die Parallelen? Müsstest du eigentlich, denn du gehst ja auf diese wunderbare Schule.«

»Ja, ich erkenne sie. Sie wurde genauso von den anderen gequält wie Ina. Aber warum hast du die Spatzen auf die Kopfkissen gelegt?«

»Damit die Leute es sehen. Damit sie erkennen, was die da«, er deutete mit dem Kopf auf Melanie, »und ihre Freundinnen angerichtet haben.«

Da hätte er wohl besser einen Zettel geschrieben, denn die Botschaft hatten wohl die wenigsten gerafft.

»Und warum die Flügel? Hast du dir das von dem anderen Killer abgeschaut? Dem, der dem Mädchen Möwenflügel angenäht hat?«

Sein Lächeln wurde breiter. Fast haimäßig. Unheimlich …

»Für mich waren die vier nichts als Krähen, Aasvögel, von denen es zu viele gibt und die wegmüssen.« Er griff mit der freien Hand in die Tasche und warf zwei vertrocknete Krähenflügel auf den Boden.

Ich zuckte zurück und schmeckte die Galle in meinem Mund. Melanies Gesichtsfarbe wechselte zwischen Weiß und Grün.

»Auch das sollen die Leute sehen. Deshalb mache ich sie zu Krähen.«

Er blickte kurz auf die Flügel, senkte seine Waffe aber nicht.

Stille legte sich über den Wald.

»Nun, was soll ich mit euch machen?«, fragte Marc plötzlich. Offenbar hatte er keine Lust mehr auf Konversation.

Augenblicklich begann mein Herz zu rasen. Ich dachte wieder an diese Leute in Fernsehserien, die es schafften, einen Killer durch Reden davon abzuhalten, jemanden vom Dach zu werfen oder so. Nur leider fehlte mir das Talent dazu!

Marc erhob sich und stellte sich neben den offenen Schacht.

»Wenn ich eure Leichen hier drin verschwinden lasse, wird niemand je erfahren, was geschehen ist.«

»Oh doch, das werden sie!«, entgegnete ich. »Sie werden nach uns suchen, und sie haben Leichenspürhunde, die uns finden werden.«

»Das kann mir dann auch egal sein«, entgegnete Marc mit einem eisigen Lächeln. »Bis es so weit ist, bin ich längst weg. Und habe meine Ruhe.«

»Bist du sicher?«, fragte ich. Mein Puls rauschte so stark in meinen Ohren, dass ich mich kaum konzentrieren konnte.

»Was, wenn es nicht aufhört? Wenn die Träume immer wiederkommen? Sie werden dich nicht in Ruhe lassen, weißt du, das werden sie nicht.«

Da hörte ich plötzlich ein Wimmern neben mir. Melanie. Marcs Blick wanderte zu ihr. Er hob den Arm. Sein Finger krümmte sich um den Abzug.

»Das werden wir ja sehen!«, sagte Marc und seine Miene verhärtete sich.

Es gab kein Zurück mehr. Ich musste etwas tun.

Ich rannte auf ihn zu. Blitzschnell und ohne lange zu überlegen.

Dann krachte der Schuss.

58.

Ich spürte den Aufprall, hart und schrecklich. Hörte einen Schrei. Und dann verschwand er einfach. Er verschwand und ich fiel zur Seite. Schlug auf dem Gras auf, wobei mir die Luft aus den Lungen gepresst wurde. Ich wagte nicht aufzusehen.

Mich hatte er nicht getroffen. Aber gut möglich, dass Melanie die Kugel abbekommen hatte.

Sicher, sie hatte etwas Unverzeihliches getan. Sie hatte Ina Feldten gequält. Aber dafür verdiente sie nicht den Tod.

Als ich wieder zu Atem gekommen war, rappelte ich mich auf. Melanie kniete am Rand des Schachts. Ihr Pullover war an der Schulter blutgetränkt. Scheiße.

»Melanie?«

Sie rührte sich nicht. Saß nur vornübergebeugt da. Ich warf einen Blick in den Gulli. Unten war es zu dunkel, um Genaueres erkennen zu können, doch ich sah die Beine des Mannes. Hatte ich Marc Feldten umgebracht?

Als ich sicher war, dass er nicht von allein rauskriechen konnte, kümmerte ich mich um Melanie.

»Melanie!« Ich rüttelte sie. Da stöhnte sie auf.

»Bist du verrückt?«

Aha, da war sie ja wieder, die alte Melanie. Wie schön.

»Ich werde einen Arzt rufen«, sagte ich. »Du musst ins Krankenhaus.«

»Danke«, murmelte sie. Ich dachte zunächst, sie wollte sich dafür bedanken, dass ich mich um sie kümmerte. Doch dann sah sie mich an, und ich wusste, dass sie etwas anderes meinte.

»Danke, dass du mich gerettet hast.«

»Er wollte dich umbringen!«, entgegnete ich. »Und ich habe mir geschworen, dass er nicht noch jemanden töten wird – da hatte ich doch keine andere Wahl, oder?«

Plötzlich wurde mir kotzübel. Ich hatte Mühe, mich auf den Beinen zu halten. Was, wenn Marc die Waffe herumgerissen und auf mich gefeuert hätte?

Ich bezweifelte, wäre ich zuerst dran gewesen, dass sich Melanie für mich in die Bresche geworfen hätte. Ich hatte Glück gehabt – unfassbares Glück!

Einige Minuten später wurden Stimmen laut. Es raschelte hinter uns, Äste knackten. Dann stürmte eine Polizeimannschaft aus dem Gebüsch.

»Clara!«, rief Dräger. »Alles in Ordnung mit Ihnen?«

Ich nickte und deutete auf Melanie.

»Sie ist verletzt!«

Hastig zerrte Dräger die Jacke von Melanies Schulter, dann den Pullover. Melanie stöhnte auf.

»Die Kugel steckt noch. Hinrichs, holen Sie einen Krankenwagen.«

»Wird sie wieder gesund?«, hörte ich mich fragen. Denn genau das wünschte ich Melanie. Dass sie wieder gesund wurde. Dass sie nie vergaß, was sie getan hatte. Und wie die Konsequenzen ausgesehen hatten.

»Das hoffe ich doch stark«, sagte Dräger und riss eine Packung Papiertücher aus der Tasche.

»Aber was haben Sie verdammt noch mal hier zu suchen? Und wo ist der Mörder?«

»Im Gulli«, antwortete ich und unterdrückte ein Lachen. Es war nicht so, dass ich den Verstand verloren hatte oder es lustig fand, dass ich jemanden in ein tiefes Loch gestoßen hatte. Ich war einfach nur erleichtert, dass es vorbei war.

»Im Gulli?«

»Er wollte Melanie erschießen, da bin ich gegen ihn gesprungen.« Aus einem Schuss in die Brust war damit nur ein Schultertreffer geworden.

»Ich hatte Ihnen ja eigentlich gesagt, dass Sie die Ermittlungen sein lassen sollen«, sagte Dräger, nachdem er seine Leute angewiesen hatte, im Gulli nachzusehen und Marc dort rauszuholen.

»Ich weiß, aber ich konnte nicht anders. Außerdem ist der Killer zu uns gekommen, das kann Melanie bestätigen.«

Sie nickte schwach.

»Und, ähm … sorry für die falsche Spur. Ich hatte wirklich gedacht, dass Sibelius der Mörder ist.«

»Irren ist menschlich, nicht wahr? Wir waren bei ihm, aber er hatte ein wasserdichtes Alibi. Er arbeitet während der Woche an einer Gesamtschule in Oldenburg. Er hätte schon an zwei Orten gleichzeitig sein müssen, um als Täter infrage kommen zu können.«

Sibelius hatte eine neue Stelle gefunden. Irgendwie freute mich das, auch wenn ich felsenfest davon überzeugt gewesen war, dass er der Mörder war.

»Meine Kollegen werden Sie zum Streifenwagen begleiten«, verkündete Dräger nun. »Wir kümmern uns um den Rest. Außerdem wartet im Wagen jemand auf Sie.«

Ich konnte mir denken, wer das war.

Alex rutschte nervös auf dem Sitz herum. Das sah ich schon von Weitem. Die Polizei hatte ihn offenbar dazu verdonnert, im Wagen zu bleiben.

Es war so schön, ihn zu sehen! Es war so schön, dass er mir zu Hilfe gekommen war.

Als er mich erblickte, erstarrte er für einen kurzen Moment – und dann hielt ihn nichts mehr. Er stieß die Tür auf, sprang aus dem Wagen und rannte auf mich zu.

»Clara!«

Seinem Ruf folgten seine Arme, die mich warm umschlangen und an ihn zogen, so dicht, dass ich sein Herz spüren konnte. Es raste nicht weniger als meines.

»Verdammt, wo warst du?« Meine Stimme überschlug sich.

»Ich bin so froh, dass dir nichts passiert ist!« Jetzt brach er in Tränen aus. Und ich auch. Wir beide weinten vor Erleichterung. Es war vorbei. Kaum zu glauben, aber es war wirklich vorbei.

»Entschuldige bitte«, schluchzte er. »Ich hatte mein Ladekabel vergessen und meiner Mum ging es zwischendurch so schlecht, dass ich nicht zur Schule zurückkonnte. Und ich hab auch nicht aufs Schulpostfach geschaut …«

Egal. Er war bei mir und gesund. Was wollte ich mehr? Wir hielten uns eine ganze Weile in den Armen, dann setzten wir uns auf einen Baumstumpf. Die Tränen waren versiegt, was blieb, war die Erleichterung – und Freude. Alex war hier. Ihm war nichts passiert.

»Was ist mit Melanie?«, fragte Alex nun.

»Der Killer hat sie angeschossen – aber bevor er richtigen Schaden anrichten konnte, ist er in einen Gulli gefallen.«

»In einen Gulli?«

Ich erzählte ihm die Sache von Anfang an und ließ kein Detail aus.

»Du hast den Killer geschubst?«

Ich zuckte mit den Schultern.

»Na ja, irgendwas musste ich doch tun. Außerdem hatte er sich gerade auf Melanie konzentriert. Er konnte nur auf eine von uns schießen.«

»Aber wenn er sie nun erschossen hätte?«

»Deshalb bin ich ja losgelaufen, damit er es nicht tut.«

»Meine Heldin«, sagte Alex und legte den Arm um mich.

»Dann hast du das Ladekabel rechtzeitig wiederbekommen und meine letzte Nachricht doch gekriegt.« Ich lächelte ihn breit an.

Alex zog verwirrt die Augenbrauen hoch.

»Welche Nachricht?«

»Na ja, nicht wirklich Nachricht, eher Anruf. Du hast doch gehört, was Marc gesagt hat.«

Alex schüttelte den Kopf. »Nein, das muss auch auf meiner Mailbox gelandet sein. Die konnte ich von unterwegs nicht abrufen, weil das Handy nicht aufgeladen war.«

»Von unterwegs?« Ich zog mein Telefon aus der Tasche. Tatsächlich, das Display war erloschen. Und das Gespräch hatte nicht mal eine Minute gedauert, dann war es abgebrochen worden. Wahrscheinlich von der Mailbox. Das hatte natürlich nicht gereicht, um Marcs Geständnis aufzuzeichnen.

Jetzt stellte sich allerdings die Frage, woher Alex gewusst hatte, dass er die Polizei benachrichtigen sollte.

Mir kam da eine ungute Ahnung …

»Ich hab eine Mail bekommen … von einem Trash-Mail-Account«, sagte Alex, als hätte er meine Gedanken gelesen.

Ich riss erschrocken die Augen auf. »Der Ratgeber hat dir geschrieben?«

Woher hatte er denn Alex' Mailadresse? Und woher wusste er überhaupt, dass Alex …

Natürlich! Der Ratgeber lungerte die ganze Zeit irgendwo auf dem Campus herum. Er sah mich täglich, sah auch, dass ich mit Alex redete. Jeder, der zum Internat gehörte, kannte die Namen sämtlicher Schüler und wusste auch, wie er an ihre Internetadressen kommen konnte. Mehr denn je war mir klar, dass der Ratgeber jemand war, mit dem wir täglich zu tun hatten.

»Ja, und er meinte, dass der Mörder auf dem Campus wäre«, fuhr Alex fort. »Ich habe Dräger benachrichtigt. Er muss den Schuss gehört haben und ist dann direkt zu euch.«

Es war kaum zu fassen. Der Ratgeber hatte Alex kontaktiert, um mich zu retten.

Na egal, darüber würde ich mir später Gedanken machen. In diesem Augenblick zählte was anderes.

Ich fiel Alex um den Hals und küsste ihn.

DONNERSTAG

59.

Als ich an diesem Morgen vor dem Schulgebäude stand, fragte ich mich, was meine Eltern wohl zu der ganzen Sache gesagt hätten. Hätte mein Vater mir eine Standpauke gehalten? Hätte Mama erschrocken die Hände über dem Kopf zusammengeschlagen? Ich würde es nie erfahren. Aber eines wusste ich mit Sicherheit. Dass sie stolz auf mich gewesen wären.

Die Nachricht, dass der Mörder geschnappt worden war, nachdem er Melanie angeschossen hatte, verbreitete sich zunächst langsam, aber dann zog sie wie ein Lauffeuer durch das Internat. Wo ich auch auftauchte, wurde ich mit Fragen bestürmt. Und noch am selben Tag wurde ich von Rektor Sontheim in sein Büro zitiert.

»Was Sie getan haben, war furchtbar leichtsinnig!«, begann er, und ich stellte mich schon auf eine weitere Strafarbeit ein, wenn nicht sogar auf einen Schulverweis. »Sie hätten sterben können, sie alle beide!«

Er vergaß, dass nicht wir den Killer gesucht hatten, sondern er uns.

»Aber dennoch muss man anerkennen, dass Sie es geschafft haben, eine Mitschülerin vor dem Tod zu bewahren. Und den Mörder zu stellen.«

Na, reichte das nicht mindestens zu einer Tapferkeitsmedaille? Wohl nicht, aber …

»Unter diesen Umständen werde ich Ihnen den Rest Ihrer Strafarbeit erlassen. Wie ich beobachten konnte, haben Sie sich bisher sehr gut engagiert. Und dass Sie gerade diejenige gerettet haben, mit der Sie sich zuvor geprügelt haben, zeugt von großer Reife.«

Melanie lag noch immer im Krankenhaus. Welche Rolle sie beim Tod von Ina Feldten gespielt hatte, war noch nicht bis Rotensand vorgedrungen. Vielleicht sollte Melanie nach ihrer Rückkehr ins Internat selbst erklären, was geschehen war, damals. Was dazu geführt hatte, dass Marc Feldten zu einem Mörder geworden war.

Wahrscheinlich kam die ganze Geschichte ohnehin raus, wenn er vor Gericht gestellt wurde.

Marc Feldten hatte den Sturz in den Gulli mit ein paar Knochenbrüchen und Schürfwunden überlebt.

Ich war sicher, dass der Prozess gegen ihn interessant werden würde. Marc Feldten würde nach seiner Genesung vom Krankenhaus in die Untersuchungshaft verlegt werden. Aber ich würde die Verhandlung auf jeden Fall verfolgen. Schließlich gab es da immer noch ein paar offene Fragen, und ich hoffte, die Antworten darauf während der Verhandlungen zu bekommen: Was hatte es mit dem Möwenmord am Strand von Rügen vor vielen Jahren auf sich? Marc Feldten war damals viel zu jung gewesen und kam sicher nicht als Täter infrage.

Und vielleicht erfuhr ich dann ja auch, wer damals verdächtigt wurde, den Mord begangen zu haben. Keine Ahnung warum, aber irgendwie hatte ich das Gefühl, dass ich es mit diesem Fall noch einmal zu tun bekommen würde. Irgendwann …

Meine Gedanken traten in den Hintergrund, als Sontheim mir die Hand reichte.

»Alles Gute und halten Sie sich ab jetzt von Ärger fern.«

»Das mache ich«, versprach ich, wusste aber genau: Wenn der Ärger mich suchen würde, fand er mich. Dagegen konnte ich nichts tun.

Am Abend traf ich mich mit Alex an »unserem« Strand. Wir stellten uns beide auf einen besonders großen Stein und hielten uns an den Händen.

»Du hast ja gut vorgelegt – dafür, dass du jetzt erst zwei Wochen hier bist«, sagte er scherzhaft. »Ich glaube nicht, dass irgendwer je so viel Wirbel verursacht hat wie du.«

»Na ja, ich bin sicher, dass die Sache mit Ina größere Wellen geschlagen hat.«

»Nein, ich bin sicher, dass das hier das Größte war, was Rotensand je erlebt hat. Und hoffentlich erleben wird, denn noch einen Mörder auf dem Campus könnte ich nicht ertragen.«

»Ich würde es aber jederzeit wieder tun – ermitteln, meine ich.«

»Das glaube ich dir sofort. Aber jetzt sollten wir das Meer genießen. Und dass wir uns haben.«

Er drehte sich mir zu, sah mir in die Augen und sagte: »Ich bin stolz auf dich.«

Und dann küssten wir uns, so lange wie noch nie zuvor.

Da summte etwas in meiner Tasche. Mein Handy. Solange Alex mich hielt, schaffte ich es, dem Drang zu widerstehen nachzusehen, wer mir geschrieben hatte.

Aber als er mich losließ und wieder auf das Wasser schaute, siegte meine Neugierde.

Ich zog mein Handy hervor, in dem Glauben, dass Kommissar Dräger mir gemailt hatte.

Aber die Nachricht kam von einem Trash-Mail-Account.

Mein Herz raste, als ich sie öffnete.

Glückwunsch, dieses Spiel hast du gewonnen und dich damit für eine neue Runde qualifiziert. Bald schon wirst du wieder von mir hören. Der Ratgeber

© privat

Corina Bomann

Corina Bomann wurde 1974 in Mecklenburg geboren und lebt heute mit ihrer Familie in Berlin. Schon seit sie lesen kann, ist Corina Bomann den Büchern verfallen und schreibt auch gern eigene Geschichten. Nachdem sie zahlreiche Romane für Jugendliche und Erwachsene geschrieben hat, unter denen mehrere Bestseller waren, veröffentlichte sie mit *Krähenmann* ihren ersten Mädchenthriller. Wenn sie nicht gerade schreibt, malt oder liest sie und liebt lange Spaziergänge am Meer.
www.corina-bomann-buecher.de

Nova Weetman

Lily Frost

Fluch aus dem Jenseits

Aus dem Amerikanischen von Friederike Levin
Roman, 235 Seiten (ab 14), Gulliver 74654
Ebenfalls als E-Book erhältlich (74657)

Lily Frost zieht mit ihrer Familie in ein altes Haus in einer verschrobenen Kleinstadt. Ihr Zimmer auf dem Dachboden ist ihr unheimlich: Lily entdeckt Buchstaben, die in die Dielen geritzt sind – sie ergeben ihren Namen. Jemand scheint mit ihr kommunizieren zu wollen. Ist es Tilly, das Mädchen, das früher hier gelebt hat? Lily gerät auf ihrer Suche nach Antworten in tödliche Gefahr und begreift: Ihr Schicksal ist auf unheilvolle Weise mit Tilly verbunden.

Amy Talkington

Liv, Forever

Aus dem Amerikanischen von Sophie Zeitz
Roman, 320 Seiten (ab 14), Gulliver 74736
Ebenfalls als E-Book erhältlich (74502)

Liv spürt augenblicklich, dass es im Internat »Wickham Hall« nicht mit rechten Dingen zugeht: Was verbirgt sich in dem alten Gemäuer? Weiß der scheinbar unnahbare Malcolm etwas darüber? Liv verliebt sich in ihn. Unsterblich. Doch dann wird Liv hinterrücks ermordet. Aber sie ist nicht tot, sondern geistert mit den Seelen vieler anderer verstorbener Mädchen durch die Schule. Ist sie verflucht? Wie lässt sich der Bann brechen? Und kann Liv zu Malcolm zurückkehren?

GULLIVER www.beltz.de
Beltz & Gelberg, Postfach 10 01 54, 69441 Weinheim

Agnes Hammer
Herz, klopf!

Roman, 320 Seiten (ab 14), Gulliver 74457
Ebenfalls als E-Book erhältlich (74508)

Franka ist verschwunden.
Seit Weiberfastnacht.
Sie kauert in einer kleinen dunklen Kiste und spürt ihr Herz klopfen.
Noch.
Draußen macht sich Lissy auf die Suche nach ihrer Freundin.
Aber wer immer Franka in seiner Gewalt hat, er ist jetzt auch hinter Lissy her …

Patrick McGinley
Das Bootshaus

Roman, 240 Seiten (ab 13), Gulliver TB 74332

Alma verbringt die Ferien auf dem Land, doch was als märchenhafter Sommer beginnt, entwickelt sich zu einem beklemmenden Albtraum. Eines Nachts hört Alma die Stimme ihres toten Bruders. Glühwürmchen schreiben ihren Namen an den schwarzen Himmel und führen sie zu einem verfallenen Bootshaus. Dort erscheint Alma die Leiche eines Mädchens: Bleich und hohläugig steigt Linda aus dem dunklen Wasser. Sie verlangt nach Rache an ihrem Mörder und als Werkzeug dazu soll sie dienen – Alma …

GULLIVER www.beltz.de
Beltz & Gelberg, Postfach 10 01 54, 69441 Weinheim